蓝关砂

藍關砂

（下）

民初西北 蓝关堡世家恩怨
滚滚黄沙 乱世里人间情仇

赵雨希 著

内蒙古出版集团
远方出版社

图书在版编目(CIP)数据

蓝关砂 / 赵雨希著.–呼和浩特：远方出版社.
2016.9
ISBN 978-7-5555-0754-3

Ⅰ. ①蓝… Ⅱ. ①赵… Ⅲ. ①长篇小说–中国–当代
Ⅳ. ①I247.5

中国版本图书馆 CIP 数据核字(2016)第 221076 号

蓝关砂

著　　者	赵雨希
责任编辑	云高娃
封面设计	孙小强
出版发行	内蒙古出版集团　远方出版社
社　　址	呼和浩特市乌兰察布东路 666 号　邮编 010010
电　　话	(0471)2236471 总编室　2236460 发行部
经　　销	新华书店
印　　刷	南京理工大学资产经营有限公司
开　　本	710×1000　1/16
字　　数	550 千
印　　张	35
版　　次	2016 年 9 月第 1 版
印　　次	2016 年 9 月第 1 次印刷
标准书号	ISBN 978-7-5555-0754-3
定　　价	65.00 元(上下册)

作者近影

目　录

赵雨希是一位90后有才气的青年女作家。这部《蓝关砂》小说，是她继一部以徽墨为背景的长篇传奇小说《大清徽肆》出版之后，又一部反映清末民初陕西地区，玉器、天麻、雕刻三大世家，柴、逄、申屠三家间的恩怨情仇的传奇故事。

《蓝关砂》这部小说，可以说展示了一幅乱世苍凉却又催人泪下的西北画卷。民不聊生、颠沛流离、权谋心计、恩怨情仇、半生错过、茫茫前途、漫天风沙和苍茫辽阔的黄土高坡，构成了这部小说的基调。故事里没有真正的好人或坏人，没有所谓的完美的人，每个人都有闪光点和缺陷，人物更加立体真实，读来有如身临其境之感。开放式的结局，故事中伏笔设计巧妙，情节环环紧扣、曲折动人，非常耐人寻味。是一部值得人们阅读和思考的小说。

我们相信随着阅历的增长，赵雨希会写出更多更好的作品来，我们期望着文坛新星辈出！

范小青

2015.12.17

注:范小青，著名作家，江苏省作家协会主席。中国作协全委会委员，江苏省政协常委、教育文化委员会副主任。

第六十一章　靡　靡

顾婆清和逄临齐不约而同地向她的手腕看去，扈凤仙清了清嗓子，傲然道："柴当家，你的玉器店场子已经够大了，你还要扩建？好像醉翁之意不在酒，是想在蓝关堡称霸么？"顾婆清笑道："上山凿玉者必要有玉可凿，这框得死死的，从何来玉？再说了，扩建场地是对三方都有好处，大太太何必故意刁难？"

扈凤仙转过身道："哟，瞧柴当家说的，我可不是故意刁难你，逄老板所上的书奏我也没批下来啊。"逄临齐一愣："我不过要求在柴家新辟的场子后再建一条路直通雕刻店，这有何难？玉器出场直接上路运往雕刻店那是最好的，省时省力，哦，该不会大太太又怕我和柴当家联合起来对付你们申屠家吧？"不等扈凤仙开口，顾婆清抢先笑道："逄老板，你怎么这么想。大太太没有经验，这才第一次上手生意大事，难免要小心谨慎。"

扈凤仙只觉被这话刺得浑身不自在，正不知如何接下去，顾婆清又道："我们也别为难大太太了，扩建的事我就不提了，逄老板你的修路也别提了，只不过因此而亏损下来，年底账簿又要让申屠族长烦心了。"扈凤仙转了转眼珠子，道："这样好了，别说我不讲人情，扩建和修路都行不通，我各给你们五百两银子，用做别的周转，这下可好？"顾婆清和逄临齐推辞了一番终是收下告辞而去了。扈凤仙得意洋洋地哼了哼："跟我斗，想都别想。"

二人并肩走出申屠家门，逄临齐忍不住哈哈笑道："柴当家啊柴当家，我可真是对你佩服得五体投地。怪不得你叫我别一上来就跟她要钱，女人心海底针，还是由女人来对付女人比较好。"

顾婆清也笑了："大太太精明能干，从小就是大地主家的千金，她是什么都不要也要这面子的，今儿她一上任必然要给我们下马威，我们说什么她肯定要否定什么，那就反其道而行，让她赢足了面子，我们各取所需。"

"对了，听说你把柴有扬给调出省外半个月不得回来，那柴国军居然没跟你吵吵嚷嚷，可要小心了。"顾婆清道："有扬在堡内就会乱惹是非，我答应过妧之要好好照顾她——当然，是为了我有浦，有浦喜欢跟她玩儿，逄老板不介意我请史姑娘在我家里多住上一段日子吧？"逄临齐狐疑地凝视着她的双眼片刻，忽地一笑："走吧。"

柴国军的心中当然自有打算，瞧这些日子蓝关堡里乌烟瘴气，上次他那么小小打探一下便知柴有良对生意也心不在焉，这大好时机当然要让自己的儿子见缝插针。顾婆清调开他，柴国军难道不能再把他调回么？可柴国军也确实太轻举妄动了，一天等不得，胆子也是越发的大了。他居然以申屠洪的名义给马贼写信做了交易，封好了信封当即就要出去。

风雪漫天，柴国军的马儿也不听指挥，他正陷在雪地中费劲，只听一声声的驾马声朝这里而来，他眯起眼一看，竟然是那打小在马背上长大的满族格格女苿。女苿身披五彩斗篷，宛若凤凰羽翼扬起在风雪中，她跳下马来拦住了柴国军："二老爷，女苿奉劝你一句，正如你自己所说，顾婆清没有不知道的事儿，现在你的举动连我的丈夫都心中有数，你这么一去，就正中别人的圈套了。我知道你想问我为什么帮你，因为我觉得顾婆清的身份不对劲，她或许，并不是顾阿清。若是如此一来，你都无须大费周章，大当家的位置便唾手可得了，你何必急于一时？"

"什么，你说大嫂她……"柴国军登时震惊不已。女苿伸出一根手指头抵住唇示意他小声："我也没有把握，这些要靠你自己，我不喜欢我的丈夫和另外一个女人成双成对进进出出，二老爷若是赶得走她，就知会我一声，女苿感激不尽。"

她说罢便跃身上马踏起雪片投入一片白茫茫之中。女茉是直接折回去造访柴家，而邹宛萍早已不再出门见客。闫嫱得知她来了，立刻欢喜地迎了出来："小姐，嫱儿好一段日子没见着你了，今天能够见面，真是让嫱儿开心极了。"

哪知女茉阴沉着脸扬手给她一巴掌，说："你还开心得起来？我问你，你嫁给柴有良这么久，你的肚子怎么一点动静都没有？他现在不是天天都宿你房里么？"闫嫱眨着泪眼呜咽道："是，是每天都到我房里，可是……有良心中从始至终最重要的人还是大姐，我看得出来，他虽然人在我这里，心却系在大姐的身上，他放不下的人只有她。所谓亲不间疏，后不僭先，我毕竟是后来人，他们十载夫妻情谊，岂是说没就没的？"

女茉伸手点了点她的额头："你就不会动动脑筋么？嫱儿，你本来是聪明的，可嫁给了柴有良却越变越迂，你是不记得我们的任务了么？我们千辛万苦从紫禁城里逃出来。现在的北京城都被一群假洋鬼子占据了，我们的时间不多了，一旦这些草寇站稳了脚跟，要想复兴大清朝是难上加难。我已经有办法一步步除掉顾婆清，你必须要给柴家生个儿子，这样柴国瞿的宝藏便会名正言顺地传到你儿子手里啊。邹宛萍会用情，你就不会用计么？你口口声声说你对这位大少爷是真心，就不能用你的真心加上一点点策略去感动他么？"

闫嫱吸了吸鼻子，漂亮的眼睛里晶莹剔透地晃动着泪水："嫱儿记住了。只是……有一点嫱儿想提醒小姐，小姐义正严辞，可难道察觉不到自己对逄老板已经心生爱意了么？小姐，冤冤相报何时了，如果可以，为何不化干戈为玉帛，大家都和和美美地融洽生活下去？"

女茉浑身一颤，回过神来责骂道："你胡说八道什么？那都是我做给旁人瞧的，我敖佳·女茉既然出了紫禁城，抱着必死的心，又怎么会动心？我不宜在柴家待太久，你记着我的话，我先走了。"

这外面是风雪漫天，而窑洞里却是春暖花开，远远地就听见里面传来吴侬小调，眉户婀娜，刚刚从玉器店里收工回来的柴有良乍还以为走错了，可今儿又没喝得烂醉如泥，他仔细回身打量一圈，这的确是自己的家啊。他狐疑地走上前撩起厚重的棉袄帘子，只见屋内丝竹连绵，鎏金的暖炉放在地上熏烤着，袅袅瑞脑的青烟从心字小香上萦绕而起，整个房子里如腾云驾雾，似真似幻。

这香味沁人心脾，也勾人心魄，在这轻烟中更有一个窈窕的背影穿着淡蓝色的薄羽衣在翩翩而舞，腰肢柔软舞姿迷人，迷离之中竟有几分像极了邹宛萍。他恍惚着走上前，从后一把抱住了那舞者。她缓缓侧过头来，口吐幽兰："有良？"他这才发现，面前的人却是闫嫱而已，正要松开手，闫嫱却环上他的手轻轻按住："我跳得不好，不如再唱一曲眉户戏给你听，解解闷吧。"

柴有良笑着摇了摇头，拉着她坐到炕上："我知道你一片心思想哄我开心，可我真的开心不起来，我的疑虑不是多虑，是早成的事实。嫱儿，以后我们两个在一起，只有我们两人，好不好？"闫嫱靠在他的肩上拨弄着头发："什么意思，那大姐怎么办？"

柴有良长长地叹了口气："不是我不要宛萍，是她不要我。我还留着她做什么，找到合适的时机我自然会跟二娘提出，让她放走宛萍。"看着他的眼睛里充斥着悲苦，闫嫱的心里也始终不好受，她比谁都明白，就算邹宛萍走了，她也会像一根刺，永远地扎在他的心底最深处。

邹宛萍虽然是跟柴有良称病，可到顾婆清那里替她推拿却是一天不少，蹲在顾婆清的腿边轻轻地一下下捶着。顾婆清闭着眼睛靠在炕上道："宛萍，你的手艺真是好，我还真缺不得你呢，你这捶打捶打的，都把我的烦恼和不痛快一块儿捶打掉了。"

邹宛萍道："婆婆，这手艺我也交给嫱儿了，她现在服侍有良也好得很，不如婆婆下次试试她的手艺？"顾婆清轻笑了一声，微微睁开眼："不，我又不是男人，男人才喜欢朝三暮四呢，我偏就喜欢宛萍你替我推拿，舒坦。”这时卓尔妮打了帘子轻声步了进来，顾婆清扫了她一眼，道：“宛萍，你也累了，回去吧，我这会儿正倦了。”

邹宛萍向她施了施礼便退了出去，顾婆清却挪了双腿从炕上下来：“尔妮啊，你瞧你那模样，谁都看得出来你有事，就算天大的事也别搁在脸上。”卓尔妮道：“当家你听，这些天姨奶奶的房间里总是传出这些靡靡之音，我早上去打扫屋子，不但发现她的寝室里乌烟瘴气，还发现了这个。”

她说着递上了一个贝母的漆器盒子，顾婆清打开一瞧，里面放着的都是燃香所用的香料，卓尔妮捻起一颗道：“这不是普通的香料，这是……当家，你说这姨奶奶她怎么这么操之过急？”顾婆清冷笑道：“小把戏，最近有谁见过她？”卓尔妮道：“逄姨奶奶。”

第六十二章　真即是假

顾婆清踱步片刻，从自己的暗柜里取出一袋银子递给卓尔妮："告诉她，玉器店要进行扩张，有良的资金根本不足，他不告诉她是怕她担心。一旦此事行不通，有良在我面前就要失宠了，二当家的位置我会另择其人，所以为今之计只有凑集资金。"卓尔妮掂了掂，道："这些银子不够。"顾婆清道："当然不够，这是你卓尔妮省吃俭用帮她集资的，你这里只是资助，又不是赌坊。"卓尔妮一听睁大了眼睛："尔妮懂了。"顾婆清道："闫嫱和女苿所需不同，何不干脆把她们拉开来成为两大势力互相抵制，让她们争让她们斗，我们，再安插我们的势力。要想闫嫱完全脱离女苿，不但要她的身在柴家，还要她身不由己却由心，这心脉也要把握在我们的手里。"

"你可算回来了，去柴家干什么去了？"女苿这才跨进家门，便听见逄临齐阴沉的声音从身后传来。风吹乱了她肩头的毛绒斗篷，她转过身不卑不亢道："去见见嫱儿。"逄临齐脸上微微抽搐一下，伸手狠狠地扼住她的胳膊直拉回屋内："我瞧你不单是见闫嫱吧，柴国军怎么会突然不调柴有扬回来了？他又怎么会开始对柴当家的身份起疑了？是不是你？"女苿甩开他的手道："柴当家的身份你都怀疑，怎么，就不许别的人怀疑么？堂堂江南千金小姐，连字都不识，又偏识得关键的一些字，你不觉得这问题大了么？我不妨告诉你，从我进蓝关堡的第一天，见到她的第一眼，我就觉得她根本不是顾阿清，她是假的！"

"假的？你有什么证据，谁说她不识字，她的书法可是自成一家。"逄临齐哼了哼，抬手指了指她，发着怒坐了下来，"她若是假的顾婆清那就更好，那么这个柴当家有等于无，形同虚设！我告诉你，我知道你一心想坏我的事，你的一点小动作别以为我不知道。"女苿只觉喉中哽咽，苦笑道："逄临齐，你太把你自己当回事了，我要作对的不是你。我若是想害你，我早就害了，你难道一点都看不出来我是为了你么？我堂堂格格下嫁到这个鬼地方，我是恨透了，可我最恨的是我自己，我恨我自己这么失败，真心真意地对一个恶人动了心，真心真意地就想安安稳稳地当他的小妾。"

逄临齐忍不住哈哈笑道："敖佳·女苶，这番话是从你口里说出来的？你忘了我怎么虐打你的，忘了我的暴脾气，忘了我对你有多差？够了，别在我面前惺惺作态！你的眼泪，少做给我瞧。虽然我猜不准你的真正目的，但也八九不离十，但也不代表我什么都不知道。你蓄尽心血嫁过来，不过是个阴谋。你想想让我面对这样一个女人，怎么好的起来？"他狠狠地捏住了女苶的下巴，又用劲地甩了开来。

女苶强忍着疼痛又将头扭了过来，倔强地盯着他的眼睛一字一句道："从我跟你拜堂那天开始我就是你的妻子，我有的是机会离开你，伤害你，但我选择留在这里，我已经选好了我自己的路，一天是夫妻，一天就是你的女人。你可以拒我于千里，但我不愿意看到你为了一个不该动情的人动了情，你所拥有的一切都会为此毁于一旦。我看着你走上不归路，我开心不起来。你可以不承认，但在你的心里，最在乎的女人是柴当家。她是个寡妇啊，你是不是想让族人拉你去镬烹？"

逄临齐眯起眼睛，脸色不由沉了下来："你在说什么？呵，好啊，那我告诉你，我跟阿清的关系的确非比寻常，我心里面怎么对她你永远也不会知道。没错，我爱的人是阿清，不是你，要杀要剐要镬烹都随它去，这是我和阿清的事，跟你无关！"他似乎被揭穿了心事恼羞成怒，说罢拂袖而去。两行清泪悄无声息地滑落女苶的脸庞，她倚着门框颓然瘫坐了下来。

"大嫂，大嫂你没事吧？"哪知门帘忽地又被撩起，逄临恭赶进来将她搀扶起，看似已经把他们所说的话都听去了，"大嫂，大哥那都是气话。大哥是逄老板，他哪能不知轻重呢？"女苶摆了摆手，虚弱道："真也好，假也好，我也都无权过问。你出去吧，我要休息了。"逄临恭皱了皱眉退出去，可耳边一直回响着适才他们吵架的话语，令他心中忐忑不安的并非是顾婆清是真是假，而是担心逄临齐真的会像女芣所说情不自禁，他是自己的大哥，难道自己还不了解么？逄临齐这人是外刚内柔，要么铁石心肠，要么侠骨柔情，一旦真的爱上了便会飞蛾扑火，加上这性子，谁也劝不了。不行，逄临恭心中暗道，起码要去探探柴当家的口风，或许大哥真的只是故意气大嫂而已。他抬头看看时辰差不多，回屋拿了件厚绒斗篷穿上，向与卓尔妮幽会的小屋走去。

他在这里等了卓尔妮不少时候，直到夜雪纷飞，卓尔妮穿着单薄的老花布裙提着小灯这才赶了过来。拉开门见她冻得鼻尖红通通的，逄临恭赶忙解开斗篷将她环入怀中："瞧你，都冻成这样了，快，快进来，屋内暖和。"卓尔妮却惦记着："你还没吃晚饭吧？我来做给你吃。"逄临恭拉住她道："别忙了，你先把手脚暖和暖和。哎，今天怎么这么晚才过来，是不是柴当家发现了什么？"卓尔妮搓着手烘烤着，不停地打着哆嗦，可看见心上人的时候笑容却如沐春风："不是，姨奶奶想为大少爷集资讨好当家，可是银子又不够，她央求我带她去街市上的赌坊学赌钱，这一赌啊就是大半天，倒是赢了不少呢。"

逄临恭吓道："赌钱？尔妮啊，这赌瘾可不能沾上，否则每天都是在刀刃上行走，一不小心就倾家荡产了。我在外面念书的时候，西学里说中国最厉害的几样毒，一是大烟，二是赌瘾。这赌瘾厉害起来简直跟大烟媲美，是要人性命的啊。"卓尔妮笑道："你紧张什么呀，我不过是个侍女，我有什么银子去赌？只是姨奶奶吩咐我陪着她，我便陪着罢了。你不知道，姨奶奶今儿才上手赌博，简直是赌红了眼，我看了都心惊肉跳。"

"其实柴当家不满闫嫱也是有原因的，一来她是个戏子出身，二来她毕竟曾是我大嫂的人……尔妮，你说柴当家和大嫂为什么这么敌对？按理说她们根本没有理由敌对的，两人却像水火不容一般。"在他说话的当儿，卓尔妮已替他烤好了一个暖烘烘的大番薯，塞给他道："快趁热吃吧，很甜呢。你说当家和逄姨奶奶，其实她们是没有利益冲突，但难道你不疑惑么，逄姨奶奶可是金枝玉叶，下嫁到这个破地方来还心甘情愿，当家是怕她对逄老板不利。"逄临恭虽然吃着香甜的番薯，但听到这番话却味同嚼蜡，于

是便说：“怎么着，柴当家还挺关心我大哥的，她不是一直盼着大哥垮台，柴家好一枝独秀么？”卓尔妮有些不悦了：“你这话什么意思啊，当家从来都没有什么私心，她都是为了蓝关堡好，柴家和逢家联手对付那老顽固的申屠家，难道你不愿意？蓝关堡地处偏远，已经落后很多了，你在外面长过见识，不会连这点都不明白吧？”

“我明白，我当然明白，可是……近来堡子里流言蜚语越传越多，关乎我大哥和柴当家的声誉，尔妮你听说过么？”卓尔妮霍地站了起来，身上的几个番薯咕噜噜地滚落在地：“临恭，你是逢老板身边的亲人，我是当家身边的近人，若是连我们两个都对他们起疑心，那整个蓝关堡岂不是要沸腾了？我不知道这些话你从哪儿听来的，当家和逢老板清清白白，从一开头你就故意在试探我，你到底是信不过当家，还是信不过我啊？”

见卓尔妮怒颜显生，逢临恭赶忙哄道：“好好，是我的不对，我也不过是想问清楚一点，你知道那些谣言若是真的，那他们可是要被镬烹的。”卓尔妮甩开他的手生气道：“我和你在一起，其实当家不是不知道，她睁一只眼闭一只眼，我已经给她添了不少乱了。她一而再再而三地冒死救我，你却猜忌这个猜忌那个，我真该遵守冰玉堂的规矩斩断情丝。”说罢灯也忘记拿，气呼呼地拉开门冲入黑夜和风雪里跑走了。

可从那以后，蓝关堡里的流言蜚语再不是对着他们了，却是集中在申屠家花枝招展的姑奶奶身上。这姑奶奶的年龄可算不小了，可容貌姿色却是极好的，这段日子逢老板不跟他的尊贵夫人在一起，反而整日和申屠湘嬉笑来往，好事之人指指点点说是逢临齐当初留下的那个正室夫人的位置，就是留给申屠湘的，如今瞧来是好事近了。铺天盖地的流言自然也传进了女芣的耳朵里，她却像整个儿换了个人似的，安于家室倒有模有样地像个贤妻，跟其他的妇人并无二致，烧饭做事侍候丈夫，可她越是这样，逢临齐越是不领情。

第六十三章　清廷状元

“你回来了？”逄临齐下午刚刚陪着申屠湘一直游玩到傍晚才回家，荒废了一天都没有去雕刻店，他回到家便即刻往书房去雕刻些工艺品，哪知撩开门帘，只见女芣正在书房内替他在案儿上准备好了刻刀和图纸，屋内早已被熏烤得暖和和的，盆里的火儿还在噼噼啪啪地响着。她听得声音抬起头来，手下正在燃着一锅滚开的开水，里面丢了一大把天麻进去煮得焦烂。只见她不再梳着燕尾髻和小二把头，改成了中分的后髻盘在耳后，穿着臃肿的素净棉袄，像个极其普通的妇人，但尽管如此仍旧掩饰不了她精致五官散发的贵气。

逄临齐皱了皱眉扫了一眼那锅子，天麻在沸水里上下沉浮，显然已经煮了多时。他一言不发地走到她跟前，突地扬手掀翻了锅子，沸水全部泼洒在女芣的身上，痛彻心扉的疼楚袭来，她却咬紧牙关动也没动。逄临齐指着地上的锅子又骂道：“谁叫你搞这玩意儿的？我现在雕刻的时候已经不要这东西了，不过这锅子里若镬烹的是你，那我倒有些兴趣。少在处处讨好我，过些日子我给你娶个正房大姐回来，你讨好讨好她就行了！”

这样的事儿顾婆清当然早有耳闻，但一直都按兵不动，想看看女芣到底想干什么。可这厢失火，那厢又淹了水，才是晌午时分便听到学堂夫子传来消息，说柴有浦感染风寒，她急得立刻穿上羊皮大衣撑着伞顶着风雪亲自出去接他。这才行至一半，忽然看见申屠湘穿着鲜艳的大红袄褂领着一群婢女在雪地里踢着毽子，远远地传来了咯咯的笑声，站了街市大半的路，旁人也都只得让着她，可顾婆清哪里还顾得上她，径直冲撞了过去：“姑奶奶，麻烦你让一让。”

申屠湘止住了笑声转过脸来，打量了她一番，故意摆弄着手上那双逄临齐所赠的白手套："哟，是柴当家啊，什么事这么着急，连衣服都来不及穿厚实些就出来了？你是想找逄老板吧，不过劳烦柴当家白跑一趟了，逄老板约了我一会儿去酒楼吃饭。怎么，他没约上你一起？"瞧她那耀武扬威的模样，顾婆清却也忍不住道："逄老板是蓝关堡的当家，他邀约谁那都是常事，每每邀约都是公务较多，怎么到了姑奶奶这儿变成了私事，姑奶奶就不怕这私事也是公务的一种么？何况我根本不是找逄老板，那么多公务我懒得去管，我急着去接我儿子，管好自己的私事。"

申屠湘被她堵得浑身不自在。顾婆清撑着伞，逶迤着雪白的斗篷从她身边擦身而过。接了柴有浦回家，这才把他安顿好休息在床上，正准备去找卓尔妮给他把脉开药，外面就传来卓尔妮叽叽喳喳的声音。顾婆清听着头疼，推门出去一看，卓尔妮正在天井处训着臧九安。"尔妮，九安，怎么回事？有浦刚刚睡下了，你们都来我房里。"他们二人跟着顾婆清走了进来，卓尔妮赶忙道："当家，你今儿去接小少爷的时候，在路上是不是遇见了申屠姑奶奶，还跟她起了冲突？"

顾婆清放下刚刚端起的茶杯抬头看了她一眼："最近逄老板和她走得近，这姑奶奶是越发的没有眉眼高低了，怎么了？"卓尔妮指着臧九安道："他全都听见了，等当家你走了之后，还替当家出头，跟着姑奶奶吵了一通。当家，先前堡子中就盛传你和逄老板的关系不妥，现在好不容易有个申屠湘挡去了这风头，被臧九安这么一闹，又不知别人会怎么想了。"臧九安跪在一边直点头："大当家的，是我不对，是我太冲动了。"顾婆清冷笑一声："你跟大少爷这么久，旁的没学会，倒是学会了任意妄为。不过事情既然发生了就如同泼出去的水，这盆水我也不打算救，这件事可以是坏事，也可以是好事，姑奶奶回去必然要大吵大闹一番，必然会传入申屠洪的耳朵里。"

臧九安慌了神："这，这可怎么办……"他焦急得不知所措，扬手掴了自己一耳光，顾婆清道："哎，你这是干什么，我又没有怪你。二太太是申屠洪最宠爱的女人，二太太一死，对申屠洪来说是个巨大的打击，他现在根本没有心思再管这么多的事儿，如今天麻店的生意是扈凤仙掌管，我们正好可以借此事跟扈凤仙慢慢儿地下一盘棋。”顾婆清才让卓尔妮将臧九安送出去，内屋里的史妩之挺着肚子撩开了门帘走了出来。顾婆清忙给她腾了个地儿坐下：“你瞧瞧，你身子不方便就别走动了。”史妩之叹道：“柴当家，你的事儿我不会插手，只是请你无论如何放有扬一条生路，我不想孩子出世就没了爹。还有，我对不起逢二少爷，柴当家，你看在我的分上，别为难他。”顾婆清抿了一口茶，拿起暖壶递给她：“你要知道，逢二少爷这次回来早已不是念书之前的二少爷了，你们学了什么知识，念了什么书，他有什么志向，你应该比我清楚。怕就怕他是要为难我们啊。”

逢临恭这几天正因为卓尔妮不理会自己而闷闷不乐，雕刻店的生意本来已大部分落在了自己的手中，可他却没有心思去打理，让严红瑰叫到屋内好生训斥了一顿，这会儿刚刚灰头土脸地退出来，便看见逢肖娘正在天井处笑眯眯地等着他。一见他出来，她便裹着粉色的毛呢大衣蹦蹦跳跳地迎了上去：“二哥，你陪我去看西洋片吧。”

逢临恭打量了她一阵，冰天雪地的穿着这种舶来的毛呢大衣却并不御寒，她把头发烫得高高的，还依旧光着两条细长的白腿，穿着纯白的纱质百褶裙，他不由皱了皱眉：“肖娘，这大冷天的怎么穿成这样？你要知道，这里是蓝关堡，不是在外面，多的是人会对你这样时髦的打扮指指点点的。”逢肖娘挽上他的胳膊嘟嘴道：“怕什么，我可是逢家大小姐。二哥，以前我总听你说外面的世界，你什么时候能带我出去见识见识啊？”逢临恭停住了脚步，道：“妹妹，这外面的世界太大，眼见未必为真，耳听也未必为实，就像你看着二哥是出去学西学，却不知道二哥这么努力学洋人的东西是为了什么。”

逢肖娘好奇地侧头看着他，逢临恭拍拍她的手拉着她在红泥暖炉旁的石凳上坐了下来：“这件事我只跟你一个人说，好妹妹，你可不要告诉大哥和奶奶。我向来喜欢新鲜事物，记性又好，奶奶也曾经说过假如清廷没有覆灭，我准能夺得状元。我不是非要状元这个头衔，但我在外面念书的时候经历过太多聚散悲欢，党派明争暗斗，最无助最无辜的是那些百姓。想当初清廷仍在，那盛世被多少人传颂至今，满人汉人又怎样，能让百姓过上安稳日子的就是好皇帝。我不觉得现在这个乱世有什么好的，甚至，还不如清廷！我就是要学洋人的这些东西，西学中用，恢复大清朝！”

逄肖娘先是一愣，道：“二哥……原来你是清廷的拥护者，我真的是没有想到。这样很危险的……不过二哥，既然你已经有你的选择，肖娘站在你这边，以后有什么不方便的地方肖娘替你疏通，肖娘也认识好些朋友，许是帮得上忙的。”逄临恭不由有些惊讶：“傻丫头，你都知道这是有风险的……”逄肖娘莞尔一笑：“谁让你是我最喜欢的二哥呢，这是我们的秘密，别说出去啊。”

雪依旧簌簌地下着，一双光亮的皮靴悄无声息地踏上了厚厚的积雪，天地万物都覆盖上一层皑皑白雪，茫茫一片中只有这粉色的身影格外夺目。逄肖娘拎着镶钻的小包，一摇一晃地踩着高跟鞋在雪地里留下一串脚印，她的服饰仍没有变，可她的眼神却比脚下的雪还要冰冷还要决绝。她一步一步地向前走着，连眼皮都不眨一下，突然间拐角冲出来一个人与逄肖娘迎面撞个满怀，那人怀中捧着的糕点尽数撒落在了雪地上，那人立刻蹦了起来：“你怎么回事啊你！”逄肖娘定睛一看，那人正是逯小小，看着慌张的模样和满地的糕点，指不定这才刚刚从哪里偷来，怪不得恼羞成怒了。逯小小拉住逄肖娘道：“逄小姐，你把我的糕点全部弄得不能吃了，你别走，你要赔我！”

逄肖娘也不知哪儿来的力气扬手推开了她，沙哑着嗓音道：“快，我要见申屠洪和申屠计芬，我有办法让逄家万劫不复。”逯小小从雪地里爬起来，扶了扶头上的羊毛礼帽：“喂，你……啊，我明白了，你不是逄小姐了。他们不会见你的，我也奉劝你一句，上次二姐姐死的时候你在她房间里，这嫌疑还没消除呢，你想扳倒逄家也先掂量掂量你自己，除非你把杀死二姐姐的凶手查出来，而且，你敢供出来。”逄肖娘浑身一凛，声音微微变了变：“你这么确定二太太是被害死的？”逯小小却不再理会她，蹲在雪地里将那些糕点一片片地捡起来放在自己的衣裙上兜了起来。直到看见那双皮靴掉了方向离开，她才缓缓地抬起头来，凝视着逄肖娘的背影忍不住扬起了嘴角，轻轻地捻起一块沾满了雪花的绿豆糕放入口中嚼了嚼。

第六十四章　收 权

“臧九安，臧九安！”逯小小呆了半晌，忽地从雪地里爬起身来向玉器店跑去。臧九安老远就听见她的叫声，还以为出了什么事，惊吓地丢下手中的活儿来不及地赶出来：“啊，三太太，怎么了?”哪知逯小小气喘吁吁地停在他面前咧嘴一笑，拿出了那包掉在雪地里的糕点递给他：“快瞧，我又收集了一些，又可以放在密室里储存起来了。你呀，别瞧不起这些东西，它们可是有灵性有魂儿的。要不是它们在我的肚子里告诉我，我哪里猜得到二姐姐的死这么蹊跷?”

臧九安知道她素来有些疯言疯语，擦了擦额头上的汗道：“那么这些有灵性的东西还是三太太自己收藏好吧，我还要凿玉，不能奉陪了。”逯小小突然拉住他道：“别啊，这两块给你，一块留给你自己吃，一块替我交给柴当家。”二人的言语却被站在玉器店门口的柴有良尽数听去了，他背着手不由蹙眉，柴当家？三太太这话到底是什么意思，难道二太太的死跟二娘有关？啊，是了，二娘以往跟二太太走的最亲近，她为了拿下申屠家杀个人又算什么，二娘总算有把柄在我的手上了。

半年之期不日便到了，顾婆清总该亲自到玉器店视察，她正襟危坐在高椅之上查着账簿，听着各人的汇报详情，一直微微点着头。起码就目前来看，只要柴有扬和柴国军不插手，玉器店还是被柴有良打理得井井有条，但他们一旦有所行动，便让柴有良方寸大乱，看来，要把玉器店交给柴有良还不是时候。她默不作声地将厚厚的账簿全翻看完了，合起道：“里面有一笔佘老板的账做得不好，佘老板是大户，我们跟他的合作还有很多，此人万万不能得罪。有良，你拿些银票去见见佘老板，好生沟通一番，把我们欠缺他的玉尽快送过去。”

柴有良却猛地站起来大声道："大当家的，我看此举毫无意义，根本没有必要。佘老板每次所要数目庞大，我已经叫工人们加班加点了，可是根本赶不及。这个客户虽然大，但让我玉器店的工人们因此损兵折将反而划不来。"顾婆清怔了怔，哼道："有点出息了，跟我唱起反调来了？别以为我不知道，最近我要往东你偏要朝西，叫你做什么你都有话说，这生意场上的事，我吃的盐比你吃的饭还多，是不是觉得自己管理得不错，翅膀长硬了？"

柴有良不但不畏惧，反而脖子一横，道："不是我故意要拆你的台，是你，霸占柴家已经很久了，你一个女流之辈站在这个位置上对柴家的子孙指指点点，如果你是真心实意襄助柴家我认了，但未必吧。你顾阿清本是维扬富商之女，在江南享尽荣华富贵，你年轻漂亮，聪明能干，你就这么心甘情愿地嫁给我爹，嫁到这贫瘠的黄土之中？你对柴家的每个人都有的是怨恨，你对柴有浦的溺爱，或许正因为他并非姓柴吧？"

顾婆清闻言登时脸色刷白，霍地站起来扬手将他掴倒在脚下："你放肆！这话是谁教你的，你还想利用别人来拉我下马，你也不想想是谁利用了你？就凭你的脑子，还想不到这些东西。你以为你刚正不阿，可你的正义，有的时候就是个天大的笑话！"她瞥了一眼身旁的柴国军，道："二叔，你说是么？"柴国军忙堆笑道："是是是，年轻人气盛，大嫂别太上心。"顾婆清翘着兰花指搅了搅杯中的茶叶："年轻人是不懂事，那么这样吧，二叔帮忙走一趟，把账上的空缺都想法子填上。有良嘛，你就安安稳稳地在家里等着二叔填好了账簿，你再回玉器店。这段日子，生意交回我的手上。"

顾婆清说罢逶迤着长长的白袄斗篷从座位上起身出门去了，柴有良闻言大惊失色，正要快步追上前，柴国军一把拦住他摇了摇头，并向侧门示意过去。柴有良扭头一看，赫然看见侧门处站着许久未来的邹宛萍，瞧她身子单薄，厚重的羽衣让她看起来更加瘦弱，一面还用锦帕掩口轻轻咳嗽着，手上还拿着食盒，想来是给自己送饭来了，柴有良赶忙拉过她走了出去，"宛萍，你都听到了？二娘这是要罢免我呢，还罚了叔伯一顿，你看看你看看，真是岂有此理!”

邹宛萍的脸上一丝血色都没有，她推开他的手道：“到了这个时候，你还只会怪婆婆，你知不知道我为什么来给你送饭了？我怕你听嫱儿的枕头风听得太多了，迷失了你自己，想想吧。”柴有良没想到爱妻也这样说自己，登时怒火冒上：“你这是在怪嫱儿么？嫱儿再怎么样，也比你要好得多。她是一心一意地向着我，无论她做的对与错也都是为了我，你呢？我们夫妻十余载，你扪心自问，你和臧九安的事以为我真得不知道么？一个是我最爱的女人，一个是我最好的兄弟，你们对得起我么？”

他说罢打翻了邹宛萍怀中抱着的食盒，气呼呼地转身跑走了。邹宛萍愕然地愣了半晌，这才反应过来叫着柴有良的名字追去，终于体力不支摔倒在了雪地里。她蹲在雪地里放声哭了起来，直到哭累了，失魂落魄地从雪地里站起来拖着两条冻僵的腿脚独自一人回家去了。她前脚刚刚迈进柴家堡子的大门，突地只听一声惊天爆炸声，吓得邹宛萍醒过了神，慌忙往里面跑去，跑进后院时又听见接连两声枪响，原来是柴有浦正拉着大着肚子的史妧之在后院里嬉笑练枪。史妧之穿着宽大的衣服跟柴有浦正玩得开心，可她毕竟身子不便，而柴有浦又太过年幼。只见柴有浦笑着从她怀里抢来长枪，扛上肩头，哪知那长枪的把柄太长，被他一抬，不偏不倚地打上史妧之的肚子，她立时摔倒在地。邹宛萍大惊，赶忙跑上前将其扶起。史妧之已然痛得额头上布满细密的汗珠，一下子便晕了过去。邹宛萍连忙呼叫：“啊，史姑娘，史姑娘！来人啊，快来人啊!”

“当家，没有伤到胎儿，只是惊了胎，现在无大碍了，史妧之好好休息就行了。”卓尔妮放下史妧之的手腕，转过脸来看着顾婆清道。只见她正坐在土炕旁边的椅子上，不停地拿着盘里的瓜子嗑着，桌上已堆起高高的瓜子壳，却食不知味：“哦？没事就好，没事就好。宛萍看到了整个事发过程，有浦甩起长枪，把柄却打上了史妧之，让我想起了什么。尔妮，你还记不记得你去二太太房里送花的时候，有没有看见二太太生前最喜欢的蜜蜡佛珠放在哪里了？”卓尔妮奇怪道：“放在佛龛上，没什么不妥啊。”顾婆清徐徐站起身来，摇了摇头：“不对，这串佛珠她是要跟逄老板互相念着的，她不可能脱离了自己的手放在佛龛上。拿根木棍比画一下，从佛龛上的念珠到二太太的病榻，木棍的另一端指着的地方，可能就是二太太想留下的线索。”

“啊，是了，那所指的方向，正是申屠家的厨房，跟二太太临死前让三太太去买红烧肘子又搭上边了。”卓尔妮惊叫道，“虽然说二太太并非偶然，但二太太又怎么知道有人要害她，而且分明知道有人害她，为何有机会留下线索也不阻止这人加害自己？不过，我们再没理由去申屠家吊唁了，怎么查下去？”顾婆清闭上眼睛，手中仍旧在剥着瓜子：“二太太抢了大太太的地位、三太太的宠爱，申屠家恨她的人本就不少，还有改嫁之前的逄家，也把她恨到骨子里去了，真是难查啊。夜深了，我也倦了，回屋吧。”

自从她嫁入蓝关堡，每天操心的事实在太多。本以为柴国瞿死了，最大的敌人就是跟自己争大当家之位的柴国军，她当上了大当家的，最大的敌人又变成了逄家和申屠家。现在三大家族已乱成一锅粥，心腹大患又变成了这几个往常不屑一顾的人，顾婆清真的觉得太累太累，靠在床上不一会儿就沉沉地睡着了。似乎才睡了一炷香的时间，她忽地感觉到一阵暖意，这暖意不是天寒地冻的窑洞里人工烘烤出来的暖和，而是像极了江南的柔软春风，带着丝丝的幽香拂上她的面颊。

顾婆清恍惚地动了动眼皮，轻微地睁开眼，只见自己的屋子早已不是蓝关堡的窑洞，而是变成了江南的雕梁画栋，千金闺房，门口的高槛上坐着一个削瘦的女子，正背对着自己托腮凝望着门外的雨季。顾婆清已然分不清究竟眼下是场梦，还是蓝关堡的年岁是场大梦，她从舒适的软榻上下来，走到那女子身边轻轻拍了拍：“姐姐？”那女子回过头来，一手抓着一根麻花辫，露出那极致清丽的面庞对着她莞尔一笑，什么话都没有说，起身跑进了淅淅沥沥的雨中不见了。

第六十五章　复国之盟

顾婆清看着那女子的倒影在水洼中忽地一旋，她心中一惊，霍然睁开了双眼。炕下的火盆还在噼啪噼啪地响着，所望之处皆是土堆起的拱形穹顶，刚才竟然又是一个梦。她起身看见窗外早已黑黢黢一片，夜静得怕人，连雪花落在黄沙上的声音都听得到。

这是第一次，梦里的姑娘没有跟自己说话，顾婆清不由觉得浑身发冷，用微微潮湿的厚褥子将自己裹紧了，心中却预感着这场雪还没有下完，蓝关堡或许将迎来一场更大的风雪。顾婆清犹豫了片刻，起身从衣帽架上摘下那件雪白的貂裘大衣匆匆披上，披头散发地踏上两只不一样的鞋子悄然出去了，她这一走，却是径直向着蓝关堡的城门走去。

偏僻的角落里，把自己裹得严严实实的女茉正巧从一间屋子里出来，她本是夜约了闫嫱相见，但此刻却不见闫嫱身影，这大半夜的她鬼鬼祟祟一个人出现在这个地方，也不知又在做什么打算。女茉虽然没有见着闫嫱，却看见了披着白色斗篷的顾婆清独行在雪地里，心中念头一动，蓦地又想起顾婆清不识字的事儿，暗暗道：难道这个女人真的不是顾阿清？是啊，顾阿清早就死了，那么她是谁？

女茉蹙紧眉头，赶忙跟了上去，她从来到蓝关堡的第一天，就一直想打探清楚这个女人的底细，但跟着跟着，却将她给跟丢了。顾婆清就好像一片洁白的雪花，与白茫茫的雪地融为一体了。女茉正感失落，忽然听到一阵细微的叮叮咚咚的敲打声，她快步循声走去，竟然看见月光下，臧九安正坐在雪地里雕刻着冰凉透骨的玉器。

在女茉嫁来蓝关堡之前，发生的最轰动的事件主角就是这雕刻工人臧九安了，她虽未亲身经历，但多少也都听说过，这个臧九安居然能把破碎的蓝田玉给补得天衣无缝，一说是他的手巧，才被顾婆清留了下来；二说那块蓝田玉根本不是他补好的，真正补玉之人是他的师父，但从来没有人知道这人是谁。难道顾婆清是去找他的师父了，故意让臧九安在此掩人耳目？

女苯犹疑片刻，还是转身回家了，可这一晚却是怎么都睡不着，直等到天亮之后着下人去雕刻店请逄临恭回来。她知道，这些日子逄临齐只顾着跟申屠湘来往，雕刻店的事儿也撒手不管了，这个时候去找逄临恭，绝不会引起他的注意和怀疑。

正想着，逄临恭就敲响了她的门："大嫂，你找我？"女苯回过神来，把手中把玩的鼻烟壶信手塞到了桌底，站起身迎了过去，"快进来坐，外面冷。临恭啊，大嫂来到这个家，对大嫂始终如故的只有你一个人，大嫂感激不尽，所以我是把你当成自个儿的弟弟，有些什么话，也都掏心掏肺地跟你说。"逄临恭有点云里雾里。女苯顿了顿，继续道："你知道我原来是什么人，八旗的敖佳氏，清廷的皇室贵族，这些年来我没有别的愿望，只盼着有朝一日能够复我大清国。"

逄临恭猛地站了起来不安地四处张望："大嫂，此话说不得啊！"女苯微微笑道："有什么说不得，我把你当作亲人，何况我们的阵线一致，你并不觉得我说的有什么错，不是么？"她说着忽然抽出一个记事本扬了扬："你也拥护清廷的，为何不跟我说句交心的话？我熟悉紫禁城的边边角角，你有这些先进的西洋玩意儿，如果我们联手，复国又多了不少胜算。"

"大嫂……"逄临恭那副玻璃眼镜片后的眼睛露出一种惊诧和恐惧，女苯浅浅笑道："啊，我也不会勉强你，你要是不愿意，就当我没说过吧，我也绝不会把你的心思说给别人听。"

逄临恭犹豫了片刻，垂在长马褂边的手微微攥了攥衣角："大嫂是清廷后人，临恭自当以大嫂马首是瞻，但是如果这件事让奶奶知道了……"

女茉扑哧笑出了声："奶奶？你就不能不让奶奶知道么？奶奶成天乐呵呵的，但比谁都要精明聪慧。奶奶懂得什么叫难得糊涂，这一点上你要多跟奶奶学。再说了，你出去念书念了这么久，都牺牲了自己心爱的女人，你就甘心学无所用么？将来清廷复了，我以格格的身份把那卓姑娘赐给你。"听到这番话，逄临恭终于咬咬牙点了点头。

自从玉器店的生意又落到顾婆清的肩上，她近来要比往常忙多了，时常看着账簿直到后半夜，看得眼睛也糊了，不得不用放大镜挨着账簿看。她正坐在客厅里挑灯通红着眼做着账，卓尔妮从外面风雪兼程地才回来，脱下斗篷掀起了门帘走进来，没想到竟看见顾婆清坐在这里，不由一惊。

顾婆清头也不抬，依旧一只手拿着朱砂笔圈着账簿，一只手拿着放大镜："你现在是回来的一天比一天晚了，看看，都什么时辰了？"卓尔妮抿了抿嘴走过来垂头道："当家，不是尔妮回来得晚了，是姨奶奶。"顾婆清放下放大镜转过头打量她一番："怎么着，赌上了瘾，可大半夜的她跟谁赌啊？你说，什么意思？"卓尔妮道："尔妮早就发觉姨奶奶不对劲了，这不是染上赌瘾的不对劲，她总是回来的很晚，而且有几次尔妮还看见她深更半夜的一个人出去呢。你说一个有夫之妇，她大半夜地出去干什么啊？"

顾婆清面上呈怒："你放肆！"卓尔妮登时吓得跪了下来："我，我不是说当家……我是说姨奶奶。"顾婆清拿着朱砂笔指着她道："你呀你呀，你为什么不动动脑子，闫嫱现在赌瘾攻心，她只要跟女茉离了心，还管她半夜干什么去，这都不是问题。现在申屠家倒是有个好时机，扈风仙掌权，商场如战场，我和逄老板都不能松懈。"

她呼了口气扶起卓尔妮，拉着她坐到自己的身边柔声道："赌瘾这个东西很危险，你在拉闫嫱下水的时候，可别忘了自己别沾上这趟污水。我还有几句私事想问你，逄二少爷，他最近好吗？"卓尔妮听她柔中带刚，不禁浑身微微一颤："当家……"她抬起眼望向顾婆清，顾婆清的那双眸子正含笑凝视着她，波澜不惊，深不可测。

卓尔妮又低下了头："当家，二少爷好。尔妮去接送小少爷的时候有时候会在雕刻店的后门遇见他，尔妮觉得，二少爷气色不错，行事果敢，坐镇坦荡，看起来许是挺好的。"见她不自然地避而不谈，顾婆清也不再问下去，只是拍了拍她的手微笑道："那就好，回屋休息吧。"

连续下了好几天的雪，今天总算放晴了，算着日子已快到腊八节，申屠湘借着出来办年货的空儿又和逄临齐见面。她穿着华丽的鲜红长袄坐在骡子上，让逄临齐牵着缰绳一路走出蓝关堡，往省城走去，坐在骡子上一摇一晃，看着沙丘上白茫茫的一片，申屠湘忍不住抿嘴微微地笑了起来，她正幻想着自己这是穿着大红嫁衣踏上嫁给心爱之人的路。

申屠湘从小跟着老族长协理天麻店，她虽然咋咋呼呼，但也是个极其聪明的女人，她其实何尝不知道逄临齐每每跟她靠近，都并非出于真心，这当下一定是为了探扈凤仙的深浅，探申屠家的实虚。可这个泼辣精明的女人，她可以为了鸡毛蒜皮的事儿在市集上骂街，可以凸显自己的尊贵目中无人傲慢无礼，可以在这个守旧的年代吓跑所有跟自己相睇的人。但她一碰见逄临齐，整颗心便慌了，再也不去想那些该想或不该想的事儿，只希望这一刻能永远停止。

从省城买了不少东西回来，逄临齐贴心地叫了一辆人力车送她回到申屠家。申屠湘心里的蜜罐被打翻了，向来锱铢必较的她还赏了车夫多些银子，哼着小曲儿蹦蹦跳跳地走入窑洞。哪知一进门便看见申屠洪坐在天井中脸色铁青，似乎正是在这里等着她回来："阿湘!"

申屠湘转了转眼珠子笑着走过去扬了扬手中的年货："哥，你干吗对人家这么凶，我这不是忙着出去备年货吗。"申屠洪不悦道："你，你还说？你哪里是去办年货，根本是跟逄临齐幽会！阿湘，你知不知道廉耻啊，你一个未出阁的女子，跟那个凶狠的男人成天在路上成双成对地晃悠，你就不怕蓝关堡的口水淹死你啊?"

申屠湘扬起下巴嘟嘴道："干什么呀，你就会数落我。批命先生说过我一生大起大落，命无桃花，你瞧我二十多年都嫁不出去。之前说我倒追逄老板，你不乐意，现在人家逄老板自己喜欢我，你又不乐意了。哥，你是不是想让妹子一辈子当老姑婆啊？”

申屠洪气得浑身发抖：“你，你……阿湘，哥一再地纵容你，宠溺你，你要天上的月亮哥不给你摘星星，你出资相助哥唯一的女儿偷跑出去念书我没怪你半句，你在路上为几钱跟人叉腰吵架市侩得丢了申屠家的脸面，哥没说过你。你在天麻店搜刮了多少细碎银子，都能买得起另一座申屠堡了，哥也没计较。还有，让你和凤仙掌管家里的财务，那账是一塌糊涂，你占了多少所谓的小便宜，一天克扣一两银子，蚕食了大半个申屠家了，哥也睁一只眼闭一只眼！你是不是以为你所作所为，哥都看不见，是个傻子？越包容你，你却越骄纵，逄临齐的事绝对不行，你就是给我进冰玉堂，也别指望嫁给他！”

第六十六章　晚来天欲雪

“别吵了别吵了，爹，姑姑，我有事跟你们说。”正在这时申屠计芬从里屋捧着一封信和那枚随身携带的玉佩甜甜地笑着跑了出来拉住他们，她低下头羞红了脸笑道：“我……爹，这里是张聘礼的礼单。”申屠洪愕然地接过一看：“计芬，你有心上人了？”申屠计芬笑道：“他来提亲了，爹爹，你同意么？”申屠湘也睁大了眼睛：“提亲？怎么之前都没听你提过你有心上人？他是什么人，叫什么名字，长相如何……”

她激动地一股脑儿地问个不停，申屠计芬却害羞地一句都没答，转身跑回自己的屋里了。屋里的扈凤仙却早他们一步得知这件事，瞧女儿进来，赶忙又关起门窗小声问道：“是呀，这个男人是什么人，你为什么回来之后从来都没提到过？”

申屠计芬的笑容仍旧挂在脸上，却有些不同于先前，像是屋内的阴暗光线打在了轮廓上，令美貌的她五官变得更加深邃：“娘，你看这玉佩，就是他送给我的定情信物。他叫做黎正龙，绝对是申屠家的乘龙快婿，爹娘和姑姑都会喜欢他的，因为他不但取得女儿的欢心，而且还有一双巧手，说不定能就此打压打压逄家，助我们一臂之力。”她抿起嘴边的梨涡，神色幽然地向扈凤仙投去一个古怪的笑容。

快到傍晚时分，小梅端着刚刚煮好的川贝雪梨给顾婆清。顾婆清放下手边的账簿打开尝了一口，忽然想起：“这雪梨做得不错，给大少奶奶也端一碗去吧，天儿一冷，她的咳嗽又犯了。”小梅自从上次被顾婆清调走，这才刚刚回来，显然收敛了很多，柴有扬送她的金银首饰也都收起不敢再戴了，她垂下睫毛道：“大少奶奶和姨奶奶都不在家。”

顾婆清放下勺子，冷笑道：“嫱儿不在家是常事，宛萍这么个瘦弱身子，还动不动喜欢往外跑。”邹宛萍的确是拖着孱弱的身子踏着厚厚的积雪走了很远，走到快出山门的一个偏僻驿站，驿站里一人欣喜地赶忙迎上去，正是偷偷溜出来的臧九安，他见到邹宛萍，激动地拉住了她的手，“宛萍，辛苦你走这么远了。这段时间你都对我视而不见，更不肯跟我见面，是不是出什么事了？还有，你看，我已经攒了很多银子了，足够带你离开蓝关堡，卓姑娘跟大当家的说了吗？我们什么时候走？”

邹宛萍却猛地抽出她的手，露出那雪骨冰肌的皓腕——一只没有戴着他送的水晶手链的皓腕。臧九安不由愣住了，只听邹宛萍咳了两声道：“婆婆已经怀疑我们了，别说是怀疑我们，就连尔妮，婆婆也都起疑心了。还有，有良已经对我们的事一清二楚了，他没有揭发我，越是这样我越觉得对不住他。我思前想后，我还是不能走，不是怕被镬烹怕死，是有良身边现在太危险了。嫱儿如今染上赌瘾，把有良的银子都要败光了，二老爷又在有良身边煽风点火，婆婆一怒之下都收回了玉器店不让有良管理了。这样的情况下，我若不在他的身边，他怎么能受得了这么多的打击？九安，我也对不起你，这辈子让你我遇见本就是个错，我们别让这个错再错下去了，别再伤害更多的人了。”

“宛萍！”臧九安登时脑中一片空白，什么也不顾忌了，什么也不去想，一把从背后紧紧地抱住了她：“不要走，不要走……我听不懂你在说什么。宛萍，我这个人口舌蠢笨，不懂该说些什么，但我不能没有你。自从我流落至今，我从来没有这样的感受，从来没有一个人对我这么重要。我不知道假如没有了你该怎么办，我所做的一切，都是为了有朝一日能带着你离开蓝关堡，去过我们的日子。宛萍，我们两人都是真心相印的，既然已经冲破了世俗在一起，为什么不能坚持到最后？”

邹宛萍无声地滑落一滴泪砸在他的手背上，深深吸了口气：“九安，我没有什么好的，我体弱多病，人老珠黄，比你还要大几岁，又是嫁过人的女人，你为什么要对我这么好，为什么这么执着？我不值得……”

她挣脱了他拔腿就跑，那张大斗篷在雪地上划起一个优美的弧度，似是要展翅而飞，臧九安突然扑通一声跪在了雪地中，邹宛萍顿了顿，终究头也不回地走了。一晚上她都心神不宁，也不知臧九安走了没有，外面又下起了大雪，她不放心还是偷偷出去看看。哪知到了驿站，竟还看见臧九安跪在雪地之中，整个人身上覆满了白雪，冻僵在原地，邹宛萍心中阵痛，再也忍不住扑上前哭着抱住了他，呵着气用自己的体温暖和着他。

刚刚从山那边的桃花源回来的顾婆清正巧在驿站歇脚，悄然地看着这一幕，两行清泪不觉顺着脸颊滑落到嘴里，苦涩泛滥进心底。他们让她想起了一个人，想起了初次见到臧九安时他浑身散发着的熟悉酱菜味道，顾婆清掐了一下自己的胳膊，罢了。

“姨奶奶，现在很晚了，不如我们先回去明天再来吧。”乌烟瘴气的赌坊里人来人往，闫嫱拿着手中的骰子双手撑住赌桌，额头上微微沁汗。她已经赌了整整一天了，本来说好到晚上就回去，可从傍晚开始，逢赌必输，她已经将身上的银子输得干干净净。就如同着了魔一般，卓尔妮的劝告一句也听不进去。她微微喘息道：“不行，我把有良的银子都输光了，我一定要赢回来……”

卓尔妮拉住她道：“姨奶奶，当家已经对你不满了，你再这么晚回去要闯祸的呀，快走吧，明天尔妮陪你拿了银子再来赌。”她连拖带拉地将闫嫱拽了出去，闫嫱无力地推开了她：“你先回去吧，我不赌了，我要自己散散心。”

说着便甩开她向黑洞洞的街巷走去，卓尔妮的脑中忽地划过一个念头，这段日子闫嫱每日迟归，难道都是像今儿这样去所谓的散心？她正欲等闫嫱走远便跟踪上前，却见闫嫱还没走几步竟然晕了过去，倒在了厚厚的积雪里，卓尔妮惊叫着上前扶起她：“姨奶奶，姨奶奶！”她下意识地把了把脉，一时间愣住了：“喜脉？”

惊讶的又何止是卓尔妮一人，顾婆清听到这个消息，也不禁放下了手中的瓜子："有喜了？尔妮，你不会看错了吧？"卓尔妮摇了摇头："我已经把姨奶奶好生安顿好了，一夜睡过来已经醒了，只是不能再去赌坊受刺激。其实这也没什么大不了，我一直听说姨奶奶和大少爷的感情很好，而且大少爷也一直住在姨奶奶的屋里。"

顾婆清笑了一声，继续嗑着她的瓜子，看着手中的《康熙字典》。突然柴有良从外面风风火火地赶了进来："二娘，二娘！嫱儿怎么了？"瞧他一脸的疲倦，身上的工服都没有换下来，看样子是直接从玉器店跑来的，卓尔妮接道："恭喜大少爷，姨奶奶有喜了，你要当父亲了。"顾婆清虽然嗑着瓜子捧着书，可眼角却偷偷地向柴有良瞄去，只见他惊诧地张大了嘴站在原地，那惊诧中没有半点惊喜，但很快又收回了这古怪的神情，跑去闫嫱的屋里去看望她。

顾婆清这才放下手中的《康熙字典》，把口里嚼着的瓜子壳呸地吐了出来。她特意聚集了柴家上下，将闫嫱有孕的事宣布了出来，以后一切家务都不得让闫嫱动手，坐立进出都要有相应的人侍候，甚至她的一切吃食都要跟顾婆清的一样，一定要保住这柴家正房一脉的安稳。

不但如此，顾婆清更决定自己也不再去玉器店，要亲自在家里照顾闫嫱的胎，玉器店大权重新交还给柴有良。散了之后，柴国军满怀欣喜地拉着柴有扬回到屋里："这是个大好的时机啊，闫嫱有孕，柴有良必然心神不宁，哪有心思管店铺的事儿？大嫂也交出权来了，有扬，你该在这个时候趁虚而入，站稳了脚跟，把握了实权，成为真正的二当家。听着，今天晌午时分，你跟爹一起去醉云楼宴请几位大老板，这些大老板都是跟玉器店有来往的客户，有他们支持你，你在这里立足就更稳了。"

柴有扬心中大喜，哼哈着答应了过去，柴国军便先出去接见那些贵客，眼看时辰快到了，柴有扬穿着名贵的黑貂袄，手串和腰佩也皆是很有来头的玉石，把自己打扮得一副阔公子哥儿的模样，玉树临风地走了出去。才从屋里走出两步，就在路过窑洞右侧的一排低矮小屋时，忽然听见其中一间屋子里传来哗哗的水声，和着如同银铃般的咯咯笑声，柴有扬不由驻足透过那半透明的窗子向里望去，只见水汽弥漫的屋内放置着一个大木桶，一个女子正坐在桶中洗着澡，她撩起水花扑在圆滑光润的肩头，沾湿的发丝紧贴着肌肤勾勒出唯美的轮廓。

她嘻嘻笑着自娱自乐，纵然没有屏风和花瓣，却也极其撩动人心，她转过脸游了过来，正是小梅。柴有扬不由看得痴了，竟一不小心碰响了窗棂，小梅霍地从水中站了起来，整个胴体展露无遗："谁？是尔妮姐吗？"柴有扬推开门走了进去，小梅一惊，伸手遮住身子："啊，表少爷……"柴有扬却毫不回避，脱下身上的黑貂袄把她卷入，横抱起了小梅。

第六十七章　木雕小兔

这臭小子怎么到现在还没来？坐在醉云楼上赔笑着一桌大老板看着楼下人来人往的柴国军偷偷翻了翻自己的怀表，又恼又急，这可足足让人家贵客等了大半个时辰，再等下去也不知什么时候是个头，自己便主动站了起来举酒自罚：“各位老板，犬子许是在玉器店里忙得不可开交，实在无法脱身——啊，你们也知道，现在玉器店群龙无首，只有犬子掌管大局，请各位原谅，我今儿先自罚一杯，改天让犬子登门造访再向大家赔罪！”

他遣散了这些人，正气急败坏地想冲回去找柴有扬好一顿痛骂，却瞥见楼下路过一人正是柴有良，他眼珠一转，立刻令酒保换了一席餐，招手喊柴有良上来：“有良啊，叔伯今天特意在这里给你摆了桌酒好好庆祝庆祝啊，你们长房有后，大嫂高兴，你也高兴，我也替你们高兴。”柴有良摆了摆手道：“我还要去玉器店做事，叔伯也不要破费了。”柴国军硬拉着他坐了下来斟了杯酒给他：“哎，铺子里能有什么事啊，有扬也会看着的，你就放心吧。今儿我们好好喝一杯，你是不是不给叔伯面子？”

柴有良没办法只得被他拉着喝了一杯又一杯，柴国军似乎醉意上头，口中模糊不清地说道：“高兴，真高兴，你瞧我大哥多有福气，娶了个漂亮老婆，大儿子又独当一面，现在连孙子都有啦。我说有良，可惜了你这么能干，若是我大哥还活着，你早就当上了大当家的……好好好，不说扫兴的，就说高兴的事儿。你那美貌的小妾可真行，比宛萍争气多了，哎，你说宛萍怎么一点儿都不生气，还尽心尽力地替你照顾他们母子俩？这要是搁在清朝，宛萍的德行都能当皇后了，真是大度。不过哪个女人会这么大度，想我那死鬼老婆，生下有扬难产临死的时候，都死死地拉着我的手要我发誓不再续弦娶妻，宛萍真是懂事啊。”

柴有良听到此，用力地将酒杯砸在了桌上，溅出些许酒水，趁着酒劲索性说道："有，当然有这么贤淑，因为这个女人的心不在我身上。呵，我们夫妻十余载，她却一心想逃离我，只要嫱儿顺利生下儿子，她就功成身退，逃出蓝关堡了。还有嫱儿，她就真那么对我一心一意么，我从来没有想到会和她这么快有孩子……"

他猛地仰头又喝了一大口酒，柴国军眯着眼睛迷糊道："是呀，是呀，世界上的一切都是为我所用，而非我所属，没有什么是真正属于自己的。所以得不到的也不要强求，要享受已得到的，人会背叛，而金银财宝是不会背叛的。只有有了财宝和权力，那些背叛的人才会再回来。"柴有良缓缓放下了酒杯迷惘地点了点头："叔伯说得没错，有良以后以叔伯马首是瞻，帮着叔伯把柴家夺回来。"柴国军哈哈笑着拍了拍他的肩膀："别这么剑拔弩张，一会儿叔伯带你去嫣红阁轻松轻松，好好地享受享受，这才叫人生呢。"

"看看吧柴当家，你们柴家的事我本来是不过问的，可是玉器店再放在柴大少爷的手里可要败光了，请问我当年扶你上位又有什么意义?"逄临齐扬起一个本子狠狠地砸在顾婆清面前的桌上，她拿了起来翻了翻，微微变了面色，突然冷笑起来："呵，好啊，这小子出息了，两万两，他可真是让我大开眼界啊。要么不出手，一出手可比他叔伯和表弟还要狠，贪赃，我看他是故意要把这口恶气出出来吧，早前就发现嫱儿有身孕他似乎惊愕不已，自个儿管不好自个儿的家，受人挑唆离间，实在是太天真了。逄老板，这件事交给我办吧，我保证一克不少地将他缺逄家的玉石全部送还给你，但请你守口如瓶，给柴家留分颜面。"

逄临齐叹了口气点点头，又从怀里取出一份帖子递给她："申屠小姐的喜事定在来年春天，申屠家已经派人送帖子四处知会了，你看看。"顾婆清奇道："哦，申屠小姐?看来这男人是要入赘申屠家啊，不简单。"她说着翻开了帖子，赫然看见上面写着"黎正龙"三字，不由蓦地一怔。逄临齐继续道："是啊，黎先生已经快到蓝关堡了，申屠洪嘱咐让我替他安排在雕刻店谋事，等到大婚一过再安心在申屠家当姑爷。"

却见顾婆清凝视着帖子出神，对他的话充耳不闻，逄临齐凑近了些道："柴当家?"顾婆清回过了神，心烦意乱地将帖子折好收了起来。逄临齐道："柴当家，一会儿又要去申屠家开会了，趁着大太太在位，我们再谋些私利，让申屠家中悬无靠，将来行事更加方便了。你记得去跟大太太要减免玉器店工人们上交的赋税，我就趁势让她给雕刻店多招些人，这些人我都挑好了，到时候可以为你我搭桥，为你我所用，属于我们两个的人。"

顾婆清点了点头，起身拿了斗篷便跟着他一同去见扈凤仙。减免的事儿才刚刚提出，扈凤仙就冷笑着一口回绝："柴当家这是要多特殊啊，蓝关堡中人人都给族长上交税负，无一例外，怎么别人没话要说，就柴当家看不下去了?我们申屠家节俭自律，这么多年可没搜刮半点油水，我们也没有银子啊，何况计芬就快办喜事了，柴当家这不是要为难我们么?"

顾婆清本已想好了相应的对策，可一听见她又提到了这场喜事，不觉被牵走了话头："可是恭喜申屠小姐了，那位黎先生一定也是青年俊杰，我怎么会在这时候为难你们呢，大太太说得在理儿，是我要求过分了。"逄临齐不由愕然地向顾婆清投去眼神，她却浑然不知，她的事不成，他逄临齐又怎么能得寸进尺再要招人?她向来不是这样的人，应该早已想好了如何让扈凤仙答应，可这莫名其妙的失策，真是让逄临齐满心窝火。

"柴当家!"从申屠家出来，外面的大雪已然停了，逄临齐怒色地追上她，一白一黑的斗篷下，二人在雪地里并肩而行，"柴当家，你今天是中邪了么?怎么该说的话一句都没说。申屠家现在已在风口浪尖，就差我们推一把了，你白白错失好机会，居然失策于大太太，你到底怎么回事?"顾婆清脚下一崴，整个人不由踉跄了两步，逄临齐赶忙要伸手扶住她，她却自己站稳了："对不起逄老板，是我不好。"瞧她的脸色不对劲，像是受了风寒，逄临齐摇了摇头叹道："罢了罢了，已成定局，这些事将来再找机会再说吧。"

女芣如今也每日给逄临齐送午饭到雕刻店，见他专心致志地在刻店里雕刻着十二生肖，对自己熟视无睹，更不肯吃她送来的午饭，便急道：

“你是不是觉得我每个举动都是要害你，是不是觉得我送给你的饭菜里每粒米都剧毒无比？我知道，这若是柴当家送来的你便没有疑心了，可她才是你的死敌，我是你的妻子，柴家是水，无处可防啊。”逢临齐没有停下手中的刻刀，冷哼道：“格格是火，一点即燃，不是比水更可怕么。”

女苿气得扬手打翻了食盒：“你不吃我送的饭菜，也没机会和顾婆清再一起吃饭菜了。告诉你吧，她得的不是风寒，是寒热症，是半死之症，谁也保不了万全!”本以为顾婆清只是受了风寒，在家休憩几日便好，可猝然听闻她竟然患上的是寒热症，逢临齐大骇地手一划，刻刀划过木雕的小兔，扎在手上顿时汩汩流血，一滴血沾在了木雕小兔的眼睛上，鲜红无比。

当下卓尔妮才替顾婆清针灸完，她刚刚歇息下，卓尔妮撩了布帘走出去，迎面遇见风风火火跑来的逢临齐，只见他连件外套都没来得及穿上，手中还握着那只被血染了眼睛的木雕小兔，一看见卓尔妮便赶忙拉住：“卓姑娘，柴当家怎么样了？到底是怎么回事啊？”卓尔妮微微一惊，推开了他盈盈下拜：“逢老板怎么赶来了？当家那天回来之后起初以为只是风寒，不过头痛，怕冷怕热，可后来间日一发，浑身发抖，这才让我瞧了，原是得了寒热症。这病症搁在早前是要送命的，我先用中医的方法给当家稳定下了病情，现需找洋药急攻才能好，逢老板家中几人都懂西学，还请逢老板帮忙。”

他点了点头赶忙掀开帘子进屋去了，也顾不得避嫌，轻手轻脚地走到顾婆清的窗边坐了下来，凝视了片刻。她迷迷糊糊地醒了过来：“逢老板？”顾婆清一看见他，忙要起身，逢临齐却给她掖紧被褥道：“快躺下，躺下，我今天是纯粹来探望你，我回去就给你找洋药治病，一定把你治好，我不会让你有事的。你看。”他苦笑着拿出了木雕小兔塞进她的手里：“你属兔，这个是我特意为你雕的，本还想替你再雕一个小猪——是小少爷的，可是一听见你病了，我便立刻赶来了。”

第六十八章　新姑爷

顾婆清颤抖着手抬起了那木雕细细抚摸，眼角的泪水不禁悄然滚落：“真好看，好像要活过来一样。逢老板有心了，可你不该青天白日明目张胆地跑到我这里，这不是招人话柄么？”逢临齐抽了抽嘴角，道：“蓝关堡中的谣言就像这沙子，数也数不清，清者自清，还怕起风扬起这些沙砾么？柴当家，你一定要好起来，我们各自的心愿都还没有完成。我娘的死到现在还查不出端倪，能与我一步步走下去的只有你，你若是有个三长两短，我倒真觉得没了头绪。”

顾婆清微笑着点了点头，正要开口说什么，突然听见外面传来啊的一声尖叫，紧跟着一声轰然倒塌的闷响，顾婆清听得出那声音是卓尔妮发出的，急得立刻掀开被子下床冲了出去。只见对面正是放置着柴国瞿牌位的屋子，卓尔妮替自己爬上长梯给柴国瞿上香，哪知梯子毫无预兆地断裂，狠狠地将卓尔妮摔在了地上，顾婆清跑上前抱起面色痛苦扭曲的卓尔妮，伸手一摸她的腿脚，显然是摔断了。顾婆清恨恨地抬起泪眼盯着柴国瞿的灵牌咬牙切齿道：“有本事，你就冲我来！”

找洋药的事儿逢临齐断不敢交给逢肖娘和女茉，只得向逢临恭询问，得知有种青蒿草制的药物可药到病除，立刻放下雕刻店的所有事物，亲自下山奔波于省城和外地，已经去了六天了。而逢临恭担心着卓尔妮的腿伤却也没心思管理生意，终于忍不住亲自去柴家看望她。

顾婆清此时正坐在炕上发呆，从暗柜里取出一个锦盒，拿出里面的紫玉搔头放在手中轻轻摩挲着，真是奇怪，那支名贵的金钗她往日都是随手向首饰盒里一丢，倒是这土里土气的不起眼的紫玉搔头，如此珍而重之。她心中莫名地有些不安，忽然听见小梅传报逢临恭来了，立刻又将紫玉搔头藏好，出门迎去了。

“柴当家的寒热症可好些了？大哥这几日特意为柴当家下山找药去了，我一来是替大哥瞧瞧柴当家，二来……听说卓姑娘摔断了腿骨，我便带来些西医的药膏，劳烦柴当家帮我转交给卓姑娘。”

逄临恭上来就递给她一个景泰蓝的盒子。顾婆清摆了摆手道：“我这当下还觉着一阵冷一阵热，我该去喝药休息了，逄二少爷请随便，尔妮的屋子就在那边，逄二少爷有什么东西就亲自给她吧。小梅，扶我回屋休息。”逄临恭也来不及多想她究竟是故意的，还是天赐的机会，赶忙跑进了卓尔妮的屋里探望。卓尔妮丝毫没有料到，惊得慌忙要抬着打石膏的腿脚下来，逄临恭扶住她道：“你别动，别动，那天大哥回来就跟我说，看见你从梯子上摔了下来，真是搅得我这几天都睡不安，一定要来看看你，伤得重不重？”卓尔妮小声道：“你怎么来了，你……”

逄临恭把药膏塞进她的手里，道：“别怕，没事儿的。我还有件事想问你，是不是无论我做什么，你都会支持我？”他凑上前轻轻开口，卓尔妮惊讶地睁大了眼睛：“你想复清廷？”

过了两日，逄临齐千辛万苦地找到了青蒿药给顾婆清寄来，这纠缠半月的寒热症终于消除了。身子刚刚痊愈，顾婆清便想着亲自约好去雕刻店登门道谢，并告知那日小梅偷听到逄临恭所说的话，让他多为留心，如果不出她的意料，逄临恭应该早已和女苶联手了。

不知为何，她今日起来梳妆时，竟又取出了珍藏的那支紫玉搔头，让小梅替自己小心簪在髻后，配了件紫罗兰的锦袍，披着雪白的裘衣，趁着这会儿天晴便出去了。她没有让小梅陪着，独自一人踩着细碎的雪向雕刻店过去，却见雕刻店的后门处围着好些人，里三层外三层的，她心中一阵悸动，好奇地拨开人群也上前瞧瞧，只见人群中央站着一个头戴黑绒毛的瘦高男人正背对着自己。

顾婆清正要凑到前排时，肩头忽然被人一拍，转过脸来便看见了臧九安，他指了指里面道：“柴当家，你不知道吗，这是申屠家的准姑爷，已经来雕刻店做事了。申屠小姐的眼光向来刁钻，可偏偏对他情有独钟，大家都好奇想看看这位准姑爷呢。”

顾婆清缓了缓神，道：“哦，是那位黎正龙先生吧？”臧九安连连点着头带她一同往前挤：“听说这黎先生学富五车，博古通今，雕刻手艺出神入化，能与逄老板媲美呢。”顾婆清笑道：“那跟你的师父比起来呢？”臧九安闻言赶忙闭口不语了。

只见那站在正中的男人徐徐地转过身来了，可见他穿着豪华的貂皮大袄，花青色的锦缎衬得气质非凡。随着他的侧脸缓缓回过，一缕深邃的微笑荡漾在嘴角，顾婆清不由愕然地睁大了双眼，不可置信地凝望着这人群中的人。

她的目光从他的额头、鼻子、下巴一一扫过，不敢漏看分寸，那棱角分明的轮廓，那饱含书卷气的双眸，除了面容上被关外的风霜雕刻得沧桑，一切都与她的梦中一模一样。不可能，不可能……顾婆清不敢眨眼，只怕一眨眼，他就会像一粒沙子般被风吹走，无影无踪。多少回午夜梦回，都像这般情形，顾婆清猛地捏了捏自己，痛得不由叫了出声。

人群早已散去了，空荡的长街上只剩下她和听见动静而投来目光与之凝视的黎正龙二人，他们就这么相对站着，一瞬间仿佛时间静止了，雪花开始再度肆虐，一瓣瓣地落在他们的肩头、发尾和眼前。黎正龙的双目里似乎转瞬即逝地也划过了诧异，但立刻反应了过来，向她微微拜了拜，笑道：“阁下就是柴当家吧，久仰大名。”

顾婆清的眼里早已噙满了泪水，听到他那似乎从遥远的地方传来的声音，眼泪忍不住地滴落下来，踉跄地蹙眉向前一步步走，生怕发出的声音惊破了这场梦，她走到黎正龙面前，细细地看着他半晌，张了张口：“阿廷……阿廷……”说着颤抖着手从斗篷里伸了出来。黎正龙却猛地往后退了一步："柴当家？你没事吧？我是黎正龙。"

顾婆清忍不住泪如雨下，摘下了发髻后的紫玉搔头，哼起了那段越剧名段。黎正龙苦笑道："柴当家，你是不是认错人了？"顾婆清道："你，不认识我？"他笑了笑："在今天之前，我从来不认识柴当家，也从来没有见过柴当家，我是山西太原人，未曾来过蓝关堡，也未曾去过维扬，不可能见过柴当家。"

顾婆清收起了紫玉搔头，任泪水在脸上纵横："可我认识你，你为什么不认我……这么多年了，我从来没有想过还会有这么一天，我只是在熬着日子，熬着，盼着，早一点去天上跟你相见，如今见了面，你却说我认错人了。"

黎正龙被她这样弄得不知所措，见她神色恍惚，便想上前扶住她，顾婆清却苦笑着摇了摇手转过身一步步头也不回地走远了："或许，是我认错了，物有相似人有相同，你是申屠计芬的心上人，是申屠家的准姑爷，我宁愿是我认错了……"黎正龙看着她裹在裘衣里的纤弱身影，看着她发髻上紫玉搔头的流苏盈盈而动，似乎撩痛了他的双眸，半句话都说不出口，只能凝望着她走远，凝望着那件白色斗篷与雪地融为一体。

此刻的逄临齐却在雕刻店里怎么都等不来顾婆清，他心不在焉地低着头拿着刻刀削着手中的木雕，看上去虎已渐露雏形，忽然一双藕红丝绸刺绣小鞋撞入了他的视线，逄临齐欣喜地抬起头脱口而出："柴当家？"哪知顺着那人看上去，竟看见了时髦的酒红皮衣，长长的卷发，和那张稚气未脱的精致脸庞，那女子咯咯笑道："大哥，你怎么把我认成柴当家了？"

映入眼帘的却是逄肖娘，逄临齐的眼里划过一丝失落："淘气，还不都怪你，你平时不都穿高跟鞋的么，今儿怎么换成了绣花鞋？"逄肖娘歪着头翘起脚来左看右看，嘟嘴道："我也觉得不好看，土里土气的，可是奶奶要我穿啊，奶奶说要带我去探望大太太，说想把我许配给大太太的侄子，叫我一定要穿得端庄些，我这是偷偷溜出来的。其实我见了大太太，觉得她倒是更古里古怪，她跟奶奶说最近时常发噩梦，还经常梦见二太太呢。”

“我娘？”逄临齐心口忽地一揪，皱了皱眉头拉着逄肖娘坐下，却又转了话题，“哎，你说说，大太太的侄子品貌如何，你看上了没有？”逄肖娘伸出拳头砸了他两下，那娇羞可人跟发病时的恐怖简直判若两人：“肖娘不要嫁，肖娘要陪着大哥二哥和奶奶。就像大太太所说的，可别到了真正失去的时候才心有余悸，别看她平日和二太太争风吃醋，可是二太太死了，她也辗转难眠，心底舍不得呢。”

逄临齐冷笑一声：“扈凤仙……你是不是觉得她的脸色很不好，似乎有点精神恍惚？肖娘，大太太有没有表现出特别想见谁？”他心中暗道，莫非我娘的死跟她有关，让她紧张得睡不着觉？但领教过扈凤仙，她虽然有些手段，但跟我娘比起来还是差远了，莫非她的背后另有高人操控，这人才是杀死我娘的真凶？逄肖娘笑道：“想见我呀，她想让我跟她的侄子成亲呢，可我不想见她，也不想嫁给她的侄子。”

第六十九章　紫玉搔头

逢临齐心中起疑，便找了个机会再亲自去柴家造访顾婆清，谁知却看见顾婆清手持着自己送来的咖啡色玻璃瓶洋药斜靠在炕上发呆，他放下帘布转身问卓尔妮道：“你家主子的寒热症不是好了么？”撑着拐杖勉强站起的卓尔妮睁着大眼睛凝视着他道：“是好了，可当家现在是心病，究竟是什么心病我也不知道。那天当家说去找你道谢，回来就成这样了。”

逢临齐蹙眉道：“那天她没来我这。”他犹豫了片刻，又掀起门帘走了进去。顾婆清一个激灵，信手把药瓶塞到了枕头底下，立刻换上高雅的微笑：“呀，逢老板来了，我实在没时间去你那里谢谢，今天一并向你好好道谢，要不是你这青蒿药，我早已命丧黄泉了。”逢临齐扬手止住，道：“客套话我们两个就别说了，你寒热症痊愈我也高兴，现在是时候我们该联手做事了。我从种种现象看来，我娘的死跟大太太扈凤仙似乎有关，而扈凤仙的背后似乎还有高人，我怀疑她急于想见的高人并不是肖娘，而是……奶奶。”

顾婆清揉了揉太阳穴闭着眼道：“逢老板的思维是越来越让人匪夷所思了，老太君德高望重，又信仰神佛，绝不可能是她，我看这件事无须再查下去了，二太太既然明知道有人要害自己还从容赴死，说明她不想揭穿这个人，我们何苦让二太太不得安息？”

他张了张嘴，吐了一口气：“柴当家，你这是拒绝跟我合作？”顾婆清看见他的手摸了摸腰间的短枪，却毫无惧色，悠然道：“也可以这么理解，不但二太太的事，就连申屠家的事，我也不想再掺和了。你知道我唯一的愿望就是找到老爷的宝藏，带着有浦远走高飞，现在除了这件事，其他的我都不想过问。”

逢临齐放下了摸到枪柄的手，却猛地抬手摘下了顾婆清髻后的紫玉搔头，动作之快令她登时怔住。他转着这支紫玉搔头，开口道：“柴当家怎么总爱戴这支簪子，不爱戴柴家的金钗？寿辰戴一次，腰鼓节戴一次，每逢大事都喜欢戴，现在没发生大事也天天戴，是不是把你的心搅和得翻天覆地的大人物出现了？那天你没有来雕刻店，却在雕刻店的后门跟申屠家的准姑爷泪眼婆娑相凝，整条街的人都看见你追着哭着喊他阿廷，你是不是以为我是聋子，瞎子？我不会追问阿廷是谁，也不会追问你是谁，我只知道你是我一手扶上位的柴当家，你该为我所用，我们互利互惠，谁也不能临阵脱逃。”

顾婆清倒吸一口凉气，伸手抢回了紫玉搔头：“逢老板明人不说暗话，我除了从命还能怎么办。”隔着一幛帘布，撑着拐杖的卓尔妮侧耳听见他们的说话，心中也暗暗纳闷，申屠家的准姑爷怎么会跟当家有关系？难道蓝关堡里的谣言并非空穴来风，她一直视作恩人的主子，莫非真的来历不明？

趁着逢临齐不在家的当儿，女茉以女主人的身份时常进出雕刻店，说是替逢临齐看管家业，实则是在雕刻店里与逢临恭密谋反民复清。她的手上还有一些清廷后裔，又有不少的银子资助逢临恭购买红衣大炮和火药，只等着机会一到，便可以提前开攻，无须等到找出前二品大员柴国瞿私藏的国库银子了。

有了女茉的许诺和娶到卓尔妮的目标，逢临恭做起事来更是尽心尽力，不多会儿便联系好了以前在一块儿念书的志同道合的同窗们。眼看着一切准备就绪，这天女茉在雕刻店的密室里等着和逢临恭商量最后一步，逢临恭突然慌慌张张地跑了进来：“大嫂，大嫂，不好了！十门红衣大炮在海关被拦截下来，枪支弹药一应查封了，我看很快就会查到我们的头上了。”

“什么？”女茉惊愕地瘫坐了下来。逢临恭狠心决绝道：“为今之计只能让我们的兵勇顶替，弃车保帅，只有我们万全了才能日后进行部署。”女茉摇了摇头痛心道：“那我们岂不是损兵折将了？我认识的几个大清水师也不能将此物蒙混过关么？”

逄临恭道："现在是民国的天下，大清水师不堪一击。"女茉不甘心道："青帮呢？不是说你们曾经试过让青帮走水路而行么？"他捏紧了拳头狠狠砸在桌上："青帮全部是柴当家的人。"女茉叹了口气，沉吟片刻忽然冷笑了起来："柴当家的人？她不是维扬富商的千金小姐么，哪个千金小姐有这么大的号召力，还集江湖草莽。我先回去了，我们计划初始便受挫，要好好想想以后该怎么办。"

她踉跄着回到了逄家，进屋就把自己反锁了起来。复国计划是一拖再拖，就怕时间搁得越久，成功的几率就越小，她费劲了这么多心思忍辱偷生，不就是为着打回紫禁城的那一日么？女茉无力地走上土炕靠着躺了下来，伸手取出床头的一个珍藏的妆奁轻轻打开，里面装着满满的金银珠宝——全部是清朝的饰物，那镂空的金护甲、大拉翅旗头上的银扁方、法兰西双层琉璃的鼻烟壶，还有……还有一样，她没有放在妆奁里。

女茉犹豫了片刻从陪嫁的大樟木箱子里取出一根细长的烟杆，这烟杆是曾经老太后用过的，可她的玉指在里面压满的不是烟草，却是黑黢黢的大烟。或许只有在烟雾缭绕中才能圆了自己复国的梦吧。她迷迷糊糊地翘着腿吞云吐雾，也不知过了多久，双眸似闭未闭，只听见吱呀一声门响，逄临齐竟然一反常态地来了她的屋子。

"咳咳，你在搞什么玩意儿？"难得进一次屋，弥漫的烟雾却让逄临齐厌恶地皱起了眉头，手不停地挥动着烟气："你在吸食什么东西？"他回过神来，竟看见不知何时又拿出了清朝朱紫宫服穿上身的女茉靠在榻上抽着，登时脑中一嗡，冲过去就要抢过来，哪知她的力气却比自己要大出许多，他回头一看，榻上还放着一包黑黝黝的竟是福寿膏。

他骇然指着那包福寿膏道："敖佳·女茉，你疯了，你抽大烟？你看看你像什么，半人半鬼，简直令人恶心！"女茉竟然红着眼突地跳了起来，仍旧烟不离口："我好歹还是令人恶心，不像你，被人恨毒了还浑然不知。大烟怎么了，你瞧这些云雾里的世界，不比现实的世界要明明白白得多？半人半鬼又怎么了，有的人还不如鬼呢。你看得懂身边的人么，你知道谁想害你谁想帮你么？你不过才是肤浅，只会为了表象而一头栽进去，自诩高傲和深情，殊不知你的情义都用在不该用的人身上了。顾婆清不会真心帮你已是不争的事实，你以为你的弟弟妹妹就是跟你一条心么，你以为你尊敬爱戴的奶奶，呵，她就同样爱着你么？”

“你住口！”逄临齐的脸部不由抽搐了几下，按着腰间的手背上已显出了不少青筋。女苿却像着了魔般哈哈大笑：“你奶奶根本就不喜欢你，把你带在身边优待实则是给你灌输复仇的思想，让你杀你娘。叫你打理雕刻店，实则是让你打下江山给她最疼爱的二孙子当无忧皇帝，到时候就是你该功成身退的时候了。亏你自以为聪明，却被一个老婆子玩弄于股掌之间。”

逄临齐再也忍不住，猛地抽出枪柄狠狠地向她头上砸去，女苿登时头破血流倒在血泊之中，鲜血淌了一脸，可她似乎不知道疼般，哼哼着躺在血中继续抽着她的大烟，逄临齐大怒拂袖而去。

“逄老板，大寒天的半夜把你叫到这黄沙崖，实在为难你了。可是只有站得高才能看得远，你知道，二太太生前只留下了两条线索，一是你和她的九颗蜜蜡佛珠，二是红烧肘子。你来呀，站在这高处往下看看，宽阔的视野能不能让你想到什么？”顾婆清依旧一袭宽大的纯白睡衣，披散着长长的黑发，在白衣上绽出一幅水墨。下雪的日子她索性连风沙斗篷也不披了，却一如既往地赤着脚，这次是踩着厚厚的积雪，像是感受不到丁点寒冷。逄临齐道：“光这么远瞻而不深入总是不行的，若是进申屠家细查，只有靠姑奶奶。”顾婆清转过了冰冷的脸庞：“姑奶奶为人单纯，你又要利用她？”逄临齐不作声，将手中的蜜蜡佛珠递给顾婆清，紧了紧厚袄转身离开了。

临危受命的申屠湘却二话没说，放下了往日的傲慢和泼辣，全心全力地暗中相助逄临齐和顾婆清。这些天申屠洪才从丧爱妾的悲痛中缓过神来，看见扈凤仙掌管的生意无功无过，决定痛定思痛，重新施行计划让蓝关堡的人以申屠家为首。申屠湘偷听到他们的谈话，心想着若是在他实行之前找到杀死二太太的凶手，或许还能免除一劫，便努力地回想着支离破碎的线索。

红烧肘子，对了，二小嫂一向吃斋念佛，死前居然要吃红烧肘子，念珠所指的方位也是厨房，看来必须去厨房走一趟。她立刻提起裙摆蹑手蹑脚地跑进了厨房，这会儿还不是膳食时间，厨房里也没几个下人，申屠湘捋起袖子向他们挥了挥手，摆出一副自己炒菜的架势让厨子都下去了。等到空无一人，她拿起手中的锅铲子四处敲敲打打，却在土灶下发现了一块不起眼的看上去像煤炭般的石盒，申屠湘心念一动，赶忙东张西望地俯身捡起打开，却见里面不过是一张红烧肘子的方子，她皱着眉失望地念道："红烧肘子，精肉一斤半，精盐十克，八角桂皮各五粒……哎呀，什么跟什么呀，根本就不是。不管怎样，还是拿给逄老板瞧瞧吧。"

第七十章 蓄 火

“柴当家，你看看有什么不妥？我们是不是找错了方向？”三人悄悄相约在酒楼里的一个包厢之中，逄临齐紧蹙眉头凝视着方子，将它交到了顾婆清的手中。申屠湘百无聊赖地趴在桌上左看看右看看，只见顾婆清忽然开口道：“没估计错，正是这个方子。逄老板，上次你把你的念珠也留给了我，我仔细瞧了瞧，你看，”她说着把两串一样的蜜蜡佛珠摊在了桌上指着，“这上面都镌刻着六字箴言，可是你和二太太的箴言颗粒数颠来倒去，不如我们就着完整的六字箴言数一数这两串念珠，再按照正确的颗粒数，从方子里数字。”

申屠湘登时来了兴趣，抢过来当即便数：“唵嘛呢叭咪吽……你们看，我排好顺序了，从念珠上数是十一、一、十六……”逄临齐急忙扯来方子挨个儿数道：“盐，红……桂。”此言一出他登时愕然了：“严红瑰？奶奶？”顾婆清看上去平静如常，可心中也猛地咯噔一下，申屠湘大叫着拍案而起：“啊？杀死我二小嫂的竟然是那老太婆？好哇，这个老太婆平常看上去和蔼可亲吃斋念佛的，居然佛口蛇心，手段如此狠毒！”

逄临齐按着她的肩膀压回座位上：“这件事只是我们猜测，何况就算是真的，也需你大嫂从里帮衬，否则不可能得手的。姑奶奶，这件事牵连甚广，你……”申屠湘叹了口气道：“既然我帮你，自然要帮到底，你放心，我守口如瓶，不会说出去的。”顾婆清折起了方子往火盆中一丢，拍了拍手上的灰尘：“这就是你要查的结果，逄老板，我劝过你不要再查了，你不听。”说罢起身便走出了包厢。

逄临齐失望地颓然瘫倒在桌上，立刻着人上了好几坛烈酒咕嘟咕嘟地灌着自己，申屠湘一阵心痛，伸出戴着白纱手套的手一把把他的酒坛抢了过来。逢临齐已有醉意，推开她踉踉跄跄地走出了酒楼，外面的风雪已烈，夜色已晚，申屠湘放心不下他赶忙跟着追出去，连自己的金丝袄衣都来不及穿。逢临齐道：“别拦着我，姑奶奶，你不知道为什么，我却想得通为什么。我爹刚死我娘就改嫁了，奶奶恨透了她，加上肖娘的病被我们察觉，原是受我娘改嫁的刺激才种下的病根。奶奶为了自己心爱的孙女，真是绞尽了脑汁想让她彻底消失。是奶奶，所以我娘才宁可赴死也不肯避劫，她留下的线索是怕有朝一日我有危险，可以以此事要挟，我真是善恶不分，看不清谁才是对我最好的，我简直是个混蛋。”

他说着扬起手狠狠地掴在自己的脸上，申屠湘心痛地紧紧拽住他不由落泪道：“逢老板，逢老板，你别这样。”逢临齐的酒量本是很好的，可今儿才喝了一些就觉得胃里翻江倒海，忍不住跌撞着倒在了路边门店的台阶上吐了两口：“没有人真心对我，都是在利用我！”申屠湘却不顾他吐得一身污秽，上前替他披好了大衣，双眸盈盈含泪侧过头悬空靠在他的肩上，看着地上的影子已然靠在了一起，抿嘴微笑喃喃道：“逢老板，我是真心对你的，无论怎样我都会陪着你。”

可逢临齐却没有回应，只是红着眼双手搭在腿上合起放在嘴边，无言地凝视着雪夜。与黎正龙约会夜归的申屠计芬不偏不倚地撞见这一幕，她心中微微一怔，是呀，自己怎么就没有想到，既然姑姑对逢临齐一往情深，何不利用姑姑，让我的正龙趁机夺取逢临齐的大老板之位，担任雕刻店大梁，这样一来申屠家不费半点力气就可以掀翻逢家了。然而黎正龙和申屠计芬散了之后，他正漫不经心地在雪地里散着步，风雪覆满了发鬓，他伸手摸了摸，一丝丝的冰冷沁入脑中，忽然听见身后传来一声：“黎正龙。”

他下意识地以为是申屠计芬，赶忙回过头去，却赫然看见冗长幽深的巷子里孤零零地站着一个大着肚子撑着伞的女子，瞧她那仙姿绰约，就算有身子也不减魅力，必定是蓝关堡出了名的九天仙子史妧之了。史妧之意味深长地笑着走到他身边，一番打量：“你是黎正龙？”他点了点头，以微笑作答：“史姑娘好，天色晚了，史姑娘还不回去？”史妧之却道：“我是特意出来找你的，黎正龙，我知道你是谁，也大概明白你来蓝关堡干什么来了，不如我们一起合作，让那些该死的人罪有应得。”

黎正龙显然一顿：“史姑娘在说什么？这都是怎么了，柴当家说话也怪怪的，史姑娘说话也怪怪的，我真的听不明白。”史婉之忽地哼起了一句江南小调，颇有意味地道：“你还不明白么？”黎正龙顿时故作头痛欲裂：“哎呀，史姑娘，我的头好痛…….我以前摔过一跤，头撞到石头的，可能有些事真的记不得了。史姑娘，我不知道你想让我跟你合作什么，也不知道你想干什么，但是我奉劝你一句，别轻举妄动，也不要过于执着，这样对其他人对你都不好。”

史婉之冷眼看着黎正龙转身而走，心中却更加确定了他的真正身份，默念道，执着的何止我一个人？你若是不执着，就不会回来了。从我跟逄临恭来到蓝关堡至今，我什么都没来得及做，还让逄家的人害死了邬春玉，我不甘心，我要替邬春玉报仇，要杀光逄家所有的人为她陪葬。史婉之暗暗地捏紧了拳头，也不知怎么就回到了柴家，刚刚迈进窑洞大门，便看见左侧的大少爷书房还亮着灯，看样子他既没去邹宛萍的房里，更没有去看有身孕的闫嫱，史婉之心念微动，这是个好时机。

她蹑手蹑脚地走到门帘边轻轻地咳了咳，柴有良果然清醒道：“谁？宛萍么？”她伸手掀开了布帘挺着肚子走了进来：“大少爷，这么晚了还在看书？”柴有良没想到是她，赶忙给她拖了个凳子坐下：“史姑娘，你小心着点。我是想多学着料理雕刻店的事，希望有朝一日能真正掌管，你知道二娘还是信不过我的。”史婉之笑道：“大少爷这么想就错了，我现在快做母亲了，我理解柴当家的想法，她那是护着你。你不知道申屠家和逄家有多么难对付，我曾经在逄家住过，那一个个都是蛇蝎心肠。你或许还不知道吧，二太太的死就是那老太婆一手造成的。不过大少爷，你若是想立功，尽快独当一面，不如先替柴当家除掉逄家。”

“请史姑娘赐教，史姑娘在逄家这么久，一定知道他们的弱处。我听说逄小姐好像有疾症，或者可以从逄小姐的病入手？”哪知史婉之转了转眼珠，却笑道：“那都是传闻，不足为信。大少爷，若是想行事千万不可以人力跟他们斗，你斗不过他们。倒是蓝关堡的天气，是个有利的助手。公瑾攻孟德是万事俱备只欠东风，可蓝关堡的风沙厉害啊，一点即着，就看大少爷敢不敢点这火苗了。”她打了个哈欠，起身道：“这几天风干日燥，真是要小心火烛了。大少爷，我回屋休息了。”柴有良被她挑唆得已然心绪不宁：“东风俱备，只欠行事？”不由得望向了桌边的几根早已废弃不用的蜡烛。

“不好了，走水啦！走水啦！”一阵警锣叫喊划破了蓝关堡寂静如沉沙的夜，逄临齐猛地睁开双眼，只见书房外面一片火光熏红了整个逄家，他第一反应便冲了出去，挨个儿敲醒正在熟睡的亲人，敲到严红瑰的门前，他却犹豫了。眼见着年迈的严红瑰大惊失色地蹒跚往火海之外跑，突然一根横梁被火烧断，轰然向她砸去：“奶奶小心！”逄临齐脱口而出，冲进火海一把拉过严红瑰逃了出去。这场无名大火烧得极其旺，竟波及了在逄家窑洞之后的一间小草屋。然而草屋着火更加严重，登时烧成了废墟，砸落的屋顶不偏不倚地重重砸在了躺在床上的柴有扬的双腿上，但却护周全了他身边的小梅。小梅失声大叫，也不知哪儿来的力气，拖着已然昏死过去的柴有扬从茅屋里跑了出来，却已筋疲力尽晕倒在一片黄沙之中。

“大少爷，大少爷，逄家怎么会忽然起火，难道是你……”逄家走水的事情不胫而走，虽然火势已然控制住了，史妧之仍装作惊讶的模样跑到柴有良的面前问道，“大少爷，我只是叫你见机行事，不是叫你真的煽风点火啊，逄家怎么样，有没有人伤亡？”

坐在阴暗之处的柴有良抬了抬眼，双手搁在桌上咯噔咯噔紧紧地攥着，阴沉道：“可惜没有。没想到我这一纵火，该害死的没害死，倒连累了有扬，不过他也罪有应得，算他倒霉吧，谁让他在茅屋里跟小梅偷欢。”史妧之闻言如雷轰顶：“你，你说什么？表少爷怎么了？”柴有良缓缓吐了口气：“被着火塌下来的房顶砸断了双腿，整个人都瘫痪了，再也站不起来，一辈子只能在轮椅上度过了。史姑娘，他对你始乱终弃，这种人就该受这种惩罚……哎，史姑娘，史姑娘！”他话还没说完，史妧之就登时晕了过去。

第七十一章　马贼之女

醒来的时候也已万念俱灰，史妧之怎么也没想到，她曾三番五次玩弄他人的感情当作棋子，最后竟真心地爱上了送自己依米花香水的这个花花公子。当她昏迷的时候柴有扬要杀她，当她怀着孩子的时候柴有扬却死性不改地在外风流快活，还是跟一个低贱的婢女，还是在曾经二人幽会的茅屋里。

史妧之是恨他，但从来没想过让他死，她一手策划的火烧逄家，却兜兜转转地波及到自己心爱的负心的男人身上，史妧之不知该喜还是悲。她呆呆地凝望着没有点灯的黑漆房屋，感觉巨大的阴霾向自己压了过来，她忽地浑身一颤，低头看向台上的一碗赭色的药，皱了皱眉头似乎下了很大的决心，仰头一口饮尽。

“啊！”掀开门帘正走进来的邹宛萍不由骇然尖叫，手中的食碟全部掉落在地上砸得粉碎：“快来人啊，救命啊！史姑娘……史姑娘落胎了！”只见史妧之已然昏死在血泊中，胎儿早已胎死腹中，幸而邹宛萍发现得早，否则必定是一尸两命。救治及时，虽然保住了史妧之的性命，但可惜那就快足月的胎儿被生生地打了下来。

邹宛萍痛心疾首地坐在她的床边一口一口地喂着调理身子的药，史妧之什么话都不说，只是双眸不住地流泪。邹宛萍叹气道：“史姑娘，你也真是糊涂了，不管发生什么事，孩子都是无辜的，何况他都快足月了，你这又是何苦呢？你现在又不肯吃药，不肯吃饭，你是不是想把自己也整死？”

史妧之翻了个身，药从口角悉数流淌了出来，纵然邹宛萍再悉心地照顾她，她却是滴水不进，这才几天人便已骨瘦如柴，眼看着跟邬春玉临死前的模样那么相像，邹宛萍都忍不住偷偷抹泪。这天史妩之却突然开口了："柴当家，柴当家……"邹宛萍赶忙跑去找顾婆清，哪知这些天她连面都没有露，人也不知道跑去哪儿了。

"姑奶奶，这就是三太太当日给二太太买的红烧肘子，一点都没动过。"此时的顾婆清却在雅座里单独约见着申屠湘，二人面前的桌上放着一锅用青花瓷器盛装的红烧肘子，已然馊得厉害，不少苍蝇都围在这里嗡嗡乱飞。

申屠湘点了点头："你为什么还要查，不是已经查出来是那老婆子害的么？"顾婆清却不理她，拿出了拆下的三颗蜜蜡佛珠轻轻往青花瓷器上一比画，登时与上面的图腾构成了一个新的图形——一个星月的形状。顾婆清赫然睁大了双眼，掩饰不住眼里流露出的愕然，赶忙收回手，道："其实也瞧不出些什么了，有劳姑奶奶了。"

直到申屠湘走了，她整个人颓然地瘫软了下来，自言自语道："怎么会是星月的形状，这不是他的标记么……二太太死前竟然还留下了他的标记，难道二太太跟他认识？啊，是了，不是说二太太以前被捉走过么，那么他们是什么关系，莫非……"

"当家，当家，我可找到你了，史姑娘快不行了，她口口声声喊着要见你呢。"卓尔妮跑进来的声音打断了顾婆清的冥想："什么？她可不能死！"顾婆清一改常日里对她不闻不问的态度，立刻随了卓尔妮跑回家去。她却没有径直去史妩之的屋里，倒是先去了柴有浦的房间里，找出一把小手枪和一支弹弓，顾婆清特意遣走了所有人，屋里只剩下她和史妩之二人，史妩之的眼神已然涣散，却紧紧地抓住她的手："柴当家……"

她这副模样让谁看了都忍不住落泪，顾婆清却微笑着拍了拍她的手："别说了，我知道你想说什么。妩之，你不能轻生啊，你看看这些是什么？"她说着一手拿着小手枪一手拿着弹弓举在史妩之的眼前，史妩之顿时泪流满面，再也说不出话来，顾婆清道："孩子没了便没了，人生在世谁没做错过事，谁没有糊涂的时候？可是做人要往前看，要有自己的信念，你心中的不甘，难道就到此为止了么？来，我喂你喝药。”史妩之点了点头，终于张开了嘴吃下了药和米粥。

说来也奇怪，本来已经不行了的史妩之被顾婆清这么一激，重燃信念，竟然一夜之间痊愈了，第二天她竟像个没事人儿似的，恢复了初次来到蓝关堡的风韵，丝毫看不出受损，一大清早地便出了门，回到曾经住过的逄家见见曾经的好姐妹逄肖娘。

一听是史妩之相约，逄肖娘高兴极了，立刻换上了新买的黄白格子相间的裙摆毛呢大衣，戴上镶有珍珠的礼帽，好一番打扮，将史妩之相约在了街头唯一一家洋茶馆。在这透明玻璃格局的洋茶馆里，史妩之一身翩跹的白衣显得格格不入，看着逄肖娘熟稔地点了两杯咖啡，翘起兰花指学着她的模样搅了搅瓷杯里的褐色液体尝了一口，顿时皱起眉头：“肖娘，这个好苦啊。”

逄肖娘咯咯笑着给她加了些糖，道：“我今儿真是太高兴了，之前出了那么多事，看到你现在安然无恙我就放心了。”史妩之抿了一口，道：“我是想通了，最糊涂的人是我，被表象所蒙蔽，遇人不淑受了骗。想当初我和临恭一起回蓝关堡，若是悉心领会他的一番心意，我也不至于落到这地步。”

“二哥？”逄肖娘的银勺子应声停了下来。史妩之故意继续道：“是呀，其实在念书的时候我就知道临恭对我好，可是我不领情。他倒是个谦谦君子，一直对我有礼有节的，我知道同窗同学们暗地里都把我们比作梁山伯和祝英台。后来看我孤苦无依，他还愿意收留我在蓝关堡，可惜我太傻，错失了身边这么好的一个人。”

她说着说着，瞥眼看见逄肖娘握着银勺子的手已不住地颤抖，晃出叮叮咚咚的声音，逄肖娘终于忍不住，扬手打翻了杯里的咖啡，顿时目露凶光霍地站了起来：“史妩之，你还想和我二哥在一起？你做梦！”说罢迅速抽出史妧之腰间的长枪扣紧扳机直顶上她的太阳穴，店里的人尖叫着仓皇而逃。就在这时，严红瑰突然拄着拐杖带着一群家仆破门而入："来人，把大小姐给我押回去！"

"老太君，你还真的来了。"史妧之莞尔一笑，悠悠地站了起来。严红瑰眯起眼睛指着她气得半晌说不出话来道："你……来人，把史妧之也给我押回去！"终于如愿以偿地回到了这里，史妧之口角含笑随着拄着拐杖回到窑洞的严红瑰进去，身后的一扇扇大门纷纷轰然合起，走在前面的严红瑰却浑然不知，直到把史妧之带回了自己的屋子，亲自关起了门，怒气横对："史妧之，你给我跪下！肖娘的病你是最知道的，你为什么还故意刺激她？"

哪知一到了屋里，史妧之登时也变了脸，昂起头冷笑道："是为了引蛇出洞啊，老太婆。"严红瑰没想到她竟然如此嚣张，顿时气得胸口起伏，脸色涨得通红，看样子是哮喘快发了，对她说道："你，你……"史妧之笑道："你别这么快就生气，你把我的话听完了再生气也不迟啊。我可不想做逢临恭的义妹，也从来不想在逢家过一天，多待一刻我都觉得恶心。可是我要替我爹报仇啊，我要藏在蓝关堡害死你们三大家族的人，是你们逼得我爹落为草寇，是你们三大家族争斗不休连累了我娘陪葬！"

严红瑰愕然地怔住了："你爹是谁？"史妧之一字一顿地凑近了，诡邪一笑："苗——乾——风。"严红瑰登时如雷轰顶跌坐在了凳子上，骇然抬头向四周看去，那些自己关起的门窗竟然不知何时悉数被人反锁并上了封条，她和史妧之都出不去了，严红瑰喃喃道："内鬼，有内鬼……"史妧之哈哈笑道："你现在知道怕了？你害了我娘，又杀了我爹最爱的女人，你现在才知道怕？你不用隐瞒，你杀郧春玉并非是为了逢肖娘，你早就知道当年郧春玉被我爹一行马贼捉上山之后再回来，你的孙子已经不是你的孙子了，你心知肚明。"

一直站在门外的逢临齐听到这句话，陡然浑身一颤，顿感周身冰凉，不敢再往下听，可严红瑰却喘着粗气笑道："好，好，这个马贼头头果然养了个聪明的闺女。你说得不错，逄临齐他是你同父异母的兄弟，他是你爹苗乾风和我那不争气的儿媳邬春玉私通的野种！”

如同万箭齐发射在逄临齐的心口，他只觉得严红瑰的声音遥远得仿佛在天边，整个人忽地脚下一软，眼前蓦地眩晕，正差点倒下，却被一只纤细的手扶住了：“逄老板，你要挺住啊。”他渐黑的视线里淡出了一身藕色旗袍的顾婆清的身影，他点了点头，只听得里面又传来严红瑰的声音：“那贱妇跟马贼好上了，竟然还把骨肉生在我逄家。好，我就将计就计，让她生下孽种，再将那贱妇狠狠地虐打，然后扫地出门。那孽种就收在我的身边，我要让他替我唯一的孙子打下江山，拿他当靶儿使，让他恨透邬春玉，让他母子俩自相残杀！”

史妧之道：“想不到你天天吃斋念佛，你的心肠却是这么狠毒，怪不得逄肖娘会患上怪病，原是亲眼看见你怎么虐待邬春玉，这就叫报应。现在报应的时辰到了，该报到你的身上了。妧之要为你跳一支舞。”她忽地从白袖底抽出一柄羽毛扇子，那扇子上沾满了棉絮，她轻盈地跳起了舞，忽扇的扇子不断地凑近严红瑰的面前，严红瑰的气已经喘不上来了，呼哧呼哧地涨红了脸，而站在门外听着的逄临齐却终究狠下了心肠袖手旁观。

第七十二章 小 梅

屋内终于没有了声音，顾婆清踢开了房门，赫然看见史妧之仍在浅笑盈盈地舞扇，而严红瑰已然涨紫着脸窒息而死在座位上，惊恐的双目圆睁着死不瞑目。逄临齐却连看也不看一眼，转身走下台阶：“传我的话，逄严红瑰勾结马贼，图谋不轨，今畏罪复发哮喘而死，逄家上下不得办葬礼，逄家不设灵堂和神主位，从逄家族谱永久划出，拖去乱葬岗弃尸。”

顾婆清看着他瘦瞿的背影孤零零地渐行渐远，她心中竟忽地一阵怅惘。史妧之心满意足地从屋里跳着舞走了出来，顾婆清意味深长地看了她一眼：“原来你真的是苗乾风的女儿，此仇已报，至于你亲娘的仇，用不着你来动手了。”

严红瑰猝死于家中的事登时震惊了整个蓝关堡，逄肖娘和逄临恭更是悲恸欲绝，可逄临齐仍旧冷面不动，严令逄家众人不得违反自己这个当家的命令，那两兄妹已然怨声载道，只得夜里悄悄去乱葬岗寻找严红瑰的尸体。然而乱葬岗是什么地方，那里有成千上万的白骨，散发着腐烂的气息：夜色之下二人怎么都找不到严红瑰，只得泪流满面地跪在乱葬岗上一炷清香拜了一拜。

大清早的，卓尔妮给顾婆清端上红豆羹的时候也忍不住道：“当家，逄家现在已经自顾不暇了，已经四分五裂了，这时逄家混乱可夺，恰恰是最好的时机，你不是一直想摆脱逄老板的控制么，为何这几天一直按兵不动?”顾婆清顿时一点食欲也没有了，扔了勺子不吃了，叹气道：“说句实在话，逄老板的真实身世现在相当于已经公诸于世了，他自己的麻烦就不断，我们何必再落井下石？要知道，逄家倒了台，下一个就会轮到我们了。”

卓尔妮犹疑片刻，抬起戴着银钏的手将红豆羹又端给了她："当家……以前关于你和逄老板的流言蜚语就不少，你如今这幅模样，会让人以为你是因为舍不得伤害逄老板。"顾婆清刚刚吃进去的一口便被这句话惊得剧烈地咳了起来："嘴长在别人身上，他们要说就给他们说去！"

窑洞后面倏忽闪过一个人影，那人的身法极快，步履矫健有序，一看就是训练有素的，他微微抬起了头，竟然是申屠家的准姑爷黎正龙。他得知逄家出了事，第一反应就是来柴家暗中保护顾婆清，可如今却看见她如此反应，黎正龙不由皱了皱眉头，强忍住心中的酸楚，确定她安然无恙后这才放心离开了。

"禀申屠老爷，如今逄严红瑰一死，逄家群龙无首已方寸大乱，而且他们已起内乱，正龙认为这是最好的时机。另外正龙在雕刻店里听工友们传说，逄严红瑰是被逄临齐所杀，皆因逄临齐根本不是逄家的人，而是……而是马贼的私生子。"黎正龙站在申屠家的大厅里一字一顿地说着，身上还穿着逄家刻工的衣裳。申屠洪端坐高堂之上满意地满脸堆笑："正龙啊，你在逄家当刻工，倒是得到了不少消息，你对我们申屠家是忠心耿耿这我知道，你这小子行，怪不得我的掌上明珠宝贝女儿一眼就相中了你。啊，凤仙，你看看这个黎先生怎么样啊？"他笑着转过脸瞧了瞧扈凤仙。

扈凤仙抿嘴点了点头，一双凤眼直勾勾地打量着黎正龙："嗯，黎先生不但学富五车，而且又有好手艺，将来必定能取逄家而代之，又对我们申屠家忠心，最重要的是对我计芬好。"她笑眯眯地拍了拍站着身后搂着自己的申屠计芬的双手，申屠计芬咯咯地笑着跳着跑到前面道："爹，娘，那你们是同意我和正龙的婚事了？"申屠洪笑道："同意，不过我有一条要求，正龙要入赘我们申屠家，做申屠家的姑爷，正龙，你愿意么？"黎正龙坚定道："只要能和计芬在一起，我什么都不在乎。"

吱呀一声极其细微的开门声夹杂着刺眼的阳光一起冲入这间阴暗的房间，这间房以前不是这样的，自从柴有扬在大火之中丧失了两条腿，并被横梁撞伤额头再也说不出话来，这里便变得阴森森的，一点也不像曾经那个风流倜傥的花花公子所住的居所。坐在轮椅上待在黑暗里太久的柴有扬忽然被这突如其来的阳光刺痛了眼，忙闭起了眼，只听到门又吱呀地掩了起来，一串细碎的脚步走到他的身边，柴有扬缓缓地又睁开了眼，只看见一双穿着蓝紫色小布鞋的脚映入眼帘，他抬起眼皮，看见来人竟是梳着两条辫子身穿短小的蔷薇色夹袄荆衣的小梅。

小梅一对勾魂摄魄的明眸却盈满了泪水，眼睑也肿得像核桃一样，哽咽着走到他身边坐下："表少爷，是小梅害得你变成了这样……小梅天煞孤星，不但害了表少爷，还害了史姑娘……史姑娘落胎了，都快足月的孩子，硬生生地没了。她知道表少爷受了巨创心灰意冷，自己杀了自己的儿子，这一切都是小梅造成的。"小梅俯下头哭了起来："表少爷，你以后都不能再开口说话了，小梅有想告诉你。小梅跟史姑娘其实是一样的，我们是同样的，同样都抱着各自的目的，可同样到了最后都一发不可收拾地真心爱上了表少爷。"

听到她说了这番话，柴有扬不由惊愕地睁大了眼睛，那眼里有震惊，有哀恸，有自责和恐慌。得知史婉之落胎的消息，他实在忍不住泪流满面。小梅伸手轻轻顺着他的鼻梁抚摸至下颚："表少爷，我知道你想问什么，也知道你在悲哀什么，错的已经错过了，小梅今天来是跟表少爷道别的，以后你我二人就是主仆而已。二老爷一定会为此事跟小梅和柴当家没完的，小梅还有要做的事没做完，表少爷要好好照顾自己。"她说罢起身依依不舍地松开了紧握着他的手，转身跨出了门外。柴有扬虽然不能动弹不能说话，但小梅所说已经这么清楚，他心中不由紧张，她到底想干什么，和婉之一样，难道都是要来报复蓝关堡三大家族？

"儿子，儿子，你现在怎么样了？"他正凝神想着，柴国军火急火燎地推开门跑了进来，这些日子也只有他会在柴有扬身边照顾着了，所以一进门便闻到了一股不同于往常的气息，顿时敏感地吸了吸鼻子皱眉道："有人来过了？儿子，有的话你就睁着眼睛，没有你就闭一闭眼睛。"柴有扬想都没想立刻闭了闭眼，柴国军心疼地叹口气："我们偏房就你一根独苗，如今落到这般田地，我要那顾阿清给我一个交代！"他已经不是第一次这般怒气冲冲地跑去顾婆清的房里嚷嚷着大吵大闹了。这会儿正是晌午，顾婆清刚刚准备睡下休息，柴国军又冲进来骂骂咧咧地要替柴有扬报仇。顾婆清不耐烦地起身扫了他一眼："报什么仇？是你的儿子不检点，老天都要给他点颜色瞧瞧，留得下一条命就不错了。再说，你想怎么报仇，怎么着，你又想以申屠族长的名义勾结马贼么？"

柴国军气得涨红了脸，足像一只癞蛤蟆："顾阿清，你别忘了，你还收留马贼之女呢！"顾婆清忍不住边笑边摇着头走了过来："马贼之女？你说的是史姑娘？你别忘了，史姑娘虽然无名无分，可还是你的儿媳妇呢。二叔，我告诉过你不要什么事都冲我嚷嚷，你想对付我，手上的筹码还太少了！尔妮送客！"经柴国军这么一闹，顾婆清却再也没心思睡午觉了。

过了年之后偶尔还会下一两场小雪，但太阳却早早地冒出来了。她没有穿上厚袄，仅仅披了一件风沙斗篷独自出门散心，这一连串的事都让她觉得措手不及，逄临齐的身世，黎正龙的出现，她又有些打退堂鼓了，不想再在蓝关堡上耗费太多的时日。她正凝神走着，忽然前方滚来一颗颗小珠子，顾婆清立刻停住了脚，俯身捡起那珠子。这是紫罗兰玉打磨的珠子，跟她的紫玉搔头流苏是同样的款式，顾婆清登时耳边嗡嗡作响，抬起头来竟看见站在自己面前的不是别人，而是黎正龙。

他手中还拿着打磨雕刻玉器用的刻刀和矬子，不知所措地站在原地看着她。四目相对，却无言以对，顾婆清捻着手中的紫玉珠子泪如雨下，黎正龙慌了："柴，柴当家……"顾婆清含泪笑道："申屠姑爷，这粒紫玉珠子可否留给我做纪念？这些东西，像极了一个故人，多年之前送给我的东西。"黎正龙挠了挠头："好吧，柴当家喜欢便拿去，我替计芬重新做一个。"真是古怪，顾阿清像来冷冰冰的，怎么每次碰见这黎正龙就泪流满面，还说什么故人？躲在街角的柴国军眯起了眼，心中已打定了主意。

第七十三章　鸦片瘾

柴国军第一个想到的人就是女芣，可逄家虽然乱，但自己毕竟不方便亲自去，便托闫嫱去看一看女芣。可没想到闫嫱不去则以，但这一去回来之后竟然哭肿了双眼："二老爷，嫱儿有了身孕，本来也想着的确该去看看小姐，可是没想到这才几个月没见，小姐已经……小姐她不在逄家长住了，我是在街头那间烟馆里找到她的。"

柴国军惊道："烟馆？逄姨奶奶怎么会染上烟瘾？"闫嫱不忍多说，借口自己不舒服先回去了，柴国军心道，看来这逄姨奶奶在逄家也受了不少气，她对逄家的怨怼一定数不胜数，我还是亲自去烟馆走一趟，会会这前清格格吧。

"咳咳……"连像他这样的老烟鬼进到这里面来都受不了这乌烟瘴气，不住地挥着手，只见一个个衣衫褴褛的人生死不如地躺在这里哼哼着吸着烟，这些人中他一眼就看见了那锦衣华服的女芣，她已是骨瘦如柴，一只手撑着燕尾发髻，一只手捧着烟杆吞云吐雾，纵然是这般颓然，却依旧能显出优雅。

而她的身边还放着一罐打开着的东西，里面黑黢黢的，被挖了一大半，柴国军登时明白她不是吸烟，而是在抽大烟，已彻彻底底地变成烟鬼。柴国军上前躬了躬身："逄姨奶奶，在下是柴家二老爷柴国军，有件事情老夫觉得很蹊跷，想跟逄姨奶奶商量。"

哪知女芣闭着眼不理他，转了个身继续抽食。柴国军凑近道："我的大嫂顾阿清，她和申屠家的准姑爷黎正龙举止异常，似曾相识，逄姨奶奶，这名声传出去就是逄老板也保不住她呀。"女芣一听见逄临齐的名字登然睁了眼，却甩起烟杆猛敲柴国军："你滚，滚出去！"

她扬手向门口一指，袖里却叮地掉出了一把钥匙，柴国军小心翼翼地捡起来揣入怀中转身走了，女苿却沉迷在大烟瘾中丝毫没有察觉到她眼皮底下的东西都被人偷走了。这把钥匙怎么那么眼熟？柴国军举在眼前仔细地瞧了一番，终于想到了什么，忽地抿嘴一笑，握着这把钥匙去玉器店找柴有良去了："有良，之前我在天井遇见嫱儿，她行动不便落下了这个钥匙，我想应该是你的吧？"

柴有良抹了抹额头的汗凝神一看："不是我的，叔伯你知道，嫱儿在有身子之前经常和卓尔妮去赌坊赌钱，我看准是嫱儿用来收赌银的，现在她身怀六甲我也不好说她，就劳烦叔伯替我送还给她，再好好劝劝吧。"柴国军心想，我等的就是你这句话，这傻小子，这么大把钥匙定然是房门钥匙，怪不得闫嫱这么快就怀上了，原来要归功于这把钥匙。

"闫嫱，你认识这把钥匙吧？你和你的主子各执一把，你借着跟卓尔妮赌钱的当儿每天晚上都拿着这把钥匙去你主子给你安排的屋子，你主子倒是替你想得周到，生怕你没办法给柴家正房传宗接代，便没办法完成她的计划，还特地给你安排了打种，是不是？"

那把金色的钥匙随着闫嫱惊愕的神情倏忽从柴国军的手中落下，柴国军笑眯眯地看着对面而坐的闫嫱，瞧她的肚子已经很大了，眼看就要临盆："你说，如果我那心狠手辣的大嫂知道她这么悉心呵护的不是柴家的种，她会怎么样？如果有良知道那口口声声说着多么爱他的小妾跟不知道何人打种来蒙骗自己，他又会怎么样？"

闫嫱惊得慌了神，美丽的眼睛里滚落两滴泪水，就差扑通跪下来："二老爷，二老爷……我求求你，你想让我怎么做？"柴国军把玩着手中的玉扳指道："很简单，帮我查查我的大嫂，她究竟是什么人，她究竟想干什么？"

闫嫱的行事越发变得古怪，顾婆清却不以为意，只道她要么又出去赌钱了，要么又是跟女苿密谋，却不知道柴国军已经让她暗中调查自己，都已经查到了山下那桃花源附近了。倒是一心向着顾婆清，又一心想找机会让她放自己和邹宛萍走的臧九安处处留意到了，这天还没收工，便说肚子痛跑了出去，偷偷地跟着闫嫱。

她虽然大着肚子，但行动却实在快，人来人往之中没一会儿臧九安就跟丢了她，跑到了一个自己也不认识的荒丘。他挠了挠头四周环视一圈，竟看见远处站着一人，从那高瘦的背影看去极为熟悉，臧九安又惊又喜地脱口而出："师父！"那人也下意识地回过头来，登时二人相对愣住了，那人竟然是申屠家的准姑爷黎正龙。黎正龙回过神不自然地笑道："这位小兄弟，看你的工服是柴家玉器店的人吧，我不是你的师父，在下是黎正龙。"

臧九安被他这么一说弄得云里雾里的，皱眉打量道："不是啊，你的背影跟我师父一模一样，虽然我从来都没有瞧见过我师父的面容，但是第一次见到黎先生，就觉得特别亲切。还有黎先生的雕刻手艺，真的是和我师父如出一辙。"

黎正龙笑而不语摇了摇头。臧九安道："我是九安啊，我刚刚流落到蓝关堡的时候是你救了我，你真的不记得了么？我最后一次跟你见面之后，你就云游四海了，原来是跟申屠小姐念书去了，至于上次我打破了蓝田玉求师父你帮我修补的时候，其实你已经回来了，是不是？"黎正龙干笑了两声，踢滚了脚边的石子："你小子，人人都说你愚钝不堪，你倒是大智若愚，一点都不糊涂。说吧，怎么会跑到这里来找我？"

见他认了自己，臧九安高兴地立刻要下拜，黎正龙赶紧扶起了他，臧九安欣喜地盯着他看，原来自己的师父和恩人庐山真面目竟是这般儒雅沧桑，年纪比逢临齐约摸大一两岁，但浑身散发的气质与蓝关堡格格不入，"师父，我是跟踪柴姨奶奶跟丢了，误闯入这里的。如今大当家的陷入万难之中，人人都怀疑她，我怕柴姨奶奶也起了异心。"

“怀疑她？怀疑什么？”黎正龙陡然一震。臧九安道：“本来就有不少人对大当家的不满，据说有人传言大当家的身份可疑，而且上一回大当家的和师父你在街上相遇，那情形多少人都看见了，大当家的看见你时的异样，更成为不少有心之人的把柄。”

黎正龙不由皱起眉头背手踱步：“这样，你别光顾着闫嫱忘了别人，总之只要是对柴当家不利的，你都悉心留意。闫嫱那儿不需再跟了，我自有主张。你先回去吧，这条茶马古道时而会人来人往的，记着，以后见了我只许喊黎先生，听清楚了么？”

茶马古道往来都是一些运货的商人，然而也有例外和巧合，就比如这天替顾婆清拿了当初闫嫱所赠的那套霍小玉戏服下山去省城找专人清洗的卓尔妮，不多片刻也不少片刻，正巧牵着骡子从山下而回，又正巧瞧见了臧九安和黎正龙二人单独相见还有说有笑，登时心里一阵咯噔。

怪不得当年当家的排除万难也要将臧九安留下来，原来他跟黎正龙早就认识，当家莫非是看着黎正龙的面子？那么当家和黎正龙又是怎么认识的，这么多年了，我怎么从来不知道有这么回事？

她不由抱紧了怀中的那套霍小玉戏服，躲在酸枣树下凝神回想，一件件不寻常的事似乎都有苗头，都涌现在了眼前。莫说当年自己亲眼所见她活活气死柴国瞿，加上顾婆清这么照顾臧九安，她何时突然又喜欢上吃那些黑黢黢的酱菜？

还有自己手中的这件戏服，她当日独自在后台娴熟的戏腔，怎么都不像是一个大家闺秀所为？更别提与这素未谋面的黎正龙初次见面都感触良多，真是越想越怪。这是这些年来卓尔妮第一次如此怀疑起顾婆清，可她毕竟救过自己的性命，也一直把自己当做最亲近的人，卓尔妮无处诉说，便只能把这些话说给自己最知心的人逄二少爷。

臧九安回到玉器店，便瞧见门口坐着一个绿衣女人，她脱掉了厚重的袄衣，又翻出了轻薄的纱披在肩上，一手抓着一个南瓜饼坐在玉器店的门口大口大口地吃着。不用问，穿得如此锦衣华服又如此吃相的，必定是三太太逯小小无疑。

臧九安愣了愣走过去，逯小小一看见他就高兴地跳了起身，显然就是在这里等着他的："臧九安，你可来了，快快快，跟我去我的密室里瞧瞧，看我这次收集了什么好吃的，保准让你大开眼界！是酱菜！不过不是你做的，是逄老板着人从维扬运来的新鲜的，给我偷了一箱。"她笑盈盈地拉着臧九安就要走，臧九安赶忙推开了她的手，紧张地四处张望："哎哟三太太，你可别跟我拉拉扯扯，你这样会害惨九安的，九安还有活儿没干完，要进去干活了。"

逯小小一跺脚，不悦地扯着嗓门道："喂，你是不是瞧我不起？避嫌避嫌，你怎么不跟你的大少奶奶避嫌，你们两个拉拉扯扯就没关系了么？你还说跟大少爷是好兄弟，怎么跟人家老婆勾搭上就不说了？"她的声音陡然停顿，臧九安惊诧地顺着她的目光回头看去，柴有良正站在门口，双目中燃烧着怒火，捏紧了拳头颤抖地看着他，登时踹门而去。

第七十四章　逼　位

哐当一声有人破门而入，吓得屋内炕上抽着烟草的柴国军手中一抖，火差点儿点着自己的衣服，抬头一看，柴有良双眼血红地冲了进来。便对他喝道："哎，有良，你怎么进叔伯的房间连声招呼也不打，你以为是在玉器店么？"柴有良抄起凿玉刀往地上一砸，怒道："叔伯，你到底什么时候动手，你是不是不记得你唯一的儿子就是被顾阿清的婢女害到现在这地步的？我忍不了了，我立刻就要当大当家的，只有我是柴家的主子，宛萍的心才会安安稳稳地在我身上！"柴国军啐了口烟头，冷笑道："你这是要逼位啊。小子，以前只道你是个正派人物，没想到翻脸不认人，可真是青出于蓝而胜于蓝。好，你尽管放手去做，叔伯我一定替你都打点妥当了，我们一起把这个来历不明的女人扯下马来！"

送走了柴有良，柴国军背着手捋了捋胡须，笑道："你都听见了吧，不光是我，你的丈夫也跟我是一条阵线上的，你帮我也就是在帮你的丈夫。"帘后走出一人正是闫嫱，她低下长长的睫毛挡住了眼中的泪："既然有良想做的事，我都认为是对的。二老爷，据我查探下来，发现婆婆曾和史姑娘在山脚下的一处世外洞天见过面，那里面小桥流水，四季如春，还有一间空置的竹屋，不清楚主人究竟是什么来头。我见着竹屋的外头新种植了一大片依米花，那气味跟史姑娘每日所擦的香水是一个味儿，还在屋里找到了一盆焚烧过的灰烬，尚有些字迹没烧光，看起来似乎是婆婆的字迹，而且字体拙劣，像是信件。"她说着拿出一个锦囊，倒出了里面的碎片。柴国军笑道："不管究竟是什么来头，总之有了这些东西，就能证明她根本不是顾阿清！你记着，有良逼位当日，你就拿这些东西控制住她！"

这边密谋算计，那边顾婆清仍旧清闲地在家里摆弄着花花草草，丝毫没有一点风吹草动吹到她的耳朵里。严冬也不知什么时候已然过去了，她在窑洞里给花草浇水剪枝，不一会儿倒觉得有些热，担心起在私塾上课的柴有浦太热，便叫卓尔妮熬好了绿豆汤亲自给他送去，又顺便拎了两桶送去玉器店给工人们分了喝。她正坐在外头的长椅上跟工人们聊着天儿，突然大门层层关起，这阵势令她陡然一震，像极了当日严红瑰死前，逢临齐封锁大门的情形。

随着吱呀的轰隆声，顾婆清眯起眼睛站了起来，人群自动分为两列，柴有良阴沉着脸从门口向她走来。只听身后也传来动静，回头一看竟是柴国军推着坐在轮椅上一动不动的柴有扬向她步步逼来。顾婆清冷笑一声，已然被包围住了，便说："怎么着，你们这是要逼位？"

"二娘，你掌管家业已非朝夕了，你口口声声为了柴家好，可你对不起柴家的事还少么？我才是柴家的长房长子，玉器店的大钥匙本该就是我接管，今天你要么交出大钥匙，要么，我们就要将你送交族长处让乡绅镬烹——你这个冒充的顾氏千金！"柴有良一字一顿铿锵掷地道。柴国军接道："你这女人，一向容不得我们父子，看我们是庶出便瞧不起，可我实在没想到你连有良也要打压，我以为你手握重权是想将祖业传给你的儿子，但更可怕的是，你的目的不是财宝权利，是来报仇的！有良，今天叔伯和你一起要将这柴家的毒瘤清除！嫱儿，把竹屋里的那些信都拿来！我就不信她还能抵赖。"

顾婆清一听见"竹屋"二字，登时脸色煞变，紧张地向柴国军身后的屋子看去，但久久都没有人出来。柴国军和柴有良也愣住了，没想到在这千钧一发的时候，手持最重要的证据的人居然没有来。

"当家，当家！姨奶奶在替你拾掇花草的时候滑了一跤，突然腹痛难忍，差点早产，尔妮姐替姨奶奶保住了孩子。"小梅忽地从外头冲了进来，手中还拿着一包纸屑，"这是姨奶奶摔倒时还护着的，似乎很重要。"顾婆清拿过来打开一看，那些碎屑已被火烧得差不多了，但仍旧看得清纸上的字迹内容，她抿嘴悄然一笑，将纸屑扬手撒在柴国军和柴有扬的面前："还没到发丧的时候，你们就开始给自个儿烧纸了？做的出还怕人知道么，大家伙儿都在这儿，都可以来看看这纸上写的什么！好哇，你们跟马贼勾结，从两个月前就密谋要害死我，夺了大当家的位置贪赃枉法花天酒地，这里面还有贪污受贿的账单，都瞧瞧吧！柴有良，我一直以为你只不过是冲动正直，没想到你跟二叔这暴躁狠毒的人一块儿卯上了劲儿，倒还真有点似模似样，但你也不照照镜子看看你是什么样儿，你是被人利用了都不知道！来人，剥去柴有良的华服令牌，有生之年柴有良不得再迈入玉器店一步，所管账单全部上缴，从此禁步房中。柴国军所有家产没收充公，念其年老护子行为偏颇，不做重罚，以后不得经商，其手中的所有生意交还给我，出门行动皆有专人护送。”

虽然这回扳回一局，顾婆清的心里却一点儿都不轻松，她知道，这是卓尔妮在暗中相助，能做得这么天衣无缝，必然卓尔妮也对自己起了疑心。顾婆清没有回去问她，却是独身一人迎着风沙走到了黄沙崖上坐了下来，凝望着底下的城镇喜气洋洋，今天正是黎正龙入赘申屠家的好日子。来到蓝关堡这么多年了，这是第一次在这空旷的黄沙崖上坐这么久，夕阳已落，山下的唢呐声喜庆声铺天盖地而来。

山丘上的晚风更加猛烈，吹鼓了她的风沙斗篷，顾婆清吸了吸鼻子从袖里小心翼翼地取出了那支紫玉搔头。一边轻轻抚摸着温润的钗，一边一坛坛地灌着自己烈酒，什么话也不说，直到夜色铺满了整个山丘，她借着醉意索性踢了鞋子赤着脚，张开双臂仰头躺在了这冰冷的沙地上：“这时候也拜过堂了吧。”顾婆清咧嘴苦笑一声，举起那紫玉搔头在眼前挥来挥去，哼起了与这喜庆的乐曲不相应的调子，才哼了两句，便早已泣不成声。她端起身边的一坛酒往自己的脸上洒，大口大口地吞着烈酒，道：“申屠姑爷，这坛我敬你！”

“别喝了！”烈酒已然灌下大半，突然被人抢夺而去，顾婆清霍地翻身而起却站也站不稳，夜幕下模糊地看见晃在自己眼前的人影是个熟悉的男子。她咯咯笑道：“阿廷，你来了？你怎么不陪你的新婚妻子？我不问，我不问，你来了就好，我们跳一段，还记得那曲子么。”顾婆清扬着那支紫玉搔头，交织着脚步舞了起来，酡颜迷离，悲喜交加，宛转地唱着那段戏：

“一支玉钗托情书，千里伴君上征途……”

那人看得也痴了，忽然一把牵过她的手相伴而舞，竟也唱了起来：“……郎君啊，你关河到处莫离钗，驿路逢人频寄书。郎君啊，见钗犹似见小玉，休忘了风雨过后雁归窝。”顾婆清迷蒙着抬手跟着转身旋起一个圈，与那人靠得极其近，这才赫然发现那张脸上风霜不減，轮廓分明，却竟然是逢临齐。顾婆清浑身一震，酒也醒了大半，立刻松了手退后两步：“逢老板？”

逢临齐面无表情，低头看了看她的双脚：“柴当家，虽然天儿已经热了，但这到了夜里还是夜凉如水，你怎么这么不知道照顾自己，无论冬夏都赤着脚躺在沙地上，很容易病的。”顾婆清凄然一笑：“我真是没有想到，竟然还会有人关心我，而且是你逢老板。逢老板，刚才的那出戏，你怎么会唱？”

逢临齐却笑道：“还记得当日我也曾问过你同样的话，你回答我说，你以前当千金小姐的时候喜欢听这出戏，听着听着就会唱了。自从那日我听柴当家唱过一次之后，我也觉得这出戏很好听，也就时常听，听着听着我便也会唱了。”她趿着脚踏上了鞋子，道：“难道逢老板没有听说今儿白天有良和二叔逼位的事？没有听说蓝关堡的谣言，说我这个顾阿清是冒充的？你就没有一点怀疑？”

“那你到底是不是顾阿清？”逢临齐忽地笑着反问她，顾婆清立刻想都没想，双眸含笑凝视着他一字一顿道：“我是。”他点了点头道：“你既然说了你是，怀疑又有什么用？”顾婆清道：“这么多人都怀疑我，你就不想知道我究竟是不是顾阿清？”逢临齐回过头拎起一坛酒饮了一大口：“好酒！我从来不会管这酒如何生产，我只要知道这是一坛醉人的好酒就够了。柴当家，我其实很希望你不是顾阿清，你若不是顾阿清，就不是柴国瞿该娶的太太，就不该是柴家的女人，这样一个不是柴家的女人当了柴家的当家，那柴家实际上还有当家么？”

第七十五章　相见时难别亦难

“尔妮，她今儿怎么说？”那边的密屋里逄临恭已然等了卓尔妮许久，一见她进来便立刻站起身迎了过去。卓尔妮摇了摇头：“一句都没有问，而且到现在都没回来，也不知去了哪里。”逄临恭给她倒了杯水：“越是不问，越有问题，我觉得这事不简单。”卓尔妮啜了一口道：“我让你去偷偷地查当家，你查到些什么？看看跟姨奶奶查到的是不是一致。”

逄临恭叹了口气：“我本来想劝你别查下去了，反正你在她身边这么多年，她一直对你很好，我相信起码她对你是好的，只怕知道的事越多越糟。但是转念一想，当日奶奶猝死家中，逄家窑洞里只有大哥和柴当家，大哥闭口不谈奶奶的事，我怀疑此事跟柴当家也脱不了干系。还记得大哥曾经给我一本柴家族谱，我清清楚楚地记得里面没有她的名字，真是悬哪。对了，我是从申屠家的喜宴上溜出来的，要赶紧回去了，被发现就不好了。”

他握了握卓尔妮的手，不舍地起身出去了，卓尔妮忽地想起了什么，喃喃道：“对啊，今天是黎先生入赘申屠家的喜日子，怎么当家居然没让柴家任何人前往道贺，她一向不会这么没有分寸的……”逄临恭火急火燎地往回赶，却发现申屠家的喜宴已然结束，申屠家闭门谢客了。刚刚转过身来，赫然看见逄临齐阴沉着脸不知何时站在他的身后，猛地吓了一跳：“大，大哥？”逄临齐双手叉在腰间，露出那把手枪，虽然什么话都没有说，却让逄临恭那对在玻璃眼镜后的双目不敢直视。逄临齐喝问他：“申屠家的喜宴中你溜出去这么久，干什么去了？”他嗑嗑绊绊地回答道：“我……我喝多了，出去吐了会儿，结果迷迷糊糊地找不到路了。”

逢临齐冷笑一声，提高嗓门道："你不敢说实话，我替你说！你去调查柴当家了吧，你想把严红瑰的死推在她身上，借着满城风雨的谣言你想拿她当替死鬼，你何不来直接质问我，是我不许你们给严红瑰发丧，不许她死后入逄家祠堂，关柴当家什么事？"

逄临恭被他这么一吼，平时文弱的他登时也火冒三丈，冲上前怒道："这件事我还没问个清楚呢！你为什么这么对奶奶，奶奶到底为什么那天会猝死家中？枉奶奶平日里那么疼你，家业全部交给你管理，你好啊，你却蛇蝎心肠连奶奶死了都不肯放过她！"逄临齐的脸颊忍不住猛然抽动了几下，听他喋喋不休实在忍不住，扬手抽出腰间的枪杆向他脸上用力打去，逄临恭的眼镜立时被打碎，玻璃碴更划伤了眼角。一见了血，两兄弟登时扭打在了一起。

说起严红瑰的死，逄临恭也不知哪儿来的力气，扬手也给了他一拳："混账！你这忘恩负义的不孝子，以前是要杀你亲娘，现在是要害奶奶，你到底是不是人！啊，我知道了，你跟顾婆清是一伙儿的，你是野种，你个外人霸占着我逄家的祖业，你休想！我逄临恭不管用什么手段，也一定会将雕刻店全部夺回来的，你等着！"逄临齐猛地摁下了扳机，只听一声枪声，从逄临恭的耳边划过："你给我记着，我不怕你六亲不认，你只要在蓝关堡一天，就休想夺权，也休想替严红瑰翻案入祠，否则我立刻要你的命！"说罢逄临齐扔下手枪拂袖而去。

逄临恭呸了一口血，倔强地站了起来："我实在没有想到，在外头念书的时候看见生灵涂炭，看遍了世态炎凉，这才回到了自个儿的家中，没想到自个儿的家中更是尔虞我诈，我究竟都学了些什么，既救不了国，也救不了家，护不了心爱的女人，也护不了敬爱的奶奶！我还留在蓝关堡干什么！"他立刻撕开自己的长马褂脱了下来，冲回家里收拾了包袱，更翻出压在箱底的曾经在省城念书时穿过的那套黑色西装换上了身，踏上一双刷得锃亮的皮鞋，系紧了领带，戴上黑色的礼帽，拎起脚边的箱子跨出了窑洞的门。

他站在逄肖娘那扇白色的门前站了许久，终于留下了一封信，又到与卓尔妮约会的小屋，将自己的怀表轻轻地放在了桌上，终于转过身头也不回地离开了蓝关堡。

“临恭，临恭！”次日的老时间，卓尔妮又跑到这间小屋会她的心上人，却意外地发现这一次他没有早来，顿时乱了心神四下张望，一眼便看见了桌上的怀表。她登时浑身一颤，一种不祥的预感袭上心头，那种感觉与当年逄临恭弃自己而去的感觉一模一样。卓尔妮颤抖着手去拿那枚怀表，腕上的银钏不断地碰出叮咚的响声，打开一看，里面竟然夹着一张小纸片：尔妮，我对不起你，我又要离开蓝关堡了。这次一别我也不知道何年何月会再回来，但我答应你，只要我活着回来，我一定要娶你为妻，不再让你受委屈。

卓尔妮默然落泪，已然肝肠寸断，泪水洒在怀表上，不由自言自语道：“临恭，我等你，就算十年，二十年，一生一世，我都等你回来娶我。我相信，有朝一日你会回来。”

虽然这般安慰自己，可卓尔妮却仍旧魂不守舍，顾婆清让她搬盆冰块进屋降降温，她竟搬了盆火炭来，倚靠在炕上看着《康熙字典》的顾婆清不由放下书，奇道：“这么热的天儿，你怎么还给我拿火盆？你觉着很冷么，是不是病了？”卓尔妮这才发觉自己拿错了，赶忙俯身去端，却又被火熏了眼，登时泪如泉涌，自嘲道：“尔妮没生病，尔妮只是觉得心里冷。”

顾婆清看她这般模样，立刻起身抓住她的手：“你现在这样真让人担心，不过以前有一次，你也是这样，当时是为了逄二少爷，今天莫非又是为了逄二少爷？”卓尔妮抿了抿嘴，低声道：“当家别再问了，二少爷又离开蓝关堡了，尔妮今后会一心一意侍奉当家，再无杂念。”

“什么，逄临恭走了？”顾婆清心头一震，这个逄二少爷曾经和那个格格敖佳·女苿联手的事别以为她不知道，只不过那时候他们二人一心拥护清廷，无非自寻死路，矛头还没指到自己的身上，然而逄临恭今儿一走，再无人同女苿联手，她这个吸大烟吸得神神叨叨的逄姨奶奶，就怕会影响到自己了。如今谣言四起，人人心中都有颗怀疑自己身份的种子，怕就怕女苿破罐破摔闹大了这件事可就对自己不利了，一定要先发制人。

她默不作声地坐回了炕上，又拿起《康熙字典》细细地看了起来，直到卓尔妮换好了冰块退了出去，顾婆清这才将目光从书上移了开来。这当下谁也信不过了，当日柴国军和柴有良逼位时卓尔妮能如此救场，已经说明她和闫嫱都对自己起疑，所以唯一靠得住的只有自己。她翻开了床头妆奁，从里面取出一支玳瑁色的钢笔，在书中夹着的空白纸上写下了一串数字。暗号是万无一失了，自己却不能亲自将信送走，顾婆清陡然想起了一人——住在自家的那位史姑娘。

她折起了信揣入怀中，径直去后院找史妧之，却看见史妧之正陪着柴有浦在一块儿嬉笑练枪。顾婆清一过去，柴有浦便嘟着嘴跑开了。顾婆清也不理会他，拉着史妧之回到屋里关起了门窗，柴有浦这才跑了没多远便撞见了卓尔妮，卓尔妮蹲下身子道："怎么了小少爷，不开心呀？没人陪你玩么？"柴有浦扔掉了手枪，信手往屋里一指："阿娘叫史姐姐进去谈话了。"卓尔妮顺势望去，大白天的门窗紧闭登时心中起疑，哄走了柴有浦后便蹑手蹑脚地罪上前从窗隙里看去。

只见顾婆清盈盈拜了一拜："大小姐，你可得帮帮我。"大小姐？卓尔妮不由皱起了眉头，不敢有丝毫的遗漏。而史妧之坐在妆镜前梳着长发，头也不回道："别乱叫，这里可不是我的竹屋。我劝你这时候不要自乱阵脚，白纸黑字的很容易给人留下把柄，还让我把信送给我爹？"

顾婆清道："不到万不得已我也不会做，有几件事我真的需要问个清楚，究竟老太君死的时候所说的逄临齐身世是不是真的，还有这个敖佳·女苿究竟为什么处处跟我作对，我必须要呈报上去。大小姐，不能因为你在蓝关堡的不得意，就刻意隐瞒事实，你我同是为了寨子办事，你不送我亲自去送！"

"你站住！"史妧之喝道，"顾阿清，你到底知不知道你在为谁办事，你在为你自己还是为了我爹？我爹自从膝盖上中了弹就行走不便，所有的希望全部放在你的身上，你倒好，你这些年斗垮了谁？除了把柴国瞿气死——也不过是为了你的一己之私，申屠洪你斗不过，逄临齐你又对人家动了心，是不是？"

第七十六章　女　匪

顾婆清登时恼羞成怒："大小姐你别胡说！我说过，柴国瞿的宝藏找不到便算了，我完全可以带着有浦立刻远走高飞，我留在这里继续煎熬，完全是为了义父的使命！现在这么多人要追查我的身份，难道不该让义父知道出谋划策渡过难关么？"

门外偷听的卓尔妮顿感脑中嗡嗡作响，她们的对话声音也变得遥远不已，只听史妧之又道："你在山寨待了快八年，我爹把什么都交给你了，教你手段心计，教你骑射枪击，教你熟悉了蓝关堡的所有人名和地名，要怪就怪你怎么还会出错？我一直在山脚住着，从未跟你见过面，但你的故事我听说过，恐怕你担心被人揭露的不止是马贼女匪的身份吧？"

八年？那岂不是当年自己刚刚来到蓝关堡被她相救的时候，她还仍旧是马贼山寨的女匪头头？卓尔妮顿感天旋地转，头痛欲裂。不可能，不可能，堂堂柴家大当家的，精明老成的柴国瞿的续弦夫人，怎么可能是马贼义女，山寨女匪？若是如此，当年自己被马贼捉去，她居然故意做好人救下自己也是计划之内的了？

怪不得前一阵自己再度被马贼捉走，她又能轻而易举地来去山寨，救回自己……真是想不到，自己忠心耿耿所对待的人，居然操控的一手好棋，所有的人包括卓尔妮，都是她盘中的一枚棋子。卓尔妮实在无法接受这个现实，当即掉头跑开，再也不敢听下去了。

顾婆清回到自己的屋子时已然黄昏，却赫然看见本应放在地上的冰盆竟不知为何又变成了火炭，烘烤得整个窑洞热气腾腾，她又惊又奇，抬头看见阴影处正坐着一人，也不怕这里的高温，静坐了多时似乎在等人，顾婆清上前道："咦，是尔妮？你怎么在这里，都这个点了怎么没去接有浦？"却见她不言不语脸色发青，额头上一滴汗都没有，憋得煞是吓人，顾婆清担心道："你没事吧？"

卓尔妮霍地站了起来，打开她的手冷笑道："怎么，柴当家，你是希望我有事还是没事？还是你在担心别的什么？柴当家，还记得你跟我说过，闫嫱不过是个美丽的棋子，她是被敖佳·女茉刻意收买，造作成救命恩人的模样让闫嫱死心塌地地为她卖命，其实一点儿自由都没有。可是你，你和敖佳·女茉又有何二异！山寨的女匪大人，我请问你一句，难道你就没有把我当作另一个闫嫱么？"

顾婆清愕然地站在原地，已无言可对，长叹了一口气："这么多年了，尔妮，你还是知道了。我明白我现在说什么你都不会相信，做什么都无济于事，你若是想把我的身份捅出去报复我，我也绝无怨言。"

卓尔妮摇了摇头，道："你我一场主仆姐妹，可你还是不了解我。"说罢她转过身从那阴影处拿起了两包早已收拾好的蓝碎花包袱挎上了肩膀跨出大门，站在门帘下微微侧过了头："柴当家，尔妮要带走的都是当年尔妮来蓝关堡时所带的衣物，柴当家赏赐的东西，尔妮一件都不会带走，尔妮和柴当家之间从我踏出这里开始，从此山高水长，各不相欠。"

顾婆清望着她的背影偏又欲言又止，终究凝望着卓尔妮离开了柴家。她这才倒回炕上，泪水直在眼眶中打转："走吧，走吧，都走得远远的，都不要再卷到这是非之中了。"

"小少爷，小少爷，你就别哭了，小梅这不是来接你了么。"站在私塾门前的柴有浦等不到卓尔妮，早已哇哇大哭，顾婆清派了小梅去接他仍是不管用，小梅越说，柴有浦哭得越是厉害，根本不肯往前挪半步。看着时间过去很久，顾婆清终于也不放心亲自过去了："别哭了！难道卓尔妮不在，你就不回家么？我才是你娘，你立刻跟我回去！"顾婆清过来便拉住柴有浦的小胳膊，他索性赖在地上："为什么卓尔姐姐不来，为什么？"

顾婆清气道："卓尔妮不会再来了，她也不会再回柴家！跟我走！"她用力去拽柴有浦，哪知柴有浦居然猛地张口向顾婆清的手腕狠狠咬去，登时一圈血印映出她的袖口："是你，一定是你把卓尔姐姐赶走了！"顾婆清手上倒不痛，心中却不断地流着血，当即松开了手："小梅，你就在这儿陪着小少爷，他什么时候饿了想回家了，再回来。"

她低着头转身走了两步，看见眼前的地面上人来人往的脚步中，忽然有一双脚停了下来，顾婆清抬起头看去，只见逄临齐穿着汗衫马褂正站在自己的面前轻轻笑了笑："怎么了柴当家，遇见麻烦了？"顾婆清走上前与他并肩而行，叹了口气道："尔妮走了。"

逄临齐略显吃惊，张了张口却什么都没问，顾婆清侧头好奇道："你怎么不问下去了？"他笑道："我说过你的事只要你不肯说，我绝不会过问。我来找你是有件事想跟你说，我在肖娘的房间里，也发现了跟你的炕上一模一样的机关，肖娘会捣鼓的必然是西洋玩意儿，我打算从她那里打探打探如何开启。"

二人正在说着，只听见阵阵叫骂着顾婆清的声音传来，只见柴国军气鼓鼓地涨红着脸举着酒坛冲了过来："顾婆清，你这个毒妇！害得我有扬生不如死，你居然不作声当没这回事，我越想越奇了，那把大火怎么没烧死逄家一个人，倒偏偏伤了我儿子，顾婆清，一定是你故意主使纵火的！"

"二叔，你又来胡搅蛮缠！你要替你儿子讨回公道，也不该不分青红皂白地在大街上跟我这么说话，你不要脸面，柴家还要脸面呢！"顾婆清劈头盖脸将他训了一顿，柴国军正欲接着骂，柴有良从远处气喘吁吁地跑来拉住他："叔伯，叔伯，你别再为难二娘了，那把火真的不关二娘的事，我以性命担保！"柴国军一顿，皱眉转过脸来："你什么意思，你知道是谁放的火？"

柴有良忽地低下了头不说话，顾婆清和逄临齐也齐齐向他看去，柴国军催促下他这才小声道："那晚我在玉器店通宵，快三更的时候出去吃了碗泡馍夜宵，看见了申屠姑奶奶行色匆匆路过附近……”顾婆清愕然地抬起头差点脱口而出“不可能”，却被逢临齐碰了下手肘示意不要再说，那柴国军一听，暴跳如雷地骂骂咧咧转身而走了，柴有良也赶忙跟着他跑开了，顾婆清这才道：“逢老板，姑奶奶跟逢家和有扬无冤无仇，这摆明了是栽赃嫁祸，你为什么不让我说？”逢临齐道：“既然人家栽赃嫁祸，一定早就把赃都准备好了，再查下去反而让姑奶奶坐实了罪名。”

顾婆清心情大为不好，回到家中更是觉得没有卓尔妮，连饭菜都难以下咽。见她这副模样，闫嫱不由担心道：“婆婆，你没事吧？”顾婆清把筷子一丢，道：“有良没回来么？好，那我就问你，逢家大火的那天晚上，有良是不是在玉器店通宵？”闫嫱垂下眼睫犹豫了片刻：“是。”顾婆清凝视着她半晌，忽地冷笑道：“那好吧，那真的如他所说，是姑奶奶放的那把火。”

闫嫱又猛地抬起了双眼，惊诧道：“姑奶奶？”顾婆清自顾自地边吃菜边道：“姑奶奶对逢老板其心昭然，由爱生恨，得不到便想把逢家毁了，无意间累及了有扬，有良便是这个意思。”闫嫱心中扑通扑通直跳，实在不忍心申屠湘无端受诬，拿起筷子又放了下来：“婆婆……其实那晚，那晚我不知道有良在不在玉器店，他没有来我房里，但我看见过他书房里亮着灯……”

顾婆清却不再多说一句话，施施然地伸筷子一粒粒夹着蚕豆送往口中，而闫嫱吃完这顿饭回去，却发现柴有良不知什么时候已然回来，正阴沉着脸坐在屋内等着她。闫嫱顿了顿，走上前笑道：“有良，你怎么来我的屋子了？用过晚饭了没有，要不要我叫下人再给你做碗粥？”

柴有良突地从凳子上站起，扬手猛掴了闫嫱一记耳光，这一下打得可厉害，闫嫱整个人身子不稳撞上了背后的花瓶架子，这才缓冲了一下方才倒地，没有伤着胎儿，看她那双明媚的眸子忽闪忽闪地直落泪，柴有良忍不住恼火道：“你哭什么哭！我又没死，你在为谁哭丧呢！晚饭的时候是不是你在二娘跟前说那天晚上我其实不在玉器店而是在家？为什么这么说，你是不是想要害死我？”

闫嫱捂着半边脸垂泪道：“有良，你为什么要陷害姑奶奶？我们就不能安安稳稳地过日子么，等孩子一出世，我们好好地过我们的生活不好么？”柴有良扬手又是一巴掌扇去：“你还敢跟我提这孩子？你以为我不知道，你肚里怀的根本是个野种！是逄姨奶奶给你安排的，你借着赌博出去借种，你真的当我是傻子么！”

闫嫱错愕地睁大了双眼已然哑口无言，柴有良气愤地走来走去，忽地停下了脚步指着她：“你坏我大事，损我颜面，我给你两条路选，要么立刻打掉肚里的野种，要么就等着我一封休书！”

闫嫱哭喊着爬到他脚边：“不要啊，有良，求求你不要让我打掉孩子，我的孩子已经快足月了，我死了不要紧，我不想我的孩子还没睁开眼看看这世界就死了！你若是想惩罚我，你就休了我吧。”柴有良铁了心踢开她，道：“好，这可是你自己说的，我立刻给你写休书，你也立刻画押签字，省得二娘再阻拦！”

第七十七章 沉酣一梦终须醒

“什么，你要休了嫱儿？”顾婆清愕然地拿着一纸休书看向闫嫱。只见曾经那个美艳绝伦的女子如今身怀六甲脸色蜡黄，忍住泪水主动道：“婆婆，你就当是为了嫱儿好，批了有良的休书吧，嫱儿不配做人家的妻子，从此以后哪里来还回哪里去，休书批下我立刻就走。”

顾婆清心中已然千头万绪，她自然是不想闫嫱走的。她知道闫嫱落得这田地，是因为揭发了柴有良的谎话，她还要靠闫嫱的真话去给申屠姑奶奶洗白，可如今这阵势对她一点都不利，柴有良更是杵在面前等着她批下。顾婆清实在无法，只得怜悯地望了闫嫱一眼，放在心里微微叹息着取出朱砂笔批了休书。闫嫱倒也倔强，毕竟是紫禁城里出来的人，强忍着眼眶中的泪水抱起了包袱和休书转身走出门外，与刚刚得到消息赶来的邹宛萍撞了个正着，她一句话都没有说，向邹宛萍施了施礼便自此离开了柴家。

“婆婆，有良，你们真的让嫱儿就这么走了？她还大着个肚子呢。”邹宛萍看不过去冲上前急道，不由咳嗽了起来。顾婆清挥手示意柴有良下去，扶了扶自己的额头皱眉道：“来来，这段时间走的走散的散，我也累极了，来帮我推拿推拿。宛萍啊，有的事情你别再打听了，嫱儿就是因为撞破了有良的事才被他休了，你要知道，现在的有良早已不是以前的有良，你还以为他正义冲动好打抱不平么，他和二叔贪赃枉法的簿子厚厚一沓，我只是不愿意说破。”邹宛萍见她闭着眼睛缓缓地不再说话，似是睡着了这才退了出去。

柴家究竟是怎么了，邹宛萍心中纷乱地走在大街上，走着走着却赫然看见面前站着一人，正是卓尔妮。二人也有许久未见，邹宛萍请她去茶楼吃茶，这才知道自从卓尔妮离开，申屠湘便把她挖到自己的身边当军师，要她帮自己讨逢临齐的欢心。若不是邹宛萍说出最近的事，卓尔妮也没想到顾婆清如今真是四面楚歌，这么多年的主仆情谊分上，她又有些于心不忍了。

刚刚跟邹宛萍分了手，卓尔妮踏着那双苗绣的小花靴竟鬼使神差地又走到了玉器店附近，再往前便是柴家的窑洞了，她不由停下了脚步定定地站在原地。只听一声“尔妮！”，她惊讶地转过头看去，只见柴有良正从玉器店的后门走了出来：“怎么了，想回家看看？尔妮，我劝你还是别回去了，现在柴家的人一个个都想往外头跑，那里面乌烟瘴气，你又不是不知道，你性格单纯，总以为正是正邪是邪，像你这样的姑娘在蓝关堡得受多少苦，恐怕只有你自己才知道。”

卓尔妮被他这么一挑唆，冷下脸道：“我不会回去的，我跟柴家已无半点联系了。”说罢便要转身就走，柴有良却又拦住了她：“这话也不是这么说的，你就一点不怨恨了？要不是柴家，你会留在蓝关堡这么多年，你会变成自梳女？我真是替你不甘心啊，尔妮，你怎么就不会以其人之道还治其人之身？嗬，我说的太多了，有浦快下课了，看来小梅一会儿要去接他了。”

卓尔妮心中一动，柴有良走开之后她立刻调转方向去了柴有浦的私塾，快小梅一步将柴有浦接走了。柴有浦见到自己心心念念的卓尔妮欣喜若狂，什么也不问便跟着她跑了，他却不知道卓尔妮的心里却想拿自己报复顾婆清。小梅慌慌张张地跑回家，捧着一串银钏递给顾婆清：“当家，当家，出事了，小少爷不见了，我在私塾的门口台阶上看见这个银钏，似乎是有人故意留下的。”顾婆清霍地惊愕站了起来着急道：“这……这是尔妮的……糟了，尔妮这是要报复我，她会不会对有浦不利……还愣着干什么，快去找啊！”

顾婆清，我因为是你的婢女，为了柴家的颜面为了你的颜面，我不能和我心爱的男人在一起，还要葬送我一生的幸福，今儿我就让你尝尝失去挚爱的痛苦。卓尔妮和柴有浦说说笑笑之际已把他拐到了偏僻之地，正头脑发热的时候，忽然天空和黄沙之间飘来一曲悠扬的埙声，婉转清透，仿佛令人什么烦恼都没了。

卓尔妮不由抬起了头，喃喃道："是大少奶奶的埙声……"这曲埙声让她想起了这些年在柴家的点点滴滴，顾婆清纵有不是，但终究对自己很好，二人之间早已衍生出了真挚的感情，想到这里，卓尔妮再也横不起心来下不了手了，亲自将柴有浦又送回了私塾。

其实方寸大乱的又岂止是柴家，顾婆清找回儿子后抱在怀里痛哭一场便罢，而逄家却自从逄临恭离开之后日日不得消停。逄肖娘的病是越发反复严重了，严红瑰死了，逄临恭走了，她越来越觉得是所有人都离弃了自己，几乎每天都要发一次病，发病的时候力大无比，多少次都伤了逄临齐。

逄临齐实在没有办法，只得拿了铁链锁将这个曾经最疼爱的妹妹亲手锁在屋子里，任凭那扇白色的浮雕门内传出怎样的野兽般怒吼，他也狠心置之不理。实在是太累了，家里已被女芣吸大烟败了不少银子，雕刻店凭一己之力又实难维持，他知道只要他说一句，顾婆清立刻会挺身而出帮衬自己，可他也知道，顾婆清的麻烦已经够多了，一种莫名的感受让他不想再给她添麻烦。

"嗯？你说什么？"乌烟瘴气的烟馆里，女芣一身锦衣穿到今日，已然污秽不已，她眯着眼靠着榻大口大口地吸着福寿膏，"嫱儿，我说了你就去我给你安置的屋子好生待着，你还怀着孩子，老往烟馆跑什么。休了你就休了你，我倒觉得这未必不是件好事，你抽身出来，不是反而看得清顾婆清和临齐的危难了么？他们自个儿都泥普萨过河自身难保了，我们操什么心。"

闫嫱坐立不安道："我是担心婆婆，我也担心小姐啊，逄家越来越式微，我怕申屠家有所行动，到时候逄老板若是出了事，小姐也会担心的。"女芣双目猛然睁了开来："不错，申屠计芬和那个入赘的姑爷，一定会跟申屠洪汇报，这个黎正龙简直是忘恩负义。"

才嫁入蓝关堡一年，女苿却如此玲珑心思，纵然抽大烟抽得云里雾里，却仍旧有这本事把什么都看得剔透清楚。黎正龙自从入赘了申屠家，便也不再在逄家的雕刻店做事了，索性去了天麻店帮衬，但对于这两家的事一旦打探到，第一时间就会跟申屠洪说，并为他出谋划策，让申屠洪喜爱不已："哦？你也觉得逄家的雕刻店到了头儿了？"

这一回说罢，申屠洪又惊又喜地转过了臃肿的身子，脸露红光道，身边的扈凤仙也趁热打铁站了起来抿嘴笑道："哎呀老爷，这可是好机会啊，我们趁机把逄临齐拉下马来，有正龙替我们行事，还担心什么呢？"黎正龙也点头道："爹，再不行动实在要错失良机了，我愿意替爹出马，收拾了逄临齐，然后柴当家便也孤立无依，我们就更容易立足了。"

糟了，现在不光是大哥大嫂针对逄老板，就连我一手带大的计芬和她的夫君也要对付逄老板，这可怎么办……申屠湘正准备叫众人去吃午膳，才走到门口便发现门窗紧闭，一时好奇偷听了起来，没想到他们又是在密谋对付逄临齐，登时急得汗水直滴，弄花了她化了一上午的妆容，这片刻也觉得穿着的艳黄长裙极其碍事，心烦意乱地担心着。

逄老板的性格如此刚烈，他是宁可自己亲手毁了雕刻店绝不可能让别人毁了的，万一走进了死胡同就太容易冲动想不开了。怎么办……唯一能帮他的目前看来其实不是柴当家，是逄姨奶奶，可是逄老板又怎么会向她妥协？他们就要行动了，我必须赶在黎正龙行动之前替逄老板解了这燃眉之急。除非，除非我立刻嫁给他，哥必然不会再为难我，可是又怎么可能做到……

申屠湘转念一想，顿时计上心来，双眼立刻冒出亮晶晶的光芒，蹑手蹑脚地从门外跑开了，不一会儿便拿了两个甜饼在手中边吃边自言自语："真好吃，哎呀，我们家的厨子怎么就做不出来这样的口味……"说着就往逯小小的房门口绕，在屋里哪能待得住的逯小小正坐在门前的长廊上自个儿玩着纸人皮影，忽然闻见了丝丝甜甜的香味传来，逯小小立刻停下了手，嗅着鼻子找过去："咦，湘妹，你这是在吃什么呀？"

只见逯小小果然被自己吸引了过来，申屠湘故意装出陶醉的模样，伸出拿着饼的手在她面前晃了一晃：“可好吃啦，你光闻着味儿就知道，说是里面夹了葡萄干，奶香绕齿，葡萄酸甜，又香又糯，果然是上品。三小嫂，我这儿还有最后一块，给你吃。”逯小小就等着她这句话，立刻抢了过来狼吞虎咽：“嗯嗯！好吃，真好吃！湘妹，你还有么？”

顷刻间她便把饼吃得干干净净，又不好意思地向申屠湘伸出了手。申屠湘道：“哎，你这叫牛嚼牡丹，就剩这最后一块啦。这可是逄老板家的厨子做的喜饼，用的都是逄老板自己在省外购的食材，难得才做一次。上回逄老板娶那位格格，多做了些才留到现在的，如今逄家不再办喜事了，哪儿再来喜饼吃啊？”

第七十八章　喜 煞

“逄家的喜饼？”逯小小不由噎住了，瞪大了眼睛盯着她看了半晌，忽地诡秘一笑：“那湘妹再嫁过去，逄家不就又能办喜事了么？湘妹你不是一直想嫁给逄老板么，只要聘书一到，我就能偷到老爷的印章替你盖下来，你也知道二姐姐死后，老爷都是在我房里留宿的。”

申屠湘愣了愣，把手中剩的半个喜饼也塞给了她：“你别美了，就算过得了我哥这一关，逄老板也不会下聘书的，你看他平时对我就敬而远之的，怎么肯娶我？”逯小小转了转眼珠子，头一歪，道：“那更容易了，我带着你这就去找逄老板，总之我一定要吃到这喜饼子。”

“呃……三太太，姑奶奶，你们约我来这茶楼，莫不是就喝茶而已？你们有什么话就直说吧。”坐在茶楼里极度不自在的逄临齐终于打破了这阵沉默，看着逯小小吃了一个又一个馒头。她这才停下手来道：“我就等你说这话呢。那好，逄老板，你家的喜饼真好吃，什么时候再做啊？”

逄临齐微微皱了皱眉：“喜饼？呵，喜饼当然是在办喜事的时候才会做。”话还没说完，逯小小又抢先道：“那你什么时候再办喜事啊？你不是只娶了个姨奶奶么，还有个少奶奶没娶呢，湘妹挺不错的，你快点娶了她吧。”逄临齐愕然地愣住了，干笑了几声：“三太太别开玩笑了……”一直没出声的申屠湘捣鼓着筷子忽然细细地来了一句：“我们没跟你开玩笑。”逯小小识趣地笑道：“你聊，我先走了。”

桌边只剩下逄临齐和申屠湘二人，气氛格外地尴尬，逄临齐咳了两声，道：“姑奶奶……”申屠湘头也不抬，玩着筷子道：“我说了，叫我阿湘。逄老板，我哥嫂和计芬他们都在计划对付你，我也知道你的刻店撑不下去，只有我这个时候嫁给你，他们才会罢手。逄老板，这份聘书我替你写好了，你盖个章就好。”

她从紫色的大袖子里取出了一张礼单递给他，逄临齐展开一看，惊道：“姨奶奶？你不是要做少奶奶？”申屠湘这才抬起了头，漂亮的脸庞里划过一丝哀愁，是这泼辣的女子平时从未有过的神色：“逄老板，我说过我是真心真意喜欢你，我从小跟你一起玩的时候就喜欢你，长大了更是仰慕你，但你不喜欢我，我不会勉强你。如果不是事情到了这个份上，我也不会要你娶我。我知道，当初你娶敖佳氏的时候就把她贬为了姨奶奶，你其实是想留着少奶奶的位置给你将来遇见的心上人，所以我不会让你为难，我做姨奶奶就够了，其实只要拿我当个挡箭牌，让你的刻店安安稳稳才是最重要的。”

“姑奶奶……”逄临齐顿感五味杂陈，眼前这个美艳动人的女子为了自己耗费韶华，抛弃一切荣华富贵，在最危难的时候更宁愿牺牲高傲的姿态嫁给他，这一刻他也万分感慨。申屠湘笑道：“你别这样，还记得查出二太太死的时候，我就告诉过你，无论你逄临齐是贫是富，是喜是悲，走到什么绝境，我都会陪在你身边的。逄老板，我也知道我在别人眼里市侩、精明、算计，我并非要感动你让你接受我，但是目前只有这个下策才能暂保刻店啊。”

逄临齐吸了吸鼻子，转过脸去叹了口气，取出自己的印章在那聘礼单上盖下了印：“阿湘，我逄临齐的章盖了下去，就不是把你当作挡箭牌，我是把你当作我的妻子，你放心，日子便定在三天后，我一定让你风风光光地嫁进逄家。”

当申屠洪得知这件大事被瞒天过海的时候，逄临齐的花轿已然停在了申屠家的大门前：“混账！”申屠洪气得狠狠地将聘书扔在地上，气得脸涨得通红，气也顺不上来了，扈凤仙吵嚷嚷着便要出门去退婚，申屠计芬却拦住了她：“娘，都到这节骨眼上了，姑姑肯定不会罢休的，我们冲出去岂不是让全蓝关堡的人都以为是我们申屠家不讲理么？罢了，姑姑的心向着逄老板，不如便遂了她的愿，留在我们家里对姑姑也是一种煎熬。”

申屠洪道：“计芬说得没错，让她去吧。”黎正龙上前道：“爹，既然这样，那我送姑姑上轿去了。”申屠洪叹了口气，转头回到自己的屋里，不愿意看着申屠湘出嫁，黎正龙和喜娘这才敲开申屠湘的门。只见她穿着一身白色蓬松的西洋婚纱，头戴白纱遮住漂亮的脸庞，双手还戴着逄临齐送给自己的那对白绸手套，拿着一束粉玫瑰，长发烫卷被盘在耳后，露出的脖颈上戴着水晶项链，整个人都熠熠生辉。逄临齐更是用大红花轿来接她，谁都看不出这竟然是纳妾而已。

逄临齐跃下马来，亲自将她横抱而起送入轿内，平日里那称霸这条街的泼辣女子竟变得如此温顺，脸一直红到了耳后根。黎正龙替她放下了轿帘，向逄临齐拜了拜：“姑父，姑姑就交给你了，既然你亲自来接她，我就回去了，一会儿我会带申屠家所有人一起参加喜宴。”

逄临齐点了点头，在一片喜气洋洋的唢呐声中接了申屠湘去最新建成的洁白教堂里举行了礼仪。蓝关堡的人何时见过这样的场面，引来多少人观看，大家伙儿都在议论纷纷：“快瞧啊，逄老板真是好福气，娶了一个又一个，这姑奶奶虽然河东狮吼，但是对逄老板真是温柔。”

西式的礼仪比传统的要简化不少，行礼完毕后逄临齐便引着众人去自己家里摆设喜宴了。令人惊讶不光是这申屠湘终于如愿以偿地嫁给了逄临齐，更是申屠湘身边那个忙里忙外的喜娘，在喜宴上抛头露面，居然是从柴家出走的卓尔妮，想不到申屠湘还挺喜欢她，更把她又带到了夫家。

忙忙碌碌已然到了晚上，逄家里大摆酒席仿若娶的是正房少奶奶，宾客们都已然喝的酩酊大醉，逄临齐也被灌醉了，晕晕乎乎地跑到一边吐得厉害，夜幕之中酒酣之时，谁都没有留意到黎正龙借醉悄然离开了席间。申屠一家虽然心情都不好，但也总不能失了场面，所有人都来到了这里赴宴，心中却打着别的算盘。

黎正龙退出席中竟没引起他们任何人的注意，申屠计芬也只道是他被人捉去灌酒了，却哪里知道他是直接回了申屠家——或者说，其实他是趁着这时候空无一人，直探申屠洪的卧室。他在申屠家已然博得太多的信任，他轻而易举地潜入申屠洪的屋子，黑暗之中不需点分毫光点，便手法娴熟地撬开了申屠洪的密柜。

这边喜气洋洋地在办着喜事，当然也有人察觉到今天女苿居然没有露面，虽然说都是逢姨奶奶，但毕竟入门有个前后，申屠湘嫁进来她应该到场的。女苿自然有她更重要的事要做，她那边临着烟馆给闫嫱安置的栖所里，正传出一阵阵痛彻心扉的撕扯叫声。

算算日子，闫嫱恰好今日临盆，没有夫君守在身边，在屋子里陪着她的只有女苿。但起码有这个又敬又爱的主子不嫌污秽陪着自己，闫嫱便又有了求生的力量。然而痛苦声没有停下片刻，产婆慌慌张张地跑了出来向女苿道："逢姨奶奶，柴姨奶奶难产了，再这样下去要大出血，保大还是保小？"女苿放下了烟杆睁开眼，吐了个烟圈道："你说呢。"不一会儿产婆又跑了出来，这次的神情更是恐慌不已："逢姨奶奶！柴姨奶奶生了，生了一个男孩儿，但是……但是是个死婴！"

女苿闻言愕然地将手中的烟杆滑落在地，霍地站了起来，只听帘子后传出闫嫱撕心裂肺地哭喊："我的孩子，我的孩子！"女苿脸色一阵青一阵白："死婴……呵，好。"她遣走了产婆，掀开帘子走进去，只见闫嫱如同疯了一般地紧紧抱着那面色僵紫的婴儿在怀中一会儿哭一会儿笑，一会儿又喃喃自语，那双目已然失去了往日的神气，空洞而茫然，眼看着就要得失心疯。

女苿一把抢过孩子，扬手打了她一巴掌："你醒醒吧，你儿子死了，胎死腹中！你喊什么，是不是要喊得整个蓝关堡都知道你生了个死婴？闫嫱你记住，你儿子是死了，但是我们可以用这死胎重新计划，我们以此斥责是顾婆清逼着你临产时离开柴家，所以你的肚子才会出事，我要逼着顾婆清把柴国瞿的财宝交出来，逼着蓝关堡三大家族一起为我所用，为我们重新打下大清江山，你懂不懂？”

闫嫱睁着双毫无光泽的眼睛凝视着她，看得女茉浑身阴森森的。突然她伸手又抢回了自己的孩子紧紧抱在怀里：“我儿子没死，我儿子没死……你听啊，我儿子在哭呢。”见她仍旧这副要生要死的模样，女茉深深地叹了口气，又恨又恼地扔下烟杆拂袖而去。

逢家却还在热热闹闹地办着喜宴，作为柴家的大当家，顾婆清却意外地没有出现在逢临齐的纳妾大典上，只是托病告假，让柴家所有人都到场替她祝贺。柴国军和柴有良也被难得的解了禁，这可是不多的机会，柴国军虽坐在席间笑眯眯地啜着酒，一双小眼睛却滴溜溜地转着，一刻都没离开卓尔妮的身上。

到底这卓尔妮和顾婆清之间发生了什么，为什么一个忠仆义婢居然一夜之间跟她反目，更调转枪头来帮申屠姑奶奶？她们之间的这个问题，看似被掩藏得很好，可一旦被知晓必然是能置顾婆清于万劫不复之地的。

第七十九章　魂梦两端

柴国军又故意多灌了自己两杯，趁着卓尔妮来这桌收拾的时候哇的一下全吐在了地上，卓尔妮吓了一跳，习惯性地扶起他："二老爷，你没事吧？我扶你去旁边歇歇吧。"柴国军醉醺醺地站了起来踉跄着让她扶到了四处无人的地方，这才哼哈着假装模糊不清地醉话道："尔妮，尔妮……你，你看看你不在柴家，柴家都乱了套儿了，大嫂还是挺想你回去的，你看大嫂对你多好，你两度被马贼捉走都是大嫂亲自出面救你回来的。马贼窝啊，那岂是常人敢去的，尔妮，你别帮着那姑奶奶了，回来帮大嫂吧。"

卓尔妮脸色一沉，松开了手道："马贼？二老爷你醉了，不要再提这件事了，我倒就是瞧中姑奶奶不会从马贼窝救我呢！"说罢气呼呼地甩袖而走。柴国军眯起了眼，心中暗道，怎么提起马贼的事她反应这么大？难不成卓尔妮和顾婆清反目，跟这两次从马贼那里救她有关？太好了，如果顾婆清跟马贼牵扯上什么，那她就休想活着离开蓝关堡。看来该我亲自出手，趁着这机会上山打探马贼了。

他借着吐醉悄然从逄家的后门溜了出来，翻身跃上门外的一匹马，正要驾马而行，哪知马蹄忽地扬了起来停住了，柴国军定睛一看，竟看见马前站着头戴丁香暗纹风沙帽的顾婆清，她面无血色，一身长袍子立在原地，定定地凝视着他，似乎就等着他出来："二叔的酒醒了没？都吐成那样了，还敢骑马，还敢上山？怎么着，你是又要借着申屠洪的名义，去跟马贼打交道，来查我的底细想来要挟我？"柴国军眼见也瞒不过去了，气冲冲地翻下马来："怪不得你称病不来，原来是设好了圈套等着我，好，我就是要找马贼问个清楚，你一个弱质女流到底为什么三番五次从马贼山寨全身而退，你到底是什么人？"顾婆清冷笑道："二叔，我最后一次申饬警告你，你若再想管我的事，我就不再念着你是老爷的亲弟弟了。来人，把二老爷再给我押回去！”

顾婆清回望了一眼灯火阑珊的逄家，顿时百感交集不是滋味儿，虽然来了但还是没有踏进去祝贺一言半语便扭头回去了。自从申屠湘嫁了进逄家，逄家两位姨奶奶都来头不小，女茉坐镇，申屠湘把握着申屠洪的命脉，终究因为疼爱这个妹妹，申屠洪还是不肯轻举妄动伤害逄家，雕刻店的难关很快度了过去。逄临齐的心里对申屠湘有说不尽的感激，每次里里外外都带着申屠湘相伴，看上去恩爱不已，人人都说这湘姨奶奶比茉姨奶奶要得宠得多，但只有逄临齐自己知道他对申屠湘却始终没有那种动心的感觉。申屠湘嫁入逄家所为刻店的牺牲，终于还是传到顾婆清的耳朵里了，她一连几日都闭门不出，似乎真的是病了。

“当家，乌鸡汤煲好了，小梅伺候你喝吧。”她倚在床上揉着太阳穴，小梅端着乌鸡汤走了进来。顾婆清自己端起汤喝了起来，见她脸色苍白，小梅担心道：“当家，你这到底是怎么了？有什么事说出来心里会好受些，小梅知道自己不像尔妮姐那般同当家知心，但小梅真的想为当家分担。”

顾婆清笑道：“你有这片心，不枉我还留你在我身边。小梅，你知不知道你长得很像一个人……我是说，你看见没，再亲密的盟友他毕竟还是把我当作外人，雕刻店出了事，他宁可与申屠家联手，也不肯向我透露半句，其实人啊，从来都看不清身边的人。这碗乌鸡汤我不喝了，你拿去尝尝，煲得不错。替我更衣，我一会儿出去一趟。”

每次心烦意乱的时候顾婆清是吃什么都觉得味同嚼蜡，就特别想念臧九安做的酱菜，披上外套便信步走到了玉器店，可是工人们都说臧九安一早便去驿站卸货了。顾婆清一路又走到驿站，哪知还没走近就看见驿站附近的凉亭里坐着一男一女互诉衷肠，男的自然是臧九安，而那女子的身形体貌是顾婆清再熟悉不过的，正是柴家长房贤惠的大少奶奶邹宛萍。

顾婆清忽地只觉脑中一嗡，似乎很多事情顿时都想明白了，站在那里看着他们也不知多久，直到臧九安回过头赫然地看见了她，登时大惊失色地跪了下来："大，大当家的……"邹宛萍也错愣万分，霍地站起来已然失了方寸。顾婆清却当作什么都没看见，走了过来轻描淡写地挥了挥手："宛萍你先走吧，我来找九安聊聊天儿。九安，你也知道尔妮走了以后，我身边连个说话的人都没有，我想找你说说话。"哪知臧九安却忽地变了脸，抵触道："大当家的何须来找我这个下人？其实如果大当家的当时就跟卓姑娘说清楚，把自己的身份也都表明清楚，蓝关堡还会有人借此针对你怀疑你么？莫非大当家的真有什么见不得人的事？"

"九安！你怎么这么跟婆婆说话！"邹宛萍一听登时急了，脱口而出。顾婆清惊讶地转过脸来："你怎么还没走？"邹宛萍却管不了那么许多，上前便拉住臧九安："你干什么这么冲动，快别说了！"臧九安道："宛萍你干什么，既然今天大当家的来了，我就问她个清楚，外头谣传大当家的和马贼匪浅，若不是，我立刻请罪道歉，若是，我臧某人是不会和这居心叵测的人交朋友的。"顾婆清一愣，笑道："好，说得好啊。果然有骨气。宛萍，你莫要怪他冲撞我，九安问的，我是不会回答的，就让我落到众叛亲离也罢了。你们聊，我回去了。"

从驿站出来她却不想往回走，找了个新辟的山道绕着散散心，哪知才走几步，突然落起了雨点，顾婆清抬起头望了望天，伸手抹掉了滴在面颊上的雨水："好家伙，大热天的落天雨，真不知是福还是祸。"她正准备转身沿原路回去，忽然落在鼻尖的雨点竟传来了丝丝甘甜的酱菜气息，极其鲜美和熟悉，甚至比臧九安做的酱菜更纯正。顾婆清忍不住沾了沾鼻尖的雨点放入口中尝了尝，猛地睁大了双眼，似乎想起了什么，疯了般地向前奔跑寻觅，雨越下越大，不一会儿打湿了她浑身上下。大雨连绵织成烟雾，顾婆清终于在一个山丘头停住了脚步，雨湿润了她的视线，蒙眬模糊中看见一个身影，在山丘上临时设的酿造酱菜的场子里忙忙碌碌着，他正抱起一坛又一坛酱菜急急地收拾起，那人不是别人，正是黎正龙。

黎正龙丝毫没有察觉到顾婆清，直到听到她颤抖着声音似远似近地喊了一声："阿廷……"黎正龙登时浑身一震愣住了，顷刻间暴雨倾泻而下，他隔着一帘烟雨缓缓地转过头来，只看见顾婆清已然掩面哭得泣不成声：

“阿廷，我知道是你……”她边哭边向黎正龙走去，“这酱菜，是维扬霍氏的招牌，是我和你一起酿过的味道。”黎正龙本欲继续装下去，却被她最后一句戳中了心坎儿，手中的那坛酱菜应声落地，终于不顾一切向顾婆清飞奔了过去，二人紧紧地相拥在了暴雨之中。

黎正龙抱紧她在耳边哽咽地重复道：“清清，清清……我对不住你。”顾婆清枕在他的肩头哭道：“阿廷，你终于认我了……你知不知道，我以为你战死了，我从维扬一直走到蓝关堡，我千里寻夫，只想找到你的尸骨。我在山上做了五六年的马贼，只为了替你报仇。我要杀了柴国瞿，要将柴家搅得天翻地覆。为了赢得柴国瞿的信任，我还给他生了个儿子，是我对不起你……我原以为这辈子再也见不着你了，只有死了以后下去跟你相见。眼看见目的就快达到了，你却活生生地出现在我的面前，天意弄人哪……”

黎正龙猛烈地摇着头道：“你千万不要自责，要说我还娶了申屠计芬，我们其实各有目的。清清，你知不知道我为何不肯认你？一是我怀疑那个人的死并非如当年我们所见的那回事。我在沙场上身受重伤，后来被国民战友相救，与战友们加入了地下党。一方面我回蓝关堡是为了打探政治秘密，二就是来查当年那人之死背后真正的原因。”顾婆清愕然欲要打听，黎正龙伸出手指抵住她的唇：“不该死的人，我也不会让她白死。你别轻举妄动，听我的话。”

一向稳中带刚的大当家，却在黎正龙的面前仿若一个青涩的豆蔻少女，轻轻地点了点头，依依不舍地移开他的肩膀。这是在蓝关堡，而不是在维扬，他们都很清楚总有要分别的时候。自从在这里和黎正龙相认，顾婆清每日就像失了魂儿，或者说变得年轻了许多。不单单是衣着打扮上用的色彩比以前大胆，更明目张胆地把那紫玉搔头插在脑后招摇过市，那柴家的镇宅之宝金钗倒被她藏在了暗格里不再用了。时而傻笑，时而发呆，做什么事都心不在焉，似乎变得愚蠢了许多，活像个情窦初开的姑娘家。她纵然是好过了，但陪着申屠湘嫁入逄家的卓尔妮却不好过，从申屠湘第一天嫁入逄家，那逄肖娘不敢向申屠湘撒野，便总是拿卓尔妮出气,这天更是被指派得忙活了一整天，到了夜里终于歇下来，她便走到骑楼底下散散心。

第八十章　卷沙回

“尔妮，你还没睡呀？”空荡荡的窑洞里传来这甜美的声音，却令卓尔妮顿时浑身一凛，回过身站了起来，果然瞧见一身及地穿着长洋裙的逢肖娘，绾着烫卷的长发笑盈盈地走了过来。若不是在逢家待了一段日子，卓尔妮或许真的要被她这亲切温柔的笑容蒙蔽了，她也听说过逢家小姐罹患双重人格的事儿，不由吓得往后退了两步。逢肖娘笑道：“你干什么呀，我又不会吃了你，你既然还没睡就跟我进屋里来，我给你瞧几样东西。”她说罢拉住卓尔妮的手往那扇白色浮雕的门后走，卓尔妮顿感手腕上的力道不小，只得跟着她进去了。

逢肖娘砰地将门关了起来，却仍旧是一副亲切的模样，拉着卓尔妮有说有笑好像是多年的姐妹，更从自己的珠宝箱里取出一把东西展示道：“你看，这珍珠项链是大哥送我的，这英吉利头花是二哥送我的，漂亮吧？可惜……可惜最疼我的两个哥哥如今却不再以我为中心，各有各的生活。”卓尔妮干笑道：“逢小姐说笑了，逢二少爷人虽然在远方，心里却记挂着你。逢老板纵然有两房太太，终究也不能跟妹妹相提并论。”哪知逢肖娘突然脸色一变，声音也变成了粗哑的男人声：“说得好听，可不是你卓尔妮做申屠湘的军师，指点她怎么勾引逢老板的么？”

卓尔妮一听立刻发觉她已不对劲，奈何门已关起，而这扇白色浮雕大门是俄国所造，跟平日里的房门不一样，她也不懂从哪里打开。只见逢肖娘转过脸来，一双眸子已然变了神情，一步步向卓尔妮逼近，张口闭口都是男人的声音，神神叨叨道：“你抢逢小姐的二哥，拨弄别的女人嫁给逢小姐的大哥，你好大的本事！我倒要看看你到底有多少通天本领。”卓尔妮已然退到门口再无处可退，就在这最关键的时刻，门蓦地被从外拉了开来，卓尔妮身体一软，竟倒入了门外那人的怀里。

她惊愕地抬头看去，却喜出望外地脱口而出："逢二少爷！"只见逢临恭仍旧是一副离开时的打扮，一身黑色西服皮鞋，头戴着礼帽，手提着拎箱。他立刻把卓尔妮拽了出来，又将门狠狠地关上，以极快的速度掏出钥匙把门锁了起来，任凭发病的逢肖娘在里面嘶吼拍打，他却一言不发拉着卓尔妮跑了出去。

他拉着卓尔妮一路小跑，直跑到曾经他们幽会的屋子里，逢临恭除下帽子，什么话都没有说，忽地捧起卓尔妮的脸深深地吻了下去。卓尔妮惊愕地睁大了双眼，却被他这突如其来的吻吓得脑中一片空白，竟忘了推开他，也慢慢地合起了眼帘，忘情地和自己的情人拥吻在一起。逢临恭将她紧紧拥在怀中，从额头一直吻到耳根："尔妮，我对你说过，我再次回来，一定要娶你为妻。可是你居然离开了柴家，还随姑奶奶来了我们家，难不成你让我求我大哥么？不，那野种不是我大哥，我不会求他的。尔妮，你让我怎么办？"卓尔妮靠在他肩头道："临恭，你是知道我的，我从来都不在乎名分上的东西，只要你我真心相待，就算只能像现在这般也是好的。"

逢临恭亲了亲她的额头，两人秉烛谈心独处在这屋里聊了整整一个通宵，可在别人瞧来却不是这么简单。申屠湘本就咋咋呼呼，听到逢肖娘在耳边挑唆，顿时怒火腾升，等到卓尔妮回来便一顿痛骂："我是最早知道你和逢临恭的关系的，可你也不掂量掂量，你现在是我身边的婢女，你行差踏错就会影响到我。你知道，那茉姨奶奶见不得我跟临齐好，盼着我出错儿呢。你呀你呀，你可真是胆子大，你还是个自梳女，就不怕被镬烹被浸猪笼么？"

申屠湘气得在屋内走来走去，浑身环佩叮叮咚咚地响个不停。卓尔妮直言道："主子，我和二少爷清清白白，从来都没有越矩一步，何况主子何必问我这样的话，主子为了自己所爱的人，不也什么都不怕么？"申屠湘叹了口气道："肖娘已经到处在传了，她那个人是什么样我们难道不知道，我是怕对你不利。你这几天安稳点，虽然说跟逢临恭抬头不见低头见，你也装作什么都不知道。"

“你说什么？逢临恭回来了？”正哼着小曲儿在玉器店亲自把弄着新凿出来玉块的顾婆清一听见小梅的言语顿时停住了，霍然转过头来，带得那脑后的紫玉搔头流苏哗啦而响：“他怎么回来了……来者不善，你怎么知道这件事的？”小梅支吾道：“我刚刚去街市买菜，听到逢小姐身边的婢女在谈论逢二少爷回来了，还说跟尔妮姐……跟尔妮姐不清不白，她们说尔妮姐是自梳女，居然勾搭上逢二少爷，还彻夜未归，想让逢小姐主持公道抓她去浸猪笼。”顾婆清脸色煞变，随即又恢复了神色，这样的神色才是她平日里的常态：“尔妮……逢临恭是没想到他自个儿的妹妹杀出一道，他故意留尔妮一晚，是痴心妄想要报复逢老板。不管怎么说，现在最危险的还是尔妮，小梅立刻替我备马，我要出蓝关堡一趟。”

她骑着马直奔山脚下的世外洞天，溪涧淙淙一如往昔，青山绿水中掩映的那间竹屋轻幔四起，传来阵阵音乐，这音乐却是西洋的曲子，吱呀着从留声机里传出。顾婆清下了马走到屋前行了行礼：“大小姐，阿清有事相见。”那曲调倏忽停了，不一会儿史妧之掀开了门帘走了出来，瞟了她一眼：“你又想找我爹？我说了，你别去打扰他老人家清修，蓝关堡的事既然交给你我，你我就办妥了。”顾婆清摇了摇头：“大小姐，我是找你来了。逢临恭回来了，当初他临走之时对逢老板放过狠话，所以他这一次回来，我不信他没有目的。别的我也不想过问，可是此事牵涉到尔妮，逢小姐要拿着他们私通的把柄将尔妮浸猪笼，我只有来求大小姐，放过尔妮，尔妮是无辜的。”

史妧之沉吟片刻，道：“我和临恭一块儿念了这么些年书，我不觉得他不知道会连累到卓尔妮。而且你关心的是不是卓尔妮，或许你自以为是，其实你是担心临恭回来对逢老板不利。我为什么要帮你和逢临齐，而不帮临恭？”顾婆清拉下脸来：“就算你一个人斗垮了蓝关堡三大家族，你以为没有我的帮忙，你能找到柴国瞿的宝藏么？义父说过，让我们替他复仇是其一，还要拿到柴国瞿的宝藏，给义父招兵买马，在蓝关堡站稳脚跟。大小姐，我只要尔妮平安，你我的协议还可以继续下去。我知道逢临恭已经翻脸不认人了，他只听你的话。”

史妧之吸了口气，点头道："好，既然你这么说，我能让临恭别牵涉到卓尔妮，但我不能让他放弃对逄临齐的报复。柴当家，如果你下次再为逄老板求我，就别怪我向我爹汇报，你是不是对逄临齐动情了。柴当家，你和霍廷都相认了，你不该惦记着不该惦记的人。"

顾婆清微微愕然地抬起了眼。史妧之笑道："你不要忘了，我是苗乾风的女儿，什么事我会不知道？如今入赘申屠家的姑爷黎正龙，不正是你顾阿清的原配丈夫——维扬霍氏酱园的大少爷霍廷么。你初次来到蓝关堡投靠我爹，就是要嫁给柴国瞿替你'战死'的丈夫霍廷报仇，因为这一切都源于柴国瞿。如果不是他贪恋你顾阿清的美貌，他不会对跟你已定亲的霍家狠下杀手，还指使霍廷一个文弱书生参战。你以为霍廷死了，你要为他报仇，在山寨子里待了五年，终于如愿以偿地嫁给柴国瞿，一步步博得他的信任然后杀了他。我说对不对？"

顾婆清哼道："在山上五年来我从没见过大小姐，原是义父把大小姐藏在了山下，可大小姐事无巨细都清清楚楚。我明白，你有我的把柄，你怕我哪一天反咬一口，你便拿这件事让我万劫不复。你放心好了，从始至终我都只有同一个目的。"

吱呀一声门响，柴有扬的房门被轻轻地打开了，他已经无须辨认便听得出这是小梅来看自己来了。这些日子除了柴国军，只有小梅每天都会抽一个时辰来看他，这是柴有扬从来没曾想到过的。以前只觉得小梅颇有姿色，风韵尤佳，把她当作自己众多女人中最普通的一个罢了，没想到自己出了事，那些莺莺燕燕都消失了，陪在自己身边的自始至终都是小梅，只有小梅瞒着所有人在照料着他。

风流倜傥的柴有扬心中终于泛起了波澜，看见她走进来，不觉得眼眶湿润了。小梅端着碗乌梅汤放在他面前一勺一勺地悉心喂着，还给他说着今天发生的有趣的事儿，柴有扬一滴眼泪却猛地落进了乌梅汤内，溅起一圈细微的涟漪，小梅惊道："表少爷，你怎么啦？你，你是不是哪儿不舒服？你别吓我呀。"

第八十一章　异　梦

小梅正欲继续问下去，忽然听见外面淅淅沥沥地落起了雨点，忙放下乌梅汤道：“糟了，下雨了，表少爷我要先回去把当家晾在外面的衣服给收回来了，明儿再来瞧你。”这场雨下得如此绵延，听着雨点声儿似乎是从江南的屋檐簌簌而落，滴答在人的心坎儿里。

躺在床上迷迷糊糊尚未入梦的顾婆清也听见了霏霏雨声，扰得她心乱如麻，翻了个身睁开眼，却赫然看见自己身边还躺着一个穿着清朝晚期白裘锦缎的富家姑娘，正浅笑盈盈地凝视着自己。顾婆清惊道：“姐姐？”

那姑娘抿嘴露出梨涡，伸手拨弄了一下顾婆清额前的碎发，她看上去比顾婆清要小不少，却不知为何是这么个称呼。姑娘一反常态，终于开了口：“你终于和阿廷又见面了，真替你高兴。他把两件事都告诉你了吧，民国党政的事别去管，蓝关堡中有个更可怕的人物，这个人你应该留心。想想吧，在这个人来到蓝关堡之前，似乎一切都按部就班，你或许曾觉得她奇怪，她也曾觉得你奇怪，你说这到底为什么会互相起疑？除非这个人的肩上有个极大的阴谋，影射到你，也影射到我。”

“你的意思……”顾婆清凝望着那姑娘的眸子，黝黑的倒映出自己的影子，那姑娘却倏忽从眼前的床上消失了，她惊愕地掀起被褥道：“姐姐！你别走！”顾婆清霍地睁开双眼，方觉双腿猛地抽搐了起来，外面的小梅听见她的叫声立刻推门进来点起了灯：“当家，你做噩梦了？”

顾婆清披头散发地坐了起来一言不发了半晌，才道：“快，快去把柴家族谱拿给我。”小梅忙四处翻了半天，将那曾经藏于穹顶之后的族谱拿出来递给了顾婆清，顾婆清伸手抚摸着上面的一个个汉字默念道，是女芣，姐姐是告诉我一切的起源是女芣。不行，我不能再这样耗下去，我要尽快地找出柴国瞿的财宝，立刻带着阿廷和有浦离开。

小梅见她凝视着族谱出了神，小声试探道：“当家？”顾婆清回过神来合起了族谱：“叫大少爷来，我有事找他。”小梅道：“大少爷现在每日都借酒浇愁，嗜酒如命，这当下已经醉倒了。”顾婆清冷笑一声：“他休了嫱儿，自己倒成了酒鬼，殊不知是被人当枪使了。那便罢了，我休息了。今晚我做梦的事别说出去。”

二更天已经过了，黎正龙这时才披着黑色斗篷回到申屠家，一拉开屋门，却看见申屠计芬正坐在桌边读着书，他不由愣住了：“计芬，这么晚了还在读书？”她见黎正龙回来，立刻开心地扔下手中的书蹦蹦跳跳上前抱住他吻了吻：“我在等你啊，倒是你，怎么这么晚才回来？天麻店有事做？”

黎正龙摇了摇头，笑着从斗篷里变出一坛酱菜递给她：“你不是觉得我这段日子神神秘秘的么，我是给你准备生辰礼物。你尝尝，喜不喜欢？”申屠计芬的眼中闪过一丝疑虑，又开开心心地拿出银筷子吃了起来，似乎根本没把这件事往心里去。一边吃一边道：“正龙，我等你的时候在想着一件事，人家都说柴当家和逄老板关系匪浅，我就觉得柴当家不是这样的人，你看是不是柴当家有什么把柄在逄家的手中，所以才对逄老板言听计从？”

黎正龙面不改色笑道：“那是人家的事，我哪里猜得到。现在姑姑走了，我和你一同经营好天麻店才是真。”申屠计芬咯咯笑着坐到他的腿上：“那倒是，不过你也知道去世的二娘是逄老板的亲生母亲，你说这其中兜兜转转，我们申屠家如何自处？”

黎正龙刮了一下她的鼻尖：“那你想让我如何自处？你说，我听你的。”申屠计芬揪着小辫子嘟嘴道：“正龙，你别说我小器，你是我一个人的丈夫，我听着人家说那柴当家每次看见你都感触良多，我心里不高兴。

你当我要小孩子脾气也好，你就离柴当家远一些，不如向着逄家扳倒她。”黎正龙心中一顿，跟申屠计芬相处这么久，她的心思虽然隐藏得很深，终究在心爱的人面前破绽重重。他点了点头溺爱道：“好，你说怎么样就怎么样。”

话虽这么说，这一晚他却辗转反侧难以入睡，他明白申屠计芬是故意想让自己当磨心，明里挑拨逄柴两家，暗里却是警告顾婆清。顾婆清的身份在蓝关堡已是个谜，若是被有心人得知就糟了。黎正龙决定将计就计，顺着申屠计芬的装疯卖傻也装傻下去，只不过让第二天在新设酱菜场等着自己的顾婆清白等了一场。

申屠家看似平静毫无波澜，这两夫妻间却各怀心思，背对而睡，都睁着眼睛一直到天色大亮。天色方才大亮，逄家的吵闹声却比那报晓的公鸡还要早，窑洞里传出一阵阵砸东西的声音，谁都知道是苿姨奶奶和湘姨奶奶在吵架。这两个女人一是前朝格格，一是申屠家姑奶奶，都是姿态高傲，谁也不肯让谁。

要说逄临齐独宠申屠湘一人，争风吃醋本是没有的，哪知申屠湘有恃无恐，总是在女苿跟前搔首弄姿说些难听的话，更指她在家中抽大烟，要将逄家家业败坏，今儿个早上更将女苿的那支珍贵烟杆打断在地，令她登时火冒三丈，上来便扬手打了申屠湘一个耳光。申屠湘何时受过这般的气，别说父母没打过她，兄嫂没打过她，逄临齐也对她疼爱有加，这个女人——一个前朝余孽，居然在这逄家里要起了格格姿态。

申屠湘恼羞成怒，伸脚狠狠地踩在地上的那支烟杆：“你竟然敢打我？抽大烟抽得发了疯吧，我让你抽，我让你打！”一边说着一边抱起桌上黑黢黢的福寿膏往水里扔。

女苿冷笑一声：“你算什么东西？自以为是申屠家的姑奶奶，你知不知道你赖在申屠家把持天麻店，让你的兄嫂多么恶心你？自以为临齐真的喜欢你，你不过是他用来对付申屠家的一步棋罢了。我想打就打，我这会儿还要打你！”说着又扬起手扇了申屠湘一巴掌。

申屠湘断然没有想到她居然还敢打自己，登时也愣住了，脸上火辣辣的疼痛顿时让她的泪水冲出了眼眶，逢临齐眼下在雕刻店，申屠湘气得掉头便跑回了申屠家哭诉。女苿吹了吹自己通红的手掌，拍了两下，俯身捡起那支几近被踩扁的烟杆吹了吹灰，继续衔在口中往床上一倒，迷迷糊糊地合起了双眼。

“岂有此理！这个苿姨奶奶跟你平起平坐，她凭什么打你？”一听见疼爱的妹子居然在夫家受委屈被打，申屠洪怒得霍然站起身扬手打翻了桌上水晶瓶里装着的洋酒。扈凤仙忙起身给他抚摸胸口顺顺气：“老爷老爷，你别动气，快坐下喝口水。”

申屠湘肿着两颊却是哭个不停。扈凤仙咋舌道：“哎哟湘儿，你已经是嫁出去的人泼出去的水了，你别给老爷添堵了。要我说，苿姨奶奶不可能不知道逢临齐向着你，她跟你横，不就是让你回来找老爷哭诉么，她想用你来打压申屠家呀。你还是回去好生待着，别跟女苿再起冲突，这件事老爷早晚要替你出头的。再说了，当初是你寻死觅活瞒天过海嫁给逢临齐的，这些事，你也该学会自己承受。”扈凤仙端起一杯茶递给申屠洪：“老爷，让湘儿先走吧，我懂得怎么处理。”申屠洪抿了口茶，皱着眉挥了挥手，申屠湘止住了抽泣嘟囔着转身出去了。

扈凤仙嘴上说着会替申屠湘出气，其实早就不满申屠湘霸占着天麻店，她总算嫁了出去，又怎么能让她乱了申屠家的方寸，天麻店将来还是要交给自己的女儿。扈凤仙服侍申屠洪休息下来，顶着晌午的大太阳便出门去了。她所见的人早早地按约到了茶楼的包厢里，待到扈凤仙进去时便看见一个顶着黑纱斗笠的男人坐在窗口，扈凤仙整理起精致的笑容，咳了两声：“逢二少爷，你来了？”

那人摘下斗笠，露出一身笔挺的西装，鼻梁上架着的镜框后炯炯的目光凝视着扈凤仙：“大太太请坐吧，据我所知大太太一向的盟友都是柴家二老爷，今天却约上我了？”扈凤仙笑道：“一来二老爷已被禁足，再者我这目的不一样，与二老爷结盟矛头是指向顾婆清，与逄二少爷结盟，那是一心要推翻逄临齐。你知道，我的女婿黎正龙雕刻手工无人能及，我要他取代逄临齐的位置，但是雕刻店的所有银子还是归你逄家所管。换句话说，全部由二少爷你管，也就是我们申屠家和逄家联合起来各取所需。总比一个不知身份的外人骑在自己的头上指手画脚逄家家业要好受吧？再说了，二少爷不是贪慕名利的人，二少爷难道就不想把老太君的牌位接回宗祠，不想治好妹妹的病么？”

逄临恭眉目一皱：“我离开蓝关堡这几个月，既然能再回来，就不打算再离开，要走也是别人走。”扈凤仙笑道：“逄二少爷既然打定了主意那就好办，就要你这样冷血无情，连自己的女人都可以牺牲出去，看来我真是选对了盟友。”

逄临恭冷然一笑竟不作声，这趟回来他已然彻彻底底地变了，对临走时海誓山盟承诺的卓尔妮也翻脸，六亲不认，在他的心里，只要除掉逄临齐，牺牲谁都无所谓。可惜那卓尔妮虽然跟了顾婆清这么多年，却仍旧太天真，她以为她和逄临恭二度分离更会珍惜彼此，却不知在一步步走到悬崖边。上一次就险些为了逄临恭送命，幸而得史妧之相助，逄临恭这才善罢甘休。卓尔妮边迎着太阳坐在门口边择菜边想着这件事，她知道是顾婆清让史妧之出手，是顾婆清救了自己第三次。

第八十二章　执笔人

“尔妮，湘姨奶奶回来了么？”她正择菜发着呆，忽然耳边传来逄临齐的声音，卓尔妮手中一抖，菜叶纷纷落地：“逄老板，你怎么回来了？”逄临齐的脸色很不好看：“我听说阿湘和女苿大打出手，我要是再不回来还得了？”卓尔妮信手在腰间的围裙上抹了抹：“湘姨奶奶从申屠家已经回来了，气得厉害，这会儿午睡去了，要么我去叫她起来？”

逄临齐拉住了她坐了下来：“算了。尔妮，有件事……你和二弟幽会的事，你知不知道是谁救了你？”她垂下了睫毛，拨弄着围裙角：“知道。”他倒没想到她会这么回答：“知道？那你怎么想？你离开柴家之后，柴当家已经众叛亲离，她一个人支撑着这么大个家，你还掉头跑来帮阿湘，分明是要跟柴当家作对，可到了关键的时候，她还是会出手相救，不管你们之间有什么怨怼，你难道就不能原谅她？”

“我和柴当家的事逄老板不清楚，越是亲密的人伤害起来就越是厉害，我既然选择了离开柴家，就不会再回去，也请逄老板不要再劝了。”卓尔妮吸了吸鼻子，目光移去别处。逄临齐却道：“我偏要说。无非是柴当家的身份有异，人人都在传她是假冒的顾阿清，但那又如何？就算你觉得她曾经利用了你，但这么多时日相处下来，你真的感觉不到她对你是真心真意的好么？”

卓尔妮把手中的一把菜叶扔到地上，转过脸睁着一双大眼睛盯着他一字一顿道：“逄老板，你知不知道，你和柴当家互相利用，这么多时日相处下来，我倒觉得你对柴当家动了真心真意。逄老板，你已经有两个如花美眷了，你不要辜负身边的人，如果你真的想为柴当家好，你就少说两句避避嫌。恐怕你自己都不知道，你是从什么时候对柴当家动心的吧？也许从一开始你选择她坐上大当家的位置，也许是你们后来的抗衡之间，也许是你们亦敌亦友的关系，总之旁观者清，尔妮一幕幕都看在眼里。”

逢临齐冷着脸扔下一句“胡扯”起身便走了，不是转身回了逢家，而是往大街上走去。偏僻的山丘处新设的酱菜场子上，顾婆清正迎着大太阳一坛一坛地酿造着酱菜，黎正龙已经十多天都不再出现在这里，她却没有少来一天。每次来到这里的时候她都会换下黄沙窑洞里的一身袍子，从箱底取出晚清维扬的千金小姐旗服悉心地穿好，梳着两条如梦中姑娘般的长辫，头顶簪着那支紫玉搔头，在风沙之中格格不入。

她也不知道在这里酿造着酱菜究竟是为了什么，实在累极了，坐在一边擦着下颚的香汗挥手扇了扇风。忽然间看见一个佝偻的老媪蹒跚着向这里走了过来：“姑娘，你的酱菜怎么卖？”她的这身打扮显然年轻了不少，那花容月貌丝毫未曾褪去。顾婆清又惊又奇地站了起来：“老婆婆，你要买我的酱菜？”那老媪一看就是外乡人，她眯着眼点了点头：“江南酱菜，味道好哇。”说着掏出一些银子买了两坛抱走了，望着她的背影，顾婆清手中掂量着那些碎银，心里感慨万千，微扬起的嘴角不由碰触到无声无息落在唇边的泪珠。

原以为事情就这么结束了，没想到这老婆婆竟然给顾婆清寄来了信件，书信中说到她也是个江南人，几十年前因清廷败落一家子流亡到了这里，也有几十年没有尝过家乡的味道了。这一句句衷肠熏得她泪眼婆娑，仿佛看见了曾经的自己。她也提起笔来传信问候，自此以后十天半月便能收到这知音人的回信。有了纸上的支持和安慰，顾婆清也变得开心了起来，无论是清早还是半夜，她都伏在岸边或翻看或回复着信件，对着残烛展开这封信，酱菜的气息扑面而来，信上写到：顾姑娘，今已入三伏，天热难耐，难免心烦意乱。然食之酱菜，神清气爽，顾姑娘所酿酱菜，乃本性之所现也，浓烈之下实则恬淡，三分佐材，七分心思，实为难得……

而在另一处的书房里，一支笔却在沙沙而响：“……顾姑娘虽居西北而南望故土，望不忘初心，心中常怀善念，安乐一生……”这支笔终于轻轻地搁了下来，折起了案几上的纸笺，通红的烛光将执笔人的面容照得格外清晰。高挺的鼻梁，一对细长的眼眸，棱角分明的脸庞沾上了不少风沙的倾肆，逄临齐站起身抬起了大红马褂底下的手，伸入桌上青花瓷的坛子里拈了一两根酱菜，轻轻地放入口中嚼了嚼，凝视着坛子下压着已然摞得厚厚的顾婆清回复的信件。他叹了口气关起书房的门回申屠湘的屋里休息了下来，那件沾满酱菜味道的衣衫才半哄着失眠的他渐渐入了梦。

逄临齐刚刚迷迷糊糊地睡着，书房的门吱呀地被推了开来，身穿浅绿洋裙的逯小小蹑手蹑脚地潜了进来，显然是这书房里的酱香引得她误把此处当作了厨房。她提着裙子跳了进来，吸了吸鼻子，顿时两眼冒光盯着桌上放置的几盘小糕点，一碗甑糕、一碟水晶饼、一壶西凤酒，可这些她都早已尝遍了，目光便移到了那坛青花瓷酱菜上。上次尝过臧九安所做的酱菜至今绕齿尤香，急忙上前偷吃了大半瓶："嗯，好吃好吃！这味道跟臧九安做的一样！嗯，不对，好像加了江南的玫瑰花酱，入口即化，真是美味！这味道……我怎么记得计芬的丈夫最爱在饭菜里加玫瑰酱？不错了，就是这里面的玫瑰酱，一模一样！"她心中起疑，信手翻了翻那些信件，竟发现这坛酱菜居然是顾婆清所制，顿时转了转眼珠，放下这坛子立刻跑走了。

"九安，你这么急着找我干什么？"第二天一大早邹宛萍就神神秘秘地裹着风沙袍子趁着大家都还没起床，跑向了驿站附近的亭子去见臧九安。只见他穿着青灰色的工服，脸色一如衣服般青灰："昨儿后半夜，申屠三太太来找过我，她说她潜入逄老板的屋子去偷吃的，结果发现了逄老板书桌上放着一坛酱菜，跟我做的口味一模一样，只是多了玫瑰酱。"邹宛萍奇道："我没明白。"他继续道："三太太说了申屠姑爷最爱在饭菜里拌一样的玫瑰酱。"

她低眉沉思片刻，惊道："她怀疑你认识那个申屠姑爷？"臧九安叹了口气拉住她的手拍了拍："宛萍，事到如今我也跟你说句实话吧。还记得当年我打破了逄老板指定的蓝田玉，其实是我将碎玉运到山脚下，让我的师父雕琢补玉的。我来到蓝关堡的时候几近饿死，是我师父在风沙中救了我，但他一直将自己裹得严严实实，只露出一双眼睛，我也不知道他到底是谁。直到前几天，我才知道，我的师父就是申屠姑爷黎正龙。”邹宛萍惊愕地站了起来。他也站起身道：“但三太太觉得奇怪的是，逄老板桌上的酱菜是大当家的做的。大当家的懂得用我师父喜欢的玫瑰酱，而且两人每每相见都显得格外古怪，你说他们是不是认识？”

“别说婆婆了，就连你九安，我都看不透，我哪儿还能去猜别人。”邹宛萍似乎有些不悦地坐了下来。臧九安将她揽入怀中：“别生气了，这件事是我不好，但除此之外我再没有别的事瞒着你了。我找你来说这事，是因为我已经怀疑大当家的，蓝关堡中的流言蜚语早已不少，如果她真的跟我师父相识，那她又是什么人？我师父如今宁可入赘也要进申屠家，他也一定有他的目的。只怕大当家的和我师父一旦联手，蓝关堡就永无宁日了呀。宛萍，一方面是我的师父，一方面是对我有恩的大当家，一方面是你……不如我们走吧，我们立刻离开蓝关堡不要再回来了，让他们争让他们斗，都跟我们无关了，好不好？”邹宛萍闭上眼道：“别说了，别再说了，我心里好乱，这究竟是怎么了……我们可以一走了之，蓝关堡到底会陷入什么样的危境，婆婆、有良，他们会不会有危险？我该不该提醒有良，该不该试探婆婆？”

“宛萍，现在局势已经不是我们能控制的了，你不是一直想过安安稳稳的日子么，蓝关堡如今这样还安稳么？只怕在这里多待一天，都会牵扯多一点进去，宛萍，我们走吧。”邹宛萍揉了揉太阳穴，甩开他的手：“你让我想想……这样吧，我回柴家收拾东西，打点好一切，再跟你走。”

柴家的房门被吱呀一声推了开来，迈进来的脚步却并非是邹宛萍，而且这屋内黑黢黢阴森森的，也并不是邹宛萍的闺房。这是柴有扬的房间，这时候柴有扬正坐在轮椅上午睡，便被这声音惊醒了，这脚步声也绝不是每日都来的小梅的声音，他盯着地上拉得长长的身影忽然浑身一凛，惊愕地抬起了双眼。

第八十三章　四姨太

“怎么，想不到吧，我来瞧你来了。”柴有扬顺着那长长的影子徐徐抬起眼看去，面前站着的是仍旧一袭白衣的史妧之，她的模样跟当年初来蓝关堡时几乎没有变化，仿若天仙的脸颊上多了一丝冰冷。她踱步走到柴有扬跟前，俯身用手抬起他的下巴凑了过去，冷笑一声：“瞧瞧吧，多可惜，曾经那个风流倜傥的表少爷，被一场大火烧得成了废人，这脸蛋再俊也没有用了，再也没有那么多女人围着你了。你不是想让我死，想让我儿子死么，如你所愿，我把你的儿子杀死了，可我没有死，你却生不如死。不过我的心已经死了，就想着来看看故人，看看你这活死人，顺便告诉你一些好消息。我是马贼头领苗乾风的女儿，我来蓝关堡是替我爹复仇来的。不光如此，你的伯娘顾婆清也是女匪，她是我爹的义女，她在柴家这么多年机关算尽，不会空手而归的。知道申屠家的姑爷黎正龙么？他本名霍廷，是维扬霍氏酱园的大少爷，更是……更是顾婆清的第一任丈夫。这两夫妻如今都在蓝关堡，他们是复仇来了。”

柴有扬惊愕地睁大了双眼，史妧之却莞尔笑了：“你怕了？我还要告诉你一件事，我谢谢你当初叫我打掉孩子，谢谢你跟小梅厮混，若不是这样我不会狠心杀了我跟你的儿子，也没今日的机会——我要嫁给申屠洪当四太太。自打我第一天到蓝关堡，那申屠洪的眼珠子就没从我身上移开，我若是当了四太太，申屠家的命脉都在我手里了。”她凑到他的跟前凝视了半晌，咋舌道：“你的眼眶里晶莹剔透的是什么呀，你也懂得流泪么？你也会惊悔交加？可惜太晚了，你孑然一身，要好好儿地给我活着，看着我们怎么把蓝关堡毁了。”史妧之咯咯笑了一阵，抬起脚狠狠关起了门走了出去，柴有扬眼中的泪终于忍不住扑腾一下滑落到下巴。

“爹，正龙今天忽然发烧了，整个人都起不来，别让他去天麻店了。”

申屠计芬急得皱紧眉头跑到申屠洪身边撒娇道，“我也要留在家里照顾他。”扈凤仙啧道：“别任性了，那怎么行，你们夫妻两个都不去天麻店，谁去天麻店？”申屠洪疼惜爱女，忙道：“好啦，那我去吧，我也很久没去铺子里了。”说着披上了外套就出去了，这才走到天麻店的门口，迎面看见史妧之翩跹而来，正向天麻店走来。见她面若桃花，身轻若燕，申屠洪不由心中一动，笑着走上前：“史姑娘，难得见你来这里逛逛，不知道有什么可以帮忙的？”

史妧之抬起一双眸子弯了弯，清澈的烟波里荡出阵阵妩媚：“今儿真是有幸了，碰见申屠族长在这里，妧之身子不适，按照药方上特意来这里买天麻的。”申屠洪赶忙引她进去坐了下来：“哦？史姑娘欠安？这支千年天麻是店里最好的，我都不拿出来卖的，史姑娘就拿去使吧。”说着着人拿出一个嫣红锦盒递给了她。史妧之惊道：“呀，这怎么使得……”边说还边用眸子瞟了瞟他，申屠洪只觉心口扑通直跳，硬是塞给了她，悄悄顺势摸了摸她的手，笑道：“史姑娘安好，我才放心。”

史妧之抬起手腕掩面一笑，手腕上散发着阵阵特殊的花香，肆无忌惮地冲入申屠洪的鼻中，熏得他顿感头晕目眩，飘飘欲仙。史妧之道：“那好，为了报答族长的好意，如果族长不嫌弃，明儿天气正好，妧之陪族长去狩猎吧。”申屠洪惊喜地睁大了眼拍手道：“好哇，早就听说史姑娘是个神枪手，还真想比试比试。那就说定了，明儿这个时候，在天麻店门口相见。”

这几天申屠洪是天天精神抖擞地去天麻店，扈凤仙和申屠计芬却一心想着如何扳倒逄柴两家，谁也没留心他的古怪。这天他与史妧之狩猎完，便兴致勃勃地邀她去了自己的别苑休憩。申屠洪见机拿出珍藏许久的琥珀色西洋酒给史妧之也斟了一杯又一杯，她拿着这水晶杯，晃着里面晶莹剔透的酒水，忽地想起了和柴有扬在一起的时日，咬了咬牙一口饮尽。

申屠洪醒来的时候已然到了次日的晌午，他昏昏沉沉地睁开双眼，发觉自己正躺在柔软的大床上，身边的史妧之却已不见踪迹，洁白的床单上只留下了一封信。申屠洪一惊，赶忙打开那封信看了起来，沉吟片刻登时披上衣服策马回家。申屠家众人都被聚集到了议事厅，申屠洪猝不及防地当着众人宣布了一个决定——他要娶史妧之为申屠家四姨太。一言既出，满座愕然，脸上一向雕琢着处变不惊的笑容的扈凤仙也登时煞白了脸，霍然站起身来：“什么？你要纳史妧之为四姨太？”对面坐着的逯小小却事不关己地嗑着瓜子，忍不住笑道：“大姐，你从来都把算盘打得太精，手中都握着大事，也从来不把我们几个得宠的小妾瞧的起，怎么这次反应这么大？”扈凤仙大怒道：“不行！老爷若是再娶个别的人当四姨太我无话可说，但二妹才死了没多久，而且史妧之这个女人行为不端，更有传言说她是马贼之女，让我堂堂地主家的千金跟这么个女人同桌而食，我绝不同意！”

申屠计芬也忍不住扔下了筷子说：“爹，你娶了一个又一个，你有没有想过娘的感受？自从娘嫁给你，一心一意地为夫家做事，内能撑起家事，外能扛起生意，爹你落得清闲，却四处找一个赛一个年轻漂亮的女人，对得起我娘么？”坐在她身侧的黎正龙拽了拽她的袖子，申屠计芬更是怒火冒上，甩开了他：“总之我也不同意！”黎正龙叹了口气，向脸色已沉的申屠洪道：“爹，计芬说的虽然直白，但也是肺腑之言，何必为了一个外人，闹得家里鸡犬不宁？”逯小小闻到空气中的火药味，也不由得停下了剥着瓜子的手，咕嘟一下吞下口中的瓜子，左看看右看看，尴尬道：“那……你们都不同意，我也不同意。”申屠洪猛地狠拍案几，喝道：“不同意也得同意！申屠家我才是当家！我立刻便要去接回妧之，下个月黄道吉日就纳入房！”说罢他气呼呼地起身便走。扈凤仙气急攻心只觉眼前一花，登时晕了过去，吓得几人赶紧把她扶回了屋。

安置好扈凤仙，申屠计芬拉着黎正龙退了出来，转着那双风流灵巧的眸子不悦地小声道：“怪不得我爹这几天这么喜欢去铺子里，原来是跟那贱人幽会。正龙，你可替我想想办法，我绝不让那贱人嫁进来，看着她就讨厌！”黎正龙把她往怀中一揽，笑道：“好，我们的明珠小姐，你说什么我定然帮你。”黎正龙哄好了她，这便出门去了，他当然不是去找申屠洪好生劝劝，而是直接去找史妧之——借着申屠洪的口，亲自去接史妧之回别苑暂住。当然，还特意开了申屠洪的黑篷汽车去接她，在这年代，在这风沙四起贫瘠的蓝关堡，一部这样的车要花上多少钱，而申屠洪为了讨好史妧之，竟愿意将这部车作为她这准四姨太的专车。

黎正龙坐在车后笑着对身边焕然一新打扮洋气的史妧之道：“史姑娘，你可真行。哦不，是四娘。”史妧之好奇地转着眼珠四处打量着这车，感激道：“说句真的，这还多亏黎先生里里外外地相助，要不是你装病，要不是你在族长跟前煽风点火，我能这么顺理成章？你瞧啊，这部车得花多少银子，黎先生，申屠家亏空的公款可真不少。”黎正龙压低了声音道：“证据已经找到了，四娘嫁进来，我们更容易联手查下去。但是四娘，我希望你答应我一件事。”史妧之抿了一下朱红的口红，转过黑白分明的眸子奇怪地看着他。黎正龙小声道：“不管四娘做什么，都请四娘不要伤害柴当家和小少爷。”史妧之嫣然笑着点了点头，却也不说话，透过车窗好奇地继续向外张望。

这又是一封来信：“顾姑娘，昨日大暑已过，姑娘的来信已至，一日一片酱菜，书信相互来往，吃完最后一片酱菜便是写完最后一封信之时，届时小雪即至矣……”看着这次老婆婆寄来的信，顾婆清的心里说不出的酸楚，这些日子仅借来信聊以安慰，没想到这个纸上知己，也终有一天和自己道别。她摸了摸手边的一坛酱菜，本犹豫着让人给这老婆婆再寄去一坛，多换写相互的来信，可转念一想，天下无不散之筵席，越是走得近，分别的那天就越会痛心。她折起信件放在怀里，怅然若失地走在大街上散心。

忽然一阵风沙莫名而起，掀开顾婆清的斗篷，吹飞了她手中的那封信。“啊!”顾婆清惊叫一声，立刻跟着那悬在空中的信纸追了去，一双眼眸只盯着飞扬在天上的纸，却丝毫没有顾及自己的脚下。只听一声“柴当家小心”，她还没反应过来，便被一人推了开去，摔倒在地的她不偏不倚地看见就在离自己咫尺之近正是汉子们抽打玩耍的一只巨大陀螺，把她推开的人正是逢临齐，为了救自己，他却被那飞旋的大陀螺狠狠地撞飞了开去。

第八十四章　活死人

“逢老板！”顾婆清惊愕地立刻跑上前扶起他，他的腿脚已然血流成河，顾婆清想都没想，忙撕扯下自己身后的黛青色披肩，撕成一小段一小段给逢临齐包扎起了伤口，全然不顾这是在市集中心。针锋相对的两大当家却如此暧昧，引来不少人围观指点。逢临齐推了推她：“柴当家费心了，多谢。”说着便要自己撑起来走路，哪知刚刚站起又猛地栽了下去，顾婆清慌忙环紧了他：“哎，你别动，我来扶你回去，别乱动！”说着边搀扶着他边走出了人群，见人已稀少，逢临齐不由开口道：“柴当家，你我这样被人看见又要传出流言蜚语了，你还是让我自己走吧。”

顾婆清红着眼圈道：“不管怎么说，你的确是为了我受伤的。已经路过你们雕刻店了，马上就到逢家了，我送你到门口，叫湘姨奶奶来接你一把。”哪知走到门口，却看见卓尔妮正在洗菜。听到脚步声抬起头的卓尔妮猝不及防地与顾婆清四目相对，登时愣在原地。顾婆清顿了顿，松开了逢临齐的手，向她道：“卓姑娘，快扶你家少爷回屋疗伤。”说罢这才转身走了。

卓尔妮见她走远了，这才缓过神忙跑下阶梯扶住逢临齐边往里走边道：“哎呀，伤得不轻啊，这是怎么了？”逢临齐道：“正巧在街上看见柴当家了，她被风吹走了东西正在追，没留意差点撞到大陀螺，我把她推开，自己却来不及被陀螺撞倒了。”卓尔妮闻言停了下来，这时才发觉他的身上沾满了熟悉的酱菜味道，不由心中一颤，脱口而出：“逢老板，世间万事俱难两全，尔妮想劝逢老板别捡了芝麻丢了西瓜，到底雕刻店的家业重要，还是一坛子酱菜重要，要看逢老板怎么想了。”逢临齐愣了半晌忽地大笑了起来，环视了一周窑洞：“家业？我本就不是逢家的人，我替谁守着谁的家业？雕刻店只能带来无穷无尽的烦恼，鲜美的酱菜却不一样，吃下去，浑身都舒畅。你不必扶我了，我自己进屋换药就行了。”

“婆婆，听说你适才在市集上差点遇险，没事儿吧？”邹宛萍被顾婆清又招进了屋里，瞧她一只手撑着额头闭着眼，邹宛萍习惯性地便走上前给她推拿。顾婆清道：“没事。啊，宛萍，你不用帮我捏了，你过来，过来。”她抬起头，推了一盘瓜子到对面给邹宛萍：“你尝尝，这是小梅家乡送来的，味道不错。”邹宛萍不知她究竟想干什么，小心翼翼地捻起一粒瓜子放入口中，随着咔的一声，顾婆清猝不及防地从袖里取出一个土色的信封也推了过去。邹宛萍接过来一看，只见那信封上赫然写着“休书”二字，她惊诧地抬起眼立刻站了起来。顾婆清却挥挥手继续嗑着瓜子：“坐，坐坐。你答应了人家回柴家拾掇拾掇便走，这一拖就拖了这么些日子，你是怕我，所以不敢说？那我就替你说，也替你做主，这个是给你的，还有一封遣归信是给他的，你都看看合不合心意。”

邹宛萍扑通一声跪了下来，泪珠不断地掉落，哽咽道：“婆婆，我……”顾婆清也不再嗑瓜子了，瞟了她一眼：“别叫我婆婆了，我都替有良休了你了。宛萍，我知道你和九安的感情，也知道你和有良的嫌隙，我什么都知道，既然你留在蓝关堡不快活，能飞的出去就尽量飞吧。不是每个人都有你这样的机会，能跟自己心爱的人，去自己想去的地方。你和九安的事我也都安排好了，我会找个借口跟外面说，你拿上休书就走吧。”邹宛萍泪眼婆娑，跪着向她跟前爬去，早已泣不成声：“不，婆婆，是我对不住柴家。”她猝然捧起那封休书在顾婆清的面前狠狠地撕成粉碎，顾婆清显然也没有料到，叹了口气道：“丫头，机会只有一次，你……你这是为何啊？”

邹宛萍哭道：“我知道婆婆为什么现在赶我走，九安说得没错，他的师父黎正龙跟婆婆早就相识，他现在出现在蓝关堡，婆婆便要和他一起行动了。婆婆让我们走是怕连累我们，但我这时候决不能离开柴家，不能让婆婆一个人处于险境。宛萍多年来得婆婆照顾，名为婆媳实为姐妹，在这个时候宛萍要留下来为婆婆分忧，儿女私情都要放下，我相信九安也会答应的。”顾婆清吸了吸鼻子，伸手悄然抹掉了鼻梁边的泪痕，深受感动地扶起了她：“宛萍，我佩服你。若是换作我，我绝没有这个勇气。既然这样便要委屈你了，来啊，把大少奶奶禁足屋内，不得离开半步。”眼看着小梅押着邹宛萍出去，顾婆清心里不是滋味儿，霍廷是安然无恙地回来了，可大仇尚未得报，自己却为了霍廷失魂落魄，她一咬牙，立刻翻出了床底的族谱细细地研究了起来。

一只戴着玉扳指的纤手轻轻地点在这纸上字上，朱红的唇似启未启默念着什么，那双手突地把册子一合，站起身自言自语道：“好，好啊，顾婆清的破绽越来越多了。嫱儿，你知道么，我们损失的兵器和将士都已填补齐全了，如今顾婆清的篓子也捅大了，真是天助我也。嫱儿，喂！”这女子一身漂亮的子棠色旗袍，浑身散发着的烟味儿已经浸透了缎子的经纬，女苶吸了一口琉璃瓶鼻烟，跑到那阴气森森的床边去拉蜷缩在床角的闫嫱。只瞧那曾经美艳绝伦光耀四座的闫嫱如今一副不人不鬼的模样，还穿着大冬天的臃肿青色棉袄，衬得整个人更是骨瘦如柴，她披头散发地在墙角哆嗦，手中紧紧抓着一个鲜红的布兜，双眸直直地令人毛骨悚然：“我儿子在哭，我儿子在哭……”

女苶上前掐住她拉近了一些：“你醒醒吧，别发疯了，你儿子早死了！你听着，我们大事可成了，大事可成了！我实话告诉你，如今柴家的那个大当家顾婆清，她不是维扬千金顾阿清，因为顾阿清死了近十年了，还是死在我的手下，你听明白了么？”闫嫱突地浑身一颤，缓缓抬起那双眨也不眨的眼睛凝视着女苶，那目光似乎穿越了时空，穿越了女苶的身子：“我儿子在哭呢……”女苶顿了顿，始终压不住火气，扬手掀翻了炕上的东西，破口骂道：“混蛋，混蛋！你是真疯还是假傻？我叫卓尔妮来给你瞧病，你别在这儿跟我发癫了！”

“表少爷，你到底哪儿不舒服？你的脸色怎么这么难看，你……你想个办法告诉我啊，实在不行我去请尔妮姐回来给你瞧瞧病吧？”此时的小梅也正悄悄地跑来柴有扬的房间看望他，发现他仅仅几天便瘦了不少，眼窝都已凹陷进去，不由心悸道。柴有扬闭了闭眼，又睁了开来，是在对小梅说“不要”。自从史妧之那天走后，柴有扬的身子一天比一天差，其实他又何尝不知道，只是他想用这种方式折磨自己，为自己所做的事去赎罪。小梅实在看不下去他这副模样，偷偷地跑去逄家找卓尔妮，正瞧见卓尔妮背着药箱从外回来，小梅扑上前哭道：“尔妮姐，念在我们姐妹一场，我求求你回柴家一趟吧，去看看表少爷的病吧。”卓尔妮身上的玎珰环佩都被小梅无意扯断洒落一地，她皱了皱眉犹豫了起来。小梅扑通跪了下来：“我知道你不想见到当家，我带你从后门进去，直接去表少爷屋里看病，绝不会让你见到当家的。”卓尔妮本着医者心，无论是谁都会去看，便让小梅带着去了。去到柴有扬屋里的时候，柴有扬早已晕死过去多时，脸色煞白额冒冷汗，模样十分危险，卓尔妮当机立断给他施针稳住病，哪知点了点他的脉象，登时骇然起身：“表少爷……表少爷得了绝症!”

小梅顿感一阵眩晕，立刻冲出去哭着跑到柴国军的面前一五一十地说了出来，柴国军又惊又痛，不顾自己被禁足房内，当即冲开护院向顾婆清那里气势汹汹地跑去算账。他噔噔地跑过阶梯土窑，盛怒的气焰和大声的叫骂声引起了这屋里的柴有良和邹宛萍的注意。柴有良翻身下炕走到门前望去，依稀听到些来龙去脉，惊愕道：“有扬得了绝症？这个败家子败了半辈子的家业，今儿个轮到败自己的性命了。”

邹宛萍听得出来他言语中不单单是惊诧，更有一丝得意，不由心头一颤。柴有良顿了顿，又喃喃道：“哈，叔伯这是找二娘算账去了，我也去帮他!”说着又站起身要冲出去，邹宛萍从后一把拉住了他，抽出锁匙将他反锁在了屋内：“有良，有良！你不能去，你不能一错再错了！你放过婆婆吧，也放过你自己，好不好？我知道你如今变坏都是因为我，我知道你对我有多好，是我错，所有的事都是我一个人的错，你要罚就冲着我来!”她的泪浸湿了柴有良的后背，柴有良顿时定住了，邹宛萍忽然感到环着他腰间的手背上滴上了一滴滚烫的泪。

第八十五章　西洋白纱

柴有良叹了口气，平复了心情慢慢转过身将她揽入怀中。十年夫妻虽然朝夕相处，却从未有过今时今日的坦诚相对，他哽咽地把泪水往肚里吞：“宛萍，我是从来没有跟你说过，我这个人最笨，不知道该怎么向最爱的人诉说，但你在我心目中的地位一直都没有变。我可以没有柴家家业，可以没有孩子，可以没有嫱儿，但我不能没有你……好吧，有宛萍在我身边，我就是一辈子不出这个门也不打紧！你们争吧斗吧，别以为柴国军能独善其身，他和申屠洪勾结的事迟早要被那湘姨奶奶不小心抖搂出来。都看着吧，湘姨奶奶明日回门，再回到逄家之日就是申屠洪和柴国军的葬身之日了。”

“湘嫂，你回来啦？”申屠湘这才刚刚省亲回来，提着大包小包的东西往逄家走去，心中却嘀咕着申屠洪即将娶史妧之为四姨太的事儿，突然被冒出来的逄临恭吓了一跳。他赶忙伸手替她接过东西抱着：“湘嫂，怎么了，看你神色不对劲啊。”申屠湘提了提玫紫色的洋裙，抹了把汗，没好气道：“这大热天的当然心烦意乱了。”

逄临恭笑道：“哎，我听说族长有一部西洋车呢，怎么不坐那车回来，也好给我们大家开开眼界啊。”申屠湘抿嘴挥了挥手扇扇风，不悦道：“别提了，那部车我是从来没坐过一次，这下可好了，拱手让给四姨太当专车了。”逄临恭抿嘴偷偷一笑，不由得想起来接申屠湘之前，自己曾特意去过那扇被封起的浮雕白门后见过逄肖娘一面，要说她的病真是奇怪了，这些日子不再发作——当然，只是不再分裂成那个男人。但逄临恭倒觉得古怪已渗透到那常日里甜美可人的逄肖娘的言行举止里了。要不然，她也不会一边笑眯眯地跟逄临恭下西洋棋，一边絮絮叨叨若有若无地提醒着他去从申屠湘的口中刺探申屠洪的消息：“四姨太？啊，我怎么听说好像是史妧之?”

申屠湘烦躁着自语道：“柴国军这个老混蛋，嘴上就是没把门儿的。我说，你是来帮我提东西的还是来气我的？走走走！”

柴国军？逢临恭心中微微一震，却也没有表露在脸上，暗地里却高兴极了。真是想不到柴国军和申屠家也联合一线了，现在只要他在逢家挑拨挑拨，逢临齐就会给逼到悬崖了。可他算计着逢临齐，却忽略了自从他回来的第一天，逢临齐也开始防着他了。申屠湘心直口快，他今天的异常举动早就传到了逢临齐的耳朵里。

明天就是史妧之嫁入申屠家的大日子了，如果他猜得没错，逢临恭会在这天动手。他犹豫了一番，刚想去柴家找顾婆清，她却亲自来了，逢临齐赶忙把床头的那只酱菜罐子给塞到抽屉里去。人还没有进来，便听到她的声音袅袅而来：“人家现在是步步进逼，逢老板这步棋只守不攻，略显窝囊啊。”

顾婆清拖曳着长长的金丝绣锦披肩推门而入，她的神色较之前些日子又恢复了不少，头上不见了紫玉搔头，倒又换上了金光熠熠的金凤钗。她一进门便嗅到一股熟悉的味道，不由怔住了，逢临齐尴尬地咳了咳：“久守必失，看来柴当家是想来提醒我出手？”

顾婆清微笑着将族谱往桌上一丢：“但也不可操之过切，我们的方向不能被其他的人事给打乱了。还记得么，柴国瞿的财宝。逢老板不用出手，明天是我出手的时候，你只要帮我细细地查查苶姨奶奶，我想知道她在来蓝关堡之前的一切事情。”

顾婆清刚从逢家大门出来，忽然一个小孩跑了过来塞给她一张字条，顾婆清展开一看登时喜形于色，连忙揉起纸团扔掉，快步走去。逢临齐从门后走了出来，蹙着眉捡起地上的纸团，良久地凝视着她的背影。第二天的典礼绝不亚于当初逢临齐迎娶申屠湘进门，而史妧之更是风光地穿着洁白的婚纱裙挽着申屠洪的手共同坐上了那部豪华的汽车，突突地飞扬起风沙，在蓝关堡整整兜了一大圈，这哪里是在娶四姨太。扈凤仙的脸色从头青到尾，逯小小却出奇得老实，没有多偷半个糕点吃。

折腾了一整天，史妧之服侍着喝得醉醺醺的申屠洪睡下，又蹑手蹑脚地起来，从他腰间解开了一把奇形怪状的钥匙，展开手心里的一张地图，这张图正是从黎正龙那晚从申屠洪屋里偷来的，这地图所指便是藏着四箱申屠家挪用公款的罪证，史妧之收好钥匙跑了出去。

申屠家的地势她本是不熟悉的，可偏生有人内外接应，便轻巧地避开了申屠家的其他人，黎正龙拉着她从后门跑了出去，拉开后门，门外月光下赫然站着顾婆清。她也穿着一身白纱，在月光下楚楚动人，微卷的长发披散在肩头，可浑身透露着江南的气息，既典雅又青涩的洋气，仿佛退回到十年之前，从未看见过她穿着西洋婚纱裙的黎正龙不由看得痴了。

她似是特意模仿史妧之，只怕万一被人发现，他们分头而走会好得多。见他们如期而来，顾婆清满意地点了点头："都齐了？"史妧之忙把钥匙交给了她。顾婆清向黎正龙道："你要查的秘密查到了么？"黎正龙摇了摇头："先把申屠家亏空公款的事捅出去，到时候我的弟兄们率兵封了申屠家，还怕查不出来么。"顾婆清笑道："太好了，行动！"

她一声令下，三人正欲分头行事，忽然间传来一阵马蹄声，顿时将申屠家的窑洞重重包围，火光逼天。来人为数甚多，只见领头的一个军长模样的人跳下马来，掏出手枪指着大门，回身对众人说："我收到可靠消息，蓝关堡族长申屠洪亏空公款，勾结马贼，企图复辟清廷，证据确凿，给我进去拿人！"顾婆清愕然道："怎么会这样？"

一旁的黎正龙眯着眼睛借火把的光亮仔细一瞧，那军长身穿黑色军服，头戴金丝军帽，不怒而威盛气凌人，正是自己军阀的周军长。黎正龙脱口而出："怎么都是我们队伍的人？难道有人走漏了风声，难道有人比我们还要快一步，要置申屠洪于死地？清清，你快走，快走啊！四娘，你立刻跟我回去，无论是军阀还是申屠洪，我们都不能被发现，静观其变吧。”顾婆清一时也不知究竟发生了什么事，知道这些人是黎正龙军阀的，这才有些放心，便听他的话跃身上马，从僻静的土路驾马而归了。

黎正龙和史妧之立刻潜回家中，大门已然被周军长率人踢了开来，被史妧之灌醉的申屠洪却在洞房里睡得不省人事。虽然已是人定时分，但一整天都心不在焉的扈凤仙知道这夜是老爷娶四姨太的洞房花烛夜，哪里还能睡得着，一听闻外头吵吵嚷嚷，便急匆匆地绾着发跑了下来。

只见上百号穿着军装的人纷纷提着长枪坐在马上围满了整座窑洞，她何尝见过这阵势，更不知为何一夜之间会来这么多官兵。扈凤仙却整理了一下心情，扬起嘴角那抹精致的微笑，优雅地步到周军长的面前，一双凤眼柔中带刚看着他道：“这位军长，今天是我家老爷娶四姨太的好日子，军长带这么多人来，不是为了喝喜酒吧？敢问军长一句，我们申屠家都是本本分分的老百姓，怎么劳动军长出面了？”

周军长撇了撇胡子，叉腰扫了她一眼，“这位就是大太太吧？你是真不知道还是装傻充愣？那我告诉你，申屠家仅凭一家天麻店根本收不了那么多银子，更没钱娶什么四姨太，你家申屠老爷亏空公款，在蓝关堡这偏僻的土地上故步自封，妄图复辟清朝，让他的子孙后代沿袭族长之位，这是大罪，是大不逆！如今我们已经查到证据，要立刻查封这里，搜出他亏空的公款，抄家待罪！”

“你说什么？”扈凤仙再冷静，却也经不住这晴天霹雳，她再也不能稳如泰山，她从来都不知道亏空公款的事，立刻着申屠计芬和黎正龙上楼去找申屠洪下来。哪知二人冲入洞房，却看见洞房内花烛摇红，帷幔裹着酒香肆意飞扬，但豪华的洞房却空空如也，莫说史妧之不见踪影，就连醉倒在床上的申屠洪也凭空消失了。

其实申屠洪确确实实是醉了，只不过是醉倒在史妧之的石榴裙下，史妧之刚刚回屋来外头就发生了这么大的事，他却立刻清醒了过来，心道这事必然是家有内鬼，本想丢下史妧之自己从后门出去寻救兵，可又对史妧之起了疑心，当即带着她一同出去了。

申屠洪环着史妧之驾马从窑洞里逃了出去，一路直上马贼山寨，这亏空公款少不了他孝敬黑白两道。如今事出必有因，周军长既然能亲自上门抄家，想必那四箱证据早已落入其手中，申屠洪现在来不及补救，只能立即调动黑白两道的人马，与这军阀拼个鱼死网破。哪知未行十里，便看见山脚下更是一片埋伏的人马，细细一瞧居然是柴国军堵住了他的八方去路，满脸横肉笑着逼近他：“申屠族长，请吧，老夫亲自护送你回家。”说着走到他的身边小声冷笑道：“族长已经穷途末路了，黑道这里就交给我吧，我整治了顾婆清，一定替族长报一箭之仇。”

第八十六章　一朝败落埋雪霜

申屠洪连马贼的面儿都没见到就被押送回去了，周军长已轻而易举地翻出了那四口箱子。史妧之定定地站在原地凝视着那箱子，怎么都想不明白，自己费了那么大劲儿才从申屠洪的身上找到钥匙，这周军长一来便长驱直入地把所有证据都找到了，莫非申屠家中除了自己，还另有内鬼？

这周军长查清所有的事都是申屠洪一人所为，便立刻封了窑洞，押申屠洪入狱，再没动申屠家其他人半分。看似放了申屠家一马，可第二天便传出三天后立斩申屠洪的消息，惊得扈风仙当场晕了过去。

家逢巨变，申屠计芬一下子也不知所措，往日里的那些小心眼儿碰见大事却什么都不管用。黎正龙劝她这时候只有三大家族中的柴当家和逄老板出面，才能替申屠洪挽回一线生机。可是到了这个时候申屠计芬还是低不下颜面去求跟自己丈夫曾传出流言蜚语的顾婆清，宁肯亲自去雕刻店求逄临齐。

“申屠小姐，这事儿不是我说了算的，申屠族长亏空公款本就是捅了个大篓子，竟然还勾结马贼妄图复辟清朝，这是自个儿往枪口上撞啊，军阀拿了人，谁能救得了？”逄临齐再也没想到顾婆清的动作如此快准狠，居然还搬来了军阀的人，几乎要把申屠家满门灭了，未免又有些过于狠辣，他不禁犹豫起究竟是自己这些年看不透这个女人，还是自己不想接受这个女人如此狠毒的事实，他竟有些想救出申屠洪了。但正如他说的都是实话，触犯了谋反的罪名，谁也保不了。

申屠计芬哭着从逄临齐的雕刻店里走了出来，忽然听见一阵悠扬的手风琴声音，她止住了哭泣沿着那声音走去，竟看见街头的小咖啡馆门口的墨绿色大伞下的白椅子上，坐着一个穿天蓝色飞袖长裙的姑娘，她束起一半长发夹着同色的蝴蝶结，散下一半长发披散在肩后，手中一拉一合地奏着西洋的手风琴。她突然停了下来，转头对申屠计芬莞尔一笑。申屠计芬也不由一愣：“逄小姐？”

逄肖娘笑着招了招手让她坐过来：“愁眉苦脸的，可不漂亮了。大哥不帮你，我帮你就是了，申屠族长也不是那么难救出来，凑齐了证据再把那四口箱子嫁祸给别人不就行了？周军长是冲着申屠家来的，让他自己打自己的嘴巴，看他怎么交代。这件事我可以帮申屠小姐做到，但是……”

申屠计芬立刻明白了：“逄小姐，人家都说你为人好，你一定要帮帮我。你想让我做什么，我都会做。”逄肖娘笑着从裙子口袋里取出一块白色的西洋药丸递给她，脸上仍旧洋溢着清纯可人的微笑，轻言轻语云淡风轻道：“杀了申屠湘和女茉。”申屠计芬惊愕地接过了那药丸，不可置信地看着眼前那喝着咖啡似乎事不关己的逄肖娘。

申屠计芬拿着这枚药丸魂不守舍地在路上走着，心中却想着逄肖娘的话漏洞百出，无非是想借自己的手杀了那两个女人，事成之后未必能救得出申屠洪。周军长这次突如其来必定早有准备，申屠洪定然是救不了了，倒不如让逄临齐也给他陪葬，她捏紧了手中的药丸又折回了逄家堡。

逄临齐还有半个时辰才收工回来，出来迎接她的却是申屠湘，申屠湘一看见她立刻忍不住哭了出来：“计芬，你爹怎么样了？怎么会出这样的事儿？我替大哥跟临齐求过了，可是他都束手无策……”申屠计芬也抿嘴抹了抹泪：“姑姑，你别求逄老板了，我这次来也是想通了，特意来谢谢逄老板全力帮过我们，爹的事儿就顺天由命吧。”

不偏不巧逄临齐这时正好回来了，申屠计芬悄然反手将研磨的药丸碎末撒入杯中递给逄临齐：“逄老板，这杯我敬你，申屠家抄了家，我姑姑就交给你了。”逄临齐未察觉有异，正要举杯喝下去，一旁的申屠湘突然插手抢了过来，脸色煞白道：“计芬，那你的这杯既然是为了姑姑，就该姑姑喝。”说罢想都没有想仰头饮尽，逢肖娘这毒自然不会立刻即发，却吓得申屠计芬面无血色，慌慌张张地离开了逢家，登时双腿一软瘫在地上。

“阿湘！你怎么了？快来人啊，卓尔妮呢？快找卓尔妮救阿湘！”过了三五个时辰，申屠湘终于吐血不止，眼看眼神涣散了开来，她还紧紧地抓着逢临齐的手断断续续道：“别……别查下去了……只要你安然无恙就好。”

逢临齐忽地想起白天申屠计芬的异常举动，申屠湘毕竟是她的姑姑，她半分不对劲申屠湘都能瞧得出来，为了保全她，也为了保全逢临齐，那泼辣刁钻的申屠湘却宁可牺牲自己。看着眼前的妻子，逢临齐忍不住握紧她的手，滚烫的泪无声地洒落在她手上。

偏偏此刻四处都找不到卓尔妮，申屠湘就快要咽气，突然门帘被掀了开来，黑夜中赫然看见披着斗篷的顾婆清带着卓尔妮赶来了，顾婆清看了她一眼：“尔妮，快去救人。”卓尔妮提起药箱上前，回过头道：“柴当家，你别忘了答应过我的。”说罢极快地抽出细针给申屠湘扎下护住了心脉，慢慢地清理体内的剧毒。

“柴当家，多谢你及时带来尔妮，这才救回阿湘一命。”看到榻上的申屠湘慢慢回过了血色，逢临齐这才松了口气，引着顾婆清走出窑洞道，“不过，你究竟答应了尔妮什么？”顾婆清抬头看了看天上渐渐淡去的月亮，天就要大亮了，她幽幽地开口道：“放申屠洪出来。”

逢临齐闻言不由脸上抽搐了一下，眯起眼皱眉道：“真的是你下的手？”顾婆清转过身凄然一笑，整了整风沙帽道：“逢老板该不会一直以为我是个好人吧？真正的好人是躺在病榻上的湘姨奶奶，别看她以前风风火火，又市侩又贪财，可她对逢老板是真心真意的。人家说大难临头各自飞，湘姨奶奶却一而再再而三地陪在你身边，固执到她这金贵的性命都可以为了你不要，逢老板好好珍惜身边的人吧，不要忘了，我们从来只是互相利用的关系。”

顾婆清说罢裹紧了长袍，趁着太阳未升起，独自踏着漫漫黄沙往柴家的方向回去了。路过昔日腰鼓节的废旧戏棚，竟看见臧九安拿着一支埙正坐在沙堆上呜呜地吹着，听见她的脚步声立刻放下了埙，道：“大当家的，你可算来了。你和卓姑娘说的话我都听到了，我只想问你一句，如此狠毒的手段真的是你做的？你真的要逼死整个申屠家么？我原以为大当家的为人宽厚，与逄家和申屠家的争斗不过是迫不得已，没想到你却先发制人，非要拼个你死我活，你还是不是我认识的大当家？你太叫我失望了。”

顾婆清慢下了脚步踱了过去：“九安，这是柴家的家事，你最好别管。”他怒地站了起来：“哼，那好，我不问柴家的事，我问顾氏阿清和黎正龙到底是什么关系？他是我的师父，这便是我的事了吧？”顾婆清沉默半晌，终于受不住他这般打破砂锅地问，一咬牙道：“我和阿廷都是维扬人，是老相识，我们来蓝关堡都是报仇来的。”她话音刚落，戏棚后面突然啪地传出一声响，顾婆清愕然地冲过去，却看见身材矮小的柴有浦机灵地远远跑走了，已将他们的话尽数听了去。

“有浦！”顾婆清大惊地追去，却被脚边的小沙堆一下绊倒在地，臧九安赶忙上去扶她，她抬起泪眼，荒漠之中哪里还有柴有浦的身影：“糟了……”她心里忐忑不安，担心着这宝贝儿子听到这番话会怎么想，咬紧牙重新站了起来，匆匆赶回家去。无奈刚才摔下的时候扭伤了脚，一瘸一拐地回到窑洞，顾婆清正巧迎面撞上到天井里打水的小梅，她不顾脚踝的痛楚跑上前拉住小梅，睁着一对绝望的眼睛晃着她：“小少爷呢？小少爷呢？”

小梅手中水桶里的水都被她晃了出来，不由也奇道：“小少爷？刚才我看见小少爷跑回自己的屋子，拿了那把常用的手枪和最爱吃的零食一句话不说便跑了，出了什么事？”扶着顾婆清进来的臧九安惊道：“坏了，小少爷离家出走了！”顾婆清脚下一软差点瘫坐下来，煞白着脸色颤抖着声音道：“小梅，九安，你们快去找小少爷……快去啊！”

顾婆清看着他们出去，自己却没有亲自去找柴有浦，虽然心中着急但也清醒理智，柴有浦本就跟她不亲近，她若是去找，柴有浦必定反而要躲得严严实实的。

想到这里顾婆清不由潸然泪下，这些年自己这个母亲究竟是怎么当的，心里压着的苦，谁也不能说，如今和昔日的丈夫、唯一的儿子同处于蓝关堡，却各心向背，再难走到一起。撑着头默默地流了半晌眼泪，突然小梅慌慌张张地冲了进来，却不料臧九安也赶回来了，抢着说："当家，不好了！小少爷出走被逄小姐拐去了黄沙崖！"顾婆清猛地抬起头，登时心中一阵抽搐，眼前忽地发白，立时晕厥过去。

第八十七章　水牢囚

黄沙崖上风沙猎猎，吹鼓了逄肖娘的洋装长裙，吹散了她的及肩黑发，逄肖娘嘴角抿着一如往昔般纯纯浅浅的梨涡，一只手拉着柴有浦的胳膊，一只手拿着枪抵在他的背后一步步慢慢向崖边退去。对面的臧九安急得一头汗，又不敢紧逼又不敢松懈，柴有浦突然哇地哭了起来。逄肖娘把枪口更往前抵了一抵，柔柔地笑道："我这是陪小少爷玩儿呢，你可别乱动，在这黄沙崖上乱动，万一摔下去那就粉身碎骨了。"

她的声音里夹着一半甜美的女声，又夹着一半阴森的男声，吓得柴有浦浑身僵住了："你……你……"臧九安大吼一声："逄小姐，你别乱来，放开小少爷!"逄肖娘被这声音一震，双眸突地迸发出狠恶，猛拉住柴有浦又后退了几步，怒道："我不是逄小姐！逄小姐就是太善心太好了，人善被狗欺，你们一个个都压到她的头上，我要替她出气!"

逄肖娘拉着柴有浦几乎退到了崖边，脚下的石子纷纷骨碌碌地摔下深不见底的悬崖，眼看千钧一发，突然山上响起一阵急速的马嘶啼声，逄肖娘也不禁停住了脚步抬眼向前看去，只见漫天黄沙之中一身鲜红马褂的逄临齐手持短枪策马而来："肖娘，你收手吧!"逄肖娘一见是他，不由愣住了。

逄临齐的马就快骑到她的面前，哪里知道苏醒过来的顾婆清竟不顾小梅的阻拦，突地冲了过来欲要抢回柴有浦。逄临齐大惊喝道："柴当家止步!"顾婆清的出现令逄肖娘登时眼冒怒火，她再也顾不得逄临齐，不假思索地抽出藏在柴有浦背后的枪抵住他的太阳穴，声音彻底变了调大笑着。顾婆清愕然停住不敢妄动了，瞧这样子逄肖娘竟是想鱼死网破。柴有浦已然命悬一线，顾婆清绝望地瘫倒在沙地上。

坐在马背上的逢临齐略一沉吟，脸上微微抽搐着咬紧牙关，忽地扬起手枪对准仰天长笑的逢肖娘肩头便是“砰”的一枪。逢肖娘再也没有想到他居然会开枪打自己，顿时血流成河，剧痛之下不由松开了抓着柴有浦的手。逢临齐瞄准机会飞马奔去一把抓起柴有浦抱上马背救了回来。

“有浦！”顾婆清满面泪痕地扑上逢临齐的马，紧紧地抱住柴有浦痛哭失声。却听见身后传来上百匹马蹄踏沙的声音，只见逢临齐扬起手枪朝天开了一枪：“来呀，把大小姐给我捉回去！严加看管，不得出逢家半步！”虽然是被他捉了回去，可逢临齐总顾及着这些年的兄妹之情，还有毕竟逢临恭也回来了，不能让他拿到任何把柄，也只得把逢肖娘继续软禁在屋里。

哪知这才关在家里没几天，逢肖娘居然又闯了祸，这天也不知怎么回事，常住在烟馆的女苿竟然回来了，熏得家里面乌烟瘴气，申屠湘本就有些洁癖，哪里受得了这烟味儿，当即又和女苿吵了起来。女苿一气之下道：“我不过才回来一天，你急个什么劲儿，我是想把嫱儿重新安排在我身边当婢女，知会临齐一声罢了，说完我就走。嫱儿，嫱儿？”

哪知她喊了半天也不见闫嫱人影，登时心中一凛，怪了，分明是跟自己一道进来的，只不过让她去天井那里打了水……糟了，天井不是正靠着逢肖娘的卧室么？申屠湘似乎也突然意识到了这点，立刻和女苿一起冲到那扇浮雕白门前拼命地拍着门。里面一丝声音都没有，二人紧张地叫来护院踢开了门，赫然看见逢肖娘正穿着黑色的男人斗篷手持匕首，刀尖上沾满了鲜血，闫嫱正晕死在地上的血泊之中。申屠湘骇然花容失色大叫道：“啊！出人命了！”

此事震惊了在雕刻店的逢临齐，他快马加鞭回来，幸而卓尔妮医术高明救活了闫嫱一命。逢临齐大怒，直接下令将逢肖娘用手臂般粗的铁链锁入逢家窑洞的地下水牢，虽然逢临恭有意见也无法再说什么。女苿摇着扇子婀娜地走进闫嫱休憩的房间，她幽幽地吐了个烟圈，翘起小拇指上的金色护甲拨弄着笑道：“起来吧，这都没有人了，你犯不着再跟我演戏。”

躺在床上的闫嫱竟突地睁开了双眼，那眼中依旧浑浑噩噩，痴呆般地抱起双膝躲在墙角看着她。女茉提起精致旗服坐在她的床边，又加了一勺子福寿膏："嫱儿，我看你是一点儿也不傻，居然懂得用苦肉计把逄肖娘拉下水来。这件事你立了一功，天衣无缝，她顺利地被临齐关入水牢了，这样我们以后在逄家行事也不用再担心这个疯子碍事了。嫱儿，你做得好，我一定会奖赏你的。我会想办法让你的柴大少爷休了邹宛萍，风风光光地重新娶你，当正房奶奶。"

"你以为你风风光光地嫁进来，就是正房奶奶了么？"一只保养甚好的手微微翘起涂着大红色蔻丹的兰花指揭开青花瓷的杯盖抿了一口茶，抬起头来，那对镶嵌在鹅蛋脸上的凤眼滴溜溜地盯着跪在地上听她这个原配夫人的训叨的四姨太史妧之。

扈凤仙合起手中的茶杯往旁边的桌上搁了一搁："老爷现在安然无恙，周军长也走了，申屠家解封了，一切都像从未发生过一样。我真是不明白，你怎么一嫁进我们申屠家就闹得鸡犬不宁？倘若这是天意，我也没有办法，但若是人为，我还是劝她死了这条心，一场闹剧以为能扳倒谁？四妹，你嫁进来就要守申屠家的规矩，这本册子都是家规，你给我记牢了。"说着拎起一本册向她扔了去。

扈凤仙说得倦了，便起身走了出去，刚刚跨出门就碰见了黎正龙，显然他在这里待了一阵子了。黎正龙忙上前搀扶住她："娘，大热天儿的，怎么这么大气啊？四娘什么地方不好？"扈凤仙甩了甩手中的紫纱手帕调整了优雅的步姿昂起头道："正龙啊，我总觉得这女人不对劲，她怎么一嫁进我们家，老爷就差点被人捉去问斩了？那四口大箱子必定是咱们自家人才能偷到，我仔细想来想去，就觉得家里有内鬼。可我虽然不喜欢四妹，但她新婚那天才是第一次来我们申屠家，怎么可能这么快找到四口箱子，我越想越觉得还另有其人，是要置老爷于死地啊。"

黎正龙听着她絮絮叨叨，心中却猛地一沉，是啊，那天晚上本来他和顾婆清、史妧之都已安排妥当了，没想到突然杀出个程咬金，还是自己军阀的人带兵来抄家，究竟是谁抢先他们一步，是谁要申屠家覆灭？

正说着，一双脚闯入他们的视线停在二人面前，他们双双抬起眼看去，只见申屠计芬面色蜡黄，气鼓鼓地拉过扈凤仙道：“娘，我仔细查过了，这个史妧之的确不是好人，那晚上是她故意把爹灌醉的，而且爹随身有把钥匙也不见了，一定是她偷的！”

黎正龙点了点头：“你说得不错，可是四娘被一同抓回来，也差点性命不保。而且四娘一向跟申屠家没有任何冲突，也根本不需要宁可牺牲自己的命来掀翻申屠家啊。计芬，这件事还是留给爹查吧，只有爹才最清楚当晚发生的所有事。”

史妧之这个四姨太却从此以后并不那么顺风顺水，申屠洪心里太清楚那晚是谁灌醉了自己，是谁偷走了钥匙，虽然他心知肚明那个招来军阀的人并不是她，但她也必定是起了异心。对于这样一个女人，纵然她有着神仙般的美貌，他也不会手下留情。可偏偏这个女人做了他的四姨太，于是所有的爱恨都加倍地变成了折磨加注在她身上，黎正龙不止一次听见史妧之在屋内无助地哭喊，不止一次看见申屠洪的大掌扇在她的脸上，而这一切都是在申屠堡，到了外面他还偏偏要史妧之陪着自己，做个漂亮的摆设。

每次看到史妧之受罪，黎正龙的心里都不好受，他又不敢将此事告诉顾婆清，怕她一怒之下踏平蓝关堡，会牵连毁了政府的秘密，又觉得史妧之落得这般下场总跟自己脱不了干系。黎正龙的异常却被申屠计芬都瞧在了眼里，她心里从未放下过顾婆清和黎正龙的传言，越想越觉得不对劲。她申屠计芬高傲一生，却偏偏爱上了眼前这个男人，她一定要查个清楚，高傲的她从来都不容许自己有半点出错。

这段日子顾婆清将邹宛萍禁足家中，臧九安见不到她心中纷乱不已。这天黄昏收了工便拿着一个埙，信步往邹宛萍曾经舞艳四座的腰鼓节台子处走去，无意间却碰见申屠计芬带着一个婢女鬼鬼祟祟地怀揣着一个酱菜罐子往偏僻的地方走去，臧九安顿觉不妥即刻跟了上前。

只见申屠计芬兜兜转转地绕了一圈，居然来到了黎正龙设的酱菜场，看来她一早就知道有这么个地方的存在。她四周瞅了瞅见没有人，立刻从怀中抽出一封信放在罐子底下，守着此处躲在屋后不走，却叫婢女去引黎正龙前来。臧九安心中一念，坏了，师父在这里做酱菜根本是为了见大当家的，难道这申屠小姐已经对师父的身份起疑，刻意设局试探？

不行，不管怎么样都不能让师父和大当家的落入申屠家的手里。臧九安立刻转身蹑手蹑脚地跑走，直闯入顾婆清的窑洞里，顾婆清正靠在炕前举着族谱研究着，小梅蹲在一边替她细细地捶着腿。臧九安居然就这么冲了进来，小梅惊道：“混账，一点规矩都没有，还不出去！”

第八十八章　与妻书

臧九安却推开她冲到顾婆清的面前喊道："大当家的，不好了！我师父被申屠小姐算计了！"顾婆清一听见他说"我师父"，登时反应过来言及黎正龙，立刻翻身下来惊道："怎么回事，快说！"

她却不忘遣走小梅，听臧九安颠三倒四地絮絮叨叨道来，顿时愕然瘫坐在炕上："糟了……申屠计芬居然怀疑他，不行，我不能去了，但他若是中计前去怎么办……九安，你快去找一个人，或许只有他能帮得上！"

臧九安茫然地睁着眼睛看着她，她叹了口气，道："去，去找逢老板。"她心中黯然道，没想到到了最关键的时候，我只能眼睁睁地看着阿廷冒险却无能为力，但也不知为何第一时间想起的救星居然是逢临齐。

申屠计芬仍在酱菜场等着瓮中捉鳖，可向来倨傲的她心中却隐隐作痛，她既想知道黎正龙的底细，又实在不希望真的看到他来。这些年同他相处下来，这样一个风度翩翩的男子，虽然比她年长不少，却在这个少女的心里挥之不去。她申屠计芬纵然需要黎正龙入赘申屠家相助，但也确确实实地真心爱着这个男人。

时间每一分每一秒都好似煎熬，终于听见了嗒嗒的脚步声，申屠计芬心头一揪，偷偷看去。来者果然是黎正龙，他刚刚走到酱菜场门口，却见一个外乡模样的头发花白身躯佝偻的老婆婆老态龙钟地走来，正是曾来买顾婆清酱菜的那位。

她开口便说要买走全部的酱菜，这才尝了第一口，竟似中毒般倒地晕死了过去。黎正龙登时慌了神，还来不及俯身去扶她，赫然听见上百匹的马蹄声向这里逼近，抬头一看，逢临齐正坐在马背上冲了过来："好啊，黎正龙，你擅自在外开设酱菜场，居然还毒死了人，我以蓝关堡三大财东之一的名义，立刻查封你的酱菜铺！来啊，押走黎正龙！"

逢临齐铁着脸什么都不问，扬言要将黎正龙押入牢狱，亲自带在身边看管。走了半路，逢临齐拿出水囊递给他，黎正龙却不悦地一手打开："逢老板，你别以为我不知道，你是故意来找我的茬，随便找个由头把我抓起来。"说着冷笑一声："当然了，你这么对我，无非是为了柴当家，你心里头不舒服，是也不是？"

逢临齐冷冷地扫了他一眼，将水囊拿回来自己仰头咕嘟咕嘟喝了起来："自作聪明。你看看这是什么。"他说着从口袋中抖出一张信："这是从你的酱菜场查封出来的。如果不是我出现押走了你，你恐怕已经中了别人的计。"黎正龙皱了皱眉拿过信一看，竟然落款是顾婆清的情信。

然而落款的"阿清"二字却无意间透露了这封信是模仿而为，黎正龙颤抖着手倒吸一口凉气，差一点自己和顾婆清的事就要被发现了。逢临齐却忽地抢了过来，擦亮火柴当着他的面儿烧了个干干净净："你放心吧，柴当家交代我保你，我必保你万无一失。"

黎正龙哑然失笑："我真是没有想到居然是你在关键的时候伸出援手救了我，是她……是她让你救我的？"逢临齐放下水囊道："你不用担心，我不会问柴当家为何要救你，也不会问你们之间是什么关系，我和柴当家一向都只是互惠互利。"黎正龙惨然道："逢老板，你不会到现在都不明白吧……"

他心中长长地吁了一口气，心道：清清，以前我从来没有想过会和你有朝一日生离死别。如今我从鬼门关回来了，更是没有想到，我和你已经越走越远，你在最危难的时候，想到的却是逢临齐，这段路我们走得实在太艰难，再也回不到十多年前了。逢临齐见他神色不对劲，眼中莹莹地晃着泪光，他拍了拍黎正龙："你再委屈一会儿，我会着人把你送回申屠家，说这件事是个误会。你有没有什么话要我带给柴当家?”黎正龙苦笑着摇了摇头，又想起了什么点了点头：“我有封军阀密报，劳你交给她吧。”

这件事虽然被逄临齐给摆平了，臧九安却因此更加明显地发觉到顾婆清和黎正龙之间的不正常。他越想越觉得这蓝关堡里四处都阴森森的，每个人都神神秘秘，让他觉得喘不过气来。每次当他喘不过气的时候，他都会取出珍藏的那颗曾串在邹宛萍的水晶手链上的珠子，仿若一颗天空中唯一光亮的星星。

已经许多日子没有见到邹宛萍了，他暗暗地攥紧了手中的水晶珠子，趁着夜色吹起了土埙。这首曲子飘飘扬扬地飞上苍穹，穿过半弦月，随着淡如积雪的月光洒进邹宛萍的窗边。他也不知吹了多久，忽然一阵熟悉的脚步从身后传来，臧九安不可置信地含着泪转过头，果真看见头戴风沙帽的邹宛萍正站在夜风之中，双手捧着一只土埙放在口角轻轻和着。臧九安激动地上前一把拉住她的手：“宛萍，你……我不是在做梦吧?你不是被禁足了么?”

邹宛萍微笑着抹掉了自己的泪痕：“自从申屠姑爷的事之后，婆婆就解了我和有良的禁。”臧九安喜极而泣将她拥入怀中：“我们走，跟我走，不要再留在蓝关堡了，这里实在恐怖得令人发指，我带你去过属于我们两个人的日子。宛萍，你是不是这段时间和柴有良在一起又心软了?”

邹宛萍道：“我想清楚了，我今天来就是跟你走的。我一直以为婆婆是想让我远离是非之外，直到黎正龙的事情才让我明白，婆婆只不过是想遣走所有碍事的人，才好进行她的大计划。被禁足的这段日子我本以为有良已放下了对婆婆的恨，可是没有想到是他向申屠小姐透露婆婆的异常，他已经被仇恨蒙蔽得太深了，我觉得如今有良的心里一半是仇恨，一半是贪婪，他不是我的丈夫，再也不是。”

臧九安激动地抱紧了她：“你知不知道我等你这句话等了多久?”他说罢忽地拉着邹宛萍一起在茫茫黄沙中跪了下来，向柴家的方向叩了三首：

“我们对不起的人，也只有来生再还了。”他立刻从戏棚后牵来一匹骡子，扶着邹宛萍坐上去，扬起长鞭扬尘而去。

“当家！当家！尔妮姐回来了！”这三更半夜的，睡榻上的顾婆清却频频做着梦，被小梅的叫声喊醒了过来，又惊又喜地掀开床帘正欲冲下去，卓尔妮竟摸黑跑了进来，一把拉住她的手腕，气喘吁吁道：“快！快，要出人命了！”

顾婆清微微一惊：“你先说清楚到底怎么回事？”黑暗之中看得清卓尔妮的双眸明亮，她的眼中透露出无限的恐惧和哀求：“大少奶奶和臧九安私奔了，他们被申屠洪捉了现行，现在已提着人押去了刑场镬烹！若不是湘姨奶奶一面拖住他，一面叫我来向你通风报信，他们恐怕早就没命了！”

顾婆清愕然地捶了一下床栏，叹道：“这宛萍……让她走的时候不肯走，好在我还留了一封休书，我拿了休书去，向申屠洪表示她已经不是我们柴家的人，让他们走。”可谁知天不遂人愿，跋涉去刑场的路还有好一段，黑夜沉沉，风沙滚滚，拿着休书赶去相救的顾婆清和卓尔妮竟然被困在风暴之中无法行进。

刑场之上也风沙猎猎，飓风却将空地正中央放着的一大口锅子底下的柴薪越吹越旺，锅子里的水扑腾扑腾地冒着气泡，像一只张着血盆大口的怪物，等着上好的佳肴下锅吞噬。大锅旁边围满了里三层外三层的人，申屠洪得意洋洋地站在最前面，申屠湘却站在逢家的位置与他对立而站。那口锅子侧面竖着一根长杆子，杆子上方正拿粗麻绳捆绑着邹宛萍和臧九安。二人悬在沸腾锅子的上方，只待申屠洪一声令下，二人将被砍断绳索落入锅子中被活活镬烹至死。

这便是蓝关堡令人提之色变的残酷刑法，用来惩罚不忠不贞之人。申屠洪打开怀表盯着秒针指向了十二点整，他堆着笑容扬手正欲喝道“下锅”，却赫然听见人群外传来一声：“住手！”众人纷纷转向看去，邹宛萍也愕然地抬起了头，只见柴有良从人群之中缓缓而来，手中举着一封休书，说："这个女人，我早已把她休了，她早就不是柴家的人了。一直没有知会大家，是因为这是柴家的丑事，既然今儿个宣扬出来，我也不怕说了。邹氏宛萍，嫁入柴家十一年，无子，为其绝世也。柴门长房长子柴有良，休妻邹宛萍。"

这封休书从他手中狠狠摔落在那口咕嘟咕嘟冒着热气的锅子前，邹宛萍分明看见了柴有良眼中闪过的泪光和决绝。到了这个时候，他都没有当众揭穿她对自己的不忠，却依旧保全她的颜面，也保全了她的性命，甚至保全了臧九安的性命。

而那个她和臧九安共同效忠的顾婆清，却迟迟没有现身来救他们，更没有像申屠湘那般为他们说一句话。申屠洪见事败顿生怒气，可这封休书铁铮铮地在众人眼前，他实在无法只得叫人放下了邹宛萍和臧九安。柴有良故作心无波澜，面无表情地踩过地上的休书走到她的面前："邹宛萍，从此以后，你跟柴家再无瓜葛，你我夫妻情缘，自此一刀两断。你们走吧。"

第八十九章 少奶奶

放走了邹宛萍和臧九安，他不知是怎样拖着一双麻木的双腿离开了刑场，夜里的风沙扑打到他的脸上，无比疼痛，仿若刀割一般。柴有良独自一人走回了蓝关堡，却不愿意回家，不愿意看见曾经琴瑟和谐的屋子只剩下空荡荡的月影。

他找到一家尚未打烊的酒馆进去买醉，不由笑自己娶了一妻一妾，到头来谁也没有留住。醉中忽然听见若有若无的脚步声轻盈地走了过来，他惊喜地睁开眼依稀模糊地看见一个女子，想都没想便紧紧抓住她的手："宛萍，宛萍……不要走……"那女子甩开他的手，扬手端来一碗凉水泼在他脸上："窝囊废，你清醒清醒吧。"

柴有良顿感一阵刺骨的冰凉仿若泼入心间，伸手抹了抹脸，睁开眼这才发现站在自己跟前的女子身着满清旗袍，梳了个燕尾发髻于脑后，手上饰品不多，但夹着一根长长的镶金烟杆，正是女芣无疑。

"醒了么？"女芣没好气地吸了口烟在他对面坐了下来，"你心里面明明喜欢邹宛萍，却故作大义凛然，把她拱手让人，柴大少爷你的心思还真是难懂。柴大少爷，你对谁都好。偏偏对我嫱儿不好，而我嫱儿可以众叛亲离，却一心一意地对你好，现在邹宛萍走了，你总得有个人服侍吧，我就为嫱儿做个媒，你看给不给我这个面子？"

柴有良被她戳中痛处，亦觉得自己一败涂地，当即应道："好，但我只是给格格面子，并非给芣姨奶奶面子。"女芣笑道："既然这样，就请柴大少爷让嫱儿当正房夫人吧。莫非柴大少爷还希望着邹宛萍回来？"柴有良一咬牙，道："好，我答应你。"

女茉满意地点了点头，兀自下了酒楼回到藏着闫嫱的那间屋子里去。她仍旧痴痴呆呆地蜷缩在床角喃喃自语，女茉将这个好消息告诉了闫嫱，她却猛地抬起眼睛跳了起来抓紧女茉道：“什么，你逼有良娶我？主子，你这是干什么！有良也不会再相信我，你别想着我为有良生儿子继承柴家大权了。我不想再办这些事儿了，主子，我求求你，你放过我吧，你就让我在这里陪着我死去的儿子，不要再卷入是非之中了。”

女茉冷冷地将她往床上一推：“闫嫱，你知不知道你在跟谁说话？紫禁城的人都是身不由己的，你以为我想来这鬼地方么？你还记不记得当初是谁把你从戏班儿赎出来，是谁对你有再造之恩？你自己的家仇不愿意报，我的国恨却不能不报！我知道，你是喜欢上柴有良了，你想安安稳稳地过日子，但是整个蓝关堡又有谁在安安稳稳地过日子？嫱儿，我给你一夜考虑清楚，但是你不要忘了，柴有良亲口在我面前承认是他特意放走了邹宛萍，这件事若是捅出去，他也要遭族长镬烹。”闫嫱惊愕地睁大了双眼，扑通一声跪了下来：“我嫁，我嫁。”

这场风暴总算过去了，迷失在风沙中的顾婆清和卓尔妮也早已回到柴家，听说了那晚发生的事，顾婆清自以为算计人心，却没想到到了最后关键时刻竟是柴有良放走了自己最爱的女人。自此后柴有良每天把自己关在家里，门也不肯出半步，更别说去玉器店掌管事务了。

顾婆清尝过失去挚爱的痛，也知道自己劝不了柴有良，便让卓尔妮当说客。她端着饭菜去了柴有良的房里，还没开口，倒是柴有良说话了：“你怎么还在柴家？你不是湘姨奶奶身边的人么，你怎么还留在这里？”卓尔妮放下食盒，手上的银钏叮咚碰响：“那大少爷到底知不知道我当初为什么要走？”柴有良哼了一声：“我虽然不知道具体的事，但我明白是因为二娘。”

卓尔妮一边把食盒里的饭菜拿出来一边道：“是因为柴当家，也因为我对柴当家有感情。就好比你深爱着大少奶奶，你才会放走她，你知不知道你为什么一直针对柴当家？其实你的心底深处是在乎她这个二娘，不希望自己一直尊重的二娘对柴家有威胁。你承认也好不承认也罢，这都是事实。”

柴有良已然哑然，愣了愣道：“那么你就放下跟她之间的恩怨了？”卓尔妮抿嘴笑道：“此事非彼事，所有的决定都是看你怎么做。大少奶奶当初跟你有嫌隙，还不是因为柴当家？说不定退一步，便海阔天空了。”

柴有良念了念，忽然明白了什么猛地站了起来：“宛萍在哪里？你是不是知道宛萍在哪里？”却见卓尔妮笑而不语，他立刻发了疯般地回身从密柜里找出一沓沓账簿，还有玉器店的秘密钥匙，全部递给了卓尔妮——这些，都是他往日里和柴国军贪赃枉法的罪证。“尔妮，你帮我送去给二娘，还有我花掉的那些不干净的银子，我也写个欠条给二娘，我一定一点点地补齐。我真的醒悟了，我是个混蛋，我做了那么多混账事！”说着扬手给自己一耳光：“是我鬼迷了心窍，非要跟二娘作对，是我故意纵火想害逢家，是我得知小梅和有扬在附近茅屋幽会，也是我刻意洒了油将火苗引去那里，是我一心想害死有扬，这样柴家就没有人跟我争位置了！都是我干的，你告诉二娘，她要怎么处罚我我都接受，我这样的人就该下油锅，活该我身边的人一个个地都离开了我……”

“有良……”门口赫然响起了一个让他魂牵梦萦的声音，柴有良惊愕地抬起头看去，只见邹宛萍手挽包袱眼含泪花掀开门帘站在门口，她做梦都没想到柴有良还有一天会幡然悔悟，会为了自己放弃一切。柴有良霍地起身向门口奔去，紧紧地将她拥入怀中。邹宛萍泪如雨下：“是我对不住你，我不该在你最迷惘的时候放弃了你……有良，让我留在你身边吧，就算族人要我死我也愿意。我发誓，我再也不去见九安了，我要做回你的妻子，跟以前一样，我们好好地过日子。”

门外又传来一阵拍掌声：“嗳，这不就好了么。”众人顺着声音看去，只见身穿青色袍子的顾婆清正笑盈盈地站在门前，徐徐走来一手拿起邹宛萍的手，一手托起柴有良的手，将他们的手放在了一块儿：“既然这样，我就替你们做个媒，宛萍就重新嫁入我们柴家当大少奶奶，过去的事既往不咎，臧九安也可以继续回玉器店做事，你们看如何？”邹宛萍诚惶诚恐：“不……闫嫱已经是大少奶奶了，一个家里怎么能有两个少奶奶，我既是罪人，已不在乎名分了。”

哪知顾婆清笑道：“无妨，那就叫她闫少奶奶，你是邹少奶奶，二人不分轩轾，地位相当为平妻。我说行便行了。”柴有良已然感动得说不出话来，拉着邹宛萍双双跪了下来：“二娘，我做错那么多事，那么对你，你却还愿意帮我和宛萍……”顾婆清笑道：“浪子回头金不换，何况我还想留着宛萍，不然谁替我推拿？”

看着邹宛萍和柴有良终于重新和好，在一边的卓尔妮也感触良多，默默地吸了吸鼻子。她逗留在柴家已经两三天了，可她还是要回逄家。申屠湘为人虽然斤斤计较，但对她却不错，不管怎样都要回去给申屠湘一个交代，何况她还想回逄家去见见一个人——一个同样让她又爱又怨的人。

卓尔妮心事重重地迈着脚步走进逄家，脚踝上的银铃叮叮地摇出声音。她一进门便被等了许久的逄临恭一把抱住：“尔妮，尔妮，我以为你不再回来了……”卓尔妮慌忙挣脱：“逄二少爷，你干什么呀，你……这是在逄家堡，拉拉扯扯的要是被人看见怎么得了。不如这样吧，晚饭之后还是去我们原来见面的小屋子，我有很多话想跟你说。”

二人心不在焉地熬过了这顿晚饭，逄临恭依时偷偷跑到那小屋，却见卓尔妮早已点着蜡烛坐在门前，他快步跑上前将卓尔妮搂入怀中便要亲吻，卓尔妮却狠狠地推开了他，玎珰作响的苗绣袖口里忽地掉落出那只定情的怀表：“逄二少爷，你别再泥足深陷了，其实我早就知道你这次回来并不是真心要娶我，你是要利用我来打击逄老板，你想设一个个圈套还击逄老板。你以为我不知道，但我都心知肚明。其中的苦我都一个人咽下去，因为我无法拒绝一个我深爱的男人，就算他是利用我，一次次地背叛我伤害我。这次回柴家我总算明白了，柴大少爷和邹少奶奶的感情让我明白了，如果我真的爱你，就不该眼睁睁地看着你越陷越深，临恭，收手吧。”

逢临恭没想到她居然早已洞悉，叹了口气松开手：“尔妮，你当真以为我对你一点感情都没有么？我只是一想到蓝关堡我就透不过气来，我恨透了这里的人。你让我收手，好，那你跟我走，跟我一起离开蓝关堡，就像邹宛萍和臧九安那样。到时候再也没有人知道你是自梳女，我们也不用再偷偷摸摸了。”

卓尔妮倏而无声地滑下两行清泪，摇了摇头，坚定道：“我不能跟你走。上有天下有地，我怎么都不可能抹去自梳女的身份，我不能让冰玉堂因我而蒙羞。何况，这次我回到柴家才发现，我根本放不下当家，也放不下小少爷。我跟当家相伴多载，惺惺相惜，以她的悲喜为悲喜，以小少爷的安乐为安乐，我不能丢下他们。”逢临恭苦笑一声：“我道是为什么，原来是为了顾婆清。她如此伤害你，你却仍顾及和她的情谊，你什么都顾及，偏偏不顾及我。也罢，话不投机半句多，我不勉强你，你也别勉强我。”说罢丢下卓尔妮，失望地愤然而去。

第九十章　红烧肘子

这些日子虽然发生了太多的事，但小梅仍旧每天风雨不改地偷偷去看望柴有扬。坐在轮椅上的柴有扬早已骨瘦如柴，不复当年的风流倜傥，身心打击折磨得令他看上去苍老了不少。也不知换了多少名医，他的病却始终不见好，眼看着便是拖日子罢了。小梅看见他憔悴的模样心痛不已，拿起梳子给他蓬乱的头发梳了梳，哪知还没开口，却听见门外传来柴国军和几个陌生男子的声音，小梅赶忙藏身在桌子底下躲了起来。

柴国军推开柴有扬的房门走了进来，桌布四垂，小梅只看得见有几双陌生的脚，便听见柴国军道："顾阿清这个女人，一定要让她万劫不复，我要拿她的命给我儿子垫背。各位马帮好汉，我的计划已万无一失，到时候就等她自投罗网，然后……"小梅心中一凛，这二老爷居然联合了马贼想要杀害当家，这么大的事，自己该想个法子给当家报个信儿啊。

可一时半会儿也想不出办法，等柴国军众人走后小梅忐忑不安地离开了屋子，心不在焉地竟闯到了顾婆清会客的后院，只听见远远地传来顾婆清和逄临齐的手谈敲棋笑声。小梅忙止住了脚步闪身躲在墙角后偷偷看去，只见烈阳中那棵伞大的酸枣树下他们二人相对而坐，边下着棋边吃着老南瓜煮的清甜凉汤，逄临齐的竹椅后靠着一对拐杖，上次为了救顾婆清而被撞伤的腿脚至今尚未痊愈，顾婆清更是有说有笑，丝毫没有半点紧张的模样。瞧她这般清闲，难道和逄老板已然商量出了对策？若是自己这时候去说，岂不反倒惹她起疑心么？小梅犹豫了片刻，终于决定把到嘴边的话儿给咽了回去，担忧地望了顾婆清一眼，转身便走了。

"柴当家，以往你的段数我都明白，现在你下的棋，我是一点儿都看不懂了。"逄临齐扔下指间的一枚黑子，笑着端起手边的老南瓜汤尝了尝：

“你看，尔妮虽然离开了柴家，可这新鲜的汤也有它新鲜的味道，不比尔妮做得差啊。”顾婆清轻轻放下白子，吃掉了他局中的一枚黑子，笑道：“下棋最忌分神，所以这碗甜汤再好，可端上来的却总不合时宜。”逄临齐一碗已然快要喝光，他哪还有心思接着下棋：“不过这甜汤只要甜得恰到好处，谁会追究个中的佐料，抑或是谁做的，柴当家你说是吧？原先我倒没发觉柴当家这碗甜汤的异样，直到黎正龙的出现，再到上回柴当家临危受命让我救黎正龙一把，我这才尝出这味道的不对劲。你到底是什么人？”他放下碗眯起眼睛忽地凑近严肃地凝视着她道，停了片刻，突然咧嘴又笑道：“你是什么人，黎正龙是什么人，都是一个谜。我一向不是个喜欢窥秘的人，我不会问，也不会揭穿上回解围的事，你知道我只想要柴国瞿的宝藏。”

顾婆清微笑着摇了摇头扔下自己的白子，也端起汤喝了起来：“逄老板每次见面都要提这个，是不是太扫兴了。你和黎先生，一个粗犷一个温文，一好一坏，一快一慢，真是有意思。你瞧着我俗事缠身，我倒也好笑逄老板焦头烂额，怎么样，家里面的两位姨奶奶没少安生吧？苿姨奶奶出身贵胄，高雅清幽，湘姨奶奶风姿绰约，高傲单纯，逄老板万花丛中不知道会选谁？”逄临齐哈哈大笑：“不管你信不信，她们两个，我一个都不选。女苿对我有情无义，阿湘对我有恩有意，但她们都不是我亲自所选的正房太太，我只好谁也对不起了。”

正说着，突然一个小球咕噜噜地滚到了逄临齐的脚边，他俯身捡起小球抬头一看，柴有浦正嗒嗒地往这边跑来：“给我，还给我！”他跑到逄临齐跟前突然眼睛一亮，笑了起来：“是你？快来跟我玩，快来！”柴有浦抱起了球便拉扯逄临齐要跟他一起踢球，顾婆清忙道：“哎，逄老板的脚伤还没好，快别胡闹，去找小梅陪你。”柴有浦却偏偏喜欢逄临齐，顿时嘟起了嘴要脾气，狠狠地将球往地上一砸，那球忽地弹起好高，不受控制地迅速向顾婆清的屋里弹跳着滚了进去。

只担心那球会打翻她屋里的摆设物件，逄临齐想都没想立刻起身冲进去拦球，哪知那球灵巧地飞过他手边，不偏不倚地撞在了顾婆清的土炕底下，这才安安稳稳地停住了。逢临齐蹲下身子抱起球，微微一侧脸，却看见了土炕下的那个凸起的暗格。奇怪的是今天被这只球撞了一下，暗格似乎移动了半个砖瓦的位置。逢临齐皱起眉头伸手进去左旋右旋，却无所反应，正凝神思索之际，忽听见顾婆清在身后喊自己，他抬起头指了指道："我怎么都想不明白，为什么那只球撞了一下便开了一点，我怎么拧都开不了这暗格？"

顾婆清蹙着眉拉来柴有浦蹲下细心问道："有浦，你告诉阿娘，这只球究竟有什么地方不同？"柴有浦挠了挠头，怎么都想不起来。正在这时，小梅端着一大碗红烧肘子跑了过来："哎哟我的小少爷，你怎么在这儿啊，刚才不是还闹着要吃红烧肘子么，来来来，别打扰当家和逢老板说话，快去吃红烧肘子。"顾婆清一听顿时浑身一凛："红烧肘子……老爷死之前也是说过这句话，二太太死前也说过……二太太是想提醒我什么，有浦刚才也在厨房跟小梅玩儿，莫非是他的球沾到了红烧肘子的酱汁……快，快把那碗肘子端来！"

小梅愕然地看着顾婆清一时没反应过来。顾婆清顿了顿，道："小梅，你快去请黎先生来，立刻请来，说是逢老板也在这里，我们有事相商。"支走了小梅和柴有浦，顾婆清端着那碗酱汁小心翼翼地沿着土炕底下凸起的暗格纹路浇了上去，逢临齐忽然想起自己曾偷偷看见过逢肖娘用她的香水同样浇在床底的暗格处，这才一而再再而三地从上了锁的白色浮雕门里蒸发般地逃了出去。莫非二人所用的是同样的原理？那酱汁一点点地滴满了整块砖瓦，只见那凸起的暗格果然嘎吱嘎吱地慢慢移了开来，顾婆清惊道："逢老板，你快看啊！"

逢临齐这刻也顾不得太多了，俯下身子紧紧地挨着顾婆清凑眼看去，只见那暗格已然移开一大块，现出了一个黑洞，黑洞底下深不见底，丢一块石子下去都没有半点回音，顾婆清却像发了疯般地立刻便要下去寻找宝藏，逢临齐一把拉住她急道："你疯了？这里面到底是什么情况还不清楚，贸贸然地下去岂不是要了你的命？"顾婆清猛力地甩开他，忍不住哽咽道："若不是为了这些东西，我何苦留在蓝关堡这么多年，你放开我，让我下去！”

“站住！”门外忽然响起一声喝止，顾婆清和逄临齐双双被震慑住回头望去，只见黎正龙手中举着柴氏族谱逆着光跨进门来：“你们忘了这个东西了么？我曾暗中查访，当年柴老爷吃过的红烧肘子中，所有的厨子里，有一个正是逄家小姐的洋厨子，这洋厨子的家中有一块金子所做的墙，试问一个厨子哪里会有这么多钱做金墙？我仔细看了又看，发现这洋厨子的家正是按照这柴氏族谱混乱的顺序所排列建造，但柴国瞿不可能把自己的宝藏都藏在外人家中，从这土炕的位置往那洋厨子家的直线方位上有一口井，我怀疑这土炕往下便是通往井底，而那井底才是藏着柴家宝藏的地方。”

逄临齐急道：“又不便从土炕底下走，又不能直接下井，莫不是要我一枪炸了那口井么？”顾婆清忽然眼睛一亮，想起了什么：“那倒未必！还记得我和尔妮第一次在有浦的房间发现了水印，黎先生说的那口井正巧靠着有浦的屋子，水印便是从那里染来的，不妨从有浦的屋子里抽出所有的水，便可直接到达井底了。”

如顾婆清所说，逄临齐扬起枪打开了柴有浦屋内的那面有水印的墙，出乎意料的是里面并非有水冲出，只听得见哗啦啦的井水声从另一头传来。三人匍匐着爬入墙后，果然看见身后一点光晕正是土炕底下移开的口子，这方位错不了。过不了多会儿，视野开阔，已然到达了井底。只见井底虽然不大却堆满了楠木箱子，箱子的封条上正写着“清光绪三十三年，柴国瞿封”、“清宣统四年，柴国瞿封”、“天王八年，柴国瞿封”……这些竟都是已故的柴国瞿几十年来搜刮的财宝，足足摞了几丈高。

顾婆清抚摸着这些箱子，一时间心中感慨万千，喜极而泣道：“这么多年了，我终于找到了。一半给我带着有浦离开蓝关堡过下半辈子，一半给义父……”逄临齐一听，顿时脸色一变，怒道：“明明说好了你我一人一半，何时多了一个义父？”黎正龙也道：“这些宝藏找到是要充公的，军阀若是有了这些东西就可以添置军备，还有一半可以分发给挨饿的老百姓，绝对不能私吞！”

第九十一章　算尽卿心

没想到这些宝藏还未拆封，三人竟已在井底吵了起来，正吵得不可开交的时候，只听顶上传来轰隆一声巨响，他们不约而同地抬起头看去，只见井口上赫然被人堵上了一块巨石，光亮刹那湮灭在黑暗之中。逄临齐登时敏感道：“糟了！有人要置我们于死地，快从另外两边走！”紧急之下，逄临齐也顾不得那些箱子，竟下意识地抓紧顾婆清的手往有光亮的地方冲去，黎正龙看在眼中，心里一阵绞痛。却听又是两声巨响，最后的出口也被人用巨石堵死了，三人当即陷入黑暗，逄临齐急躁地便要掏出手枪击开石墙冲出去，可偏偏没想到，膛里的子弹早已用光。顾婆清这才缓过神来，忙红着脸将手抽了出来，幸好黑暗之中谁也看不见她的神色，她微微沉吟片刻，冷笑道：“我知道了，是二叔啊，二叔要我的命，可惜连累了你们两个。”

“哈哈哈，顾阿清顾阿清，想不到你也有这么一日吧？”站在井外的柴国军痛快地大笑着，脚下狠狠地踩死那块巨石，身后站着一众马贼，都是他的人。说好了只要杀了顾婆清，柴国军便亲自去井底拿出那些财宝与马贼分赃，要不了多久，井底的人便会气绝而亡了。为首的一个马贼走到他身边眯起眼睛道：“柴二老爷，你以前不是说过怀疑顾婆清的身份么，你要杀了她，怎么就没想过她到底是什么人？”柴国军奇怪地转过脸来看了那人一眼，那人脸上有一道明显的刀疤，显得凶神恶煞。柴国军抬起手勾搭起那人的背，笑道：“管那妖女是什么人呢，总之她祸害我们柴家就该死！我要让她……”

他这句话还没说完，突然背脊一弯，脸色突地涨红，双目瞪得老大，弓着腰不可置信地移动着那对眼睛缓缓看向身边的马贼，只见柴国军的小腹已然血红染透，刀尖不知何时悄然穿过了身躯，那马贼的手上赫然倒拿着一把明晃晃的刺刀，马贼哼笑道："我们一众兄弟陪你疯了不少时候了，你不是一直想要顾婆清死么，不是一直想知道她的身份么，我就告诉你，让你死也死得明白些。"说着把刀柄更往里推了推，凑到柴国军的耳边喃喃半句，霍地扯出了刺刀，柴国军瞪着血红的眼睛仰天倒下，重重地砸在了井盖之上，登时血流成河毙亡了。

那马贼扔下刺刀若无其事地拍了拍手："她还算好心，不止一次提醒你不要跟她硬碰硬，你这老不死的却不知死活。弟兄们，来啊，把这巨石移开，下去救人！"他扬手一挥，正准备带领众马贼救顾婆清，却听见传来阵阵脚步声，他脸色一变，将手臂反向又一挥："有人来了，先撤！"这些马贼立刻听从纷纷而退，只见跑来的不是别人，正是小梅，她赫然看见柴国军倒毙在井口上，吓得惊叫一声险些跌坐在地，煞白着脸色愣了片刻，忙上前推下柴国军的尸身，费尽力气一点点地移开了那块巨石："当家，当家！逄老板，申屠姑爷，你们怎么样？"小梅已然汗湿浑身，筋疲力尽地向井底喊着，可井底却没有传出丝毫声音。要知道从柴国军把巨石纷纷堵死洞口到现在为止，已经过去了很长的时间，井底的三人早已窒闷不已，眼前发花都晕死了过去，小梅急了，索性拿来一条粗绳索亲自下井去寻找，总算将三人救了出来。

经过井底的争吵和生死劫，逄临齐回到家中虽然绝口不提，可他的话变得更少了，每天把自己关在书房里魂不守舍地雕刻着小兔子，刻刀再度划伤了自己的手，鲜红的血又滴在木雕小兔的眼睛上，从那双血红的眼睛里，那日井底的情形仿佛历历在目。在最后的生死时刻，他居然都不忘将最先晕过去的她抱在怀中，硬撑着自己不能死，告诉自己要留着一口气等人来救她。

可顾婆清却一手紧紧地攥着紫玉搔头，一手紧紧地拉住同样晕死过去的黎正龙的手，二人十指相扣，怎么都分不开。怎么会这样，自己这么会对顾婆清如此着紧……逄临齐越想越觉得心神混乱，不由放下刻刀抱住头狠狠地撞了撞桌角，他不想承认在这些年的针锋相对之中他不知何时竟然对这个女人情根深种，可到了最危急的关头，他的心里只有一个念头，就是要顾婆清活下来。

他心烦意乱地埋头趴在桌上，忽然听见隔壁窑洞里传来窸窸窣窣的声音，逄临齐浑身一凛，又恢复了往日的犀利目光，霍地直起了身。隔壁不正是自己的寝室么？难道又是女芣，她虽说抽食大烟，可似乎是以大烟做掩饰，在暗中进行着反民复清的计划。这次会不会又跟逄临恭有关？逄临齐心中起疑，登时悄悄地向屋子走去。只见那屋子里黑黢黢、乱糟糟的，一个明黄色长裙的背影在斑驳的光线中晃来晃去似乎在找什么，却是瞧不清晰。

但见那身打扮时尚妖艳，绝非女芣亦非逄肖娘，怎么会是她？逄临齐心中咯噔一下，只见那黄衫背影忽地在他床边的秘格处停住了，伸手拨弄了几圈密码竟然破解了开来，欣喜地从里面取出一只景泰蓝盒子转过脸来，逄临齐果然猜得没错，正是申屠湘无疑。申屠湘根本没有打开盒子，而是重新换了一只放进去，再度转过脸来的时候，却赫然看见逄临齐阴沉着脸不知何时站在了自己的背后，冷冰冰地看着她。申屠湘被吓得不轻，手中的景泰蓝盒子应声落地，掉出了一张酱菜方子，一些顾婆清的信件。

“你干什么？”逄临齐嘴角微微抽搐，似要发怒。申屠湘嗫嚅半晌欲言又止，终于忍不住将来龙去脉都说了出来：“临齐，你知不知道上次井底的事已经引起蓝关堡的风雨了？莫说柴国瞿的财宝惹人眼红，更多人是质疑那勾结马贼准备杀害顾婆清的柴国军，为什么会在最后被马贼调转枪头杀了？马贼为什么要相助顾婆清？现在已经在蓝关堡闹得沸沸扬扬了。我敢说逄家也有人不服，也有人注目了，但更重要的是我哥。一石激起千层浪，我哥准备细细地调查柴当家了，他甚至叫我回申屠家盘问过，我一概都说不知道，更没有提你和柴当家的来往。但我知道你这里有不少她的东西，我必须在我哥行动之前替她做足了手脚，才好让她全身而退啊。”

逄临齐不由惊道：“你怎么知道？你明明知道，为什么不去落井下石，你一向和柴当家不和的啊。”申屠湘泪花盈睫，凄然一笑：“临齐，自从我嫁过来，你对我好我是知道的。但你不过是要报恩，你的宠爱都不过是愧疚和补偿，我再不懂人情世故，也不会不明白这点，你已经很努力很努力地试图爱上我，可惜没有。你却很努力很努力地想要不去想柴当家，可你也做不到。”

逄临齐又愕然又感动，不可置信道：“阿湘你……我从来没想到你心如明镜，还愿意在这个时刻替柴当家洗白。我一直以为，阿湘脾气暴，心眼儿小，你既然已经知道我对柴当家的感情非比寻常，我如此对她，却又如此对你，你还肯帮我救她？”申屠湘苦笑着抿掉嘴边的泪吞了下去：“我不知道，但我知道我是你逄临齐的妻子，从我穿上洁白的婚纱跟你走进教堂开始，我就是你的人，你的血和肉。我已经如愿以偿地留在你的身边，逄临齐这个人是我选的，这条路也是我自已选的，就算爬着走我也会开开心心地走完。人家说女人是男人身体里的一根肋骨，我既然是你的肋骨，就跟你逄临齐是一体。你爱的人，就是我爱的人，你看见柴当家出事会难过，我绝不会让你有机会难过。”

申屠湘已然哽咽得说不下去，逄临齐心中一阵酸楚，上前一把将她紧紧抱在怀中，紧紧地贴着她的脸庞，任由自己的泪水浸透她的鬓发。这个向来刚毅的男人，头一次在一个女人的面前泣不成声：“阿湘，是我对不起你……我现在才明白，我身边有这么好这么好的女人，可偏偏世界上大大小小的事情，都有个天意，如果违背了天意，那咱们就得低下头来，自食其果。我一颗心早已给了旁人，我还有什么能拿来给你？”

申屠湘也环紧了他的腰，闭起眼靠在他的肩上，这一刻却是她活到现在最美好的时刻：“临齐，你没有对不起我，是我逼着你娶我，我逼了你十几年了，机关算尽总算嫁给你了。我觉得我比柴当家要幸运。不要说天意，顺了天意，不也照样自食其果吗？临齐，我再求你一件事，井底的银子你会有的，但求你这一次饶了我哥吧。诸葛亮七擒孟获，如果还有下次，你再跟我哥对战吧。”

第九十二章　对簿公堂

逄临齐深受申屠湘的感动，心中虽然犹疑，但也答应了她这次绝不拿柴国瞿的宝藏招兵买马对付申屠洪，柴国瞿藏在井底的那些财宝，三分之一留给黎正龙做军用，三分之一留给顾婆清，无论她是给她的义父也好，拿这些钱带着黎正龙和柴有浦离开蓝关堡也好，还有三分之一归逄临齐的，他一个铜子也不要，全部捐出来分发给贫困的老百姓。

当逄临齐来到那片空旷的高粱地上准备分发银子的时候，却惊讶地发现老百姓们早已排着长队围得水泄不通，正中央站着分发银两的竟然是顾婆清。逄临齐愕然地穿过人群走到她身边，顾婆清忙碌地抬起头向他嫣然一笑："我也把我的那部分捐出来了，你瞧，加上你的那一份，这样能救济更多的人了。"

她因忙碌而挂着汗珠的微红脸颊透出点点光泽，仿佛一下子回到了十六岁的年纪般光彩照人，逄临齐不由看得有些痴了，忙别过脸去，压低声音道："你把你的银子分了，不怕你的义父找你麻烦么?"顾婆清扬手擦了擦汗，笑而不语。逄临齐道："你别以为我不对付申屠洪，只不过换一种方式，我这收买的是人心而已。"

顾婆清停下了手中的活儿暂且交给了小梅，与逄临齐走到高粱地后边走边说："其实我还留了一笔财宝，不过不是留给我自己的，我把它给了有扬。他毕竟是柴家的子孙，这笔钱给他治病，二来我也将二叔的尸骨接回去好生安葬了，不管怎么说，死者为大，除了柴国瞿，一切人的恩恩怨怨我都可以一笔勾销。"逄临齐点了点头道："可是黎先生似乎不赞同你的做法，柴当家还是去见黎先生一面吧，就在红豆角丛的后面，他等着跟你说话。柴当家，如果你要离开蓝关堡，告诉我一声，我来护送你们走。"

“清清！”等了许久的黎正龙在红豆角丛的后面听见顾婆清发髻上熟悉的紫玉搔头的声音，激动地起身跑过来，情不自禁地拉住了她的手：“清清，我以为你不会来。如今柴国瞿的财宝都找到了，你可以离开柴家了，你为什么不把一部分财宝交给马贼？跟这里的所有人都断了关系，我给你安排地方住，不好么？你还顾及着逄临齐，还顾及着柴家的人？”

顾婆清叹了口气，抽出自己的手：“就算我可以放弃一切，你却还要留在蓝关堡，为你的军阀做贡献，在这里布置什么秘密，又打算怎么怎么打仗。阿廷，你劝我的时候怎么不劝劝你自己，我真的不想再看见打仗了，你离开你的军阀，我就离开蓝关堡跟你走。”

黎正龙的脸色一沉，道：“你不要忘了你的血海深仇，它并不仅仅是柴国瞿害得我充军濒死，顾小姐当年怎么死的，我一直存有怀疑，这段时间我才发现，顾小姐也是政治牺牲品，是一个晚清格格。谋划复清，连累了顾氏一家！你难道不为她报仇么？这个晚清格格，正是逄家的茉姨奶奶！”

怪不得，怪不得自从流落到蓝关堡，就经常地梦见她。原来她是想让自己替她报仇，一切的指引都是指向这个真相。顾婆清失魂落魄地回到了家中，十年了，她在蓝关堡煎熬了十年，不惜嫁给仇人，不惜在马贼窝摸爬滚打，可最终她的目的都纷纷达到了，却发现真正的报复尚未开始。她真的觉得很累很累，她已经经不起一切重头再来一遍了。

顾婆清疲惫地靠在土炕上翻着手中的妆奁，将头上的紫玉搔头摘下轻轻地放入其中合了起来。她收起妆奁的时候无意间碰翻了手边的一个青花瓷罐头，传出了里面浓浓的酱菜味，然而里面藏的都是当初与自己传信的陌生老婆婆的信件。她一时感触拿了出来反复细读，忽然发现其中的“顾”字，不约而同地都少了最上面的一点。当初一笔一画教她写字的逄临齐，也正是同样嫌麻烦，总喜欢省略“顾”字的第一笔。

顾婆清心中一颤，认认真真地品读一番，这才发觉其中语气纵然模仿得很像一个老人，那字体纵然用左手写就，可潜在的习惯都与逄临齐如出一辙。顾婆清恍然大悟，心中泛起点点涟漪，拿着一封封信件往后一靠，苦笑自语道："原来一直跟我传信的知音人，并非是陌生人，而是故人啊。"

顾婆清泪水涟涟，颤抖着手将这些信丢入火盆之中熊熊焚烧，双目早已被熏得模糊："只可惜我的仇还没报完，姐姐的仇，我要向敖佳·女苿统统要回来。逄老板，自从阿廷失踪于战乱，自从姐姐死后，我清清这辈子就是一个复仇的工具，你不要怨我。"

顾婆清把自己关在屋内好几个时辰都不肯出来，滴水未进，小梅怎么敲门都不开。看这样的情形，邹宛萍实在放心不下，便让小梅去逄家找卓尔妮来。卓尔妮这才到顾婆清的门口，便敏感地闻到屋内传出一阵阵熟悉的气味，她登时从头到脚愣住了，在逄家这么久，这样的气味一直萦绕在苿姨奶奶身上，甚至女苿的衣服针线里都浸透了这样的味道，卓尔妮不可能辨认不出来："福寿膏？"

她大惊失色地撞开门冲了进去，果然不出其所料，只见瘦了大半的顾婆清斜靠在土炕上，凸起手骨的手中抬着一支玉雕的烟杆吞云吐雾，双目迷离，神色恍然，一如女苿吸食大烟时的状态。

"当家！当家，你这是干什么！"卓尔妮痛心地抢过烟杆，哪知顾婆清的力气比她大出许多，又一把拽了回来继续抽。卓尔妮忍不住泪流满面跪了下来："当家，有什么事慢慢说，你为什么要沾染上这个毒物？柴老爷的宝藏不是已经找到了么，你为什么还不收手，为什么还要伤害自己，你到底还有什么要做？"

顾婆清微微移开唇边的烟嘴，忽地笑了一声："你为我难过？尔妮，你何必为我难过，这可是好玩意儿啊，怪不得苿姨奶奶最喜欢它了，这些福寿膏我还是好不容易跟苿姨奶奶要来的呢。"卓尔妮不可置信地看着她摇了摇头："你看看你，看看你自己，现在变成什么样了？你这模样真的跟苿姨奶奶一模一样，那口气，那神情，简直是个活死人！尔妮在你身边这么多年，却从来没有真正了解过你，我本来想着离开湘姨奶奶，回到你身边来，可你让我太失望了。”

顾婆清又吸了一口烟，咯咯直笑：“你不该回来，你难道不知道么，你也不过是我的一颗棋子，就像女苿对待闫嫱一般。你难道不知道，我是马贼的义女么，我本就不是什么好人。”

卓尔妮最是听不得这样的话，好不容易这段时间把这件事给淡忘了，顾婆清却又故意重提此事，她抿了抿嘴角的泪站了起来：“好，你要继续错下去，我也阻止不了你。顾阿清，我不会再回柴家，跟你也不再是姐妹，你好自为之。”

烟雾之中望着她淡去的背影，顾婆清心中一阵酸楚，晕头涨脑地暗暗道，尔妮，不要怪我对你说话太绝，如果不是这样，我怎么能成功地接近敖佳·女苿，博取她的信任让她减少防备？姐姐的仇我一定要她血债血偿，尔妮，若有下辈子，我还要跟你做姐妹，我来还你的情。

她迷迷糊糊地抽着大烟也不知过了多久，只听见邹宛萍慌慌张张地闯了进来：“婆婆，不好了，申屠族长和骆长官传婆婆立刻去巡捕房问话，说是当年公公的死与婆婆有关，要婆婆上堂对簿。”躺在炕上的顾婆清蓦地睁开了双眼：“什么？这都什么时分了，我不去。”邹宛萍急道：“现在是晌午了。”顾婆清愕然道：“已经是白天了？怎么会突然翻出这件事说，老爷的死怎么会跟我有关，定然是那申屠洪没事找事。”

邹宛萍低头搓着衣角嗫嚅道：“是尔妮……具体怎么回事，我也不清楚。婆婆，清者自清，两位大人的传话你若是不去，那可是犯了罪啊，你还是去一趟瞧瞧吧。”顾婆清烟瘾越来越大，同意去巡捕房，但一定要随身带着这支烟杆。邹宛萍和闫嫱一左一右地陪着她到了巡捕房，赫然看见所有乡绅族人都已站满两侧，骆长官正坐堂上，申屠洪一脸得意地坐在骆长官右侧旁听，逄家则坐在其左边，而正中跪着的状告之人恰恰是卓尔妮。

一看见顾婆清现身，逄临齐忍不住直起了腰差点站起来，申屠湘轻轻拉了拉他的衣角，摇了摇头。

“好，既然人都到齐了，卓尔妮，你把你之前跟本长官说的话再说一次!”骆长官站起身来大声道。只见卓尔妮向顾婆清横斜一眼，一字一句丝毫不差地说道：“三年前，柴老爷突然患病便一病不起，我当时是顾阿清身边的贴身婢女，故而柴家的种种情况我都看得清清楚楚。柴老爷临终前，我正和柴小少爷一起玩，无意间撞见顾阿清守在柴老爷的床边，听见她句句谩骂，生生激死了柴老爷。”

骆长官道：“可是顾阿清和柴国瞿乃是夫妻，她若是杀死柴国瞿，有何动机?”卓尔妮继续道：“老夫少妻，顾阿清本来心里就不愿意，堂堂的维扬千金千里迢迢嫁到蓝关堡这个贫瘠的地方，人之常情都是有怨气的。何况柴老爷还有一长子，顾阿清为了让自己的儿子接手柴家家业，只有杀了柴老爷，自己当稳大当家，才能堂而皇之地越过二老爷和大少爷，将来把家业和财宝传给小少爷。而且顾阿清曾亲口对我说过，她的目的就是要找柴老爷留下的财宝，为了独吞这些财宝，狠下杀手不足为怪。”卓尔妮一番话说出，堂下所有人都震惊得沸腾了起来，谁都知道卓尔妮曾和顾婆清的关系宛若亲生姐妹，一朝反咬针锋相对，居然当众指她杀人，还是杀自己的丈夫。

第九十三章　玉烟杆

顾婆清固然面不改色，但心中却一石激起千层浪，故作冷静道：“卓姑娘，你也说过你曾是我身边的婢女，但后来已与我柴家分离，各不相干，骆长官，一个这样的人所说的话难道就是真话了么？卓姑娘早已跟柴家为敌，她所说的都是片面之词。”

卓尔妮登时急了，脱口喊道：“我有人证！”申屠洪抿嘴似笑非笑地拍了拍手，当即便有军官带着卓尔妮口中的人证走了出来。众人纷纷向那里望去，顾婆清也愕然一怔，走出来的不是别人，却正是自己的儿子柴有浦，他习惯性地黏到卓尔妮怀里，小手向顾婆清一指：“我也看见是她骂阿爹的，是她气死了阿爹！”

一口利齿的顾婆清面对自己的儿子却再也说不出话来，逢临齐再也忍不住霍地站了起来：“有浦！那个是你娘，你怎么向着外人诬陷你娘？骆长官，柴小少爷年纪尚小，不懂分辨是非，他说的话也不可靠。何况小少爷刚才也说了，只是看见柴当家和柴老爷吵架，并非看见柴当家亲手杀了柴老爷，这一切不过是卓尔妮妄测，是有心之人故意挑拨！”他在“有心之人”处加重了语气，瞥眼看向申屠洪，可申屠洪面无表情，倒是坐在他身后的黎正龙脸色一阵青一阵白。

骆长官听了来龙去脉，终于决定由于证据不足，顾婆清当庭释放。虽说是一场没有对错输赢的对簿，却让顾婆清身心俱疲，昔日的姐妹，亲生的儿子，居然有一日会与她在众人面前对簿公堂。她心里面清楚，卓尔妮并不是要她死，是想一棍子打醒她，让她不要再陷在福寿膏的荼毒之中。

这件事绝非卓尔妮一人可为，但看坐在骆长官身边的申屠洪那得意洋洋的表情便知道，他不过认为卓尔妮和自己反目，申屠家有利可图，早就设下了连环计，今天这一计没成功，下一步便会接踵而来。看着顾婆清憔悴地扶着门框走了出去，逄临齐起身便要追上去，哪知申屠湘一把拉住他小声道："这么多人，你要干什么？柴当家暂时没有危险了，我才敢把家里的事告诉你。苿姐姐趁着我们两人出来，把关在水牢里的肖娘放了。现在最危险的是逄家，快跟我回去吧。"

"什么？这个贱人！"逄临齐登时怒火冲顶，立刻跟申屠湘冲出门外，根本没有留意到这时进来的逄临恭。此刻大堂里已空无一人，逄临恭瞄了风风火火跑出去的二人，却没有跟出去，进来扶起了跪在堂上的卓尔妮，拉住她的手："尔妮，我真没想到你会站出来指证顾婆清，你跟她这么多年主仆，让你下这么大的决心，我知道你是为了我。尔妮，之前是我不好，我感觉得到你对我还有情，我答应你收手，我们一起走吧，离开蓝关堡吧。你此举得罪了柴家，又得罪了逄临齐和申屠湘，你还要待在蓝关堡干什么？"

卓尔妮冰冷的手从他手中抽了出来，腕上的青松石撞在银钏上亦发出冰冷的声音："逄二少爷，到了这个时候，尔妮的心早已死了。我这么做不是为了你，我是不想看见当家越陷越深，不想看见蓝关堡就这么散了。你不要忘了，我已经一次又一次地等过你，一次次为了你可以不顾一切，但到头来我所做的都是白费。尔妮自梳那天开始，就一辈子不可能放下这把青丝了，跟二少爷的痴缠，也都是枉然。这只怀表还给你，尔妮何去何从有自己的分寸，不劳逄二少爷费心了。"那只冰冷得毫无生机的怀表缓缓放在逄临恭的手中，刺骨的寒冷袭上心头，他不由浑身一震。

等逄临齐赶回逄家，水牢里空空如也，哪里还有逄肖娘的踪影，他大怒之下狠狠地掌掴了正在屋子里吸大烟的女苿。女苿倒也不躲，似乎抽福寿膏已然抽得浑浑噩噩不知疼痛，一会儿笑一会儿自语，挥手踉跄起身的时候竟不慎掉出口袋里的一支青蒿素洋药，逄临齐顿时一愣，这玻璃药管正是当初自己为顾婆清翻山越岭找来的救命药，怎么会在她这儿？

他惊愕地抓起女苿逼问，可越是打骂越是问不出来，倒是申屠湘在女苿藏福寿膏的花瓶底下发现了她与顾婆清的生意往来单据。所买卖的却不是玉器和木雕，竟然就是女苿所吃食的福寿膏。逄临齐颤抖着手看着那些信件，“不可能……柴当家染上了毒瘾？”他大惊失色扔下信便冲向柴家。

他跑到顾婆清的窑洞时，竟发现黎正龙也在屋内，却见顾婆清神色自若，傍身的那支玉烟杆也不知去向，瞧他们二人相谈甚欢，逄临齐不由把话生生地压了回去。顾婆清又是惊讶又是欣然：“我在和黎先生商量，申屠洪这次的计划不成还有下一计，既然逄老板来了，不如一起想想办法吧。”

“小梅，你在这里干什么？婆婆在跟逄老板和申屠姑爷说话，你怎么在这里？”邹宛萍得知家中来了客人，准备亲自招待他们，哪知这才刚走到天井，便远远地看见端着茶碗的小梅正站在顾婆清的窑洞前瞻前顾后，凑着耳朵神神秘秘地偷听着，邹宛萍心中一沉，蹙眉走过去拉开了她，怀疑地打量着小梅问道。

小梅手中一哆嗦，滚烫的茶汤泼洒了出来烫红了她的手：“邹少奶奶……我，我是来给当家送茶的。”邹宛萍狐疑地看了看她：“把茶给我，我送进去。小梅，我怎么觉得你近来是越发的古怪了？我不知道你究竟想干什么，但我提醒你一句，千万不要像卓尔妮一样掉过头来对付婆婆，当初你和表少爷的事被撞破，二老爷一心要你死，是婆婆一直护着你的，你好自为之吧。”

邹宛萍遣走了她，小心翼翼地重新换了三碗茶端了进去，正在商谈的顾婆清见她进来，不由一愣：“宛萍，怎么是你？”顾婆清的目光扫过她的眼眸，又落到了她端着茶碗的手上，邹宛萍的双手若有若无地还在轻颤，再看那三只茶碗，虽然乍看起与之前小梅端来的没什么不同，但顾婆清却知道，她让小梅端来的是龙纹茶碗，这三只却是狻猊，她心中明白定然是邹宛萍换了茶，但她为什么要换，难道是小梅……顾婆清垂下眼睫接了过来却没揭破，心里却蓦地回想起自从卓尔妮离开柴家，自己把小梅调在身边，小梅的言行举止都似乎很不对劲。

正想得出神，只听黎正龙的声音远远地传了过来："柴当家，柴当家?"顾婆清回过神来不自然地向他笑了笑："啊，那就这么说吧，就按我们商量的进行，我以前跟二太太相见都是三太太引见的，我和三太太还算熟稔，三太太方面就由我来吧。时候不早了，二位请回吧。"

黎正龙和逄临齐一同起身正欲出去，刚刚下学堂的柴有浦兴高采烈地冲了进来拉住逄临齐的衣角道："逄老板陪我玩，陪我玩!"黎正龙的目光登时黯淡了下去，只见逄临齐俯身抱起柴有浦乐呵呵地一块儿跑到外面蹴鞠，顿感心中不是滋味，顾婆清青着脸叹了口气走到他身边道："阿廷，有浦跟逄老板亲近，是因为逄老板曾经救过我们母子的性命。要知道有浦到现在为止都跟我疏远得很，他跟尔妮好，跟四太太好，跟逄老板也好，就是不跟我这个亲生母亲好。"

黎正龙听到她提起史妧之，只怕自己忍不住会将她的现况告诉顾婆清，便匆匆告辞离开了。顾婆清站在窑洞门前凝视着逄临齐和自己的儿子玩得热火朝天，直到柴有浦玩累了，被小梅抱走了，顾婆清这才走下来亲自送逄临齐出门："有浦贪玩，实在是耽误逄老板了。"

逄临齐笑着掏出缠在腰间手枪上的汗巾擦了擦头上的汗："柴当家一口利齿不再对着我，反而客客气气，倒是让我不习惯得紧。小少爷喜欢我陪他玩，那我就多些时间陪陪他，也好缓和你们母子之间……"顾婆清却阒然打断了他："我们母子之间怎么样都是我们母子之间的事，逄老板这颗心费得不是地方，柴国瞿的财宝全部没了，逄老板不更应该想着怎么拉申屠洪下马么？这么多大事等着逄老板，怎么还有闲情逸致陪一个小孩子嬉闹玩耍?"

逄临齐愕然地顿住了，凝视着故意摆出冰冷面容的顾婆清半晌，失笑道："柴当家原来不是跟我客气，是跟我疏远来着。我知道，是因为黎正龙。"顾婆清叹道："怎么逄老板很喜欢猜测别人的心思？这么多年以来，你我针锋相对，是友又是敌，各自心怀鬼胎互相利用，为的是找到柴国瞿的财宝。如今财宝找到了，你我也再无共同的目标了。逄老板，我是柴国瞿的遗孀，你我再没有任何理由走在一起。以后若无要事，还请逄老板跟柴家保持距离。还有这个，也还给你。”她抬起手拿出一只木雕的小兔轻轻地放在逄临齐的手中，转身头也不进地走回了柴家窑洞的大门。

一堵寨墙外失落的逄临齐早已醉倒街头，石洞内顾婆清却又把自己锁在了屋内，泪眼婆娑地取出玉烟杆，一口一口地吞吐着烟雾。夹杂着迷人心智的气息寥寥地萦绕在她的眼前，这一口一口，不是为了接近女苿，却是为了刚刚送走的那只木雕小兔。

顾婆清已经不知道在什么时候真的沾染上了这毒，怎么都戒不掉，怎么都放不下这支烟杆。那木雕小兔陪着她熬过了鬼门关，熬过了多少悲辛，熬过了多少风沙暴雪，却终有一日也要离去。

第九十四章　马蹄重重下山土

缭绕的烟雾中顾婆清早已泪流满面，回忆一帧帧地闪过，这些画面里无一例外都是不苟言笑的逄临齐。可是自己还能怎么样，她身上负着血海深仇，负着重重的身份，这乱世之中层层的桎梏，压得她喘不过气来，只能借着福寿膏再做一场梦。浓郁的味道浸透了窗棂，引来邹宛萍急切地敲着门：“婆婆，婆婆，你怎么又抽大烟了？你别再抽了，这东西是要人性命的啊。我知道要戒掉很难，至少也少抽一点啊。”

顾婆清抬着烟杆走到门口却不开门，隔着窗纸幽幽吐了口烟：“你不要劝我，要人性命的又岂止是福寿膏。它却能让人开心着死去，总好过日日煎熬。宛萍，记得当日我劝你离开蓝关堡，你最终选择了留下来。既然留下来，就好好把握自己的心，否则伤了三个人的心就得不偿失了。”

邹宛萍闻言不由沉默了下来，忽然身后传来一阵玎玎珰珰的碎银碰撞脚步声，她下意识地回过头，赫然看见穿着苗绣裙子的卓尔妮痛心地走到门口怒道：“顾阿清，你看看你自己现在人不像人鬼不像鬼，你到底想怎么样啊？我认识的那个顾阿清不是这样的，以前无论有多大的困难险阻，你都会昂着头高傲地走过去，可是你现在……且不谈其他的，就连小少爷你都不管了，你只会每天躲在房里拼了命地抽大烟。柴老爷的财宝你已经找到了，我不知道你究竟还有什么不满足？”

顾婆清靠在门上掩着口默默流泪，却什么话都不说，听着卓尔妮一番痛骂。直到听见外面终于没了声音，她知道卓尔妮走了，失控地瘫倒着躺在地上，蜷缩起身子无声地边流泪边自语道：“我能有什么办法，你们终究不知道我是谁，不知道我最终的目的。就连我自己都不知道我是谁，我到底要干什么……”

顾婆清的烟瘾一天比一天蚀骨，玉器店已经完全交给柴有良打理了，这家业本就是属于柴有良的，现在交还到他的手上。经历了种种劫难的柴有良也已褪去冲动暴躁，又有邹宛萍这个贤内助，玉器店慢慢也上了正轨。夫妇二人每天都会与臧九安抬头不见低头见，三人都浑身不自在。顾婆清谁也不肯见，甚至商量对付申屠洪的计划她都懒得去管，沉醉在福寿膏中不可自拔。

这天她照常昏昏沉沉地抽着大烟，忽然门外闪过一个极快的人影，她还没来得及看清，那人便已到了她跟前："清清，你知不知道你在干什么啊！"那人又气又急，扬手夺走她的玉烟杆狠狠砸在地上，顾婆清迷糊地睁开眼，这才看见面前的正是黎正龙："清清，你要报仇，要接近女茉，也用不着把自己折磨成这样啊。是我不好，如果当初我肯跟你离开蓝关堡，如果我不把真相告诉你，你就不用再受这样的罪了。"黎正龙痛心疾首，一把将她抱入怀中："清清，你不能染上烟瘾啊，我已经失去了太多，我不能再失去你了。"

顾婆清心中的防线轰然溃堤，也紧紧地抱住了他："阿廷，我这辈子争强好胜，可是最终却一无所有。还记得当年我刚刚嫁给你时正值清廷倒台，漫长的战争，生生将我们两个相隔天涯，当初的琴瑟和鸣，男耕女织，倒成了黄粱一梦。阿廷，我也不要你再离开我了。"二人忘情地相拥在一起，却不知门帘外站着刚刚接柴有浦放学的卓尔妮。卓尔妮惊愕地听到这番话，她怎么都没有料到原来顾婆清和申屠家的姑爷，竟然有一段旧情。怪不得顾婆清心中的苦水无处诉说，原来都是自己误会了她，看着这对苦命鸳鸯，卓尔妮不由地想起了自己和逄临恭，吸了吸鼻子悄然退了出去。

"湘儿，你怎么回来也不说一声？我好让老爷去接你啊。"照常一早起来便要去天麻店的扈凤仙才梳妆好，却听见门口的护院惊喜道："姑奶奶回来了！"连忙惊诧地顾不得发簪都没戴上赶了过去，只见申屠湘虽然穿着鲜艳时髦的大摆洋裙，可气色却大不如从前，消瘦了不少，也没了上一次省亲回来时的光彩照人和傲慢，竟自己拖着两口箱子费力地往里走，抿嘴笑道："大嫂，我就是回来小住两天，看看你们大家，不用劳师动众的。

怎么我哥还没起来么？"

扈凤仙精致的脸庞上忽地闪过一丝古怪的神气，继而转了转眼，拉住她的手笑道："一会儿我去叫他，老爷见了你一定惊喜得不得了。湘儿，嫁到逄家这么久，做这个姨奶奶还顺心么？"申屠湘点点头道："临齐对我有多好，整个蓝关堡都知道。"扈凤仙紧跟道："那就太好了，那逄临齐的事，你一定最清楚了。"申屠湘的手不由一颤，缩了回来，避而不谈："我想见见计芬，好久没见，挺想她的。"

申屠湘提着裙裾正要往申屠计芬的屋子里过去，忽然听见楼上的窑洞里传来一阵阵骇人的恐怖叫声，时而似猛兽时而似鬼魅，令她不由想起了关在水牢里的逄肖娘发病时的模样，吓得她登时愣住了。可是逄肖娘怎么会在这里？仔细看那间窑洞位于第三，正是四姨太史妧之的屋子。申屠湘还没缓过神来，只见那纸窗后闪过一个魁梧的人影，手持马鞭狠狠地抽下去。那人身长七尺，她绝不会认错这个下手的人正是自己的亲哥哥申屠洪。申屠湘心中一凛，怎么会这样……

她蹑手蹑脚地爬上楼，悄悄移开一点点窗向里看去，赫然看见一身白裙的史妧之浑身上下早已沾满了血迹，申屠洪一把揪过她的长发拉到跟前来，霍地抽出一把明晃晃地刀贴在她的肌肤上慢慢地划出血痕。看着史妧之痛苦的表情和叫声，申屠洪得意地大笑着低下头吮吸她伤口上的血，边折磨着她边骂道："你这贱人，你不是想算计我么，怪不得你要嫁入申屠家，你是想害我啊，就凭你还想跟我斗？"

"哥！"躲在门外的申屠湘再也看不下去了。她也曾见过逄临齐如此虐打女茉，登时心中一阵不忍，煞白着脸霍地推开门故意道："哥，这个女人从一开始就居心叵测，把她交给我吧，你知道阿湘一向都心狠手辣，我来替哥慢慢出气！"申屠洪没想到她突然出现，便松开奄奄一息的史妧之扔在地上："阿湘，你想怎么折磨她就怎么这么她，可别让她死了，这个女人还有用处。"看着申屠洪踏出大门，申屠湘赶忙上前扶起满身是血的史妧之躺上土炕："哎呀，到底怎么回事，为什么我哥要这样对你？四小嫂你别担心，我不会伤害你的，我刚才那么说只是想救你。”

史妩之气若游丝拉着她的手：“姑奶奶，我没想到你会救我……个中缘由你别再问了，我不想牵连你。”申屠湘一边给她上药一边道：“那好，你就告诉我，你想不想离开申屠家？如果你想走，我帮你。”史妩之苦笑着摇了摇头：“我不能走，有扬得了绝症，一直是申屠洪派人给他用药续命，申屠洪说一旦我逃走，有扬就要死。”

申屠湘张了张嘴，半天说不出话来，鸦雀无声中屋外猛地响起一声巨裂的爆炸声，震得门窗轰然作响，穹顶上的黄土簌簌晃落。申屠湘大惊失色下意识护住史妩之：“小心！”只听外面传来女人们的惊叫声，整个蓝关堡蓦然陷入一片恐慌，爆炸声未曾断歇，甚至一声比一声响，叫声中夹杂着轰隆而来的嗒嗒马蹄，所有人都纷纷包头乱窜。史妩之起伏着胸口，幽然冷静道：“来了。”申屠湘愕然道：“你说什么？”史妩之转过头不再答她的话，这时申屠洪仓皇地冲了进来拉住申屠湘：“阿湘，快跟我走！马贼来了！一大批马贼突袭蓝关堡，再不走来不及了！”

“来了，来了……马贼真的来了……”听到这阵阵爆炸声和枪响，吸着大烟的顾婆清霍地睁开双眼，脸色刷白，手中的玉烟杆应声落地摔成两截，她惊慌失措地踏着那玉碎片冲出门去呼来小梅：“快，快召集柴家上下所有人去蓝关堡的防空洞，申屠家和逄家也一定都在那里，马贼来袭，这个时候一定不能单独行动！”小梅似乎从来没见过顾婆清这副惊惶的模样，以往纵使天大的事，顾婆清的脸上都不曾露出这般的恐慌。

马贼袭城纵然可怕，可素来冷静的顾婆清也不至于慌张得如同寻常人家的女子一样，她几乎是跌跌撞撞地逃命似的带着全家躲进了防空洞，只见申屠一家早已在里面，只不过令她愕然的是申屠洪竟然不忘带着史妩之一同进来。外面的枪声渐渐减弱，马贼袭扰一圈蓝关堡搜罗不少财宝便走了，所幸没有伤人性命。混乱之中坐在逄临齐身边的女苿却留意到顾婆清的神色，这本没有什么大碍，顾婆清却面色凝重蜷缩在角落里瑟瑟发抖，似乎很是害怕。

第九十五章　袭　城

“柴当家，你没事吧？”逢临齐似乎也感觉到她的异样，起身走过去坐在她身边。顾婆清浑身一个寒噤猛地避开：“外面太平了么？”他点了点头：“没事了，没事了，我们回去吧。马贼这次下山掠夺，起码也要有三年五载不会再来了，柴当家不必这么担心。”

可自从马贼袭城，顾婆清回到柴家之后却夜夜做噩梦。这天好不容易不再做同样的噩梦了，顾婆清正靠在玉枕上安然入睡，忽感手腕上一阵暖流，一只细软的手轻轻抓起她的手拍了拍，耳边传来似远似近的唤声：“清清。”顾婆清微微睁开眼，却发现偌大的屋子里空无一人，再闭上眼却又听见那声声轻唤，顾婆清心头一惊，这才醒了过来，原来那阵暖流却是来自与紧紧握着自己手的卓尔妮。

“当家，你醒了？”卓尔妮感到她手中一阵阵虚汗，她在这里守着顾婆清已经很久了，见她醒来，便说：“从防空洞回来之后，小梅跟我说，你一直发高烧，叫我过来看看。”说着抬起戴满银手钏的玉腕手背碰了碰她的额头，舒了一口气：“总算没事了，当家你好好休息吧，我该回去了。”

顾婆清赶忙拉住了她的臂膀：“等等，尔妮，马贼……马贼有没有再来过？”卓尔妮皱了皱眉，缩回手去：“你担心什么呢？是不是你把柴老爷的财宝都分了出去，没钱再给你的义父，怕他来找你了？”见顾婆清垂下眼睫默不作声，卓尔妮叹了口气：“我知道你心地是好的，你放心吧，马贼没再来过了，或许不是你想的那样。啊对了，我这里还有一些止血药，劳烦你交给闫少奶奶。”

顾婆清奇道：“嫱儿？她再嫁回来之后安分守己，怎么受伤了？”卓尔妮道："那倒不是，那天马贼猖獗，有个外乡人受了伤，闫少奶奶菩萨心肠救了这个人并收留了下来。"顾婆清不以为意地接过了药："嫱儿本心不坏，我替她送去。"

顾婆清扶着额头从炕上下来，拿着药便往闫嫱的屋子里去，敲了半晌门都不见开，倒是轻轻一推就开了，那门原是虚掩着的，只听吱呀一声，里面一股发霉的味道冲鼻而来。

顾婆清皱着眉头走进去，这哪里像是一个少奶奶的房间，霉湿杂乱不说，整间屋子居然弄得像个戏台，几面墙上挂满了眉户戏的行头面谱，张牙舞爪吓得顾婆清陡然一惊。自从邹宛萍和柴有良和好之后，柴有良或许一直都没有来过这个女人的屋里了。炕上还放着几个鲜红的肚兜，闫嫱思念丧子的毛病似乎从来都没好过，顾婆清心中不由担心起她，当即出门去寻闫嫱。

哪知她刚要转头出去，门外猝然冒出一只粗厚的大手掩住顾婆清的口鼻硬生生拉进了闫嫱的屋子，娴熟地将房间反锁了起来。顾婆清"唔唔"地睁大了惊恐的双眼直惊呼，那人锁好了门这才将手松了开来，顾婆清大惊失色转过身来，赫然看见站在眼前的是一个身长八尺的瘦削男人，风霜在他瘦削的长脸上割下了道道皱纹，一对细小的眼睛深邃不见底，下巴上的胡茬儿肆意丛生，他身着一件灰色大袍子，右腿微微弓着似乎旧患复发。

顾婆清不可置信地往后退了两步，惊道："你……义父……"那男人紧接着逼近，皱着眉凝视着她轻哼道："闫少奶奶救回的人就是我，怎么，柴大当家，没想到吧？"顾婆清登时吓得魂飞魄散，面无血色："义父，你……你怎么能来蓝关堡，太危险了啊，你快点回山寨啊。"

那男人不是别人，正是顾婆清的义父，山寨马贼的头领苗乾风。苗乾风用力捏紧她的胳膊，怒道："叫我回去？你以为我不知道你干的好事么？当初我调教你那么多年，你也说只要你大仇得报，找到柴国瞿的宝藏就全部献给我，让我集资招兵买马攻下蓝关堡！可你出尔反尔，居然把那些钱都散了去！”

他狠狠一推，顾婆清应声摔倒在地。“义父，不行啊义父，我是迫不得已的，已经有人怀疑我的身份了，我不能留着那些钱啊……”苗乾风扬手一挥甩开她：“顾阿清，我告诉你，上一回袭城只是探路，我今次藏身在蓝关堡之中就是要来复仇，我要让蓝关堡那些曾经逼我落草为寇害得我家破人亡的人全部下地狱！我再给你一次机会将功赎罪，你去替我杀了逄临齐，我知道，这个男人已经被你迷惑得神魂颠倒，你让他死他都心甘情愿。我告诉你，你别想再跟我玩花样儿，霍廷活着回来了，还是在这蓝关堡之中，只要我一句话，他就可以万劫不复。你想想清楚吧。”苗乾风说罢甩袖而去，顾婆清无助地瘫软在地，滑落两行泪：“我只要和阿廷带着有浦离开，逄老板，我对不起你了。”

一双玉手从苗绣的红袖里探出来，玎玎珰珰地摇着银钏提着食盒往逄家的雕刻店走去。今日风沙莫名的大，卓尔妮照常按两位姨奶奶的要求拎着各自给逄临齐做好的吃食送过去。快走到雕刻店的门口，卓尔妮忽地停下了脚步紧了紧身上的斗篷和头上的风沙帽，低着头走了进去。逄临齐一如既往地坐在案几前专心致志地雕刻着木根，卓尔妮手上不由一抖，定了定心神走到他跟前将食盒放了过去。

逄临齐看都没看一眼，只道：“尔妮你来啦？放这里就好了，我把手上的雕完就吃。”可卓尔妮却没有回答他，只是放下食盒便退到身后，逄临齐顿觉一阵奇怪，停下手中的刻刀瞥眼向卓尔妮退后的脚看了去，眉头立时微微蹙起，又瞄了眼面前的食盒，突然放下了那一半未雕完的木根打开食盒从里面取出一碗燕窝粥。

“哎呀热死了热死了，临齐，这么大热的天，你怎么还坐在太阳底下雕刻啊？”逄临齐正准备端起碗吃粥，只听门口传来申屠湘的声音，她婀娜地摇曳着身姿走了过来，卓尔妮没想到她居然会突然出现在雕刻店，忙下意识地向后退了退。申屠湘看见他面前的燕窝粥，笑盈盈地端了起来：“怎么做了个燕窝粥给你？燕窝是女人滋补的，你还是吃我给你熬的鹿血吧，这碗给我喝吧。”

申屠湘一点防备都没有，端起燕窝粥仰头便要喝。逄临齐登时变了脸色，当即喝道：“别喝！有毒！”蓦地站起身扬手挥过去打翻了她手中的碗，瓷碗立时落地碎得零零落落，申屠湘似乎从没见过他对自己这般神色，更没料到这碗中有毒，怔怔地看着地上的燕窝粥惊得回不过神来：“怎么……卓尔妮？”申屠湘惊得不知所措，抬头向逄临齐身后裹着风沙帽的卓尔妮看去，不由睁大了眼颤抖地伸出手指着她：“你……你不是卓尔妮。”

逄临齐却头也不回地坐回了位置上，似乎早已知道那人不是卓尔妮。只见那人幽幽地探出手扯下戴在头上的风沙帽，一对盈泪的翦水秋瞳凝视着他，这人不是别人，恰恰是顾婆清。逄临齐轻轻吐出一口气：“阿湘，你出去。”申屠湘急道：“这个女人要杀了你啊！”逄临齐道：“我叫你出去，我有事跟柴当家说。”

申屠湘不放心地退了出去，顾婆清哽咽地开了口：“为什么？”逄临齐哑然失笑，放好手边的木雕道：“鞋子。卓尔妮喜欢大红大紫，从来都不会穿你脚上这藕荷色的鞋子，柴当家，你来得匆忙，却忘了换鞋子。”顾婆清的泪水已经忍不住夺眶而出：“我不是问你为什么会知道是我，我是问你为什么明明知道我在碗里给你下了毒，你还要吃？”逄临齐苦笑道：“我知道你不会想我死，你不是个无的放矢的人，但是你既然都亲自出面送我上路，必定是已经进退维谷了，我怎么能让柴当家为难呢？”

“逄老板，你知不知道你到底在做什么……”顾婆清不知是感动还是心痛，泫然不已，逄临齐却苦笑道：“我知道，我什么都知道，甚至知道别人不知道的。比如说我知道你为什么要杀我，知道你……不是顾阿清。”他说着瞥了顾婆清一眼，只见她眼中闪过一丝惊愕，张了张口没有说话。逄临齐继续道：“我想来想去，你身上的疑点并非从黎正龙入手，而是卓尔妮。卓尔妮为人孤僻，不喜热闹，心淡如水从未与人结怨，但她这辈子最恨的便是当初捉走她的马贼。卓尔妮突然之间跟你反目为仇，那么只有一个理由——你本身就是马贼!”

顾婆清微弱的身子闻声一颤，逄临齐却不给她开口的机会，接道：“你是马贼，就绝对不可能是真正的顾阿清。不管身上有什么深仇血恨，真正的大家千金也绝不会跟马贼为伍。那天马贼袭城，你怕成那样，你是怕你的义父来找你来了，而能让你这个女匪都害怕的人，只有一人，就是马贼首领苗乾风。”

顾婆清听不下去，终于忍不住打断了他：“逄老板，我真不明白你在说什么，看来若是不做雕刻这一行，逄老板去蓝关堡的大榕树下说说书倒也成。”逄临齐道：“你矢口否认也不要紧，只不过我说的这些是不争的事实，你今天来杀我，就是苗乾风让你将功赎罪。”

顾婆清吸了吸鼻子抹掉鼻翼两边的泪水：“逄老板，我告诫你一声不要打草惊蛇，有的事不像你想的这么简单，我看那碗燕窝粥，你还是要喝下去。”逄临齐却没有丝毫犹疑，嘴角扬起一抹笑容道：“我信你。”

第九十六章　茫茫前事

站在外面心中忐忑不安走来走去的申屠湘突然听见里面传来一声瓷器摔碎的声音，她登时心慌，提了裙裾赶忙跑进去，赫然只见逄临齐晕倒在座位上，食盒里另一碗燕窝粥被喝了一半打翻在地，哪里还有顾婆清的踪影。

申屠湘大惊失色抱紧了他呼道：“来人啊，快来人啊，救命啊！”所幸申屠湘发现得及时，逄临齐体内的毒素被卓尔妮施针散了开去，总算是保住了性命。申屠湘和女茉轮流守在他身边，却没想到逄临齐醒来之后竟然谁也不认识了，连自己是谁都不知道。

申屠湘痛心疾首怪自己让他和顾婆清独处，才让顾婆清有机可乘，吵吵嚷嚷地便冲出门去找顾婆清算账。女茉却坐在炕前一动不动：“临恭，你先下去吧，我陪着你大哥就好了。”屋内终于只剩下他们两人，女茉对着逄临齐的脸上吐了一口烟雾，眯起眼睛琢磨道：“别以为我抽大烟抽昏了头，我怎么看，临齐你都不像是真的失忆啊？”

逄临齐睁着双眼四周张望，根本对她的话充耳不闻。女茉又抽了一大口，起身道：“你就好好休息吧，我也不在这儿碍你的眼了，我倒要看看阿湘去柴家能闹腾出什么结果。”

“顾婆清，你这妖女，你到底为什么要害临齐？”申屠湘哭闹着冲到柴家，不顾众人的阻拦索性在门口大声呼喝起来。闫嫱边拦着她边道：“湘姨奶奶，你有什么话慢慢说，你别这样啊。”

申屠湘面挂泪痕，转过脸来看着她：“还有什么要说？这个女人可真恶毒，临齐对你一片真心，你居然要杀他！临齐算是保住了一条命，可他失忆了，什么都记不得了，你这妖女可满意了？”申屠湘越骂越凶，可顾婆清却偏偏稳坐泰山根本不出来，倒是刚刚从玉器店回来的柴有良和邹宛萍正巧听见了她的话，柴有良愕然道：“都给我住口！怎么回事？”

申屠湘心系逄临齐的安危，这刻早已失去了理智，把什么该说的不该说的统统说了出来：“你们柴当家根本不是人，临齐为了她可以生可以死，为了她冷待我们两个明媒正娶的姨太太，他对顾婆清怎么样，她难道不知道？”

“湘嫂！”一个声音蓦地打断了她，只见逄临恭青着脸走上前一把拉过申屠湘：“湘嫂，你说得太多了，回去吧！现在苿嫂一个人陪着大哥，你还是回去吧，柴家这里交给我。”

申屠湘一听当即心中一紧，逄临齐此刻失忆了，也不知道女苿会不会趁机做什么小动作，真是外忧内患，她不得不赶紧回家守着逄临齐，绝不能让自己的丈夫再出任何差池了。申屠湘前脚刚走，顾婆清后脚便吱呀地拉开了房门，从窑洞里施施然走了出来：“既然逄二少爷来了，就请进屋来说吧。”

逄临恭心中一怔，却还是径直进去了，顾婆清放下门帘遣走了众人，从抽屉里拿出一支不知何时重买来的黄杨木烟杆又抽了起来：“逄二少爷登门未必是像湘姨奶奶一般吧，我看逄二少爷是来道谢来了。怎么样，从前精明能干威风八面的逄老板如今变成了这副模样，二少爷还满意么？”

逄临恭顿了顿，干咳道：“柴当家下手还真凌厉。”顾婆清幽幽吐出一口烟雾：“目前逄家这局势，也只有二少爷接手雕刻店最为合适了。当初逄家帮过我一把，如今我投桃报李，也帮逄家一把，只是不知道二少爷有没有诚意跟我合作。”逄临恭笑道：“你想提什么要求就尽管说。”顾婆清饶有兴致地扫了他一眼，放下烟杆一字一顿道：“我要逄家的地契。”

逄临恭手中的茶险些打翻，他那对在玻璃圆眼镜后的眼睛不由睁大了。顾婆清笑道："你别这么紧张，逄家的地契不过是个幌子，你总要给我些回报吧。何况你当上了逄老板，掌控了家业命脉，这对你来说已经不是什么重要的了。退一万步说，逄家的地契谁见过？你给我什么，便是什么了。"

逄临恭听出了她话中的意味，面上虽然不动声色，一回到逄家就开始翻箱倒柜，哪知怎样都找不到那逄家的地契。他急得满头大汗："不可能啊，分明是在这里的，难道是大哥收起来了？不对不对，奶奶只告诉过我一个人，到底放在哪儿了？怎么会这么巧凭空蒸发不翼而飞了？"

他这里正焦头烂额，那里申屠计芬刚刚跨回家门，神色紧张地绕过父母的房间，直奔黎正龙的书房推门进去："正龙，你要的东西我给你带回来了。"站在案几前修书的黎正龙闻言立刻丢下钢笔走过去关起了门，喜道："地契到手了？计芬，你可真厉害，借着去逄家看逄临齐病情的机会，一下子就把地契偷来了。这下可好了，有了逄家地契在手就好谈判了，不过这事你先别告诉爹和娘，等我办成了再说。"

申屠计芬转了转眼珠子，疑道："这么神神秘秘？你到底要我偷地契干什么？"黎正龙揽过她的腰柔声道："当然是为了帮申屠家，他们之前不是诬陷我们亏空公款么，我们现在可以借地契挑拨逄柴两家，适当的时候，一举覆灭。"

"怎么……怎么会在申屠姑爷的手上？"捏着那张地契的纤手微微颤抖着放了下来，顾婆清毫无血色地盯着地契开口道。站在她面前的黎正龙冷言道："现在这里没有外人，你跟我实话实说吧。逄临齐为什么会失忆，你为什么指使逄临恭给你假地契？清清，你到底有多少事是我不知道的？我们两个之间，难道还有不可说的么？"

顾婆清叹了口气起身站了起来："阿廷，你为什么一定要问，我不想把你牵扯进去。我要的假地契，是给苗乾风的。马贼首领苗乾风，就是我的义父，当年你在战乱之中失去踪迹，我千里寻夫到蓝关堡，就是被苗乾风收留，我要为你报仇，苗乾风要柴国瞿的宝藏，我们便合作了起来。他调教我识字练枪，把蓝关堡所有地名人名都熟悉了，花了好几年的时间栽培我，到了时机成熟的时候与柴国瞿不期而遇，做了他的续弦夫人，开展我们的计划。柴国瞿的宝藏我找到了却没给他，苗乾风恼羞成怒，我必须给他一个交代，只好想出逄家地契搪塞他的办法了。”

见顾婆清和盘托出，黎正龙的面色缓和了下来，苦笑道：“真是煞费苦心啊。”顾婆清扔下地契走到他跟前抓住他的手道：“阿廷，不如我们走吧。你也说过你欠我一生的幸福，欠我一个安定的家，你带我走，离开蓝关堡，不要再管是是非非了，民国的事清廷的事关我们什么事？你已经仁至义尽，一笔钱给了军阀，苗乾风一定不会放过我。我不想再提心吊胆下去了，我们远走高飞吧。”

黎正龙却不自在地抽出了手，掉过头叹了口气：“清清，你让我带你走，可其实你的心里为的是躲避蓝关堡里的一个人。虽然我死而复生，重新站在你的面前，可你的心中已再也没有我霍廷的位置。这么多年过去了，你已不是你，我也不再是我，酱园少爷霍廷早就死了，只有黎正龙，申屠家的姑爷。而你却看不清你在乎的、着紧的究竟是谁么？煞费苦心，不惜跟苗乾风闹翻，都是为了保全那个人。这个人，才是对你最重要的人，而不是我。”顾婆清哑然哽住：“阿廷……”，只是张了张口叫他的名字，却不知说些什么，黎正龙涩然笑着摇了摇头终于转头掀开门帘走了出去。她失落地坐回了炕上，目光不偏不倚地落在面前一坛酱菜上。

苗乾风一日住在闫嫱安置的屋子里，顾婆清一天都不安心。她把黎正龙留下的这份地契重新誊抄了一份假的给苗乾风送了去，只想他早点回山上去。二人正为此吵得不可开交的时候，闫嫱恰巧端着药碗走了进来：“先生，药好了。”

她掀开门帘，赫然看见顾婆清居然也在自己的屋内，顿时脸色变了变，立刻拘谨了起来。许是很久没有留心闫嫱，她早已没了多年前的光彩照人，自从丧子之后整个人都不大对劲，毫无血色的脸庞衬着一身肥大的青衫，几缕凌乱的发丝搭在肩头，勾勒出憔悴的模样。

顾婆清干咳了两声：“先生的伤好得差不多了，嫱儿，找个合适的时机送先生回乡吧。”闫嫱那对没有生机的眼睛却盯着顾婆清的背影送出门，似乎要将她看透一般。

一双踏着花盆底旗鞋的脚迈进了逢临齐的屋子，在木质的地板上发出吱呀的声音，然而坐在桌边自顾自拿着钢笔在墙上乱涂乱画的逢临齐却丝毫没有察觉到。直到幽幽慑人的福寿膏味道冲入他的鼻腔，逢临齐才皱了皱眉停下手侧头看去，只见女苿眯着眼站在门口抽着大烟凝视着自己。他莫名其妙地看了看她，一言不发地转过脸来继续玩着钢笔，身上手上全沾满了墨汁也不自知，活脱脱的像个傻子。

第九十七章　冤冤相报

自从逢临齐失忆以来，他的行为举止都像个小孩子，却因为不认人也很少开口说话。若是哪个“陌生人”惹他说话，他便会挥舞着臂膀发脾气，更有甚者会张口咬人，偏就是不与任何人交流，只会一个人缩在角落里要么涂涂画画，要么拼拼剪剪，谁也不知道他手下的那些玩意儿到底表示着什么意思。女茉看了他半晌，抬脚跨了进去走到他身边：“临齐，别画了，我有话跟你说。”

逢临齐抬眼看了看她，不悦地转过头去继续玩儿。女茉又凑近了些说着，也不管他听没听进去：“嫱儿救回一个外乡人安置在家中，她看见顾婆清与那外乡人偷偷见面，你猜那个外乡人会是什么人？”可这些话逢临齐充耳不闻，依旧不说话低着头在桌上画着。女茉扫了一眼他的画，一把拉住他：“你不觉得顾婆清很有问题么，你知不知道她到底是什么人？”逢临齐被她这么一拽，手中的笔不听指挥地画了一道痕，彻底被惹怒了，顿时站起身向女茉啊地怒吼一番，气鼓鼓地跑到另一角重新画了起来。

女茉气得不依不饶追了过去：“临齐，你到底是真傻还是假痴？我跟你说的话你听见没有？”她见逢临齐毫无反应无动于衷，急得上前便要拉他，只听身后申屠湘急匆匆地提着大摆裙子冲了进来护在逢临齐跟前：“茉姐姐，你这是干什么？你别逼临齐了，他根本谁也记不起来。”说着心疼地回头看了看他，俯身从怀中取出两个面人儿在他眼前笑着晃了晃：“临齐，你看看，多可爱呀，喜不喜欢？”

女茉定睛一看，她手中的面人儿乃是一男一女，男的穿着蓝色马褂，腰间别着一把手枪，面上棱角分明，正是逢临齐无疑。令女茉愕然的是，那个女面人儿赫然竟是穿着丁香色长氅的顾婆清的模样。她登时醋劲大发上前抢过面人儿往地上一扔：“申屠湘，你是不是失心疯？你拿这个毒妇给临齐看？”申屠湘也提高了声音怒道：“你才是失心疯！你难道看不出来，临齐心中没有你，也没有我，他的心里只装着一个人，那就是顾婆清。他可以为了她死，只有顾婆清才是他的信念，我也只有用她的模样唤起临齐的记忆啊。”

向来倨傲的女苿听见申屠湘的一番泪言不由心中酸楚：“我敖佳·女苿金枝玉叶，高高在上，却不如一个再嫁妇。阿湘，是不是我太倔强，什么事都要跟临齐对着干，所以他才不喜欢我？我嫁给临齐这些年，起先他还打我，后来却连看都不看我一眼，是不是要我放下身段放低颜面百般讨好他？如果这样可以……可以让我的丈夫多注意我一眼，我可以做到。”

申屠湘摇了摇头凄然笑道：“苿姐姐，你还是没明白。爱一个人，不是逼着他也爱上自己，却是应该爱屋及乌。只要你不再跟柴当家作对，我相信总有一天可以感动临齐。我看得出来，你本来是怀着复国的计划接近临齐的，可最后你被他吸引，对他动了真情。你也曾想回头是岸，但你的身份自你一出生就注定了这场悲剧，你是格格，你要复国。你的心里不比阿湘好受，因为你对临齐的情并不比阿湘要少。可我们能做的，就是陪着他，痴也罢傻也好，我们只有不离不弃。”

“闫少奶奶，老夫在你这儿叨扰好些日子了，今天特来拜别。”闫嫱正在屋内反复地绣着死去儿子的红肚兜，忽然听见门被敲响，拉开门见苗乾风站在门前。他向里张望了一下，奇道：“咦，闫少奶奶的屋子好特别。”闫嫱忙掀开门帘引他进来，放下手中的肚兜，伸出瘦如枯柴的手腕颤巍巍地一一抚摸墙上挂着的那些眉户戏行头，叹道：“我原本是紫禁城里的戏子，蒙格格大恩离开了戏班不再受班主折磨，可是我唱了这么多年的戏，我舍不得它们啊……成了柴家少奶奶，身份不一样了，也不能再唱戏了，这些东西只好闲置了。其实我唱得好啊，当年在腰鼓节上婆婆都被我吸引了。婆婆也喜欢唱戏，我还送过她一件霍小玉的戏服，婆婆穿着戏服在台后唱戏，逢老板也喜欢得不得了，自此以后都改听戏了呢。”

苗乾风闻言心下一顿，辞别了闫嫱后裹紧风沙帽迎风离开了柴家，也让顾婆清心中松了一口气。可他怎么会让顾婆清就这么如愿以偿，苗乾风佝偻着身子却转向了逢家雕刻店的方向。申屠湘正带着逢临齐来雕刻店转悠，想多带着他去些他失忆前最喜欢去的地方，希冀着有一天他能变回原来那样。可逢临齐却似乎不大领情，对雕刻店里的东西都不感兴趣，只是跟申屠湘嘻嘻哈哈地一块儿玩着皮影。两人正玩得不亦乐乎，忽然传来一声低沉的声音：“逢大少爷。”

逢临齐顿时敛了笑容，直起身瞧了瞧，来者正是苗乾风，逢临齐甚觉无聊又低下头自个儿玩了起来。申屠湘捻着香帕走上前打发他：“哎，你是什么人啊，你怎么进来的？走走走，要饭去别处要。”苗乾风却从土黄色的大斗篷里取出一张牛皮纸包着的黑色赛璐珞唱片递了上去：“我受人之托，给逢大少爷送东西来了。”说罢头也不回地走了出去。申屠湘疑惑地打开那张黑色的圆唱片，信手放入身边的留声机中转了起来：“且听听是什么吧。”

那精致花样的黑色漆器留声机唱台转动了起来，唱针徐徐地拨动着唱片，只听悠扬的曲调从喇叭里荡了出来：“……紫钗光莹莹，碧玉亮晶晶，透过离人泪，爱心更明纯。钗是爱，钗是盟，有爱有盟莫消沉。钗无价，玉无暇，千磨万击更坚贞……”申屠湘哪里听得懂这咿咿呀呀唱的戏，还没反应过来，突然背后伸出一只手啪地按住了唱片，那袅袅的音乐顿时戛然而止。申屠湘愕然地回过头顺着那只手看去，逢临齐脸色微青，却什么话都不说，发怒般抽出唱片扔在地上狠狠踩了两脚。

躲在雕刻店门外的苗乾风透过风沙帽下露出的一对眼睛将这场景看得清清楚楚，不由蓦地握紧了拳头。顾阿清，你这贱人，若不是我试他逢临齐一试，真要被你给蒙骗了。他分明根本没有失忆，全是你跟他串通好了来骗我的。好，我给过你机会了，就休要怪义父狠下杀手了。

“马贼进城了！马贼进城了！”一阵阵惊慌失措的叫喊声铺天盖地而来，这次的马贼数量比上次多了不止一倍，黑压压的一片从山寨上倾巢而出，而且目的并非掠财，却是横了心夺人性命，一路下来血流成河杀红了眼。城门早已失守，突如其来攻破之快让所有人都来不及举家躲去防空洞。苗乾风头扎红带率举众多马贼，挥举着刺刀见人杀人，遇佛弑佛，却是直冲申屠家。黎正龙身为女婿便第一个冲上前拦住苗乾风，只见这苗乾风年约半百，一只腿脚还甚是不方便，可身手敏捷体格精干，一枪一刀如入无人之境："小子，你给我让开！我要见申屠洪，我要见二姨太！"

黎正龙知道他便是顾婆清的义父，一方面又要拖住他屠城，一方面又不能让他在众人面前说出顾婆清的身份，当下心焦如焚："你不过要金银财宝，何必伤人性命，你要多少开个价，我给你便是了！"申屠计芬见黎正龙跟他僵持不下，担心夫君安危，什么也不顾，挣脱扈凤仙的手冲了上去："正龙，这人是杀人不眨眼的魔头，你别跟他说了！你要见四娘，我带你去，但是你不能伤我申屠家任何人一根毫毛！"苗乾风抽搐了下脸颊，火枪登时顶住她的额头："臭丫头，跟我讨价还价？我再说一遍，申屠洪和二姨太，我要立刻见着！"

扈凤仙大惊失色慌不择路，却见后堂冲出一人，哭喊道："爹！"那人形容枯槁面无血色，如同身穿的那件莹白色素缟，头簪一圈白色的牡丹纸花，怀中抱着一个灵牌冲到苗乾风的马前抬起一双泪眼，不是史婉之还有谁。苗乾风愕然地看着她脸上青一块紫一块，浑身点点血迹，当即怒从中来。史婉之却将灵牌哭着塞给了他："爹，二娘死了。二娘和娘都是被蓝关堡的人害死的！"

苗乾风闻言顿感五雷轰顶，低下眼睛凝视着那灵牌，上面"邬春玉"三字赫然映入眼帘，苗乾风顿时右脚膝盖一阵剧痛险些摔下马来，这才回过神来暴跳如雷，拿起枪杆对准窑洞里一阵胡乱扫射，仰天长啸震得沙砾纷纷。扈凤仙不明就里，却赶忙趁着苗乾风痛心之际带着众人从后门逃了出去，苗乾风身后的一帮马贼说道："老大，这蓝关堡的人都不是东西，害死了夫人，又害死了二夫人，还折磨得大小姐不似人形，老大，此仇不报非君子！我们就新仇旧恨一起跟他们算，今天非把蓝关堡杀个片甲不留！"

第九十八章　噬　骨

"妧之，跟我走！"苗乾风回过神来一把便要把史妧之拉上马来。史妧之却挂着泪痕将灵牌塞给他，往后退了两步："我不能走！爹，你别问我为什么，我在申屠家当四姨太受尽折磨也心甘情愿，只要我在申屠洪身边一天，那个人就能安稳一天，妧之这辈子都拼上，也要护他一个周全。爹，你和二娘情深义重，你会明白妧之的。"

她说着不由泫然落泪，又道："当年你从逄家劫持了她，却不想一往情深地陷了进去，你们情投意合，更在山寨里成了亲，若不是她突然间得了重症必须要送下山医治，你们也不会就此天各一方。你为了她，冒着生命危险在枪林弹雨中亲自送她下山送她离开，膝盖也因此留下旧患，这样的情义我终于明白了。"苗乾风恨恨地长叹一声："蓝关堡欠我们太多，你亲娘被三大家族牵连丧命，我才反动为寇占山为王，我一定要杀光蓝关堡的人！"

史妧之抿去嘴角的泪滴，道："不行，因为你和二娘的儿子，也是蓝关堡的人。"见苗乾风惊愕不已，史妧之踉跄地走上前一字一顿道："二娘有一串佛珠，是你曾经送给她的。她临死之前将那佛珠一分为二，一个随自己下葬，一个留给了她和你的儿子——逄临齐。"

"你说什么？"苗乾风登时震住。史妧之啜泣道："你难道不问二娘怎么死的？她是被逄家那老妖婆杀死的，自从当年你把她送下山来，老妖婆就知道她肚子里怀的不是逄家的种，借着逄家那短命鬼的丧命说她克夫，等她把儿子生出来就虐打出门，这时候她才遇到的申屠洪。申屠洪贪恋她的美色娶回家中，倒是百般宠爱，千般迁顺，二娘后半辈子一直都为了你和逄老板参经念佛。"苗乾风凶狠的目光早已涣散，一个马贼的眼中居然有这样的目光，他含着泪摇了摇头："是我们的儿子……"他正喃喃自语着，只见史妧之脸色煞变，脱口而出："小心啊！"他只感到史妧之拉住他的胳膊往旁边用力推去，耳边擦过砰的一声枪响，打偏了的子弹穿过肩头，顿时血流成柱。

苗乾风捂着血红的肩提起枪回头看去，赫然看见逄临齐站在自己后面，那子弹正是从他手中的枪口发射而出："原来你就是马贼头领苗乾风！我没有你这样的爹，你不要把我跟你扯在一起！"苗乾风冷笑道："你果然是假装失忆，好，好，好一个顾阿清。"逄临齐一听见他提起顾婆清，登时举起枪对准天空发一枪："苗乾风，我告诉你，我看在娘的面子上给你最后一次机会，在蓝关堡消失，有我逄临齐一天，你休想伤害阿清！"

苗乾风脸上一抽搐，立刻紧了紧缰绳，小心翼翼地怀抱着邬春玉的灵牌，大手一挥率领众马贼撤退至蓝关堡外百里之处扎营。天色方才黯淡下来，天际零零散散地点缀着几颗星，晚上的黄沙土凉如杯水，苗乾风裹紧了大衣正准备进帐篷休息，却依稀看见沙地上蔓延过来一个颀长的影子。这影子明显是一个女人的，而这女人竟头戴旗头拉翅，行步间挥着锦帕，如是清朝的亡魂，令人心头一凛："苗先生，女苿有话想跟苗先生说。"

苗乾风顺着声音转过去，只见那女子面无血色，在月光底下犹如鬼魅："你是？"女苿皮笑肉不笑道："我是你儿子的姨太太，敖佳·女苿，你今儿可算看到了，临齐对顾阿清的感情有多深，有顾阿清在世上，他就绝不会认你。顾阿清背叛你，你咽得下这口气么？不如我们合作吧，我知道你山上有不少兵器，再借我数千精兵助我反民复清，我帮你好好教训顾阿清。要知道，她早已是我掌中木偶，只有我有法子断了她的福寿膏，到时候她就要生不得要死不能了。"

哐当，天还没有亮，整个蓝关堡静悄悄的，突然顾婆清的窑洞里传出瓷器打碎的声音，紧接着一阵阵痛苦的惨叫破空而出，整个柴家上下都被这声音从梦中惊醒，魂飞魄散地披着外衣赶过去。只见小梅早已站在门口吓得手足无措，邹宛萍气得上前给她一个耳光："混账东西，你为什么不在屋里陪着婆婆？婆婆到底出什么事了？”

小梅捂着半边脸扑通跪了下来：“邹少奶奶，是当家不给我进屋去的，她把自己反锁在房里拼命地砸东西。一地的碎屑，我担心当家想不开。”柴有良冲上前一脚踹开门，只见顾婆清身披一件雪白的睡衣，披头散发地在屋内举着花瓶正要砸下，见众人冲进来，立刻瞪着眼咬牙切齿转过身来：“滚！滚啊！我砸死你们，我砸！”只见她六亲不认像中了邪般狠狠将花瓶砸下，闫嫱见状赶忙把柴有良往后拉，一瓣碎瓷片划破她的肌肤，顿时鲜血淋漓。顾婆清一会儿哭一会儿笑，赤着脚满屋乱跑，扯着桌布张口就要咬，撕心裂肺道：“啊！义父，我错了……格格，格格你饶了我……义父你饶了我吧，福寿膏，福寿膏啊！”

“糟了，婆婆是发病了。”邹宛萍暗道不妙，赶忙道：“小梅，福寿膏呢？”小梅摇了摇头：“没有了。”邹宛萍急道：“那还不去逄家跟茉姨奶奶要！”小梅哭丧着脸道：“去过了，茉姨奶奶就是不肯见，更不肯给福寿膏。”

柴有良倒吸一口凉气：“这可怎么办，我听人家说，常吸食大烟的人一旦突然断了烟，轻则自残，重则殒命啊！这茉姨奶奶是不是存心要二娘的命，她不给，我去跟逄老板要，逄老板总会给了吧！”他正要转头出门，只听门外响起了臧九安的声音：“不能去！让我试试！”

只见他一手撩开门帘，一手抱着柴有浦走了进来，邹宛萍向众人使个眼色纷纷退了出去。发疯似的顾婆清竟然连柴有浦都熟视无睹，撕扯着咬噬被单，臧九安上前哭喊道：“大当家！大当家你醒醒吧！你不能跟他们再要福寿膏了啊，他们就是要逼着你，逼你做事逼你复仇，可是你难道不为小少爷想一想么？你一旦要了，就是向他们妥协了，你真的还想继续在这蓝关堡中无休止境地报仇煎熬下去么？你忍一忍，再努力忍一忍，七天一过，你就能彻底摆脱大烟了。”

说着他拿出麻绳将顾婆清捆绑在椅背上，顾婆清额头上细汗密布，已然失去了理智疯狂地踢脚乱蹬，口中连连叫骂，就算臧九安用亲生儿子劝勉渡过难关，顾婆清却始终熬不过这最痛苦的第一关。臧九安心痛不已，只得挥起木棍将咬得满口鲜血的顾婆清一棒子打晕了过去。

依稀之中一只穿着绣花鞋的脚迈进了屋里，头晕脑涨的顾婆清迷迷糊糊的，依旧被捆绑在椅背上，听见了根本不存在的动静，心下莫名一慌睁开了眼。黑暗中只见袅袅烟雾中淡出一个人影，那人仍旧穿着冬日貂袄，青丝绕在耳梢，额头前戴着珍珠额佩，整个人清丽又华贵，手中捧着旧时的蜡烛微笑着向她走了过来。

"姐姐？"顾婆清眼前朦朦胧胧地看不清这人的容貌，试探道，那女子蹲了下来轻轻解开她的粗绳，口角含着瘆人的微笑柔声道："我死得好冤啊，我的好姐妹，你替我报仇，替我报仇啊……"顾婆清心中一横，拉住她冰冷的手："你放心，我一定让他们血债血偿！"那飘忽的白衣女子鬼魅一般笑着淡出了黑黝黝的屋子，屋外月华如水，与地面的白沙融为一体。

这段日子申屠洪给柴有扬请的名医治病，似乎多少有了些起色，他虽患绝症无医，也还是无法开口说话，但至少手部已可以动弹。这天夜里不知为何他觉得烦闷难寐，便动着手指移动轮椅出来吹吹夜风。

哪知道一个白影从顾婆清的屋里闪过，月光下微微地转过脸来，月光清晰地映在那穿着晚清年代貂皮大衣的千金姑娘脸上，竟然是小梅。柴有扬心中咯噔一下，顿觉不对劲，立刻到顾婆清屋内通风报信焦急地比画着，但顾婆清哪里明白他的意思，心中更另有盘算，当即推开柴有扬跑了出去。

"不用说，一定是看见九安才想起来找我吧？你来找我就对了，我不像大姐，一肚子计谋，也不像二姐姐，满屋子经书，更不像阿湘，金银财宝搜刮得可以堆上房顶了。我这里最多的就是吃进嘴里的东西，只要能吃的，我都有。"逯小小咯咯地笑着边嗑着干果边饶有兴致地看着坐在自己对面吞云吐雾的顾婆清，"你想要多少就抽吧，我这密室里没外人，你跟二姐姐是好朋友，我才带你进来的。"

顾婆清吸上两口大烟终于恢复了神智，张开眼睛环视了一遍这秘密的窑洞，里面堆满了各种美食。逯小小最引以为傲的便是她当姨太太这么多年自己藏了这么个好地方。顾婆清悠悠地吐了口烟，顿时浑身舒坦了："三太太，一来我是向你要些福寿膏，二来，上次我跟你谈的计划，你考虑的怎么样了？三太太，你纵然尝遍天下珍馐海味，却还没吃过清廷的御膳房吧？只要你打乱申屠洪的阵脚，我和逄老板就可以趁虚而入。等逄老板制服申屠洪，我就趁乱杀了女苶，到时候我亲自给你找一个前清御厨送给你。"

逯小小停住了剥瓜子的手，犹豫道："你是想杀女苶，不会杀老爷吧？"顾婆清笑道："逄老板对湘姨奶奶那么好，他绝不会杀她的亲哥哥，只不过逼申屠洪交出大权，移出世袭族长的位置，让蓝关堡自由民主罢了。三太太，苗乾风既然下山来了，这是最好的时机，要你做的很少，只要制造一场混乱而已。"

第九十九章　枪火漫天屠不尽

自从苗乾风大队下山，申屠洪竟然一面都没有露，仿佛什么事都没发生一般，只是天麻店的生意更撒手不管，每日都把自己关在史婉之的屋子里。这天逯小小从密室刚刚回来，又听见史婉之的屋里传出阵阵鞭打和惨叫，登时转了转眼珠子蹑手蹑脚地上楼，透过窗户缝隙看去。

只见史婉之头顶汩汩流血，地上一地玻璃酒杯的残渣，申屠洪一把扼住她的脖颈，怒道："我真没想到，你居然是苗乾风的女儿！你竟敢把春玉的牌位给那个马贼，你活得不耐烦了！我告诉你，苗乾风绝不会善罢甘休，他还会攻城。我要用你的身份指证顾婆清是女匪，把逄临齐的那串佛珠放在你这里，让苗乾风以为逄临齐对你不轨，叫他杀吧！杀了顾婆清，杀了逄临齐，正好助我一箭双雕！"

天色才蒙蒙亮，驻扎在外的苗乾风果然又一次率众马贼攻入蓝关堡，申屠洪见一切皆在自己的掌握之中，正洋洋得意地取出邬春玉棺中的佛珠放在桌上，哪知逯小小疯疯癫癫地举着奶茶就着炉馍吃着跑了进来，脚下被门槛狠狠绊了一下，手中的奶茶全部洒了出去，不偏不倚洒在了佛珠上。申屠洪又惊又怒地霍然站起。逯小小赶忙道歉："对不起对不起，我拿去洗洗。"说着便慌慌张张地去拿那串佛珠，一个趔趄不慎，佛珠倏然从手中滑落，叮咚一声落在地上碎了个稀巴烂。申屠洪登时恼怒不已，扬手便要掴她，逯小小吓得大呼小叫地往外跑："老爷，我不是四妹！你别打我啊！救命啊，老爷要杀四妹了！"众人还没反应过来拦住她，让逯小小一溜烟地喊着跑出了窑洞。扈凤仙登时反应过来："糟了！苗乾风若听她胡言乱语，岂不是要反攻我们申屠家？来人啊，快去把三太太追回来！"

"外面怎么样了？"顾婆清娴熟地将手中的小手枪开膛换上了崭新的子

弹，这把手枪本是柴有浦跟史妧之学枪用的玩意儿，里面的子弹也都不过是些石子，但看在它足够小，又隐蔽又方便，顾婆清便决定用它在混乱之中射杀女苿，对外只道马贼的流弹误杀女苿，神不知鬼不觉。小梅上前一步道："可乱了，三太太喊着申屠族长要杀四太太，更派人欲要当街射杀三太太，这事儿闹得这么大的动静，引得那马贼头头当即大怒，调转枪头攻去了申屠堡，双方正在火拼，整个蓝关堡都乱套了。当家，你怎么一点都不紧张？我们不用躲避一下么？"顾婆清道："逄老板到了么？"小梅不解地摇了摇头："说是快到了，逄老板一定会趁机杀了苗乾风那魔头的，到时候蓝关堡会奉逄老板为英雄。"顾婆清笑了笑："再等等。"

混乱的场面已然失控，蓝关堡里的百姓纷纷抱头鼠窜，这正是除掉申屠洪和苗乾风最好的时机。逄临齐看准了时机，心知自己已起了杀申屠洪的念头，决不能让申屠湘知道。转念一想女苿不是个省油的灯，若是把她留在家中，只怕早晚要告诉申屠湘，到时候闹得天翻地覆就无法收拾了，他叹了口气支起枪，只得带着女苿一道出门去诛伐二人。躲在附近的顾婆清见逄临齐果然带着敖佳·女苿来了，便微扬着嘴角，放下了望远镜，冷眼旁观，激战的火光冲天，枪声连连。

逄临齐纵然勇猛却不是苗乾风的对手，苗乾风虽然右膝为了邬春玉而落下病根，却丝毫不影响他杀敌。几番下来逄临齐已浑身是血，而苗乾风的人马却源源不断颇有计划地涌来，他见势不对立刻挥手示意撤退。顾婆清的心脏扑扑直跳，徐徐举起了手枪对准了马背上的女苿。姐姐，我今天替你报仇来了。她猛地闭上眼用劲按下扳机，哪知里面却没有子弹飞出。顾婆清一怔，低头看了看手枪，焦急地拿起来再度按下，这时一颗飞弹才从膛内射出，一枪打中女苿的背心，只见她从马背上轰然倒下毙在了飞扬的黄沙之中。

亲眼见杀了女苿，又借苗乾风打击了申屠家，所有的计划都顺利成功，这场火拼让双方都损失惨重。顾婆清得意洋洋地一边抛着手枪，一边哼着小调跨回柴家大门。陡然一阵凉风毫无征兆地灌进她的脖颈，顾婆清蓦地浑身一凛，紧了紧身上的斗篷披风，站在门口顿觉不对劲。门前庭院和天井处竟然空无一人，空落落得如同废墟。她握紧了手中的枪小心翼翼地一步步往里走，越往里走越感受到一股潮湿的悲戚和呜咽漂浮在头顶上，阴森森的让她心里莫名的难受。走到后院的寝屋窑洞，忽然听见阵阵哭泣声从柴有浦的屋子里传来，顾婆清大惊失色地扔下手枪大步跑上前用力地推开门，只见柴家上下所有人，全在柴有浦的屋内哭成一片，卓尔妮面无表情地瘫坐在地上，柴有良和邹宛萍一左一右地坐在床边，床上赫然躺着面色早已冰冷僵硬的柴有浦。

“婆婆？”邹宛萍徐徐抬起泪眼哽咽地喊了一声。顾婆清愕然地踉跄走了进来，只觉脑中嗡嗡作响，一直没有作声的卓尔妮上前扶住她顿时大哭了起来：“当家，是我不好，是我该死！小少爷跟我在后院玩耍，他突然想起来要练枪，我知道他那把手枪里只不过是石头便没有注意，哪知道今天这手枪突然变成真的了，猛然间走了火，小少爷……我只是专于中医，治不了这弹伤，这弹伤若是能及时救治其实不会有事的。我立刻抱着小少爷出门求医，哪知道偏逢今天马贼下山火拼，蓝关堡一片混乱，所有人都逃走了，我根本找不到大夫……我真的无能为力，眼睁睁地看着小少爷在我怀里咽了气……”

顾婆清腿下一软，险些摔了下来，突然睁大了血红的双眼一把揪住卓尔妮的衣襟吼道：“为什么！为什么手枪会走火？你说话啊！你为什么让他玩手枪，为什么……为什么偏偏是今天，偏偏是被火拼给耽搁了……”她的声音越说越小，却是早已撕心裂肺，泪流满面。柴有良见状立刻带众人退出了屋子。卓尔妮扑通一声跪了下来，痛哭失声：“是我没保护好小少爷，你杀了我替小少爷报仇吧。”

顾婆清伤心欲绝哭肿了双眼也跪了下来：“该死的人是我……是我……今天的火拼，是我一手策划的，手枪里的子弹，是我换的……”卓尔妮登时愣住了，泪水夺眶而出划过面颊，顾婆清颤巍巍地爬到床边抱起柴有浦，满目盈泪，终于忍不住大喊一声：“老天爷，都是我的错，我不该跟天斗，你要报应就报应在我一个人的身上！你拿走我这条命吧，你让我有浦还阳做人！啊！”

卓尔妮怕她伤心过度，连忙放下帘幔坐了下来拉过她的手，故意撑起勉强的微笑道：“当家，当家你别吵醒小少爷了。当家以往跟小少爷相处不多，知不知道平常这时候他会干什么？小少爷跟尔妮玩耍以后，会吵嚷嚷着要吃六个碗砣，稚子孩童，竟然能吃下这么多，你说他多可爱。有时候他还会拉着尔妮一起坐下来吃，懂得体谅别人，关心身边人，真是个好孩子……”本是要安慰顾婆清，说着说着却自己抹起了眼泪，顾婆清心中绞痛不已，一把抱过卓尔妮靠在她的肩头痛哭涕零，赫然睁大了双眼，顺着卓尔妮的脖颈一点点细细地闻了闻，无力地张大了嘴在她耳边发出嘶哑的声音：“是我有浦的味道……是他的味道！是他在生的时候你照顾他，留在你身上的味道……”卓尔妮再也忍不住泪流成河：“当家，当家……你放心，过往种种尔妮都让它化作烟云，我会一如既往永远在你身边，带着小少爷的气味陪着你一生一世。”

“糟了糟了，有良，你让我好好看着婆婆，可今天一大早我送饭去婆婆房里的时候，她已经不见了！”邹宛萍慌慌张张地冲进玉器店对着大汗淋漓亲力亲为的柴有良呼道。柴有良登时扔下手边的活儿，惊道：“那还得了？二娘会不会想不开……还不去找？大家都别干活了，立刻分散开来去找大当家的！快啊！”炎炎烈日下，顾婆清换上了梦中那个白衣少女的晚清锦缎白袄厚氅，梳着两根长辫子，赤着脚踩在滚烫的沙砾上如同炮烙一般，她却一滴汗都没有，像个僵硬的活死人，生无可恋地迎着风一点点移着步伐往悬崖边沿走去。

“阿清！”混沌之中突然听到一声划破天际的马嘶，她转过侧脸，只见逄临齐驾马冲上黄沙崖，从马背上翻身下来急道：“阿清，你先下来，危险啊！”顾婆清凄楚道：“你不要管我，我现在对你还有什么利用价值么？为了复仇，我连我儿子的性命都搭进去了。”逄临齐小心翼翼地边说着话边往前走着：“阿清，我知道你痛失爱子，你迁怒我也好，做什么也好，但你冷静一点啊。你不想想，为什么你明明换了有浦的手枪，他的手枪还会走火？为什么苗乾风似乎早有安排，差点反扑将三大家族一举成擒？为什么女茉中枪之后，生不见人死不见尸，中枪的那个，你真的看清楚是女茉么？”

第一百章　卿本陌路人

顾婆清浑身一震，疯了似的抬起双手捂住耳朵拼命地摇着头，崩溃哭骂道：“不要说了，不要说了！我不想听，为什么，为什么你不让我安安心心地去死，为什么要说这些给我听？我知道了，你让我再心怀仇恨，继续追查，继续辅助你坐稳蓝关堡是不是？你这个卑鄙小人，你为什么不放过我，我求求你放过我吧，我已经没有做人的意义了……”

见她情绪极其不稳定，逢临齐一个箭步跑上前把她往崖后拉了拉，紧紧地抱入怀中：“阿清，阿清你别这样！我不是要让你痛苦，我只是想告诉你，你就算失去了做人的意义也必须活下去，必须坚强着去寻找活下去的另一个意义。阿清，你哪怕一无所有了……你看着我的眼睛……你还有我，我啊！我会一直跟你并肩作战，以前是，以后也是。你若是想离开蓝关堡，我立刻带你走！”

顾婆清止住了哭泣，脸上挂满泪痕不可置信地凝视着他，眼前的这个男人面上风霜不减，一对眸子里却多了一份坚定，同样凝视着自己。在这样的目光中，她的心理防线彻底崩溃，靠在他的肩头失声痛哭。

漫天黄沙与纷飞的白纸冥镪交织在一起，顾婆清仍旧穿着白色的素缟厚袄坐在沙土之中，面上泪痕已干，痴痴地望着面前立起的一堆黄土坟茔。逢临齐烧完了手中的纸钱，递给顾婆清两个盘子。顾婆清垂下眼睫向那只堆满瓜子的青瓷盘子伸手拿了一粒，放在口中咔嚓一声，剥出一颗完整玉润的瓜子仁，小心翼翼地再放入另一个空盘子里。她什么话都没有说，只是坐在原地嗑着瓜子，也不知过去了多久，那个空盘子里早已堆满如小山般的瓜子仁，另一只里则摞起高高的如同坟堆的瓜子皮。

逄临齐就这样一言不发地安静坐在她身边陪着她，直到顾婆清嗑完了瓜子，二人并肩起身一同下山，月夜下的长风吹扬起顾婆清披散肩头的长发，月光将二人的影子拖得老长老长，延伸到站在坟堆后的黎正龙怅惘的双眼中。

“我能安安稳稳地坐在这儿跟你说话，还多亏你把我隐藏在这个地方，临恭。”修长的纤手轻轻放在桌上点了点，阴暗的屋子里逄临恭的脚步走了进来：“大嫂说得哪里话，我和大嫂一向是一条船上的，既然你找了替身，必然有你的道理。”女茉笑盈盈地站起身：“你怎么就比你那一根筋的大哥聪明这么多？不错，一切都是我和苗乾风的安排，是我特意让闫嫱换了顾婆清的手枪，里面第一颗子弹是发不出来的，就在顾婆清低头查看的一瞬间我就换了死士。既然你帮我，我也不能让你空手而归啊。你看看这些。”

她说着取出一个匣子递给了他：“这里面，是几年前柴有良费尽心思搜集的证据，嫱儿替我盗来了。还有一本是临齐送的《康熙字典》，都在一块儿了。自从黎正龙来了蓝关堡，堡中一直有个流言，可惜后来你离开了一段日子。这个流言，是说顾婆清的身份来历不明，她极有可能是个冒牌货儿。”

逄临恭那对在玻璃眼镜后的眼珠子登时惊愕地睁大。女茉意味深长地吐了口烟：“我和她，必定有一人不能活着。证据充足，去绑顾婆清到族长跟前吧。你为此立了一功，将来更能继承逄家祖业。”

啪！申屠洪阴沉着脸狠狠地合起了匣子，抬起赘肉中撑开的小眼睛，盯着面前的顾婆清，抽搐了下嘴角。发生了这样牵连甚广的大事，所有人都被召集在申屠洪的家中，扈凤仙一把拿来匣子仔细地翻了翻，拿出那字典扔在顾婆清的面前，捻着兰花指道：“好啊，顾婆清，你还不从实招来？这支紫玉钗是谁送的？你为什么会唱江浙的戏？最重要的，你一个大家闺秀名门千金，竟然会不识字？”

一声声逼问下气氛登时紧张凝固。看着匣子里的那支紫玉钗，坐在旁侧的黎正龙心中一颤，却努力装作若无其事。申屠计芬却在一边注视着他的神色变化，虽然他表面上平静无澜，可端着茶碗的手却在微微颤抖着。逄临齐坐不住了，霍地站起身来："紫玉钗是我送给柴当家的寿礼，柴当家自小在维扬长大，听惯了江浙的戏曲会哼个两段有什么稀奇？那《康熙字典》是我买来送给小少爷认字的，怎么着，你们这是盘问谁呢？"申屠湘连忙拉了拉他的衣角，小声道："临齐，这事可不是闹着玩的，你快坐下。"

扈风仙哼了哼，道："那么敢问柴当家，你又有什么证据证明你是顾氏千金？"卓尔妮挺身道："顾老爷和柴老爷都已经死了，人都没了去哪里证明？大太太，柴老爷和当家成亲数载，他都没有起疑，更把家业传给当家，就足以证明她是货真价实的顾千金了。"

"我怎么记得上回在骆长官的面前，恰恰是卓姑娘你指证柴当家杀死柴老爷？你怎么说话前后矛盾啊？"扈风仙挑起嘴角笑道。站在堂中的顾婆清忽然开口，轻柔却刚硬道："行了，都别再说了。我的的确确不是顾阿清。"此言一出满座愕然，逄临齐大惊失色上前一把拉住她："阿清你疯了？跟我走！离开蓝关堡这鬼地方！"

顾婆清却狠狠甩开他的手："逄老板！逄老板你才是疯了吧，你知不知道你在说什么？"二人争吵之际门口忽然传来一声："走不得！"众人转头向后看去，只见失踪多时的逄肖娘突然之间逶迤着紫罗兰的洋裙现身了，她徐徐走了进来，脸上扬起一抹微笑："这个女人既然不是顾阿清，那她来到蓝关堡十多年，到底有什么目的？据我所知，她正是苗乾风的义女，上一次马贼袭城就是跟她有关，若是放她走，就是放虎归山，苗乾风对蓝关堡了如指掌，一定还会攻下山来屠城！"

哪知申屠湘突然扑通跪了下来哭着爬到申屠洪脚边："哥，哥，我求求你放了她，苗乾风攻城跟她毫无关系，若是跟苗乾风沾上边的人都是党羽，那四姨太还是苗乾风的亲生女儿啊！"顾婆清惊诧道："湘姨奶奶，你别说了！你们都搜集了我的罪证，我本就是个生无可恋的活死人了，说也无妨。我的确不是顾阿清，我是……我也不知道我到底是谁……我原是个无父无母的孤儿，在冰天雪地中差点冻死，好在遇到了维扬的第一大善人顾老爷，他看我可怜就带回家给顾小姐当婢女，保我衣食温饱。没想到我和顾小姐竟然同年同月同日生，我们朝夕相处，感情胜似亲姐妹，她给我起名为青青。顾小姐是典型的大家闺秀，琴棋书画样样精通，貌若画中仙，才气胜谢娘。她温婉聪慧，才德俱佳，简直白璧无瑕……”

顾婆清说着说着哽咽了起来，忍不住倏然落泪。坐在一旁嗑干果的逯小小早已听入了迷，急道：“快说快说，然后怎么样？那真的顾小姐上哪儿去了？”顾婆清凄然一笑，眼中露出冰冷的杀机：“真正的顾小姐……早在十几年前，死了。”登时满座哗然，顾婆清继续道：“我的主子从未得罪任何人，却是被柴国瞿给害死了。当年豆蔻正值，家里来了个客人，是维扬酱园的少爷，我和主子躲在帘后偷看，她对那潇洒倜傥的酱园少爷一见钟情，天赐良缘，两人竟然早有婚约。”

黎正龙手中的茶水毫无征兆地突然泼洒了出来，烫得手背上立时起泡，申屠计芬看在眼里，疑在心里。只听顾婆清抹去脸颊的泪痕，道：“可惜我们的大善人顾老爷，正直愚善，不但常常派粥给穷人，还收留孤儿。偏偏在那一年的冬天，维扬首富顾老爷，救助了一个在雪地里快要饿死的清廷官员。这人乃是清廷二品大官，却因为清贫刚正被朝中同僚欺凌，落魄至此。顾老爷救了他，并且资助他重新回到了京城，没想到他却从此转变心性，贪婪权势恋栈高位，在京城里呼风唤雨，飞黄腾达，更把贪赃枉法的财宝运回了故乡大兴土木重新修葺。这个人就是柴国瞿。他得知顾家千金美若天仙，不管她已有婚配也发誓要得到她。在嫁给酱园少爷的前一天，顾小姐突发重症撒手人寰了。我为了圆主子生前的愿，没有宣扬顾小姐身故之事，认了顾老爷为义父，次日替顾小姐上花轿，嫁给了她心爱一生的酱园少爷。可是没想到柴国瞿得知顾小姐嫁人了，依旧不善罢甘休，在清廷最后一役中，越级征调手无缚鸡之力的少爷去参军，从此以后音信皆无。我来蓝关堡，正是要为我的丈夫，我的主子报仇来了。上一次尔妮说得没错，柴国瞿，是我杀的。”

逯小小惊讶地瓜子壳都粘在下巴上忘了摘下，霍地站了起来：“那么柴国瞿可是你的仇人啊，你……你为了报仇，你竟然嫁给了他，还给他生了个儿子博取信任？”

顾婆清冷笑道：“我的丈夫杳无音讯，我在乱世之中枪林弹雨里千里寻夫，踏上征途走上茫茫黄沙，机缘巧合之下遇见了义父苗乾风，我在马贼的寨子里一待就是五年。我学着顾小姐的行为举止，熟悉了蓝关堡所有的地名人名，更学会了枪。义父帮我伪装成顾阿清，以她的名义嫁给柴国瞿，我也要帮义父找到柴国瞿多年来贪赃枉法的宝藏给他老人家招兵买马，一举拿下蓝关堡。义父本是清廷苛压的小吏，可他的伉俪之妻却在蓝关堡三大家族互相争斗中连累无辜丧命，他这才反动为寇成为马贼，誓要让三大家族的血债血偿。说说吧，在座的所有人，哪一个是清清白白干干净净？你们真的以为今日扳倒了我，自己就安然脱身了么？老天睁着眼，一直在看着呢！”

第一百零一章 镬烹(上)

“你们看看我，我已经把所有的仇都报了，我又落得个什么下场？十几年了，我终究没能全身而退离开蓝关堡，我唯一的儿子被我自己连累至死，你们呢？申屠洪，你以为天高皇帝远，你在蓝关堡做着你的土皇帝，执行着你的封建政策，你就能一直太平下去么？我告诉你，总有一天天会来收你，用不着苗乾风出手。别以为我不知道，有浦的死是我的报应，但是谁当了个中内鬼，换了有浦的子弹，我和老天都清清楚楚！我和苗乾风早已反目，一刀两断，我不会再替他联手做事，你们一天不杀了我，我就坐在蓝关堡一天，眼睁睁地看着你们三大家族怎么样灭亡。”顾婆清声泪俱下竟仰头哈哈大笑了起来。

不知何时门外站着小梅，她推着出来晒太阳的柴有扬停在门口，将一幕幕看在眼里。小梅眼中滑过一丝伤感，竟自语道：“青青，明明有生路可走，你偏要向死路行。柴国瞿死了，你真的以为你报了仇么？”坐在轮椅上的柴有扬兀自听见她的喃喃自语，心中一阵寒碜，小梅的言语间怎么会有这份意味，他蹙紧了双目慌乱地转动着眼珠，无奈发不出声音，开不了口。

一直未曾开口的申屠洪被她这番话彻底激怒，狠狠一拍桌子站了起来：“好一个口出狂言的贱妇！你既然不是顾阿清，又有谁能证明你所说的话句句属实？说不定反倒是你杀了真正的顾阿清，李代桃僵嫁给柴老爷，享尽荣华富贵，又狠下杀手杀了柴老爷，一步登天坐上大当家的位子。你这个毒妇，杀害柴国瞿老爷罪证属实，来人啊，去柴家把那支大当家的金钗拿来，剥去她柴当家的身份，把她给我押下去！”

几个魁梧的护院一哄而上抓住顾婆清，她瘦弱的身躯登时被压得双膝跪地。逄临齐只感心中一阵刺痛，想都没想霍地起身冲了上去："申屠洪，申屠洪！你放了她，我要你放了她！你想怎么样，只要你放了青青，我逄家从此再也不跟你作对！"申屠洪咧嘴诡异一笑："我想怎么样？这个女人双手沾满鲜血，当然拿她的命祭天了。"逄临齐脑中嗡嗡作响，奋力吼道："申屠洪！"他掏出腰间的枪指着申屠洪，申屠湘大惊失色冲到他面前抵住枪口："临齐，你快放下枪啊！"她俯身上前小声道："别跟我哥硬来，有我在，我不会让青青夫人有事的，你若信得过我，我今晚助她逃走。"

"老爷，真的不用多些人看守么？这个女人可不简单，她要是跑了……"扈凤仙正说着，申屠洪笑呵呵地打断了她："阿湘是我妹妹，她的性格我还不知道么。青青要是跑，就尽管跑，只不过她如果不跑还有一线生机，要是跑了，反而助我一臂之力。你别管那么多了，回去休息吧，我去柴房看看她。"他吱呀地推开柴门，月光斑驳地透了进来。只见顾婆清被折磨得不似人形，披头散发地靠在柴堆上，申屠洪嘿嘿笑着走了过去蹲下身来，伸出一只手抬起她的下巴，咋舌道："瞧瞧，果然是个美人坯子。怪不得柴老爷子一辈子没发觉出来你是假冒的，怪不得他被你哄得团团转，死在这石榴裙下他也心甘情愿了吧。怪不得逄临齐娶了一个又一个，可偏偏不娶正房夫人，原是留给你了。逄临齐肯为你生为你死，怪不得啊。看看这张脸，风韵犹存，只是可惜了你委身给那老头子。"

顾婆清别过脸去，道："申屠洪，我落在你手里本不指望长寿，你要杀要剐尽快着点，你别碰我。"申屠洪笑着更凑近了些，只觉她身上有股若隐若现的幽香，闭起眼细细地闻了闻："我是想杀你来着，可是……"他说着便伸手去摸顾婆清的脸，"可是我是怜香惜玉的人，我舍不得杀你。青青，我给你指条生路，你大仇已报儿子已死，你不如嫁给我当五姨太，前尘往事一笔勾销。"

顾婆清却也不啐他，怔怔地看了他半晌，冷不丁地哈哈大笑了一场，收了声道："申屠洪，你打起我的主意来了？你不光有色心，还有色胆呢。怪不得你娶了一个又一个姨太太，别人的老婆你敢娶，马贼的女儿你敢娶，蓝关堡的仇人你都敢娶，申屠洪，色字头上一把刀，你这辈子最后还要栽在这色字上。申屠洪，你真觉得我以为我大仇已报么？是，柴国瞿是得不到姐姐就想毁了她，让她在出嫁之前患病嫁不出去。可是柴国瞿下的药，只是让她延误了婚期，而不是当场毙命。我在蓝关堡十多年，真的会懵懂无知么？能在柴国瞿送的东西里面换了药，除了申屠族长和已故的老太君联手，能做到这么天衣无缝么？你们无非是想让柴国瞿背上命债，打压他在蓝关堡的地位，可是你们没想到‘顾阿清’竟然没死，还兜兜转转地又嫁给了柴国瞿。逄严红瑰已死，死无对证，可是，我有的是证据。”申屠洪抽搐着脸上的肌肉狠狠将她的下巴甩开，怒气冲冲地摔门而去。

顾婆清迷迷糊糊地又靠在柴堆上闭上了眼，也不知过了多久，只听门吱呀一声被推开了，她皱了皱眉头微微睁开了眼，只见月光下蹑手蹑脚走进来的竟然是申屠湘："湘姨奶奶?"申屠湘立刻竖起手指道："嘘，小声点，外面一切都已经给你安排妥当了，跟我走。"顾婆清还没有反应过来便被她抓住了手腕猫着腰拉了出去，只感到申屠湘手中一阵冷汗，小心翼翼地护送着顾婆清直出了申屠家大门，又向右夜行了百米，这才气喘吁吁地松了口气停下脚步。

顾婆清抬起头，赫然看见逄临齐正骑在马背上迎面等着自己，看见申屠湘安全地将她带了出来，逄临齐心中一阵酸楚，翻身下马冲过去一把将顾婆清抱入怀中："青青！"顾婆清靠在他的肩上，泪水登时泛滥决堤："临齐……"看着二人不觉动情，申屠湘堵得难受至极，掉转过脸抿了抿嘴角："你们快走吧，再迟就来不及了。离开蓝关堡，以后都不要再回来了。"

逄临齐这才反应过来自己的失态，松开顾婆清走到申屠湘的面前泪光点点，哽咽着拉起她的手："阿湘……我对不起你……"申屠湘仍旧摆出一副无所谓的模样，却笑得极其不自然："你没什么对不起我的，要说对不起，是我自个儿对不起我自个儿，亲手把自己的丈夫推给别人……好了，你别婆婆妈妈了，快点带着青青走啊，快走啊！"她面上虽然笑着，心中却早已鲜血淋漓，将他推上马背。看着逄临齐环着顾婆清策马扬起一阵尘土，申屠湘无言地伸出皓腕对着他们的背影轻轻摇了摇，一行泪倏然而落。

哪知二人的马才西行了没多久，漫山遍野竟涌出大批的人马将二人团团围在正中央，申屠洪背着手从人群中满脸横笑地走了过来：“好啊，逄临齐，你这是要跟着寡妇私奔啊？原来之前蓝关堡的流言蜚语竟是真的，你们二人早已私通，你堂堂逄老板居然坏了规矩，来人啊，把这对奸夫淫妇给我拿下！送去刑场镬烹示众！”他走到顾婆清的身边耳语道：“哼，敬酒不吃吃罚酒，我本来不想杀你的，可是你知道太多了。来人，拿下！”

申屠洪令人将二人绑到刑场，只见刑场上赫然放着一口大锅子，里面扑腾的沸水早已滚开，看样子申屠洪早就烧了这锅水，一切都在他的计划之中。可是较之以往不同的是，这锅子里冒出浓烈的天麻味，熏得二人连连咳嗽。申屠洪笑呵呵道：“逄临齐，你不是喜欢一边雕刻一边煮着滚开的天麻么，你不是一心想把我给煮了么？怎么样，你先下去尝尝这滋味吧。”可他纵然这样说着，却没有动手的意思，顾婆清瞧着他左顾右盼，似乎是在等人。难道是……

“不好了，老爷要镬烹青青夫人和逄老板！”今儿个晚上申屠洪正率领着众人坐在刑场，逯小小口无遮拦地冲进史妧之的房间竟把她放了出来：“四妹，你快去找你爹啊，青青夫人是你爹的义女，快叫他下山救她啊。二姐姐死的时候跟我交代，让我要好好照顾青青夫人，我不能亏了她。”史妧之一听登时惊愕道：“怎么会这么快……那好吧，我立刻上山，我爹没现身之前你不要轻举妄动。”

逯小小连连点头，可史妧之前脚刚走，她便后脚跑到了柴家大呼小叫。“什么？”虽然顾婆清的身份早已败露，但柴家上下听到她要被镬烹的消息依旧震惊不小，卓尔妮登时便要冲出门去救她，柴有良突然大喝一声拦住她。他心中矛盾不已，背着手走来走去：“都别去！你们不想想，我爹是青青害死的，她是我们柴家的仇人……”逯小小歪着脑袋道：“你们也别掺和了，苗乾风会来救她的，就算他们已经反目，苗乾风总要顾着自己的儿子啊。”推着柴有扬轮椅的小梅忽然阴沉地冒了一句：“他只会救逄临齐，但一定会要青青死。”

第一百零二章　镬烹(下)

邹宛萍心下焦急不已，但又知道柴有良的脾气素来倔强，但顾婆清这些年却是善待柴家上下，若是站在顾婆清的角度，柴家才是最对不起她的。邹宛萍暗暗退了出去，一边漫无目的地走着一边想着有什么办法能救她，忽然被阵阵叫卖声打乱了思绪，原来是路边的夜宵铺在卖着蜜汁红枣。她抬起眼睛扫了一眼，站在摊前买蜜汁红枣的一个熟悉背影竟忽地闯入眼中，邹宛萍脱口而出："九安？"那人身子一颤，不敢相信地转过头来，眼里已盈满了泪水："宛萍……真的是你？"

这个时候遇见他，邹宛萍的心里更加的乱了，她还记着自己重新嫁给了柴有良，是柴有良的妻子，强忍住心底的情感，吁了一口气："九安，婆婆和逄老板被申屠洪捉去镬烹了，你是婆婆的好帮手，你也想想办法吧。"臧九安听了来龙去脉又惊又诧："事到如今，除非大当家的口中所说的那个酱园少爷现身，事情才有转机。"邹宛萍沮丧道："婆婆都说过，那酱园少爷早在清廷最后一役中失踪了，茫茫天地又过了这么多年，上哪儿去找啊。"臧九安若有所思地摇了摇头："我怀疑，我师父黎正龙，就是酱园少爷霍廷。"

"阿廷如晤：青青既落入申屠洪手中，便知不得善终，姐姐阿清的仇到底未报，只能留给你帮我完成这个心愿。替我杀了申屠洪，杀了女芣，青青下辈子再结草相报。我若生死未卜，你千万不可冲动行事，不要竭尽全力急着救我。我唯一对不住的就是你，你说得没错，这么多年是临齐在我的身边，青青心中对这个男人不知有多少依赖，青青有临齐相伴，已经心满意足，再无怨憾。世间已再无我留恋，你切记不可暴露身份，申屠洪手段毒辣，苗乾风又是深居山林的老狐狸，你一定要保自己周全。青青绝笔。"

黎正龙颤抖着手看完这封信，早已泪流满面，这是顾婆清在柴房里刺破自己的手用鲜血在衣帛上写就，托申屠湘转交给他的。这时候，锅下的烈柴已滚滚燃烧，顾婆清和逢临齐都已被吊索挂在锅子的上方，只待申屠洪一声令下，二人便要被放入锅中活活煮死。

“青青，你怕不怕？”逢临齐望着底下沸腾起烟雾的锅子，转过脸对她微笑道。顾婆清摇了摇头：“我当过丫鬟，当过千金小姐，当过马贼女匪，当过当家夫人，我还有什么可怕的？有浦死了之后我本来就不想活下去了，一死倒也了然。只可惜我连累了你……你本来当得好好的逢老板，一人之下万人之上，扳倒了申屠洪你就可以坐上蓝关堡的第一把交椅了，可你却为了我，把所有的一起都放弃了，现在还要搭上性命……”顾婆清吸着鼻子，泪水顺着她的鼻梁滚到鼻尖，晶莹剔透。

逢临齐笑道：“我若在乎这些虚名，就不是逢临齐了。要说可惜，是让申屠洪这混账继续压迫蓝关堡的百姓才可惜。青青，把你的手给我。”他熏红了眼眶，颤巍巍地伸出手去够她，顾婆清边哭边笑着也向他伸出手。就在二人的手快要触及的时候，申屠洪突然命人把两根吊索移远了，让他们永远都抓不到对方的手：“哼，逢临齐，我家阿湘一心痴心对你，你却辜负了她，还想跟这个寡妇做鬼鸳鸯？你别妄想了！”

“临齐！”顾婆清呼喊着挥舞着张开手尽力向他的手够去，可无奈二人拼尽了力气，终究还是悬空差半寸。顾婆清忽然停下了手，徐徐地抬手摘下了绾着青丝的那支紫玉搔头。紫玉搔头倏然从指间滑落，悄无声息地坠入沸腾的锅子里，登时被沸水淹没，刹那间融化无踪。晚来的夜风撩拨起她的长发，缠着细碎的蓝关黄沙宛若游丝地扬起。风越吹越大，她的满头青丝跟着风向扬起哀伤的弧度，不偏不倚地吹在了逢临齐张开的手掌中。逢临齐心中一酸，紧紧握住她的一把青丝。顾婆清婆娑着泪眼笑道：“生亦何欢，死亦何惧。”申屠洪在底下看得气不打一处来，恼道：“行刑！”明晃晃的刺刀举起正要砍下二人的绳索，忽然传来一声“住手！”

众人顿时停下来纷纷看去，只见史婉之身穿着长长的曳地白裙跌跌撞撞地冲了进来："住手！我是四姨太，你们都得听我的，我叫你们住手！"申屠洪冷笑道："四姨太，也是我的四姨太。来啊，行刑！"史婉之连忙拦住："不行啊老爷！你不等骆长官公审就要杀人，这有损你的英名啊。"申屠洪笑道："我是蓝关堡的族长，处置红杏出墙的女人和奸夫还是有权力的，你让开，不然我连你一起镬烹了！"史婉之被他狠狠推倒在地，她忽然开口道："申屠洪，你听着，申屠计芬失踪了！"

"你说什么？"申屠洪猛地一震，话音还未落，只听四面八方传来杀敌的声音，夹杂着嗒嗒马蹄和炮火冲天。苗乾风率领着人马横冲直下，凛然坐在马背上喝道："申屠洪，你要杀的不过是这个女人，我给你个名正言顺的理由，你必须把临齐放了！不然你申屠家就会成为我马蹄下的一片废墟！"申屠洪哼了哼别过头去不欲理会，苗乾风忽地拿出一个玉佩——那正是和黎正龙一人一块的定情玉佩："你看清楚了，申屠计芬在我的手上，你敢动我儿子一根毫毛，我让你女儿陪葬！"

逄临齐忍不住破口大骂："你这马贼给我住口！我没有你这样的爹，你卑鄙无耻落井下石，竟然想杀了她，我和青青生一起死也一起。"申屠洪突然间仰头大笑："苗乾风，看看吧，你这些年在山中足不出户，却是步步为营机关算尽，却没算到你调教了多少年的义女，一个牵线木偶会爱上逄临齐。你怕脱了缰的青青是你最强的对手，想壮士断臂借我的手杀了她。怎么就不想想，这样一颗好棋，我怎么就不能调转过来引你入局？"申屠洪拍了拍手，顿时跟着苗乾风的那些马贼忽然拔枪反向，纷纷直指苗乾风。

"苗乾风，你记恨我们害了你的原配夫人，可我怎么也都没想到，春玉自从进门之后对我一直冷冰冰的，原来她心里的那个人是你。算下来我们的恩怨也数不清了，十几年了，也该有个了断了。"苗乾风从马褂背后突地抽出一把手枪直指着他，申屠洪毫无惧色地狞笑着说："我故意让阿湘放走了他们，又捉回来镬烹，就知道我的四姨太会跟你通风报信，你太轻信你的女儿了。计芬这会儿已经安然回家了，因为你的女儿根本没有把她抓走。你还记不记得她为什么不再回山寨，宁肯留在我身边做四姨太？是因为柴家那个废人柴有扬。"苗乾风愕然道："婉之，你竟然跟他一起对付你爹?”谁知史妧之忽地站起身来，将手指轻轻放在口边吁地吹了一声哨声，只见另一批人马围下山来，而这批人却是她安排给苗乾风的。她要想保柴有扬万全，也只有让双方厮打起来。申屠洪一惊，往后一退，叫道：“打！”霎时双方混战起来。苗乾风虽然损兵折将大败而归,却留得一条性命。

趁着一片混乱厮杀之中，顾婆清忽然觉得绳索微微动了动，抬眼只见绑着她和逄临齐的绳索同时被移到一边悄然徐徐地放了下来。顾婆清惊诧地回过头：“有良？怎么会是你?”在家里坐立不安的柴有良不知什么时候竟然潜到了刑场，看准了这个好时机上前赶忙替二人松了绑，沉着脸道：“二娘，今次我悖逆柴家列祖列宗放了你，从此你和我们柴家一刀两断，再也互不相欠不相干了。逄老板，你带着我二娘快点走吧，蓝关堡就当从来没有你们两个人。”他狠狠地扔下了粗麻绳，推着二人进入了夜色之中。

漫天黄沙席卷着夜色铺天而来，逄临齐紧紧牵着顾婆清的手逆着风深一脚浅一脚地跋涉，风吹乱了顾婆清额前的碎发，却吹不散两人紧握的手掌。也不知徒步跑了多远，忽然听见黑黢黢的夜色中传来一声“大当家的”，逄临齐登时蹙眉警惕地拔出枪，顾婆清连忙按住他的手：“别，是九安的声音!”

她话音刚落，果然看见臧九安拉着一辆驴车满头大汗地朝这里跑来。那驴车里竟然下来一个人，正是邹宛萍，她焦急地上前道：“婆婆，我和九安商量着劫刑场，没想到刑场里已然乱成一锅粥了。你们安然无恙就好了，我们想着你们徒步跑不远，总会被申屠洪捉回来的，特意给你们备了辆驴车，你们快点上车，我和九安已经打通了蓝关堡的关节，安排你们顺利出城。出城之后向东行五百米，再向南走五百米，那里有间别苑宅子，是湘姨奶奶以前在天麻店里和管理申屠家时抠下的银子建造而成的，这个宅子只有湘姨奶奶一人知道，极其隐蔽，你们可以去那里暂避风头歇歇脚。”逄临齐大吃一惊，真是想不到申屠湘锱铢必较，居然攒下了这么多钱，给自己置了这么大的房子。顾婆清感激地看了他们一眼，不远处炮火枪声还震耳欲聋，来不及多说感谢的话，只得匆匆忙忙地上了驴车疾驰而去。

第一百零三章　江南小筑

“真是岂有此理！要不是四娘在最后关头突然又引了一批人马制造混乱，那顾婆清和逢临齐哪会这么容易趁乱逃走！”申屠计芬恨恨地一巴掌拍在水晶桌上，震得玻璃嗡嗡直颤。黎正龙走过来替她揉了揉肩膀：“到底发生什么事了，他们两个逃走了？”

纵然黎正龙装得轻描淡写，但敏感的申屠计芬忽地身子一颤，徐徐转过身来拉住他的手：“是啊，走了，这一走也许一辈子就不回蓝关堡了，谁会自投罗网呢？反正顾婆清的仇也报了，把蓝关堡搅得翻天覆地了，还不跟着情人远走高飞么？”她明显地感到黎正龙的手顿了一下：“时间不早了，休息吧。”

申屠计芬背对着他躺在床上一直睁着眼睛，果然没一会儿，黎正龙翻身起来坐在床边长吁短叹，又起身去桌上拿了一罐子酱菜倒在碗里一根一根地夹起来往嘴里送，心中默念道：青青，你终于如愿以偿地和逢老板走了，真替你高兴。我说过霍廷早在战乱之中死了，如今你也走了，我也是时候放下过往种种，做回真正的黎正龙，珍惜自己的身边人了。

“临齐，青青，快开门啊，是我阿湘。”厚重的黄土之中居然有这么一座江南的飞檐别苑，一只手从缃裙袖口探出敲了敲辟邪的鎏金门环，门吱呀一声开了，只见顾婆清换上了一身青色的小衫，头发已然全部披散下来用一方花色的布扎在脑后，两侧长长的鬓发勾勒出好看的脸型，探身出来惊喜道：“湘姨奶奶？快进来。”

申屠湘不自在地拎着食盒笑了笑跟着她走进去：“别这么叫我，他既然不再是逢老板了，我也不是湘姨奶奶，你若是叫不惯我阿湘，就叫姑奶奶成了。”二人正说笑着往里走，逢临齐闻声从内堂走了出来：“阿湘，真是有劳你每天都过来看我们，还给我们专门送饭，辛苦你了。”一看见他，申屠湘登时眼里亮晶晶的，来了精神，笑容也更灿烂了：“我辛苦不要紧，但是我老往这边跑，就怕我哥会发现，所以我和尔妮说过了，我们轮流给你们送饭。怎么样，住在这里还算行吧？”逢临齐笑道：“真是想不到你居然攒了这么多银子，盖了这么大的宅子，你是怎么想的？”

一提到这事，申屠湘傲然地抚了抚发鬓，笑道：“我哥是对我好，但我终究是女儿家，不能一辈子留在申屠家，我就想着多留些钱给自己备用，这里刮一些那里刮一些。你别小瞧我这几个铜子几个铜子地刮，这么多年下来，我不但在这里有了一座别苑，乡间还置了几亩地呢。”顾婆清摇了摇头不由赞道：“一直说姑奶奶精打细算，原来是别有用心，可你的这间宅子自己还没住过，就腾给我们……”

“你别这么说，我只不过是借给你们住几天，等风声稍微松了些，你们又想好了去哪里，这间宅子啊，还是我的。”申屠湘撇了撇嘴故意道。其实谁都知道她是刀子嘴豆腐心，大家不由相视一笑。她从食盒中取出一碟碟的菜放在天井中的石桌上，顾婆清吃着菜忽然皱眉道：“尝着这菜，我就想起了小梅的手艺，也就想起了柴家。姑奶奶，自从我和临齐逃走，申屠洪没为难柴家吧？柴家现在怎么样，玉器店的生意还好不好？”

申屠湘见逢临齐脸色一沉放下了筷子，连忙道：“你操这些心干什么，你又不再是柴家大当家了。”申屠湘虽然这么说，却又转了话头叹了口气道：“你就放心吧，玉器店的事柴大少爷已经一手接管了，现在做得如火如荼的，他们为了在百姓面前瞒住你不在的事，为了保全颜面，尔妮还在以你的名义替大少爷批呈折，同心协力做玉器店的生意。”

这天晚上闫嫱又躲在房里，神神叨叨地绣着她死去儿子的鲜红肚兜，忽然听见阵阵敲门声响起，她突地一颤，针尖刺破了指尖，鲜血登时流淌在肚兜上。怎么可能是有良？他已经多少日子都没来过自己的房里了。他来一次，自己便在纸上歪歪斜斜地画一笔“正”字，如今才画了六画，第二个“正”字方才开个头。盘算着手指，是连上自己初次嫁入柴家至今，仅仅只有六次。

闫嫱恍惚着拉开了门，门外站着的人却着实令她大吃一惊：“主子？主子，你果真没有死？”闫嫱微微退了一步，门外的人却往前进了一步，只见女苿披着土黄色的风沙斗篷，似乎想把自己掩映在茫茫的风沙之中不被察觉般，面上露出诡秘的笑容：“这棋才下一半，我怎么敢死呢？嫱儿，顾婆清跟临齐跑了吧？怎么玉器店都没什么动静，纸包不住火，你们想瞒到什么时候？”

闫嫱眼珠子一转，明知当初放走他们的正是柴有良，立刻佯装道：“什么事啊？主子，你也知道我成天都待在屋子里，我真的什么都不知道。”女苿哼了哼，拨弄着鼻烟壶边吸着边道：“你足不出户？如果柴家的人知道是你换了子弹，害死了柴有浦，你看看你还能不能做这少奶奶。”

“主子，”闫嫱扑通一声跪了下来，“嫱儿一生都是以主子为先，什么都听主子的才敢行事。可是主子不要忘了，嫱儿也丧子，哪里有心思去管顾婆清，只要主子吩咐让谁死，嫱儿照做就是了。”

女苿眯着眼合上了鼻烟壶：“你倒是忠心，好吧，那你自今天起给我盯紧了玉器店和柴家，她顾婆清，还是要回来的。”她忽地站起身，长袖无意间拂落了闫嫱摆在桌上的一盒针线盒，里面五颜六色的线丝滚落一地。

“别捡了，你捡它做什么？”柴有良没好气地看着一地的线团不耐烦地对邹宛萍道。邹宛萍却不紧不慢地边捡拾着线团边道：“捡起来，好让你再扔啊。”柴有良紧绷着的脸却被她这句话逗笑了，但这笑容却又分明是个苦笑：“这倒是个好主意，但你知不知道我为什么心烦意乱地扔东西？二娘走了，柴家也散了，能留下的人越来越少，但留下来的未必是心甘情愿。宛萍，你我也做了十多年的夫妻，今时今日的柴家已不复昔日风光，我总要给你个交代。这个东西你拿好，算是我们最后的夫妻情分。”

他说着从马褂里取出一封牛皮纸信递给她，邹宛萍疑惑不解地接过来一看，登时如碰到烫手的山芋，立刻把信扔在地上，颤抖着声音道："有良？你……你为什么给我休书？你要休了我？"

柴有良背过身去凄然道："你知不知道那天是谁放了二娘和逢老板？是我。我就在刑场的附近，我亲眼看见你和九安……宛萍，你已经在柴家受了十多年的罪，念在你我夫妻一场，我放你走，你和九安跟二娘和逢老板一样，远走高飞吧。"

邹宛萍挂着泪痕的脸上倏然露出坚定的神色，捡起那休书竟投入了火盆之中，一把火烧了个干干净净："有良，自从我再度嫁给你，我就什么都明白了。想当年我是你的童养媳，你我朝夕相处，感情比谁都好，你朝出做活，我每日给你送饭菜，我在家里帮忙贴补家用，你我过的日子多好啊。若不是后来我们的女儿夭折，让我身子落下病根，我们应该是美满的。是我自怨自艾，怀疑你对我的感情，怀疑到最后，我竟怀疑起我自己，才让我一时糊涂，跟九安……我跟九安在一起是快乐，但我的心里一直惦记着你啊，你不但是我的丈夫，还是我邹宛萍血浓于水的亲人，如果要我选，我绝对绝对不会选择离开你的身边。我和九安早已一刀两断，上次见面是为了救婆婆，有良你相信我。"

柴有良却没想到她会说出这番肺腑之言，这个硬朗的汉子顿时感动地忍不住了眼泪，一把将她紧紧抱住："我信，我信，只要你在我身边，我不信天不信地，唯一的就是相信你。"

天气日渐转冷了，申屠计芬从外面回来赶不及地就冲回暖和的屋内直搓着手呵气，进门便道："正龙，给我盛一碟你做的酱菜佐饭吧，我正好有些饿了。"这才刚刚从天麻店回来换下外套的黎正龙身上还沾着一股天麻的浓烈气味，闻言不由顿住了，不自在地笑了笑："吃什么酱菜？你是大家闺秀，干什么小气森森地吃这下等货，我去叫人给你炖碗燕窝。"

申屠计芬忽地愣了一刻，故意坐到他身上撒娇道："好啊，以前我要什么你给什么，就是天上的星星，你都给我摘下来，怎么，现在我就想吃酱菜，你不肯给我吃？”黎正龙溺爱地将她耳边的碎发绕上发髻：“好，好，我去找九安要一些，他的手艺很不错。”申屠计芬脸色一变，不悦道：“我就是爱吃你做的味道，正龙，你就不能为我做一次么？”黎正龙忙拉住她的手哄道：“我做，我做。”

他说着便起身翻箱倒柜地去找那闲置已久的青花瓷罐子，申屠计芬忽然轻描淡写地开口道：“对了，我娘的寿辰快到了。”黎正龙头也不回地蹲在地上找道：“嗬，家里那么多房姨太太，上个月三娘的寿辰刚刚过，我还真给忘了。计芬，快想想送给娘什么礼物好？”申屠计芬眯起眼睛悄悄地向他背后移进了两步：“娘已经想好了，说是你雕刻的手艺比逢临齐还要好，她想让你照着做这个东西送给她就好了。”说着从宽大的蓝色袖口里取出一张图纸悬空扬在了黎正龙的面前。

第一百零四章　休　夫

黎正龙趴在地上抬起头盯紧一看面前的图纸，刹那间脸色大变，幸而是背对着申屠计芬，那土黄的脸色却始终恢复不来。那张图纸上画着一支精美别致却又款式过时的紫玉搔头，梅瓣点点，点翠盈盈，这紫玉搔头正是十多年前自己迎娶顾婆清当天，送给她的那支定情信物——不，不是那支，那支定情的紫玉搔头内里还刻着两人的名字，可除此之外简直一模一样。黎正龙几乎是颤抖着声音站起身来，挤出一个极为古怪的笑容："这个……娘不适合戴这款式的玉搔头……"

申屠计芬那双只看得见黑与白的眼睛却凝视着他的眼眸，似乎要看穿一般，开口道："本来就不是用来戴的。这支紫玉搔头是顾婆清的，据闻它是顾婆清和她之前那个丈夫，酱园少爷霍廷的定情信物，娘是想让你仿一支一模一样的，到时候她发现自己的宝贝丢在了蓝关堡，就自然会跑回来，娘就可以一举擒住她了。其实我一直在怀疑她和逄临齐根本没有离开蓝关堡，而是待在最危险却最安全的地方，从刑场方向出去百米不到的黄沙丘底下有一座逄家废弃的祖屋，具体在哪里我是怎么都找不到，我觉得一定是有机关，他们一定就在那里。"

黎正龙听着这话却再也按捺不住了，等到第二天清晨就往申屠计芬所说的那逄家祖屋去了，黄沙之中的的确确立着一座土茅屋，可哪里有什么机关？黎正龙焦急之下也顾不及那么多，推门而入冲了进去，果然看见屋内正坐着一个女子，长发裹在方巾之下披散在臃肿的素色小衫上背对着自己，一针一线地在绣着手里的孔雀厚披风。她却没被黎正龙推开门的声音惊吓到。黎正龙急着大喊道："青青！青青你快和逄老板走啊，扈凤仙要我制造紫玉搔头引你回去，计芬也发现了你和逄老板藏身在此处，你们为什么还不走远？时间不多了，再不走就来不及了！"

哪知顾婆清仿若根本听不见他所说，依旧背对着他低头绣着，黎正龙急了，抬起脚跨进门一把拉着顾婆清转过身来，哪知还没开口，却感到脸上狠狠地挨了一记耳光，火辣辣的刺骨般痛，他震惊地定睛一看，转过身来的那女子哪里是顾婆清，那眉眼那身段，居然是申屠计芬。申屠计芬的眼里盈满了痛心的泪水，手上也麻麻地痛，却怎么都不及心痛得厉害，颤抖着声音逼近道："黎正龙，原来你真的是酱园少爷霍廷!"

"计芬……你听我说，我是霍廷，但我现在是黎正龙……我是说，我已经放下了过去的身份和经历，我决定要和你好好在一起啊计芬。我来通知青青，是不想她死，可我没想到居然是你试探我设下的局。"黎正龙登时慌了神，申屠计芬恨恨地甩开他的手，丧失理智般痛哭着抄起桌上的瓷器向他挥去，只听哐当一声，黎正龙竟也不避，让她手中的瓷器狠狠地砸在自己的头上，额头登时血流如注。

那鲜红的液体映入她的眼帘，申屠计芬惊得愣了片刻，摇着头踉跄地退出门外："黎正龙，你给我听清楚了，我申屠计芬的世界里只有黑白两种颜色，我从来不相信人有灰色地带。我不是没听见你的解释，但我申屠家个个都是傲气一身，我不会要别的女人不要的男人，你不要你的脸，我还要我的颜面。虽说我念过半年的洋书，但我的心是传统的，我容忍不了一个牝鸡司晨的女人是我丈夫的前妻，我容忍不了我的丈夫入赘蓝关堡，是为了见他前妻一面，为了报仇之后带着他前妻离开，我容忍不了！黎正龙，就算你想好好跟我过日子，可是太晚了。从今天起你不再是我申屠家的女婿，我要休夫，你给我滚!"

"休夫这么大的事，你怎么不跟我和你爹商量一下？是不是黎正龙欺负你了？"扈风仙听到这件事的时候惊诧地一下子从椅子上站了起来，急急地问道。只见申屠计芬早已收了泪眼，装作若无其事一般拨弄拨弄头发，端起茶兀自喝着："欺负我？他可是入赘的女婿，他岂敢？只不过我觉得跟他性格不合，他成天就喜欢雕刻，咱们家是卖天麻的，为人沉闷无趣，根本聊不到一起。"扈风仙皱了皱眉："当初你不是挺喜欢他的么？"

申屠计芬不耐烦道：“娘，你别问了，让我好好休息吧。”扈凤仙心中暗自打鼓，自己的女儿自己还不知道么，计芬当初坚定不移地要嫁给这个比她大不少的男人，两人相处了这么久，怎么突然就说合不来？她转了转眼珠子，忽地回想起黎正龙的一些不正常的表现，心中也疑窦云起。

“劳驾，也给我来杯咖啡。小姐，不介意我坐在这里吧？”一个穿着白布马褂的中年男人捧着一小杯咖啡一瘸一拐地走过来坐在外面的掐丝铁椅上，洋气的环境里却衬得他极度地格格不入。这男人紧蹙着双眉坐在了搅着白咖啡的逄肖娘对面，引起她好奇地抬头打量一番。自从逄临齐走了，逄家上下就是逄临恭这唯一的男丁掌管，他自然不舍得把这宝贝妹妹锁在水牢里，试探了几次觉得她的病也好了，便就放出来了。换了一身法兰西制造的昂贵水蓝洋裙的逄肖娘梳理了一下裙裾，目光却未曾从对面男人的脸上移开。那男人牛饮着咖啡头也不抬地低声道：“你是逄肖娘？”

逄肖娘微微一惊，听得他的声音立刻认了出来：“苗乾风？”那人一怔，笑道：“逄小姐好记性。那也该记得，是顾婆清害得你大哥颠沛流离，是这个女人带走了你大哥吧？自从认识了顾婆清，你大哥的心里头最重要的不是逄家雕刻店的祖业，不是我和春玉这亲生父母，更不会是你了，逄小姐不想报一箭之仇么？”逄肖娘手中的咖啡突然泼洒了一些出来烫到了自己露出的脚背，眼中闪过一丝冷光。

“肖娘，你回来了？”她点着细长的桃色高跟鞋跨进逄家大门，只见萧索的院内落叶满地，逄临恭正披着棠色的御寒披肩坐在光秃秃的树下烫着酒喝。逄肖娘应了一声转身便要走，逄临恭突然开口道：“虽然我也想报仇，但苗乾风是什么人，他可是马贼，能跟这样的人做交易么？”逄肖娘登时变了脸，怒道：“二哥，你跟踪我？”逄临恭站起身来啜了杯中的酒，冻风刮在他的脸上，那玻璃眼镜后的面容也已经不再年轻：“肖娘，你是我唯一的亲妹妹，我不能看着你行差踏错啊。你的病还没好，以后就好好在家里养病吧。我终于想明白了，我不会再跟逄临齐对着干，为此我已经失去了太多，我失去了尔妮，不能再失去我的妹妹，我没有别的希冀，只求能跟你过安稳太平的日子。”

话音刚落，逢家窑洞的大门口忽地刮起一阵飓风，登时飞沙走石迷住了他的眼睛，再睁开眼睛的时候，赫然看见不足半米之处竟站着苗乾风，他弓着一只腿冷哼道：“逢小姐果然了解这个懦弱的二哥！你不是想放过临齐，你只是知道临齐是我的儿子，不敢跟我斗罢了！逢小姐已经答应站在我的阵线上了，你若是不想跟你妹妹对敌沙场，不想你和卓尔妮那个老姑婆的事抖搂出去害死她，你最好乖乖地跟我合作。”

逢临恭倒退一步吸了口凉气：“你为什么一定想要顾婆清的命？连柴家的人都原谅了她，你就因为没有拿到柴国瞿的财宝非要迁怒于她么？”苗乾风眯起眼睛哼道：“她在山寨里住了那么多年，知道得太多了，她因为她的死鬼儿子跟我翻脸，保不齐她哪天会把我们寨子里的机密都捅出去，到时候她调转枪头助蓝关堡打上山来，我们靠山行而战统统被破，岂不要全军覆没？何况这个女人挑唆我和我亲生儿子疏远，我决不能留这个祸患。不只我想要她的命，还有旁的人也想要她的命，这张网是天罗地网，坐等着她亲自回来。”

哐当！一只汝窑冰纹碗从颤抖的手中倏然滑落，碎成一地渣滓，逢临齐闻声冲出来，只见顾婆清脸色一阵红一阵白，手中还拿着筷子却已然站不住，眼见就要瘫倒在碎渣上，他惊愕地迈上一步扶住了她。只觉顾婆清裹在臃肿裙袄里的身子抖得厉害不已，眼神涣散忽闪，双唇被自己都咬出了一条血印，逢临齐惊道：“青青，青青你怎么了？你别吓我啊。”

顾婆清浑身无力靠在他的怀里，逢临齐只觉她身上忽冷忽热，却也不知得了什么病，前一刻还好端端地准备吃饭，顾婆清颤抖着双唇嘶哑着声音道：“福……福寿膏……我要福寿膏……”逢临齐闻言登时脑中一嗡，空白一片，福寿膏？难道是她的毒瘾又犯了？逢临齐紧紧地抱住她，急道：“青青，你听我说，你一定要扛过去，你撑一撑，把这阵子最难受的挺过去，你不能再抽大烟了，那是要人性命的东西啊！”

第一百零五章　死而复生

“不行，不行……”顾婆清颤抖得越来越厉害，继而大哭着狠狠拍打逄临齐的身子：“你放开我，放开我！我要福寿膏，啊！”也不知她哪儿来这么大的力气，大喊一声失去理智般向逄临齐的胳膊猛地咬下去，登时鲜血漫出厚重的棉衣渗了出来，逄临齐依旧紧紧抱着她强忍着剧痛不松手，顾婆清抬起头，贝齿间鲜血淋漓，扬手狠狠地去掴逄临齐：“逄临齐，你放开我！我要福寿膏……我要回蓝关堡，你让我回去啊！我熬不过去，我恨不得现在便死了，我求求你，我给你磕头了！”

她说着说着纵横泪水收起凶神恶煞的模样扑通一声跪了下来，一把鼻涕一把眼泪地抱住逄临齐的腿一下下不知轻重地将额头往地上撞，玉白的额头上顿时血肉模糊。逄临齐心痛不已拉起她来：“青青，你不能回去啊，回了蓝关堡就是死路一条！你就当是为了我，把大烟戒了吧！青青，我可以为了你什么都不要，我放弃一切，难道你就不能为了我戒掉大烟么？”可顾婆清大烟瘾犯，乱踢乱蹬着哪里听得进去他的话，逄临齐百般无奈只得把她打晕用绳索绑在床上，自己一手拉紧绳索以防她跑掉，迷迷糊糊地睡了去。

也不知睡了多久，逄临齐忽然浑身一抽搐醒了过来，绳索一端虽然还在自己的手中，只见床上空空如也，哪里还有顾婆清的影子。他当即一个寒颤立刻清醒了，起身冲出门外便要飞奔去找她，却迎面撞上端着羹汤走进来的顾婆清，碗里的汤洒了一些，逄临齐惊愕地看着眼前安然无恙的她：“青青？你……你没事了？我还以为你走了。”

顾婆清双手捧着羹汤微微扬起嘴角笑着，大冷天罕见的阳光恰到好处地洒在她的脸上变柔和，仿佛之前的一切都是逄临齐的一场梦：“我没事了，为了我你都没好好吃饭，这碗汤我特意给你煲的，你快趁热喝了吧。”逢临齐松了口气接过碗仰头喝了一半，登时觉得不对劲，她若是真的没事了，又哪来那么大的力气挣脱腕粗的绳索？可他还没来得及反应过来，一阵天旋地转袭上脑来，不好，这汤里下了迷药！逢临齐顿时失去力气和意识，手中的碗应声落地，顾婆清看着他倒下，掩面落泪哽咽道：“对不起……你为了我放弃了那么多本属于你的，我却没了福寿膏过不下去，我只有迷晕你，送你回蓝关堡，有苗乾风做你的后盾你不会有危险的。而我自己的命，就看老天要几时取了。临齐，你我终究不能在一起……”

“柴当家回来了！柴当家回来了！”这个消息震惊了整个蓝关堡，而安之若素的女茶却仍吸着大烟坐在闫嫱挂满戏剧行头的屋子里饶有兴致地看着她绣肚兜，女茶吐了口烟，道：“别绣了，你儿子早都投胎了，听听，果然回来了吧。苗乾风让我用这个办法把她引回来，以为利用我却不知我是在利用他。他不知道福寿膏这个玩意儿一旦沾上是甩也甩不掉，她只能找我要。顾婆清在山寨子上住了那么多年，知道马贼的那些火药炮弹放在哪里，只要她求着我要福寿膏，我就让她把马贼的武器都拿来给我，反民复清有了这些东西胜算就更大了。嫱儿，我额娘从逃出紫禁城之后至今早已安排妥当，只要炮火一到，军阀即刻覆灭。”

“表少爷，你是不是想跟我说什么？”小梅看着坐在轮椅上的柴有扬焦急地比画着什么。在申屠洪的出资寻医下，柴有扬这段日子终于可以费力地抬起双手了，可下半身却仍旧毫无知觉，也依旧开不了口说话。他心焦地拉着小梅，眼光往旁边的桌上看去，只见那桌上放着柴国军的牌位，牌位前面摆放着他生前最喜欢抽的烟草，小梅顺着柴有扬的目光凝视着烟草半晌若有所思，柴有扬又转了转眼珠子，看了一圈屋内的墙，又低头看着碗里的青菜。

这么久朝夕相处下来，小梅已对他的心事洞若观火，不由皱起眉，念念有词：“烟草？墙，青菜？烟草……是茶姨奶奶，茶姨奶奶最喜欢抽大烟！墙，那就闫嫱闫少奶奶？啊是了，怪不得我最近总看见闫少奶奶闭门谢客，可她每天却要两顿饭，难道是茶姨奶奶没死，还住在她的屋子里？

表少爷，你是不是看见她们了？她们想干什么？”柴有扬闭了闭眼睛又睁开盯着碗里的青菜，小梅恍然道：“青？你是说青青，她们要害青青！对啊，青青突然回来蓝关堡了，怎么都这么巧……我要想个法子通知她……她的仇还没报完，她不能死。”柴有扬拉住她，低下眼睛扫了扫桌面，小梅喃喃道：“桌子……你让我去找卓尔妮？”

“苗先生，现在顾婆清回来了，为什么还不动手，难道等申屠洪捷足先登么？”得知顾婆清回来，逄肖娘早已按捺不住，催促着苗乾风尽快实行计划。哪知苗乾风笑眯眯地拿起咖啡杯学会了轻啜一口：“这种事就像喝咖啡，耐得住前面的苦才能尝到后面的甜。逄小姐，申屠洪现在没有心思管这事，而那个敖佳·女茉自以为聪明，还想脱离于我，更想让顾婆清带她攻上寨子，简直痴心妄想，她却不知道一切都在我的算计之中。所以我们现在按兵不动，再等等，等着临齐回蓝关堡再走下一步。”

“尔妮，外面什么声音，那么吵吵嚷嚷的？”躺在昔日的柴家土炕上大口大口贪婪地吸着福寿膏的顾婆清正飘飘然，被外面的吵闹声打乱不满道。一边替她拧着滴水的毛巾递来给她擦脸的卓尔妮张望了一番：“是闫少奶奶屋里的声音。当家，你别再抽了，你知不知道你现在身边有多少危险，小梅曾暗示过我，闫少奶奶的屋里藏了一个人，这个人不是别人，正是死而复生的敖佳·女茉，这当下是逄老板回来了，他冲到屋里去找女茉了。当家，你不是一直怀疑是她们两人害死了小少爷么，你怎么就无动于衷？”顾婆清的眼睛猛地睁了开来：“是她们害死了我的有浦……”

正说着房门被猛地踢了开来，卓尔妮吓得手中的铜盆哐啷掉地，只见逄临齐风尘仆仆身披单薄的马甲冲了进来，劈手夺过顾婆清的黄杨木烟杆狠狠地在膝盖上折断成两截，扔在她面前痛心疾首道：“青青，这件事虽是女茉故意设圈套引你回蓝关堡，但你究竟知不知道你在做什么？我原以为女茉抽大烟已经是半人半鬼了，没想到你比她还抽得还厉害，彻底是鬼！青青你听着，我必须带你走，蓝关堡里面步步陷阱，你知道还有多少机关等着你么？”

说着便要上前去拉她，哪知顾婆清忽地站起身甩了他一记耳光，痛苦道：“逄临齐，你是我什么人，你凭什么要管我？世上已再无我的亲人，而我和你就算逃到天涯海角，终究是不可能的。你是逄老板，我是柴当家，就算不是柴当家，我也是霍夫人，请你记清楚了！尔妮送客！”逄临齐没想到她竟然会对自己说出这样的话，顿时心中百感交集，站在柴家的土窑洞门前不知该何去何从，忽然身后响起一阵清脆的脚步声，他回头看去，只见穿着粉色毛呢大衣的逄肖娘正笑盈盈地看着自己。

“正龙？你怎么在这里？”这天申屠洪刚刚从天麻店回来想商量顾婆清的事，哪知道小汽车刚刚停在窑洞门口，下人替他撑着伞抵御铺天盖地而来的风雪，他竟然看见被自己女儿扫地出门的女婿衣着单薄地跪在门前的雪地中，身上瑟瑟发抖，浓郁的眉毛和发鬓都已覆满了一层白雪，想来已经在这里很久了。他还没来得及回答，正巧大门吱呀移开了，走出来的却不是申屠计芬而是拥着裘衣的史妧之。

她没想到在这里遇见申屠洪，明显地退后了一步：“正龙，你别在这里跪着了，计芬不会见你的，外面天寒地冻，你先到我屋子里饮杯热酒。”她说着仿若没有看见申屠洪一般，着人扶着黎正龙进了屋，关起门窗温了壶酒递给他。黎正龙颤巍巍道：“四娘，我是真心实意求计芬原谅，我已经打定了主意，就算她让我死我也愿意。”史妧之叹道：“我看得出你和计芬是真心相爱，但到底是什么事，你们非要分开不可？”黎正龙小心翼翼地放下杯子，道：“四娘，这件事对你说也无妨，都是自己人。其实我就是青青口中的维扬酱园少爷霍廷。计芬知道了这件事。”

“什么？”史妧之愕然地睁大了双眼不可置信地看着眼前这个熟悉却又陌生的人，还没来得及多问几句，房门突然被撞了开来，逆光之中门口站着身材臃肿黑着脸的申屠洪，怒气冲冲地大喝一声：“来啊，把四姨太房间围起来！把这个男人给我拿下！”顿时几个彪形大汉冲上前来绑住黎正龙，黎正龙挣扎道：“老爷，老爷，我求求你让我见见计芬一面！让我见她一面，你要杀要剐悉听尊便！”

第一百零六章　两难全

申屠洪冷哼着上前便给他一拳，惊得史妧之脱口呼了出来。申屠洪看着他口角被打出鲜血，抽搐着脸又哈哈笑道：“好啊，计芬还是对你有情啊，否则她又怎么会为你掩护，在我们面前说只不过和你性格不合？黎正龙，我真是千算万算算不到那个酱园少爷霍廷竟然就是我的入赘女婿！有你在我的手上，我倒要看看顾婆清她是来还不来？来人，去厨房里找一口大缸，我要好好招呼我这位女婿！”

下人奉命去抬大缸，正巧被躲在厨房里偷吃的逯小小看在眼里，拉住其中一人问了问来龙去脉，惊得手中的糕饼倏然落地：“糟了，老爷不会是想效仿古人把黎正龙做成人彘吧？”

这个想法吓得她打了个寒颤，哪里还有胃口吃得下去，当即慌慌张张地往柴家冲去：“青青夫人，青青夫人！不得了了！”她大呼小叫地提着羽裙跳上台阶，跑进柴家的土窑洞里，卓尔妮见状赶忙拦住她：“三太太，当家这会儿正在休息，有什么事待会儿再说。”

逯小小啐道：“休什么息？我站这么老远都闻到她屋里的大烟味儿了，这可是要人命的事儿，耽搁不得！”正争执不下，顾婆清已披着一身长氅掀开厚重的御寒门帘走了出来，她的指间果然夹着一杆全新的烟杆，脸色煞是难看：“三太太，我看你叫错人了，我不是青青夫人，我是顾婆清。这么大清早儿能有什么要人命的事儿，只要人命还没丢——就算丢了又关我什么事，三太太扰人清梦，是确有其事还是借口来拿我回申屠族长那边？”

逯小小急道：“你，你别狗咬吕洞宾，老爷现在可管不了你，黎正龙身份败露，老爷要把他大卸八块，做成人彘处以极刑！”顾婆清指间微微捏着的烟杆应声落地，心中一阵慌张：“三太太，你说什么，申屠姑爷什么身份败露?”逯小小道：“他不就是你青青的第一任丈夫，维扬酱园少爷霍廷么!”

顾婆清刹那间神色忽变，扔下烟杆就要跟着逯小小冲出去，卓尔妮张开双手拦住她急道：“当家你不能去！我怀疑是申屠洪以霍廷做威胁引你过去一举成擒，不如再想想办法吧。”顾婆清打开她的手忍不住哭了出来：“让开！我这辈子已经对不起阿廷了，我不能让他有事啊!”

“婆婆，婆婆！有个人用飞刀把这串蜜蜡念珠钉在了大门上，你看看这是什么?”顾婆清正烦不可耐，只记挂着赶去救黎正龙，哪里有心思管这些事，只是轻轻侧了侧脸扫了一眼邹宛萍捧在手心的念珠，登时浑身一凛定住了。这念珠……色泽滑莹，品相圆润，如此上等却又为数九颗的蜜蜡珠子，不正是邬春玉死前留给逢临齐的那串么?

顾婆清劈手夺来仔细看了看，慌忙冲到门口去看那支飞刀。那飞刀上缠着红绳，与山寨里马贼头上缠着的红头巾是同样的料子，她在山上那么多年一眼便能认出来：“坏了，逢老板被苗乾风捉走了!”邹宛萍皱眉接道：“是啊，我听有良说这些天在玉器店做工，还发现对街的雕刻店都是逢二少爷在管理，逢家的人说自从逢老板那天被婆婆你赶出柴家之后就再也没回过家，难道是那天就被捉走了?”

顾婆清凝神一想长吁道：“这事儿蹊跷了，一边阿廷出事，一边苗乾风捉了逢老板，这是要我选择和了断啊。”逯小小道：“这有什么难的，我家老爷下手可不含糊，而逢老板是苗乾风的亲生儿子，他总不能杀了逢老板，你快点跟我回去!”

顾婆清沉吟片刻道：“你错了，苗乾风是不会杀他，可是未必是苗乾风亲自捉走的，蓝关堡不是一直有个人想要逢老板的命么?逢临恭今儿个去雕刻店了么?”邹宛萍摇了摇头，顾婆清闭上双眼长叹一声：“这两个男人不能两全，老天爷，你教教我该怎么办?”

“临恭，你是不是疯了，你竟然陪着肖娘一起癫，居然跟苗乾风这个魔头联手，你们不要命了？”关着逄临齐的这间竹屋子临水而建，四周依山傍水，正是史妧之曾经住过的隐蔽之处。这地方人迹罕至而且四面环水，常年驰骋在蓝关堡风沙之中的逄临齐更是不通水性无法逃脱。逄临恭凑近了些笑道：“大哥，我的好大哥，你想不到有朝一日也会落到我的手里吧？你记不记得我奶奶是怎么死的，记不记得是谁让她死后都不得安宁，一把枯骨撒在乱葬岗，逄家不设神主牌！你可真够狠心的，就算你不是逄家子孙，你也用不着这么绝情吧？”

逄临齐别过脸去：“你怎么不说她把我当傀儡，让我和我娘自相残杀？再说了，若不是她当年虐打我娘被肖娘看见，肖娘会变成现在这样人格分裂么？你有这功夫报仇，不如好好医治肖娘的病。我不是怕死，但是青青不能白白送死！”逄临恭哈哈笑道：“真是想不到我的好大哥居然栽在女人的手里，你就那么确定她会来救你，而不是去救霍廷？大哥，你别一厢情愿了。”

谁知他话音刚落，遥远地传来策马狂奔的声音，马蹄越来越近，听得出是单枪匹马只身一人踏沙而来，行近山脚下，只听见马背上的人举起枪对准天空砰的一声，喝道：“苗乾风，我来了！你快放了临齐，你想杀我而已，不关临齐的事！”

在屋内的逄临齐愕然惊道：“是青青！青青……为什么，为什么她没有去申屠家救霍廷，那个才是她的丈夫啊……”苗乾风应声驾着马从荒草不生的沙地走来，冷笑两声：“没想到你真是重情重义，你居然连同床共枕的丈夫都不救，倒是自己送上门来找死来了。”

顾婆清握着枪杆指着他道：“苗乾风，你害死我儿子，还要害死临齐么？他身边都是豺狼猛兽，逄临恭是脱缰野马，他一定会趁机对临齐下手的。一命换一命，我替临齐留下，你快放了他！”

“青青，青青！”逄临齐没想到她会为了自己舍弃黎正龙，更没想到她连性命也豁了出去，听着她对苗乾风所言之中对自己的情深，心下又是欢喜又是心酸，猛地站起身来带着铁链想冲出去，顿觉脑后一阵冰凉，逄临恭已然将枪口抵住了他的后脑勺：“苗乾风想杀的是顾婆清，可我要杀的是你。”

他缓缓地按下了扳机，千钧一发之间竹屋大门倏然而开，一颗子弹飞驰而过，不偏不倚打落了逄临恭的手枪，又一枪打断了铮铮铁链。逄临恭赫然转头看去，只见逄肖娘飞身冲进来拉住逄临齐的手对他诡邪一笑跑了出去。逄肖娘当然只想顾婆清死，又怎么会想让逄临齐搭上性命？

没想到逄肖娘突然跑进来搅和，逄临齐趁机挣脱了她，一脚勾起地上的手枪翻身上马，疾驰挥纵马缰扬尘向山脚下而去。他现在心里什么都不想，顾不得身上还有伤，风尘仆仆地只一心想赶到苗乾风那里将顾婆清救走，决不能让她落入苗乾风的手中，决不能。

远远地看见山丘上覆盖着白雪的地方，坐在马背上与苗乾风交易的顾婆清正纵身下马，不好，他们是达成了协议！逄临齐大惊失色狠狠地抽了抽马，夹紧马镫加速奔去：“青青！”顾婆清闻声浑身一凛，就连苗乾风都万没料到逄临齐居然被放了出来，只有在他过来之前立刻杀了顾婆清。苗乾风面上一横，从马背上突地抽出一把长枪，想那史婉之就是个神枪手，何况她的亲生父亲。逄临齐骇然地叫着“小心”，一边横过身子躺在马上握紧手枪疾驰着向苗乾风砰砰连开两枪。顾婆清旋身闪开，可先前卸武器下马，自己的手枪已然扔在黄沙里。苗乾风身手敏捷却避开了逄临齐的子弹，他无心要伤自己的儿子，便对准顾婆清连连开枪。

逄临齐滚身落下马来，一把护住顾婆清，身上的血痕已沾满黄沙。他脸上的沧桑风霜已然雕刻得比雕刻店里的那些木雕还要深沉，眸子里却是纯净无比，唯一的念头就是保护自己所爱的女人。苗乾风跳下马来砰砰开枪，二人的子弹漫天纷飞，子弹相互擦过划出刺耳的金属声，一场激战登时展开。

苗乾风早已备好了几支枪，本是用来杀顾婆清的，没想到逢临齐横在面前不但要护着她，似乎还枪枪往自己的要害打，似乎要杀了他这个生父。虽然眼下势均力敌，但逢临齐的枪膛中子弹却渐渐不够了，再纠缠片刻苗乾风便会占上风，他心中着急，拉着顾婆清的手边退后边准备跃身上马。他一枪打向苗乾风，一手托着顾婆清上马，一个走神，苗乾风射出的子弹竟不偏不倚地打中了他的膝盖。

“临齐！”顾婆清坐上马背惊呼着要跳下来，只见他的膝盖血流如注，枪中也只剩最后一发子弹了。苗乾风看见他痛苦又坚定的眼神，一个晃神竟想起自己当年冒着枪林弹雨送郇春玉下山治病被打中膝盖的情形，突然心口一阵剧痛，逢临齐最后一颗子弹竟打中了他。顾婆清见状立刻拉逢临齐上马，二人紧紧相依，策马而逃。

“大哥，临齐被苗乾风捉去了，你快点派人去救临齐啊！”申屠湘一连几天没见到逢临齐回家，这会儿突然从梦中惊醒，依稀觉得蓝关堡的沙地嗡嗡颤动，似乎在远处正发生枪战。

申屠湘心中慌乱忙去柴家相问，这才知道了逢临齐被捉走，大惊失色之下她也只能想到向申屠洪求救。哪知冲回申屠家，昔日戒备森严的窑洞里竟然如入无人之地，丝毫不见有人影，申屠湘提着梅花色的长棉袄站在荒芜的天井雪地中四处张望，忽然看见昔日自己的闺房旁边不知何时多了一扇小门，那黑黢黢的门虚掩着，里面似乎传来低声的呼吸，她蹑手蹑脚地走到门前伸手一推：“啊！”

第一百零七章 人 彘

申屠湘吓得只觉一阵脚软，差点跌出门外。只见那黑黢黢的小门后面竟然放置着一口巨大的铜缸，缸里散发着阵阵恶臭，一个人头摞在缸口——这又岂算是个人？面上双目已然被挖去，两个血窟窿极其骇人，四肢也被剁掉，削去鼻子，剔尽毛发，耳朵皆被熏聋，根本听不见申屠湘的惊叫。

可这个人居然还没有断气，申屠湘瘫坐在地不敢再去多看一眼，吓得赶忙踉踉跄跄地往外跑，慌不择路地转身竟一头撞入一人怀中，申屠湘脱口失声叫着，竟发现面前的人居然是申屠洪。他铁青着脸看着收了声的申屠湘道："怎么，你都瞧见了？"申屠湘像看见救星般连忙抓住他颤抖声音道："哥……那，那个人……那个人是谁啊？"申屠洪冷哼一句："黎正龙。"

"什么？黎正龙？"申屠湘赫然变了脸色，心中自知这黎正龙根本就是顾婆清所说的酱园少爷霍廷，登时脑中嗡嗡作响，竟中了邪般狠狠推开申屠洪破口骂道："你简直不是人，你是不是疯了？黎正龙是你的女婿啊，你竟然把他做成了人彘，你还对不对得起计芬？"

申屠洪喝道："我看你才是疯了！你知不知道黎正龙是谁，他就是顾婆清的姘夫霍廷！他利用计芬的感情入赘申屠家，其心险毒。我给过顾婆清机会让她来救他，只要她来，我就放了霍廷。可是这个女人看重自己的命，时辰既然过了就别怪我心狠手辣！我好歹还给霍廷留了一口气儿啊，让他知道自己的女人是怎么对自己的。"申屠洪一把推开申屠湘，似乎这辈子从来没对这疼爱的妹妹用过这么大的劲，申屠湘应声摔倒在地。就在这时一只脚正门外踏进来，偏偏踩上申屠湘的手，痛得她直叫。

顺着那脚抬眼看去，只见扈凤仙身着流苏貂裘披肩，穿着一套婀娜的深紫色旗袍扬着下巴道："湘儿啊湘儿，你竟然还敢骂老爷？你非要嫁给申屠家的对头人逄临齐，非要处处跟老爷作对，是你连累了申屠家，是你一意孤行才害了所有人！"

"临齐，你膝盖上的伤还能撑得住么？"风沙肆虐中那匹老马依旧驮着顾婆清和逄临齐二人迎着冬日的黄昏奔驰，顾婆清被他环在怀中，只觉逄临齐的身子愈来愈冰凉，一滴滴殷红的血顺着他的膝盖滴落在沙土白雪之中，格外刺目，顾婆清紧了紧风沙帽，担心道。

逄临齐却更是加快了速度，强撑着笑容道："一点皮外伤，我没事。"马蹄踏入蓝关堡，却是直接往东去，顾婆清错愕道："这不是回逄家的路……你这是要带我去……"逄临齐靠近她的耳畔虚弱地吐气道："去申屠家。你不是要救黎正龙么？你一个人去我不放心，我陪你一起去。"

顾婆清感激地握了握他抓着马缰僵硬的手，二人策马赶往申屠窑洞，漫天大雪铺天盖地纷纷扬扬地落了两人一身，行至窑洞门前，竟远远地看见一个鲜红的身影正独自坐在申屠家门口的台阶上，逄临齐定睛一看，居然是裹着厚重袄衣的申屠湘坐在那里，边揉着通红的手边啜泣着。申屠湘听得马蹄声，抬头看见逄临齐和顾婆清安然无恙地回来了，激动地扑上前放声大哭："青青夫人，我……我对不起你。"

顾婆清顿感心中一阵慌乱："阿廷呢？申屠洪在哪里？叫他放了阿廷！"申屠湘红肿着双眼扯了扯顾婆清的衣角："你若想见霍廷就小声点，临齐你在外面候着，你随我来吧，不过无论待会儿你看见什么都不要叫出声，见一面就走。"申屠湘拉着顾婆清走到一边换了套下人的衣服，似乎是刻意掩护着她小心翼翼地走进去，走到申屠湘昔日的闺房门前她突然停下了，向旁边的门洞里指了一指，顾婆清心领神会低头走了进去。

那口缸子里装着面目全非的人彘，可顾婆清却一眼就认出这是曾和自己相伴一载的丈夫，登时失声痛哭扑上前抱住他的头："阿廷！阿廷……

是我害了你……申屠洪居然下手如此狠毒，他竟然对你……”那本已听不见看不见的黎正龙却感受得到抱着自己的人是谁，眼睛血窟窿里兀自流出两行血泪，呜呜地努力发出两声，顾婆清知道他还活着，却生不如死，顿时心如刀绞：“阿廷，我一定会为你报仇，我要申屠洪血债血偿！青青这辈子有负于你，杀了申屠洪之后我偿你这条性命。”

只见顾婆清浑身是血地跟着申屠湘出来，逄临齐大感惊讶，可她一句话都不说，穿着那土色的麻布衣衫拖在雪地上走回了柴家。她知道，若是她没有先去苗乾风那里救逄临齐，霍廷就绝对不会变成现在这副模样，但是她又岂会对逄临齐袖手不管？要说罪魁祸首是自己，是她害了霍廷，如果当初不是她逼着霍廷与自己相认，如果不是她逼着霍廷跟自己离开，一切也许都会在他黎正龙的身份之下烟消云散。

顾婆清心中痛苦懊恼不已，怎么都走不出自己这关死胡同，只能靠在土炕上又拿起了那烟杆，拼命地加着福寿膏的量麻醉自己。烟雾缭绕中她依稀看见十多年前初嫁给霍廷的场景，记得当年顾阿清和自己在帘后偷偷看见了他，可霍廷却无缘得见这指腹为婚的顾千金，自己冒充嫁给他的时候霍廷也并不知情，当文史通经的霍廷发现这大小姐居然不识字，这才发现了青青的身份。

但是霍廷所爱的却是眼前之人，并非顾阿清的名分，两人琴瑟和谐，适逢战火纷起便离开维扬去乡间住，我织君耕，有邻三两，荷锄犁菊，闲来唱唱戏，日子逍遥避世，直到柴国瞿征兵带走了文弱的霍廷。霍廷临走时便知道凶多吉少，留给她唯一一支定情的紫玉搔头。往事历历在目，突然霍廷那可怖的人彘模样又浮现在顾婆清的脑海中，她吓得手中一抖，火苗灼伤自己的手。

“当家，当家，你别再抽了。”玉白的手上登时被灼出一块红印，疼得她唏嘘一声，守在门外的卓尔妮进来看见这场景痛心不已，拿着她的手臂赶忙吹了吹。顾婆清却一把缩了回来，眯起眼睛继续抽着大烟，含糊不清道：“你是我什么人，你凭什么管我？出去，出去！”

卓尔妮心下一惊，手上的钏子被她这么一甩纷纷玎珰作响。顾婆清翻了个身见她还蹲在炕边没有走，当即大怒道：“你还在这里干什么？你是不是记不清我是怎么对你的了？当年你被马贼捉走，我又假装好心救了你，你不觉得是我一手安排的么？我算计你算计了这么多年，你为什么还要替我着想，你就不能让我自生自灭么？卓尔妮，在蓝关堡这个地方善良是没有用的。还记得我当初告诫你，不要轻易对别人交心，你怎么就偏偏要把这颗被我伤得淋漓的心一再地掏出来给我呢？”

这话句句刺心，却明显是顾婆清刻意刺激卓尔妮，正在这时门外响起了敲门声，卓尔妮哭着起身出去开了门，只见门外赫然是逄临齐和申屠湘二人，仿若看见了救兵哭道：“逄老板，逄老板，只有你能救救当家了。当家的烟瘾越来越大，她再这样抽下去要送命的！”

申屠湘看了逄临齐一眼，道：“这次我看见她就觉得瘦了不少，听你说过她是毒瘾犯了才拼命要回蓝关堡的。我看这样吧，还是把她先带回我的别苑慢慢调理，蓝关堡中风险太大，苗乾风既然生死未卜，我哥又杀红了眼，赶紧先离开这里。”趁着顾婆清抽福寿膏云里雾里，卓尔妮在食物里放了迷药，这才让二人安稳地将她运走了。

迷迷糊糊中头痛欲裂，顾婆清费力地睁开双眼，只见周遭的一切仍是申屠湘的别苑摆设，仿佛她和逄临齐从来都没离开过这里，之后的一切也都没发生般。可是身上绑着的绳索勒疼了自己，逄临齐坐在床边替她吹着碗里的药。顾婆清挣扎道：“临齐？你干什么？你快放了我啊。这时候我要抽福寿膏，快拿福寿膏给我！”逄临齐却笑眯眯地端着药走到她身边轻声道：“青青，你听我说，你的毒若是再不戒掉就要深入膏肓了，你不是还想替霍廷报仇么？女苿为什么要连累顾阿清你不是还不清楚么，你要留着这条命啊，不是为了我，也为了你自己。来，我喂你喝药，你若是受不了就拿刀刺我，我陪你受罪也要让你挺过去。”

顾婆清烟瘾发作，逄临齐紧紧抱住她，她疯狂地嘶吼着：“你放开我，我真的熬不住了，我浑身的骨头都在烧啊！”她摸到枕头底下的刀对着逄临齐不知轻重地下手戳着，逢临齐却始终不肯松手：“一定能熬过这一关，一定能！”她极力地想控制自己却不听使唤，浑身被汗水浸湿，嘶喊中看着逢临齐被自己伤得遍体鳞伤，一会儿哭一会儿笑，朦胧的幻象令她要生要死。终于许是太累了，枕着粘在腮边的发丝沉沉睡去。

“已经过了一日了，最难熬的一天总算是熬过来了。”申屠湘掌灯走了进来叹息着替逢临齐包扎伤口，“看来一百两银子一包的神药确实有些效果，我会继续给她买这帖药，坚持下去，应该七天便能戒了。”逢临齐拍了拍她的手——曾经十指不沾阳春水，如今却已显皱纹的手：“阿湘，难为你了。一百两一包，用下去要一千四百两，还有其他的医药费，大大小小算下来是笔不小的数目，我们还有没有这么多钱？”

申屠湘微笑着把另一只手覆上他的手背安慰道：“这你就放心吧。除了这间别苑留着给你们，我还有些散钱也是从前抠刮下来的，积攒的却也不少，我决定一个铜子都不留，全部给青青治病。”逢临齐蹙了蹙眉头，心中泛起涟漪和酸楚，感激不尽地握紧了她的手：“阿湘……你为了襄助青青戒烟不惜将曾经斤斤计较得来的银两统统散尽，其实是为了我，你的这份恩情，临齐真的不知道该怎么报。”申屠湘叹了口气侧头靠在他的肩上：“临齐，能做你的妻子是我这辈子最大的心愿，我的梦已经圆了，自此你的梦就是我的梦，我只好替你圆你的梦。”

第一百零八章 狡兔死，走狗烹

在他们两人齐心协力之下，难以煎熬的七天总算过去了，顾婆清的毒瘾根儿也除得差不多了，看着她一点点清醒过来能够戒烟成功，逄临齐最感激的便是如今金银散尽的申屠湘。这几天相处下来，心意昭昭，二人的感情有增无减，顾婆清一直无力地靠在床上握着他的手，悔恨地看着他身上被自己刺伤的伤痕，虚弱道："临齐，若不是你和姑奶奶，我不可能戒掉福寿膏，还会因此丧了命。你为了我宁可让我用刀刺伤你，为了我受尽一切苦，我心里面都明白。可是……咳咳，可是姑奶奶她对你也是情深一片。临齐，是我们负了她啊。"

正说着，申屠湘端着一碗刚刚煮好的白粥走了进来，眼圈儿红红地道："青青夫人，你若是觉得亏欠于我，阿湘有件事求你，你答应我就成了。你……你能不能不要杀我哥？他是有千般不对，是该千刀万剐，但他毕竟是我亲生大哥，你看在我的分儿上，留他苟延残喘吧。"顾婆清皱了皱眉，推开了她递来的碗，移开双腿要从床上下来："姑奶奶……你好生难为我。申屠洪害了我的主子，又将我丈夫做成人彘，这血海深仇你让我如何不报？"

一向倨傲的申屠湘居然提起裙子跪了下来涕零不已，顾婆清忍不住咳了咳，道："姑奶奶，姑奶奶，你别这样。我答应你，留他一条命罢了，但此仇我还是要报，姑奶奶也要谅解我的难处。"她其实心中早有打算，一刀杀了你申屠洪岂不是太便宜你了，你不是也让阿廷留了一口气么？这口气还不如咽下去的好，我要让你申屠洪也尝尝这要生不能求死不得的滋味儿。一边的逄临齐却似乎看出了她的心思，皱着眉半句话也不说，只等申屠湘离开，这才抬起冰冷的厚手掌握住她的手："不管你想怎么样，我都陪着你。"

掰着手指算算，顾婆清离开柴家已经七天了，也不知道她体内的残毒祛除了没，还有没有抽食大烟，卓尔妮靠着门洞抬头望着天上的月亮，一时间分不清脚下茫茫大地究竟是白雪铺就还是盖满了月光。她也听闻了当日让顾婆清难以抉择的困境，一面是申屠洪所为，另一面实则是逄临恭所害。卓尔妮低下头看着自己手腕上的银钏出神，叹了口气，没想到经历了这么多事，逄临恭还是没能放下仇恨。她不知是如何走出柴家，竟然信步沿着月光走到了昔日和逄临恭幽会的那间屋子。

刚刚走到门外，卓尔妮竟发现屋内隐隐约约亮着灯火，惊诧地推门一看，随着腕上的玎珰脱口道：“临恭？你怎么在这里？”只见灯光中一个西装笔挺的男人架着眼镜坐在椅子上，怔怔地看着手中早已停了的旧怀表，听见她的声音也惊了一惊，抬起头来：“我……尔妮，我输了。我以为利用苗乾风对付逄临齐，可是赔了夫人又折兵，不但没有成功，还让肖娘的病越发严重……”卓尔妮忍不住插口道：“你还要拼个输赢？临恭，你为什么就是不肯放下？我和当家之间的恩怨我都放下了，何况老太君确实有不对之处。你离开蓝关堡吧，在这里你的脑子里只有复仇，或许走了会好些。”

逄临恭凄然一笑，把怀表放入她的手中，冰冷的铜锈让她浑身一凛。对她说：“我是要走了，所以特意来跟你告个别。我斗不过他，也没法复清廷，在外面学了那么多东西，却是救不了家，若是再救不了国，我还算是个男人么？我要去参军了，我会在最遥远的地方守护着你们。尔妮，这只旧怀表还是送给你，我会经常给你电报报平安，你和肖娘是我唯一的牵挂。”逄临恭含泪拍了拍她的肩膀，转身踏出门外，在雪地上走出一串深深的脚印。卓尔妮望着那串脚印张了张口却是一点声音也发不出，泪水倏然滑落掉在怀表上，立刻结成了冰。

“正月里来风雪烈，黄沙漫天那个沙漫天。暖和和的火烧配荞面，一手黑愣愣一手钱钱……”逯小小从自己的秘密地道里出来高兴得手舞足蹈，唱着粗俗的乡谣俚曲，手中拿着香喷喷的驴板肠，吃得腮帮子鼓鼓的，在大街上晃来晃去。虽说她这身富家太太的打扮和她的言行举止颇为不符，但蓝关堡里的人也都见怪不怪了，忽然她倏地停下了脚步："什么味道，好香啊……"她顺着闻去，只见对面酒楼下站着一个戴着黑纱斗笠的男人，那香味儿正是从他那里散发出来的："太太，想吃生朱古力么？西洋货儿，很难得的。"逯小小一靠近他，男人突然开口说话了，逯小小却听着这声音怔住了，一把扯开他的面纱惊道："啊，你是……你是苗乾风！你没死？"

苗乾风嘿嘿一笑又拉下斗笠遮住脸，从破旧的大口袋里取出一盒精美的朱古力递给她："早就知道三太太钟情美食，我特意给三太太带了一些你没吃过的。"看逯小小狐疑的神色，苗乾风道："春玉生前和你最要好，我也是知道的，多蒙三太太照顾，既然你和春玉是好姐妹，也都是自家人，你说是吧？"逯小小摆摆手撇了撇嘴："我不跟你是自家人，你是马贼，大魔头！"苗乾风眼中登时露出一道冷光，哼道："三太太，你看这是什么？"一条黄色的穗子垂在逯小小的眼前，逯小小刹那间愣住了，她转了转眼珠子收下了朱古力憨笑道："我跟你开玩笑呢，都是一家人，你有吩咐就跟我说好了。"

"该死的没死，还差点害了临齐……我这步棋是越往后越乱了。"女茉斜倚在炕上，从紫锦袖口探出一只玉手撑着沉沉欲坠的脑袋大口大口地吸着福寿膏自嘲不已，忽然旁边走来一人，捡起滑落在地的老虎皮毛毯小心翼翼地给她盖上了身："不是棋乱，是心乱。主子，你心中真的爱上了逢老板，起先你不肯承认，又突然对他唯唯诺诺百般讨好，可是他却一眼都不肯多瞧。"闫嫱还穿着当初丧子的那件青色臃肿棉袄，披头散发地呆滞着眼神坐在她的身边，这衣服别说有多脏了，乌亮的发丝里竟然藏了一半灰白，她这话似乎是对女茉说，又似乎是在对自己说。

女茉迷迷糊糊地睁开眼，忽地翻身坐了起来一把搂住闫嫱缓缓靠近，吐出一口烟，癫狂般地吃吃笑了："嫱儿，你是来安慰我来了？我自从迈入蓝关堡的第一步以来，只有你陪在我的身边，你说，你要是没有喜欢上柴有良，永远跟我一条心那该多好啊。"女茉伸出手摸了摸闫嫱的脸颊，叹道："看那风华绝代的花容月貌，早就被风沙掩埋了。嫱儿，我们主仆这么多年，我真舍不得你，可谁叫你是柴家少奶奶呢……一计不成，我还有一计，就要靠嫱儿你了。”

“哎，我说闫少奶奶，这里是申屠家，你在门前摆什么香烛冥镪啊？真是晦气！”一大清早儿的，扈凤仙就被下人引到了门口。据护院所说，闫嫱从昨儿个晚上就在这里大吵大闹要给儿子超度，而她算出的风水宝地偏偏是在申屠家的后院，护院不给进，她居然就耍起了横直接在门口放下了祭拜的东西，披麻戴孝呼天抢地兀自地烧起纸来了。

扈凤仙惊诧地踏出门外喝道，闫嫱抬起熏红的泪眼道：“要么你们就让我进去给我儿子做法事超度，要么我就在你们门前烧纸，大太太分得清轻重吧？”扈凤仙心想这个女人早就是个疯子，跟她说也是白费唇舌，又碍于她毕竟是柴家少奶奶不能扫地出门，也只得让她进来了。哪知这前脚刚刚进门，后脚苗乾风居然率着人马再度攻下山来，这次却是直接冲往申屠家，冠冕堂皇的理由是为女儿出气，却是项庄舞剑意在沛公。

震耳欲聋的枪声突突地响彻，申屠家众人猝不及防，大惊失色地四处奔散，哪里还有人管那在后院里做法事的闫嫱。苗乾风横冲直入将被折磨的遍体鳞伤的史妩之拉上马来，史妩之一袭白衣在混乱之中格外耀眼。申屠洪抽搐了下脸上的赘肉，忽地抽出手枪对着史妩之砰砰开枪，这几下都被她躲了开来：“爹，你快放我回去！我不回去，他会被申屠洪害死的！黎正龙就是个最好的例子，我不能让他也变成人彘啊！”

苗乾风却咬牙切齿道：“我今天来就是灭了申屠家的，你不用怕，杀光了这里的人再去救你的心上人！”苗乾风膝盖一顶，从马背上又取出一把崭新的长枪递给了史妩之：“为了你的心上人，为了你娘，助爹一臂之力杀了他们！”史妩之脸色苍白如衣，接过长枪对着申屠洪轰然开枪。一片激战混乱里，一颗子弹悄无声息地腾空飞去，毫无偏差地穿透念念有词跪在地上做法事的闫嫱额头。

第一百零九章　断　舌

“嫱儿！”闻讯而来的柴有良惊叫着从玉器店冲回柴家，只见邹宛萍站在一边不断地抹着泪，毒瘾已戒的顾婆清也已然回来了，正坐在闫嫱的床上面无表情：“马贼袭击申屠家，带走了四姨太，申屠洪试图射杀穿着白衣的四姨太，混乱中却误错了身穿白麻衣的闫嫱……你来看看你的妻子吧。”柴有良迈着沉重的步子摇摇晃晃地走上前，只见闫嫱安然合着双眼毫无恐惧，似乎早已看透生死，玉白的额头上赫然印着一个大血窟窿，早已没有了呼吸。

柴有良瘫坐了下来，握紧她的手欲哭无泪：“为什么……为什么嫱儿会出现在申屠家？为什么她偏偏也穿了白衣？”邹宛萍哽咽道：“自从丧子，嫱儿一直精神恍惚，她说找到了风水宝地给儿子超度，这宝地正是在申屠后院。有良，嫱儿这些年过的苦，你看看这间屋子，她只能跟满墙的面具行头对话，看看这两个‘正’字，看看这一个个红肚兜，她心里是盼着你再来看看她。嫱儿，你可以安心了，有良来看你来了。”

柴有良痛悔不已，一拳砸在栏杆上，伏在闫嫱的身上放声大哭：“嫱儿，原是我对不起你，我知道你对我好，可我总觉得你是敖佳·女茉派来的奸细，我……我是混账！”顾婆清叹了口气：“世间万事总是失去了才知道珍惜，你也节哀顺变吧，嫱儿也算如愿以偿去找她的儿子了，等你百年归老，也可以一家人团聚了。”柴家风光大葬了闫嫱。柴有良已三番五次地哭晕过去，顾婆清才忙清手边的事，逄临齐却不请自来：“青青，这事儿不对啊，苗乾风不但没死，他的势力还比以前更强了，入攻申屠家探手得来。你这边才戒了毒，那边就来者不善，我怎么看着所有的计划和事情都已经被人洞悉了，是有人故意在打乱我们的打算。”

顾婆清揉了揉头，道：“我发现了，我也觉得不对劲，可又说不出哪里不对劲。身边的都是自己人，该怀疑的外人也都怀疑过了，可我真的想不出究竟谁是内鬼，是谁要这么做，是谁有这么狠毒的段数?”正说着，小梅竟慌不择路地冲了进来：“当家！尔妮姐呢?”顾婆清一怔：“刚刚办嫱儿丧事的时候她不是还在的么，出了什么事?”小梅脸色顿时煞白：“苗乾风……申屠洪劫回了四姨太，苗乾风又下山了。我在马贼山脚下发现了尔妮姐的银手钏，我怀疑尔妮姐是被他捉走了。”

“坏了!”顾婆清霎时变了脸色惊诧立起，咬牙切齿道，“他是要拿尔妮威胁我……尔妮是个弱女子，寨子里都是些什么人啊，那些都是土匪马贼，洪水猛兽！没有我在，尔妮会遭怎么样的凌辱……苗乾风，你要我的命罢了，为什么要难为我身边的人……”逢临齐握住她的手，道：“好在发现得早，我立刻陪你上山寨去要人!”二人默契地相视一眼，这眼神中包含了多少复杂的情感，二人同骑一匹马长驱直入上山去了。这条山道顾婆清曾经走了那么多年，她是闭着眼睛也知道哪里有暗器哪里又是薄弱的地段，怪不得苗乾风如此忌惮，宁可壮士断臂杀了这个培养多年的傀儡，也要保全自己的一座山。他在山中窝藏多年，千算万算却怎么都没算到霍廷会活着回来，更没算到一手调教的顾婆清会真的爱上他自己的亲生儿子。

“卓尔妮，我只要你一句话，我立刻就放了你。”冰冷的枪口抵在卓尔妮的下巴上，她倔强地昂起头啐了苗乾风一口：“你让我对付当家?你休想!”苗乾风蒙着一只受伤的眼睛冷冷笑道：“你怎么这么愚钝不堪?我想你早就知道顾婆清当年是怎么对你的了，她故意拿你当枪使，一方面害你一方面救你，把自己做成个救世主般的模样，你就对她死心塌地了。卓尔妮，是她害得你不能跟你心爱的人在一起，是她害得你年纪轻轻要做自梳女。我不过是要你一句去骆长官面前揭发她杀人又红杏出墙的话，你以为你不说就是保护她了么，我照样可以用你来威胁她，我亲手结果她。横竖都是一个死字，你又何必为了她多受苦难?”

苗乾风大手一挥，立刻给卓尔妮用上了刑，拶指痛彻心扉，卓尔妮满头大汗却咬着牙不肯叫出声，几下子便晕了过去。一盆冰水倾泻而下洒在伤痕累累的卓尔妮身上，她抽搐着苏醒了过来，只见苗乾风带了几个彪形大汉冷笑着站在她身边：“卓尔妮，我知道你刚毅，这皮肉之伤奈何不了你，可是别的……我们这里可是马贼窝，进了这里的女人，哪个能清清白白地出去？你还记得当初差点被我的兄弟们捉来当压寨夫人么？今儿个再压寨也不迟。”卓尔妮惊骇地推开那些扑上来的马贼呼喊道：“苗乾风，你混账！你……放开我！”

“好啊，你帮我扳倒顾婆清我就放了你。”苗乾风饶有兴致地看着她哭喊呼救着，哪知她听得这句话登时也不哭了，眼中透出一丝狠绝，竟然猝不及防地狠狠咬下自己的舌头，顿时鲜血喷涌，整个人晕死了过去。那些马贼没想到她一个自梳女居然如此刚烈，宁可咬舌自尽也要保自己清白。就在这时木板门被轰然踢了开来，苗乾风下意识地握紧枪支回头看去，只见顾婆清和逄临齐双双举着枪冲了进来。顾婆清一眼看见晕厥倒在血泊之中衣衫不整的卓尔妮，见她口中鲜血淋漓，大惊失色地居然顾不得苗乾风，冲上前一把抱起卓尔妮晃道：“尔妮，尔妮，你醒醒，你别吓我啊！”

逄临齐举着枪指着苗乾风步步进逼，扬着下巴恶狠狠道：“百足之虫，死而不僵。上一次没杀了你，你居然还要祸害青青！你口口声声说最爱的人是我娘，最疼惜的是你女儿史妩之，可是你拿史妩之当棋子，又何曾把我放在眼里？青青是我的女人，我要她活着，你若再敢动她一分，我踏平你的山寨！”顾婆清抱着晕死的卓尔妮却泣不成声，喝道：“别说了！快下山找大夫！”苗乾风喝道：“其他人可以走，顾婆清走不得！”可是他却没有想到，逄临齐突然手上一转，从袖底取出一枚手榴弹轰然炸下，整间屋子立刻坍塌成一片废墟，趁乱之际逄临齐带着顾婆清和卓尔妮早已驾马而去。

“计芬，你有没有听到楼上的声音？好恐怖啊。”嗑着干果的逯小小突然手中一抖，刚刚剥好的果子咕噜噜地顺着地面滚到了申屠计芬的脚边，她脸色青一阵白一阵地指着楼上的天花板道。申屠计芬面无表情地捡起果子扔在篓子里，自从黎正龙被做成人彘，这件事对她的打击也极其大。她当初赶走黎正龙，一方面为了保全自己最看重的颜面，一方面也是给他留了条活路，可是没想到黎正龙是真的为了她折回来，这份情早已分不清谁对谁错。她喃喃道：“那是四娘的声音，四娘被爹幽禁起来了，四面围墙，只有一个小孔是下人给她送饭的，简直像坐监牢，根本逃不出去，爹是想断了她和苗乾风的联系，想要一点点逼疯她，可是这个女人是个祸害，她若是不死，申屠家不会有一天好日子的。”

逯小小眯了眯眼睛，小声道：“你不会想杀了她吧？可别，不知道老爷的下步打算，你别轻举妄动让老爷再生气。”申屠计芬再没说话，也低头拿了一颗干果放入嘴中嚼了起来。

那面墙上的孔的确足够的小，只能递得进去一个巴掌大的盘子，更莫说人从里面逃出来了。可是就是这样的一个小孔，也足够一支枪杆从里面悄然伸出。黝黑的枪口徐徐探出，竟然没有一人发现，十字左右移动终于对准了申屠洪的房间，枪杆的另一头，史妩之麻木的冰冷的脸如同初入蓝关堡时的不沾人间烟火的天仙那般，只是眼中多了一丝茫然和狠绝。她徐徐按下扳机，凝神准备射出这枚子弹，突然眼前一片漆黑，只感到一只手突如其来地握紧了枪口推了进来，用力夺过她的枪，扬起枪杆狠狠地向史妩之背上打去：“你想杀老爷？就凭你？”

这尖刻的声音自然是扈凤仙的，她早就料到曾是神枪手的史妩之必定会借这个孔穴大做文章。她得意洋洋地抄着枪杆打了史妩之几下，趾高气昂道：“来人啊，给四姨太尝尝我亲手为她做的补药。”几个下人冲了进来，一手捏开史妩之的嘴，一手把满满一大碗辣椒水灌入她的口中。看史妩之狼狈的模样，扈凤仙更是得意了，她俯下身一把捏住史妩之的下巴，勾起嘴角的笑容道：“以前是二妹，后来又是你，老爷可是对你们深宠不衰啊。而三妹虽然漂亮，可毕竟是个奴才出身，老爷玩完儿就腻了，而我，我是大地主家的千金啊！从小到大我是掌上明珠，一呼百应，我从来都不把算盘打得太精，可事事都掌控在我的手里。我敢做的事，你们几个小妾都没这胆量，这些年我帮着老爷打理天麻店，帮老爷解了多少燃眉之急，可是我这个原配，却是最被冷落的一个！”

第一百一十章　灯下黑

“看看吧，老爷这辈子最宠的小妾，一个是马贼的姘头，一个是马贼的女儿，你们不就仗着年轻貌美么？我可是一心向着老爷，一心为了这个家！到头来我得到了什么？四妹，你落在我的手里，我就帮老爷把你这画皮一层层地剥下来！”

扈风仙拿出一把明晃晃的刀在她的脸上比画来比画去，笑道：“你这天仙般的皮儿，要给我割下来，你还拿什么脸去见柴有扬？”史婉之一听浑身顿时震了震，哭道：“不要……大姐，我求求你，你不要毁我的脸，我不能这样见有扬……”

一阵痛苦的尖叫声响彻云霄，吓得逯小小把杯中的茶全泼洒到衣服上了，申屠计芬早已吃光了盘中的果子，拍了拍手起身走上了骑楼。到了这冰雪覆盖的半夜，阴风阵阵，抖落一树的雪花簌簌落了满院，“吱呀”一声，一间房屋拉开了一条缝隙，申屠计芬蹑手蹑脚地从里面探身而出，竟然径直去了那关着史婉之的铜墙铁壁屋子。

她堂堂申屠大小姐，在申屠家里除了姑奶奶申屠湘便是她最得宠，谁还敢拦她的大驾？她一推开铁门，这发霉潮湿的黑屋子之中鼠蚁成患，史婉之的一身白衣裙褂早已被恶鼠咬烂，邋里邋遢脏得不成人样。申屠计芬踩着沙砾走过去翻过倒在杂丛中的史婉之，赫然见她的脸颊早已被刮花，那一道道血痕触目惊心，哪里还看得出这是曾经那个艳绝蓝关堡的绝顶美人。

史婉之浑身抽搐了一下，苏醒了过来：“计芬，计芬你救救我，你让我死，让我死吧。我的这副皮囊都没了，我也没有脸见有扬了，你干脆给我一刀杀了我。”申屠计芬冷冷地甩开她：“我来是告诉你，苗乾风又失败了，他被逄临齐的手榴弹炸伤，又中了卓尔妮的剧毒。你看看你爹和你男人，没有一个是好下场。可我的丈夫也没个好下场，所以我是来帮你的，我爹要你活得痛苦，我就让你死得快活。”

申屠计芬忽地从棉袄衣袖里取出一块布，徐徐地打开展成一条白绫扔在了她的面前，又从自己的头上拔下一支钗，递给她：“这钗里面放着毒药，我都赐给你了，你自己选吧。”

“尔妮，尔妮……”一声声时近时远的呼唤声飘入她的耳廓，眼皮重得抬不起来，怎么自己还没有死么？这声音怎么那么像当家？当家……当家有没有危险，是不是被苗乾风引来了？脑中一有这样的念头，卓尔妮便撑着自己用力地睁开眼，视线模糊中看见顾婆清焦急地正望着自己：“哎呀，尔妮醒了，尔妮醒了!"

顾婆清又惊喜又心酸地一把拉住身边的逄临齐，“终于醒来了，都昏迷了这么多天，我还担心她会没命。”卓尔妮张了张口正欲唤她，“当家”二字居然却发不出声来，喉咙一阵嘶哑，舌尖剧痛不已，卓尔妮惊诧地清醒了许多，恐慌地更是张着嘴试图开口说话，可居然一点声音都发不出。

看着她惊慌失措不知如何是好，顾婆清赶忙坐下安慰道：“没事的没事的，你只是咬伤了舌头，暂时无法开口说话，我已经找了西洋医生给你开药，过一阵子就好了。”

“夫人，这位姑娘的伤非同小可，我已经仔细看过，伤势太重已伤及筋脉，恐怕……是永远无法开口说话了。”站在一边穿着黑色西装的洋大夫推了推眼镜片，口无遮拦道。顾婆清恨恨地瞪了他一眼，可这话已被卓尔妮清清楚楚地听了去，她那张挂着泪珠的脸庞愕然定住，双眼一翻晕了过去。

卓尔妮受不了这样的打击，自从醒来之后就一直缩在床角不肯见人，无论顾婆清如何劝，她都会大发脾气乱扔东西，口里发出呜呜的声音，谁也不明白她到底要表达什么。顾婆清叹了口气，未免再刺激她，只好先从屋内走了出来，迎面碰上来送药的小梅，小梅听着屋里的声音张望一番道："当家，这样下去可不行，尔妮姐说不了话，也不会写字，她以后可怎么过啊？冷暖悲喜怎么表达？总不能……总不能像表少爷那样拖一日算一日吧？"

忽然窑洞门口传来一声"我有法子"，二人循声看去，只见逄临齐手里抱着一本厚厚的本子大步走了进来："青青，这是我找一个会手语的艺人做的册子，里面有详细的图解，我们先学会了，然后让尔妮也学会，这样就可以交流了。以后每天我都来这里教你们手语。"

一时不能接受巨变的卓尔妮在二人的陪伴下也慢慢缓过神来，积极地跟着他们学起了手语。日子总还是要过的，而且她还有一句重要的话想告诉顾婆清。她每天努力地跟顾婆清和逄临齐学手语，很快不但卓尔妮会了，他们两人也会了，没想到这手语倒还挺有用，好似一般人破解不了的密语。

这天教完卓尔妮，顾婆清亲自将逄临齐送去窑洞门口，二人并肩走在雪地上互相打着手语打趣，顾婆清忽然取出一条毛围巾递给他："临齐，天气越来越冷，这是我织给你御寒的。"逄临齐心中一暖接过围巾绕上颈子，一把将她揽入自己的大衣中："青青，不如我带你走吧。"正在这时，一阵玎玲的铃铛声伴着卓尔妮跑来的脚步声传来，只见卓尔妮还穿着屋内单薄的衣衫，急急忙忙地一手拿着几张图纸一手打着比画跑到二人面前："不，要，走。"

顾婆清和逄临齐看懂她的手语，奇怪地相视一眼，只见卓尔妮一会儿挥着手比画，一会儿指着图纸："我在山寨里，给苗乾风下了毒，手榴弹爆炸以后，我在蓝关堡看见一个女人救走了苗乾风，他还没死。"顾婆清大感愕然："一个女人救走了他？那他会藏在哪里，这不可能啊，整个蓝关堡和山寨都已经被我们扎紧口袋了，怎么苗乾风会突然间凭空消失呢？"她沉默半晌，转向逄临齐："一个女人……我记得女苶和苗乾风关系匪浅，会不会是她？"逄临齐摇了摇头："她没有出过房门一步，绝不可能。而且若是在我逄家，我一定能揪出他来。怎么就会人间蒸发了？”

闻言走来的邹宛萍蹙起眉头忽然道：“婆婆，有件事我一直没跟你说过，但我心里总觉得跟苗乾风有关。以前我见过九安和三太太关系很好，三太太还经常带他去一个密道，据九安说那个密道里全堆满了食物。”顾婆清未等她说完便摆了摆手：“这个密道我也去过，的确全部堆放的食物，不过是三太太自己储备的粮食，三太太以前穷惯了，又贪嘴爱吃，这没什么稀奇的。”

卓尔妮打着手势道：“可是，我们没有时间一点点地慢慢找了，必须立刻找到苗乾风，不然不得安宁。”就在众人怎么都想不出的时候，身后倏然传来一句：“这就像打仗，敌军要有足够的粮草供给才敢这样耗下去啊，苗乾风藏身的地方，就是三太太的食物地道。”

众人惊诧地回过头来，只见推着柴有扬出来的小梅面不改色地走了过来，展开一张蓝关堡的地图，手中举着油灯往柴家的地方一放，阴影之下恰好正是那不足百米的食物密道：“这就叫作灯下黑，也就明白为什么苗乾风会凭空消失了。”顾婆清拍掌道：“好！临齐，跟我上马，立刻着让人包围这个地方！”

逯小小的食物甬道刹那间被柴家人马包围得水泄不通，顾婆清手持手枪第一个跃下马来冲了进去。逄临齐知道她想借此机会为柴有浦报仇，只怕她这么冲动会中了埋伏，赶忙也翻身下马跟着掩护她进去。

众人皆讶异于这一间冗长巨大的食物甬道，两旁的墙上都分好了格子放着各式各样的美食，可顾婆清举着枪警惕地扫视一圈，却发觉早已人去楼空，桌上还有一盘刚刚嗑完的瓜子皮，似乎刚离去不久，她恨恨道：“我们又来迟了。可是我想不明白，三太太怎么会跟苗乾风狼狈为奸？三太太心眼儿单纯，还是分辨是非的。”正在这时在一旁检视周遭的邹宛萍忽然俯身捡起一枚子弹，颤抖着手递了上来：“婆婆，你看这枚子弹……这跟射杀嫱儿的那枚子弹是同一型号啊，难道嫱儿不是申屠洪误杀，而是被苗乾风误杀？”

顾婆清一惊，拿过那枚子弹仔细瞧了起来，脑中顿时一片空白，惊恐地倒吸一口凉气：“绝不是苗乾风杀的，当时不是说是申屠洪要杀白衣的史妧之却误认了嫱儿么，苗乾风又怎么可能杀自己的女儿？难道……难道嫱儿的死并非是个意外，而是有人趁乱而为，嫁祸申屠洪？是谁……对啊，嫱儿的儿子死了这么久了，为什么那天突然想起来要超度做法事，还偏偏指定风水宝地是在申屠家，是谁指使她这个所谓的风水宝地？坏了，这事不简单，嫱儿是被人灭口的。”

脑中一片混乱的顾婆清怎么都理不清这些思绪，兀自去求申屠湘再让她去见一见黎正龙，申屠湘不忍她苦苦哀求，只得再度冒着风险带她潜入申屠家，领她进去那间腐臭的黑屋子。

只见黎正龙还有着一丝气息，可整个人早已发出尸臭，身子还泡在水缸之中，顾婆清眼眶一酸扑上前抱住他恐怖到狰狞的头哭了起来：“阿廷，你放心，我一定要替你报仇。大小姐还在申屠家，我不会让申屠洪有好日子过！”突然吱呀一声门响，一个细长的影子从外面延伸进来，顾婆清赶忙擦了擦泪紧张地回头看去，只见门外站着的正是申屠计芬，她面无血色道：“四姨太？我倒想帮她一把，可是她不争气，自尽未遂又被发现，已经被我爹运出城卖去窑子了。”

第一百一十一章　苏克察福晋

“你说什么？”顾婆清不可置信地睁大了眼踉跄地站起身来。申屠计芬走进来把门带起：“是我爹把正龙做成人彘，正龙再有不是，他也是我最爱的男人，我恨我爹，恨蓝关堡的所有人。所以他想折磨史妧之生死不能，我偏偏要送史妧之上路。就算他今日能把史妧之送出城，可她一张天仙似的脸庞已经变成钟无艳，她不会再活着了。顾婆清，我知道你想干什么，我可以帮你一把，除了我爹，什么我都可以帮你，你知道四娘是个神枪手，她走的时候匆忙，曾经那支傍身的长枪都没有带走，我想对你有用吧。”

顾婆清正为是谁射杀了闫嫱而疑虑，这时候申屠计芬偏偏又提这个话题，让她心中不由一怔，边接过那支长枪边暗暗想到，是啊，史妧之是申屠家的四姨太，若是申屠家有人学会她的一点点枪法便可以杀人了。

一阵细碎脚步声踏着雪地上走了过来，坐在窑洞门前晾晒着洗干净的衣物的卓尔妮压根儿没注意到。接连下了不少天的大雪，今儿个却突然放晴了，暖洋洋的太阳洒在地上，有些雪已然融化，露出星星点点的黄沙。她专注地晾晒着，在衣被间穿梭来去，那脚步声也停了下来，人影飘忽在衣被之后，仿佛一阵抓也抓不住的风。

卓尔妮这才透过被单看见了那影子，一阵风掀起被单倏而落在脚边，刹那间四目相对双双怔住。穿戴整齐的逄临恭一身墨绿色的军服军帽，这些年的磨练让他的轮廓更加分明有致，他眸中含着泪水，抬起戴着白手套的手握住卓尔妮的手：“我一直没敢来瞧你，怕自己会伤心。我只觉得这些年做了一场大梦，无论是奶奶也好，肖娘也罢，或者妧之和你，都被我害到这个地步，我已经万念俱灰不想报仇了，上次我说过我会离开蓝关堡去参军，可又听闻你出事……尔妮，是我对不起你。”

卓尔妮拍了拍他的手，微微一笑腾出自己的手连续打了一串手势：“别自责，我现在这样挺好，起码我还留了条性命见你。你放心去参军吧，我会照顾逄小姐，逄老板也一定会善待雕刻店和逄小姐的，到了前线，记得每个月都来电报报个平安，我会在蓝关堡为你祈福。”风扬起一件件衣被，一个人影从后面闪身而过，阴影下小梅抬起稚嫩的脸庞滴溜溜地转着眼珠子。

“尔妮，我要走了，你多保重。”逄临恭吸了吸鼻子收回了手，立定站好向她抬手敬了个礼。卓尔妮浅浅笑着凝视着他，虽然笑着可眼眶早已模糊，也学着他的模样抬起手回敬了礼，比画了两下：“我送你出城。”二人并肩在这洒满冬日阳光的雪地上一直走到了城门口，逄临恭顿觉一阵不舍，转过身将卓尔妮紧紧地拥入怀中。

这片刻却再也懒得管什么礼法规矩，二人就这样在熙来攘往的城门口相拥着。卓尔妮轻轻推开了他，比画道：“快走吧，送君千里，终须一别。”逄临恭牵来一匹准备好的骡子翻身上去，抬起颤巍巍的手哽咽着轻轻放在脑边，扭过头去疾驰出了城门。卓尔妮迎着风沙登上了这座黄沙堆砌的城楼，目送着茫茫黄沙之中越行越远的逄临恭的背影轻轻摇了摇手，泪水再也忍不住倾泻而下。

“吓死我了，吓死我了……”轰的一声门响，逯小小慌慌张张地跑进一间屋子反手关起了门。只听屋里一人阴沉着声音道：“三太太，什么事这么害怕?”逯小小紧张地挪动着步子坐了下来，赶忙剥了颗朱古力放入口中压压惊：“总之自从姑爷和四妹出事，我总觉得半夜睡不安稳，好像老是听见有冤魂叫屈。”

那人从里屋一瘸一拐地走了出来，正是消失多时的苗乾风：“哼，他申屠洪害我女儿，我要让他家无宁日。这么就算了？三太太，你跟我可是一条船上的，我首先要你做的就是整死那个把我女儿脸蛋划花的贱人，到时候他申屠家被蚕食分裂，借机把申屠洪连根拔起，我要替我女儿报仇!”他狠狠一掌拍在桌上，震得茶水泼洒而出，逯小小却处变不惊地继续吃着朱古力。

“大姐，后天是祁太太儿子娶媳妇儿，发了帖子叫我们去呢。”一张鲜红的请帖由逯小小肥润玉滑的手递了过来，坐在灯下批阅着账簿的扈凤仙疲惫地挥了挥手：“好了好了，我知道了。”

逯小小又贴心地端来一碗热汤紧挨着她坐了下来：“大姐，你别把自个儿累坏了，早点休息，明天我们两姐妹出去逛逛街把贺礼给买了。”扈凤仙停下手中的笔，揉了揉头道：“都这么晚了你才告诉我，我哪里有时间去？就三妹你帮我买贺礼吧，到时候替我送上就行了。”逯小小见她不吃汤竟自己偷吃了两口，甜甜笑着点了点头。

这一向懒惰的逯小小这次却殷勤起来，扈凤仙向来不把她放在眼里，总觉得她不过是申屠洪从人贩子手中买回来的，身份低微怎么能跟自己相提并论？空有一张漂亮的皮囊，却是个十足的贪吃鬼，没有半分心机，扈凤仙又哪里会提防她。

第二天逯小小却是起了个大早地往布料店跑，一边吃着手中的糕点一边冲进去吆喝道：“老板，我订的大红凤纹锦缎到了没？”哪知那店里还有一个正在挑着素雅花纹布料的姑娘，听见她的声音不由身子一怔转过身来：“三娘？”这姑娘手中拿着一角青花瓷色的布料，显得她的面容更加憔悴，竟然是申屠计芬。逯小小心中不由咯噔一下，心道蓝关堡这么大怎么偏偏就狭路相逢，她只好向申屠计芬挤出一个困难的微笑。

申屠计芬看着老板抱出一大匹那鲜红的布料，惊讶道：“三娘，明天是二娘的生忌，你怎么还买这种颜色的料子？”逯小小笑道：“我？我是替别人拿的，我当然知道红白不能相冲了，你放心好了。”说罢抱起布料一路小跑地跑走了。申屠计芬看着她的背影不由蹙起了眉头，为什么总觉得这三娘有说不出的古怪，可偏偏又找不到什么地方不对劲。

似乎连老天都知道邬春玉死得不明不白，这大好了几日的太阳也忽地收了影，整个蓝关堡风沙肆虐，白雪纷飞，一夜之间将所有屋舍都挂上白帐。接连在天麻店加班的扈凤仙却接到了这件大红袄褂，这才想起逯小小说的要去参加喜宴，立刻换上衣服回家去叫逯小小一起前往。

纸伞撑不住风雪，白花花的雪落满了扈凤仙鲜红的衣襟，她心中互感不安径直往窑洞走去，刚刚跨进家门，竟然听见堂内哭声一片，堂中赫然挂着白帐，所有人都来齐了在祭奠邬春玉。逯小小也身穿白衣站在列中，眼尖地看见了扎眼红衣的扈凤仙，叫道："呀，老爷，大姐回来了！"站在中央哭得正伤心的申屠洪转过身去，只见茫茫白雪中扈凤仙愕然地穿着一身喜庆的红衣定在原地，申屠洪登时火道："你身为正室，怎么才来？还穿成这样，到底是什么意思！"

逯小小不忘顺手从供桌上拿了一块糕饼塞入口中，赶忙道："老爷，你别怪大姐，其实大姐又怎么会不记得今天是二姐姐的生忌？我瞧见大姐还买了东西要烧给二姐姐呢。"说着便叫人拿出了那早已买好的贺礼，那是个精美的景泰蓝盒子，申屠洪阴着脸蹙着眉扬手打开，只见里面赫然躺着一个木人，上面扎满了针，一张黄纸上用鲜血写着邬春玉的生辰八字。

逯小小惊得手中糕饼纷纷落地，闪着恐惧的泪水尖声叫道："哎呀，是魇咒！大姐，原来二姐姐是你……大姐，我知道了，你瞧我们几个小妾都比你得宠，你最恨的是最得宠的二姐姐，二姐姐就出事了，后来是四妹得宠，你又把她的脸划花了，下一个，下一个岂不是要轮到我……"她畏畏缩缩地往申屠洪的身后躲。扈凤仙惊愕地指着她道："你，你……这件衣服是你送给我的！是你说祁太太的儿子今天成亲让我送的贺礼，你……"

逯小小晃着申屠洪的衣袖哇地哭道："大姐果然下一个目标就是我，老爷，我不想死……"申屠洪忽地扬手将景泰蓝盒子打翻在地，霎时恼羞成怒涨红了脸喝道："来人！拿走大太太的店铺钥匙，锁入房内禁足！"申屠计芬看着穿着那件熟悉花纹衣料的扈凤仙被拖下去，她悄然瞥了逯小小一眼，只见逯小小若有若无地抿嘴咬了一口糕饼，抿出一个极其浅显的笑涡。

“大嫂如晤，军阀已发现清廷后裔企图反民复清，已下达追杀令，如今天下初定，大清大势已去，万望大嫂莫再轻举妄动。军阀所抓前清谋逆之人为数不多，为首苏克察福晋。”女芣颤抖着手看完了逄临恭从前线寄来的这封电报，赫然脑中嗡嗡作响：“额娘……额娘被军阀抓了……不行，他们人太少势单力薄，又是第一批被抓的人，军阀一定会杀鸡儆猴，一定不会轻饶了他们，我要去救额娘，清廷总共就剩下这么几个人了，我不能让额娘也死了。”

趁着这时候蓝关堡也乱得无暇自顾，女芣立刻偷了逄临齐的马连夜冲出城门之外，要赶往千里之远去救苏克察氏。可是她才坐稳上马背，顿时感到毒瘾骤犯，浑身无力竟然从马上轰地摔了下来，痛苦地蜷缩在覆盖着冰冷彻骨的黄沙中粗喘着。

第一百一十二章　水满则溢，月盈则亏

一双脚悄无声息地映入她的眼帘，她费力地抬起脸顺着这双脚看去，破旧的肥大长袍中裹着苗乾风清癯的身子，苗乾风似乎早就在这里等着她了，得意地笑着蹲下身道：“敖佳格格，跟我对着干，怎么就不觉得这福寿膏的量被我加大了？苏克察福晋也是我检举揭发的，我还会让你去救她么？”

“怎么样，还没找到苿姨奶奶么？”这个时候突然间跑了，让顾婆清不由得怀疑起跟苗乾风脱不了干系。逄临齐摇了摇头，拿出那张在女苿房间里发现的电报道：“是临恭发来的电报，苏克察福晋就是女苿的额娘，她会不会去救额娘了？”

顾婆清满心不安地走来走去，道：“她是去救额娘，还是去搬救兵？我只担心她若是和苗乾风联手，一定会将蓝关堡摧毁覆灭。”申屠湘忍不住站起身道：“蓝关堡的事与你已经无关了，你还管这些干什么，你为什么就是不肯跟临齐走？”

顾婆清叹了口气道：“昨儿个晚上，我又梦见主子了。我既是不能走，也是不想走。我在蓝关堡这么多年，每一粒沙子都是我的亲人。我做梦都想着离开蓝关堡，可我没有这个本事，这些年在蓝关堡唯一做的就是谋算人心和争斗竞逐，你以为我到了外面还能过安稳的日子么？这里是我的家，也是我的坟墓。我的儿子，埋在了这黄土之下，我的丈夫，也掩埋在这风沙里。苗乾风和申屠洪，我要眼睁睁地看着他们遭报应，还有，主子跟我说，她的死没有这么简单，我一直都怀疑苿姨奶奶，她这么一走，所有线索都断了。”

“什么，你怎么从来没跟我说过？顾阿清的死跟女茉有关？”逄临齐大感惊讶，顾婆清摆了摆手：“我也不能肯定，但是阿廷跟我说过顾家的事与这位格格是有千丝万缕的关系，而且我依稀还记得，当年敖佳·女茉嫁入蓝关堡做你的小妾，她从骡子上下来，一双眼睛就盯着我这个自称‘顾氏阿清’的人看个不停，当时我就觉得什么地方不对劲，可偏又说不出来。总之我不能让主子白死，这内里的真相我一天不查清一天都不会离开蓝关堡。”

她刚刚说罢，卓尔妮冒着风雪急匆匆地冲进屋来拽着她打了一串手势。顾婆清忙转过身向逄临齐问道：“尔妮问，逄二少爷还有电报发回逄家么？”逄临齐茫然地摇了摇头：“他怎么可能给逄家发电报，肖娘已经是这副模样了，他恨透我还来不及，要不然也不会连逄家祖业都不要宁可冒着漫天炮火去参军。”

卓尔妮登时急得直掉眼泪水，唔唔地极力想发出声音，焦急地打乱了手势，顾婆清道：“别急别急，你想说什么，慢慢表达。”卓尔妮红着眼摇晃着戴着银钏的手腕比画着：“我收不到临恭的电报，说好了每个月都报平安回来的，已经两个月都没消息了。我听说连天战火，前线已经沦陷，临恭会不会出事……”

逄临齐大骇地霍然站起：“什么？糟了，临恭也是个文弱书生，若是战事激烈他真的会凶多吉少！”顾婆清悄然使了个眼色，忙安慰着卓尔妮：“你放心，吉人自有天相，逄二少爷一定不会有事的。他身上戴着你送的怀表，心里还有牵挂，他不会这么容易就出事的，你看阿廷不也一样么？”

卓尔妮听她这么说才稍稍安心些，可是接连几天过去了，只听从省城里来的人说前方战事猛烈，逄临恭的电报却仍旧杳无音讯。卓尔妮再也坐不住了，一时冲动竟漏夜收拾了包袱准备连夜骑马离开蓝关堡，赶往前线去找逄临恭。

“尔妮，你去哪里？”月色下忽然传来一声伴着咳嗽的柔弱声音，只见邹宛萍撩开厚重的门帘一边掩口弓腰咳着，一手拿着一个黑褐土埙，披散着长发穿着水蓝色的睡袍缓缓走了出来。卓尔妮见她身子不爽，赶忙下马去扶她，卓尔妮打着手势道："怎么邹少奶奶一个人在屋子里，大少爷呢？"邹宛萍用冰凉的手拍了拍她微微笑道："自从嫱儿死了，有良觉得自己亏欠了她太多，每夜都去她生前的屋子里，很少再到我这里了。尔妮，你心里面怎么想，我都知道。你听我一句，不要去前线。现在逄二少爷生死未卜，你一个弱质女流奔赴前线万一出了点什么事，你让他如何自处？我来教你该怎么办，这支埙你拿好，我教你吹。虽然隔着千山万水，但月宫中的仙子听得到，她会帮我们把埙声传给牵挂的人，逄二少爷一定会听见的。"

呜呜咽咽的埙声断续绕上茫茫苍穹，这曲子如同风过竹林，空灵哀婉仿若穿越了千年，时间和空间一瞬间犹如月光融化在雪地中苍茫一片。这同样一轮月下，吹的人心痛，听的人断肠。

被锁在四面铜墙铁壁中的扈凤仙在这暗无天日中听见了这天籁埙音，顿时心下一阵凄楚，似是被这声音戳中心扉，靠在墙壁上一下一下地打着拍子哼了起来。忽然铁门被厚重的声音移了开来，扈凤仙想都没想立刻爬起身喊道："老爷……"可月光下定睛一看，进来的那人手中抱着香喷喷的馍大口大口地啃着，头上戴着黑色羽毛的法兰西礼帽，穿着优雅的晚宴裙却是一点儿都不优雅："逯小小？"

她听见扈凤仙叫自己的名字，陡然停下了鼓着的腮帮子转过脸来嘿嘿一笑："想不到吧，我来瞧你来了。"说着竟把手中没吃完的馍馍扬手一扔，凑近了些。扈凤仙恨得咬牙切齿："逯小小，想不到啊，你嫁入申屠家这么多年，我都没瞧出来你有这样的心思和手段。你扳倒了我，就能当唯一的太太了么？"

逯小小咯咯直笑："大姐你还是不了解我，我只要有吃有喝就行了，我才不稀罕当什么唯一的太太。所以啊，你以前对我不错，总留些吃的给我，我这才没对你下狠手。不过你以为老爷他真的这么容易被我以一个木偶人挑拨么？老爷早就想废了你，不过是借着我的口行事罢了。你手掌天麻店的事牝鸡司晨，娘家早已不复当年显赫，老爷早就对你不满了。大姐，我劝你一句，你若想安安生生地在申屠家过完下半辈子，别再想着跟我掺和，这个东西可以帮你一把。”逯小小从怀中掏出一个纸袋子扔在她的面前，里面赫然装着满满的生鸦片。扈凤仙泪流满面地捧起这生鸦片伸手抓了往嘴里含泪生吞。

大太太就这么疯了，但谁也不知道这曾经完美曾经高高在上的女人是怎么一夜之间疯了，更没有人知道她究竟是真的疯了，还是装疯卖傻。可是再度陷入混乱的申屠家却没有人再管这个失宠的大太太，因为苗乾风又来了。

“青青，青青！”最紧张的居然是逄临齐，他得知这个消息后立刻从雕刻店赶往柴家，可四下都找不到顾婆清的踪影，却迎头撞上了卓尔妮，他焦急地拉着卓尔妮问道：“青青呢？你有没有看到她？”卓尔妮放下手中的埙，打着手势道：“当家去申屠家了，她说要趁着混乱把霍廷先生救出来。”逄临齐登时大骇：“糟了，我就知道她会这么冲动。申屠家根本经不起苗乾风再度攻袭，能耗到现在，说明苗乾风醉翁之意不在酒，他算准了青青要去救霍廷，他是冲着青青来的！”

逄临齐再不能等下去了，立刻接过卓尔妮递来的枪飞身上马赶往申屠家。申屠窑洞已是炮火一片，混乱之中逄临齐哪里还想那么多，立刻举着枪冲入门中，哪知门口竟施施然站着一人，那依合得度的曼妙身姿穿着绯绯桃色的羽衣，蜷曲的长发扎成漂亮的造型，炮火中丝毫不乱，似是在这里等着他。逄临齐愕然猛地拉紧马缰：“肖娘？肖娘，你快让开，我要进去救青青！”

“大哥，我已经没有二哥了，只有你一个亲人了，你为什么还挂记着那个贱人？是我助阵苗乾风的，我就是要顾婆清死，我要我的大哥只属于我一个人。”逄肖娘盈盈笑语柔声中却带着狠绝。逄临齐倒吸一口凉气，举起枪口对准她，抽搐着脸颊道：“肖娘！你快给我让开，我的枪不听指挥，你别让我有负临恭的嘱托。”

逄肖娘却仍旧微微笑着一步步往枪口上顶来，温柔着声音道：“你开枪啊，开枪啊。”逄临齐的手不住地颤抖，心中复杂不安，忽然逯小小不知从哪儿冒了出来，扬手给他扔了个纸团，逄临齐打开一看，只见上书：顾婆清带着正龙已经安全离开，你快走。

“岂有此理！是谁把黎正龙放走的？”抓不到顾婆清，苗乾风便兀自收了人马，要对付申屠洪还不急于这一回。可是申屠洪却发现黎正龙被救走，而这绝不是顾婆清一人可以做到的，必然是申屠家的内鬼所为。逯小小怪声道：“呀，老爷，是我错，是我大意了。苗乾风攻到门口来了，我担心再把大姐锁在屋子里容易出事，便把她放了出来。本想着她已经疯了不会再怎么样，没想到她居然把黎正龙给放走了！”

申屠洪勃然大怒道：“堂堂申屠家正房大太太，居然失心疯到这个程度！小小，给她多留些生鸦片，说是我赐给她的，你去把她立刻给我赶出蓝关堡，扈凤仙的名字从此从族谱上去掉，申屠家再也没有这么一个大太太！”一向面无表情的申屠计芬听到他如此绝情，不由愕然地抬起头凝视着装腔作势的逯小小。

第一百一十三章　幻即是真

“九安，阿廷就交给你照顾了。劳烦你了，青青在这里谢过你。”筋疲力尽救出黎正龙的顾婆清扑通一下跪在了臧九安的面前。臧九安吓得都忘了去扶她，也紧跟着跪了下来：“哎呀使不得使不得，大当家的这是要折煞我啊。他本就是我的师父和恩人，我照顾他是理所应当，快快起身，快快起身。”

顾婆清鬓发凌乱地哭着爬到那口缸子旁：“阿廷，你要撑下去，看着我如何替你报仇。”这时逢临齐折了回来，看到她安然无恙这才放心：“青青，青青，你知不知道你刚才差点中了苗乾风的计？幸好三太太护送你出来，你没事吧？”

顾婆清闻言忽地想起了什么，脸色一变猛地抓住他的手：“不对啊，三太太帮我和阿廷逃出来，怎么似乎已经预料到我会去趁乱救阿廷？为什么申屠家所有人她都不帮，偏偏帮我，而且枪林弹雨，她居然能带着我们毫发未损地逃出来……混乱中我还看见三太太居然会开枪，而且枪法极其诡异，她平日里不知所谓，怎么会开枪？”

她立刻找着临走时逯小小留给她护身的那把手枪，可惜里面已然一颗子弹都没有了。逯小小是算准了没有子弹的。顾婆清倒吸一口凉气，比画着枪膛道：“那颗在食物密道里发现的子弹，和射杀嫱儿的子弹都拿给我。”逢临齐小心翼翼地将两枚看起来差不多的子弹包在一个手帕里递给了她，顾婆清颤抖着手一枚一枚地放入膛中，竟然一如她所料，这子弹居然完全吻合。

顾婆清一个踉跄差点摔倒：“是三太太……杀了嫱儿的人是三太太

……这怎么可能，我与她打交道这么久，我都没有看出来她居然如此深藏不露如此狠毒。”这句话刚刚说罢，却被来到玉器店的柴有良不偏不差地听了去，他登时火冒三丈地冲过来拿起凿玉用的斧子涨红着脸嚷嚷着：“原来嫱儿不是意外被误杀，是被这个贱人故意杀死的，我要杀了她！”顾婆清让逢临齐和臧九安拦住他：“你别吵了，你让我好好想想！逯小小绝不可能是元凶，逯小小要杀嫱儿，必定是背后有人买通了她。可是这件事跟苗乾风没有任何关系，你们想，那天为什么会造成嫱儿被申屠洪误杀的假象？是因为嫱儿穿了白衣，为什么嫱儿偏偏那天想起来去申屠家找风水宝地，为什么偏偏那天穿了白衣？是谁指使她这么做的，我想，只有一个人可以指挥得动她——敖佳·女茉。”

逢临齐也万分惊愕道：“我原来只道女茉假仁假义把她收留在身边，嫱儿看上去风光无限，没想到一直都是女茉的一颗棋子。嫁给柴大少爷，被打种，利用儿子的死大做文章，甚至到最后所谓那颗误杀她的子弹，都是她一生视为恩人的女茉安排的，她到死都不瞑目啊。”

顾婆清点了点头：“所以这个格格一点都不简单，一个戏子都能被她榨得干干的，我是越来越不相信主子的死跟她没有关系了。”顾婆清揣着这个心思一直回到了柴家，若是这样说，女茉来到蓝关堡并非仅仅为了筹集军资和人马反民复清，还要来销毁害死顾阿清的证据，那么说这个证据一定还在蓝关堡中，更有可能的是，就在已故的柴国瞿手中。

可是柴国瞿的宝藏一部分早已给黎正龙充作军备，一部分也早已分发出去了，根本没有什么异样，顾婆清心中又焦急又烦乱，拼命地寻找着蛛丝马迹，好像是在跟自己较劲儿似的，一连找了几个时辰，直到夜深人静，实在累得受不了，这才迷迷糊糊地在翻得一片狼藉的祠堂中沉沉睡去。

一阵阵时远时近的咯咯笑声传入她的耳廓，这声音是何等的熟悉，以至于一听见，顾婆清便一个激灵地睁开了眼。外面似乎淅淅沥沥地在下着雨，厚重的黄土窑洞早已变成了飞檐翘角，这个祠堂里却仍旧空无一人，也不知那笑声从何而来，一道闪电轰隆照亮了祠堂里供奉的灵牌，赫然是顾阿清的灵位。

“主子……”顾婆清失声叫了出来，那咯咯的笑声更加明显了，却是在祠堂之外徘徊着不进来，顾婆清什么也顾不得，冲进雨中四处寻找着顾阿清的踪影。大雨淋湿了她浑身，顾婆清发了疯似的兜兜转转却怎么都找不到顾阿清，忽然一阵天旋地转，脚底一软，整个人跌倒在水泊之中。

“青青……”一个模糊的人影在水泊中倒映出来，那修长柔弱的身姿，花容月貌的绝色，从始至终都穿着一身白袄梳着两根辫子的少女正是顾阿清。顾婆清激动地便要起身去拉她的手，却霍地从睡梦中惊醒了过来。

祠堂还是柴家的祠堂，满地狼藉依旧，哪里有顾阿清的一缕香魂？顾婆清揉着额头喃喃自语道：“怎么会这样，这些天梦见她怎么越来越多了？难道是她想跟我说什么，想让我尽快替她报仇么？”

她正望着满地的纸张觉得无从下手，忽然听见祠堂后面发出窸窣的声音，她敏感地起身掀开门帘，只见卓尔妮正蹲在门前伸手捻着地上的沙土灰尘：“尔妮？”卓尔妮凝视了沾着灰尘的手指，半晌才缓缓起身向她打手势道:“当家梦见顾小姐了？”顾婆清讶异地点了点头,卓尔妮又比画道:“这不是巧合,我担心临恭的音讯在月下吹埙,看见当家你梦游着从祠堂出来又回去了,我跟着过来,看见一个白色的人影一闪而过,现场还有些疑点痕迹,我怀疑是有人刻意而为,让当家梦游。”

“你说什么？你的意思是说，我这么多年在蓝关堡每每梦见主子，都是有人刻意而为？那岂不是这个人早就知道我的身份了么？这个人有什么目的……每次都在我不想报仇或查不下去的时候让我梦见她，这个人是想让我替她报仇！”

顾婆清浑身汗毛倒立，说不出的阴森恐怖：“若是此人能隐藏得如此深，除非我替主子报了仇，否则一辈子都找不出这个人来。”卓尔妮转了转眼珠，扬起叮咚的手钏比画着：“此人在暗，当家在明，一时半会儿不好打草惊蛇。但是不如把这阵势弄大些，让茉姨奶奶知道你在查她，看她自己会不会乱了阵脚露出马脚。”

女茉离不开这些大烟，也就无法脱身去救苏克察氏，她虽然心焦如焚但也不受控制，吸食的大烟是越来越多，只能求逄临恭替她自己照顾额娘，可是她却已无力分辨后来的那些电报根本不是逄临恭发的，而是每一封都落入了苗乾风的手中。

苗乾风低着头打完了这封电报，冷笑着抬起头来望向身边吃个不停的逯小小：“顾婆清开始怀疑顾阿清的死跟女茉有关了，女茉这个贱人，竟然想嫁祸到我身上让我和顾婆清自相残杀，既能抹杀掉她加害顾阿清的事实，又能借顾婆清的手让我山寨覆灭，她好趁机夺兵器人马去救苏克察氏。她这大烟鬼，还没吸糊涂嘛！”逯小小哼着山调小曲儿扔了颗松仁到嘴里嚼道：“可是她哪里算得过你？既然明白她想干什么，你就提早一步。”她笑眯眯地伸直了手比画地放在脖子处一扯，冷冷笑道。

逯小小拍了拍手，吃完盘里的干果笑嘻嘻地跳着跑出了这装满食物的密道，径直去了逄家一趟，说是去见一见申屠湘。可申屠湘偏偏不在家，她便大摇大摆地在逄家窑洞里晃来晃去，忽然一阵呛鼻的烟味儿灌入鼻腔，逯小小止不住猛地咳了起来，泪眼中看去，只见身侧的一间屋子里女茉正躺在床上大口大口地抽着福寿膏。

逯小小眼珠子一转，推开虚掩的门便走了进去：“哟，这不是茉姨奶奶么？湘妹不在，我就替她陪你说说话儿吧。逄老板果然对茉姨奶奶好，这么多的福寿膏从不间断地运来给你，你还不知道吧，这前线打仗已经是捉襟见肘，就连那逄二少爷都没了音讯呢。不过这日子也不算太难过，全都传遍了，说是军阀居然抓了个前清福晋为首的谋反组织，交上去便是个大功。你说这些军阀会怎么处置谋反的人？”

女茉闻言浑身一凛，手中的烟杆差点儿掉了下来，却强装作无动于衷继续挖了一勺福寿膏填进去，逯小小却见她的手指微微颤抖，显然心不在焉。逯小小接着说："其实我们妄说这些也没用，人家该枪毙的都枪毙了。"女茉立时脑中一嗡，煞白了神色霍地站了起来："你说什么？已经被枪毙了？"逯小小若无其事道："是呀，哎，茉姨奶奶你原来是格格，只见过杀头，还没见过枪毙吧？哎哟那福晋倒是尝了个鲜儿……茉姨奶奶，茉姨奶奶你怎么了？来人啊，茉姨奶奶晕倒啦！"

正巧申屠湘刚从外边回来，便听见女茉的房里传出逯小小的尖叫声，顾不得穿着细长的高跟鞋冲上楼去，可是刚刚跑到楼梯间，那细长的跟一下子陷入缝隙中，脚踝崴了下，整个人立刻摔坐了下来。听到外面有动静，逯小小把女茉交给下人，立刻冲了出来，只见申屠湘坐在楼梯上哎哟直叫，逯小小赶忙将她扶起身来："哎哟我的湘妹，茉姨奶奶晕倒了你急个什么劲儿，这还不是你急的时候,我来找你是有重要的事说,走走走,我去你房间说。"

申屠湘一瘸一拐地蹙着眉头跟着她进了屋,听逯小小一番话毕,申屠湘竟也不知脚踝扭伤的疼痛，霍地站了起来惊道："我哥终于还是要对付临齐了？"逯小小顺手拿了块桌上的糕饼吃道:"本来就跟逢临齐是死对头,再加上这苗乾风三番五次地攻袭申屠家,你说这谁能受得了？苗乾风有一帮乌合之众,老爷可还有黑道上的兄弟。苗乾风的女儿算是倒了台,老爷是想在他心口再补一刀,必定要从逢老板下手。"申屠湘缓缓坐了下来若有所思道:"怪不得最近总来了些外乡人对雕刻店泼脏水,这些也是哥找的黑道上的人来打击雕刻店了。我担心哥还不会善罢甘休,他是一心想要临齐死啊。"

第一百一十四章　批命奴婢

“湘妹，我在逢家逗留时间太久了，还是先回去了。你要好自为之，我是为了湘妹你才透露这个消息的。”逯小小临走也不忘抱走一大包未开封的糖果。申屠湘望着她的背影，忽然想起了一人。这件事只有自己去办，可万万不能让逢临齐知道，这两个男人，一个是最疼爱自己的大哥，一个是自己最心爱的丈夫，为什么偏偏是他们两人？

自从帮助顾婆清戒掉福寿膏，她这么多年来所存的钱早已用光了，就连如今出门都坐不起一辆人力车，她只好披上厚厚的质地普通的曳地长氅，亲自举着伞迎着风雪深一脚浅一脚地走在雪地中。

“姑姑，这件事恕计芬帮不了你。”温好的一壶酒被一只毫无血色的玉手抬起，自斟自酌了一杯，朔风透过临窗夹杂着黄沙吹了进来，虽然少许覆在申屠计芬的雪白裘衣上，却也扎眼得很。也不知道从什么时候开始，申屠计芬也不复当年的神姿，偏爱这黑白灰三色调，或许她本来就看不见彩色的世界，穿的五颜六色又能给谁看？

申屠湘忧心忡忡地握紧她的手，几乎算是哀求道：“计芬，你看在姑姑曾经出资帮你留洋，看在姑姑从小到大都对你好的分上，你帮帮我。哥只听你的话，你帮帮我。”申屠计芬忽地冷着脸抽出手来：“听我的？他把正龙做成人彘的时候怎么不听我的？他把我娘赶出蓝关堡的时候怎么不听我的？姑姑，倒是你怎么对那个三娘言听计从？我告诉你，她可不是什么好人。计芬是泥菩萨过江自身难保，你无谓拜我这泥胎，不如拜拜你自己。”

申屠湘没想到她不念旧情，一时间没了头绪，从酒楼里出来漫无目的地在茫茫雪地中边走着边想办法。不知不觉竟走到了蓝关堡的大门口，那一座座黄土牌坊高立如山，申屠湘忽然看见一个人衣衫褴褛地蜷缩在那蓝关堡的牌坊之外，这人浑身散发着恶臭，一动不动不知生死，申屠湘走过去拍了拍那人，那人霍地跳起来着实将申屠湘吓了个结结实实：“啊……大嫂……大嫂，你怎么变成这副模样了？走，我带你回逄家，我来照顾你。”

那人从风沙帽中探出脏兮兮的脸孔，果真竟是那曾经万丈光芒的扈凤仙，她朝申屠湘嘿嘿一笑抓住她的手：“我都被族长赶出蓝关堡了，回不去了。湘儿，小心啊。在这里一手遮天的只有你大哥。”说罢竟然踉踉跄跄地起身跑了，申屠湘想去追却怎么都追不上。她回味着扈凤仙的话，顿时恍然想起了什么。

“阿湘，你怎么在收拾东西？你要走？”逄临齐对付了一整天雕刻店的事儿已经疲惫不堪，哪知刚刚回家推开房门——当然是湘姨奶奶的房门。其实自从女苿嫁进来，逄临齐几乎没有去过她的屋子，他心里边总认为这个女人是严红瑰硬塞给他的，本就有种反感，何况这紫禁城里出来的女人天生就有一种傲气和倔强，无论女苿怎么样他都不喜欢。

眼见这个唯一一个向着自己的女人正在打包收拾着东西，逄临齐不由心头一紧，连忙按住了包裹紧张道。申屠湘柔然一笑移开了他的手：“临齐，我攒的银子也已经都花光了，只剩下这几件衣衫饰物是我最喜欢的，我只带走它们，不会带走逄家的一文钱。”说着递给他一封信，又将准备好的朱红印泥推到他的手边：“你画个押签个字就成了。”

逄临齐惊诧地打开，赫然看见那牛皮纸上写着被泪水晕染开来的“休书”二字，逄临齐狠狠地将休书揉成一团砸在脚边：“不行！我不但不能休你，还要让你做我的正房少奶奶，阿湘，我知道你绝不可能因为雕刻店出了问题而想卷铺盖走人，你是不是有什么难处，你告诉我啊，为什么非要让我休了你？我……我离不开你。”

逄临齐说到尾声竟一时情不自禁，一把将申屠湘紧紧拥入怀中哽咽不已。申屠湘靠在他的肩上泪水泛滥一片，枕着那潮湿的泪水微笑着推开他："有你这句话，我申屠湘这辈子没白过。临齐，我真的是没有办法了，我哥想假道伐虢以对付你为借口，打击苗乾风，再掉转过头灭了你。我去求过计芬，可是计芬她也不帮我，我只有靠我自己了。你知道我哥是蓝关堡的族长，从始至终都推行着旧制度，既然这样，我就从他的旧制度入手。旧时的西北有个规定，凡是卖身给主子的奴婢，一旦主子在卖身契签订之内意外死亡，其奴婢就会陪葬。正如古代宫廷里面皇帝死了，未有生育的妃嫔一律殉葬。我不能做你的姨奶奶，只能卖身给逄家当奴婢，只有这样，我哥才会顾及我的性命。他才不能杀了你啊。"

逄临齐惊诧地目瞪口呆，霎时什么话都说不出口，直愣愣地凝视着她深情盈泪的眸子，方才动了动嘴唇道："阿湘……当初你嫁给我，也是为了帮我，如今你让我休了你却又签了你的卖身契，还是为了帮我。你当逄姨奶奶这么久，我从来都没让你过上一天好日子，一开始你和女苶斗气争风吃醋，为了我打得头破血流，可当你发现我对青青的感情，你对青青比我更好，你为了她散尽千金，把你辛苦这么多年攒下来的钱全花了，为什么……我到底有什么值得你这么为我？"

申屠湘鼓足了勇气，忽地踮起脚尖凑到他耳畔，宛如一阵轻风拂过般碰了一个吻："我已经心满意足了。我知道你对我永远不能像对青青那样，可是我比青青幸福多了，起码我曾经拥有过。"申屠湘挽起了包裹，在他模糊的目光中跨出了姨奶奶的房门，径直去往逄家的下人房。

这申屠湘以前当姨奶奶的时候可是飞扬跋扈得紧，一来是申屠洪的亲妹妹嚣张惯了，二来又仗着逄临齐宠她，可不曾把下人们放在眼里，脾气暴躁动辄打骂，然而一朝虎落平阳，与这些曾经受过她气受过她打的下人们住一块儿，自然轮到她受冷嘲热讽和白眼欺凌。

这些下人只道是她失了宠，降贬了身份，便无所忌惮地给她一大堆又脏又累的活儿干，竟然让她这个从来不沾手干活的人用那纤纤细手一遍遍地刷着摞成山高的木马桶。这一刷就是一整天，有时候吃的是下人们剩下来的馊饭，有时候要刷一整个通宵，金枝玉叶的申屠湘哪里受得了这样的折磨，终于在这天刷马桶的时候晕倒了。

那些个下人还打算用冰水将她浇醒继续干活，忽然听见背后传来一声“住手”，众人纷纷回头看去，只见月光下穿着晚宴礼服的逄肖娘走了过来环视他们一圈：“干什么，还不滚？”下人们这才唯唯诺诺地退了下去，逄肖娘亲自将晕倒在水池边的申屠湘扶进了自己的屋子，替她换了身衣裳，擦了个身子，又煲了热汤给她暖暖，申屠湘迷迷糊糊地苏醒了过来。

视线里渐渐清晰的看出坐在床边的人影，申屠湘虚弱地唤了一声：“肖娘？”那逄肖娘也不知什么时候换上了肥大的黑色斗篷把自己裹得牢牢的，在这间纯白色的屋子里显得格外扎眼，她一开口竟又变成了沉沉的男声：“我不是逄肖娘，我是逄临齐。阿湘，你为我做的一切我都知道，我怎么能让你做那些粗重活儿呢。”

申屠湘心知她是旧患发作，但一听她说自己是逄临齐，顿时心下一阵酸楚，泪水扑腾地滚落下来。逄肖娘展开黑斗篷将申屠湘搂入怀中，轻声道：“阿湘，我欠你的太多了，以后我要好好对你，你就住在我这里吧，那些活儿让别人干。来，你也躺下来。”

逄肖娘撑着一头柔顺的长发侧身躺下深情地凝视着申屠湘，美丽的容颜一尘不染，二人互相面对面这样紧紧依偎着，申屠湘合上眼任泪水滑过脸颊：“临齐……临齐，我也好羡慕青青，起码她有你的爱慕。”从此二人同吃同睡，陪伴一起，仿佛真的如同一对情人般亲密，逄临齐看在眼里痛在心中，却又不忍心打碎她们的梦，索性让她们住在一起各自慰藉。

“逄临齐这个混蛋，居然让我申屠洪的妹妹当他逄家的卖身下人！”收到逄家眼线的回复，申屠洪气得浑身发抖，狠狠一拳砸在桌上，那眼中冒火似要杀人一般：“当初我就不让阿湘嫁过去，我申屠洪的妹妹要嫁也是嫁名门望族，也是要做少奶奶的。她为了保逄临齐，偏要过去做个偏房姨太太，如今又为了保逢临齐的狗命，竟然……竟然连卖身契都签了！”

他正气不打一处来，瘫坐在椅子上起伏着胸口涨得满脸通红，一个下人从窑洞外慌慌张张地跑了进来跪道：“报！族长，大太太被赶出蓝关堡之后，前些日子被人发现死于异乡雪地之中，尸骨被乌鸦所啄，小的已让人把大太太抬回来了。”一旁的申屠计芬登时眼前一阵眩晕，颤抖着声音道：“你……你说什么？我娘死了？”

哪知申屠洪无动于衷，不耐烦地向那下人挥挥手：“都给乌鸦啄食的剩残骸了，抬回来干什么？去，把她的尸骨用火焚了，免得沾了些不干净的东西带回申屠家。”申屠计芬再也忍不住了，冲上前一把抢过他手中的水晶瓶洋酒狠狠砸在地上：“你到底还是不是人？我的丈夫被你屠害成人彘，你的妹妹被你逼到要为奴为婢，四姨太被你折磨完了还要卖去窑子，糟糠之妻被你赶出蓝关堡如今连尸骨都不留，你真是冷血！如果有一天我死了，我知道一定是你下的手，一定是因为我对你没有用处了！”

第一百一十五章　农夫与蛇

“你放肆！”申屠洪霍地站起来扬起大掌，申屠计芬仰着脖子更往前走了一步：“你打啊，你打啊！打死了我，你就少了一颗棋子了吧？不如我告诉你，顾婆清那天来带走黎正龙，我是亲眼看见的，我视而不见让她走的。还有姑姑想出的法子，也是我提点她的。我早就不想在申屠家待下去了，你不让我娘安息，不让我娘进你申屠家的大门，我也就此离开！你和我父女情分一刀两断，我没有你这样的爹！”

申屠计芬怒气冲冲地转过头踏出申屠家的大门，正式与申屠洪决裂。站在一边的逯小小听得她的一番话不由暗自道，她怎么什么都知道，那岂不是把我救走顾婆清也看在眼里了？这不行，这样下去迟早要败露。

“要杀的人是越来越多了，看不出来三太太为了掩埋当初的那件事，你还真向着我啊。”逯小小吃着东西的表情却极其不自在：“我说苗先生你就别揶揄我了，计芬知道的不少，她一走，我觉得必定是要去逢家投靠湘姨奶奶的，湘姨奶奶知道了，那逢临齐也会知道，你还不帮帮忙拦住她？”苗乾风哈哈笑道：“不动脑子。临齐紧张谁？顾婆清出了事，他还有心思去管申屠家的事么。好，我就这么只身一人去柴家，杀得了顾婆清便杀，杀不了，还有一个人等着收拾她。”

他裹起大衣一瘸一拐地背着长枪翻身上马，压低了帽檐装作一个去玉器店订制玉品的商客拜访柴家，出来开门的正是少奶奶邹宛萍，她正引着苗乾风往窑洞门口进去，忽然发现他的膝盖似有旧伤，登时反应过来此人不对劲，哪知苗乾风的身法比她更快，忽地从背后抽出长枪一把勒住她的脖子，枪口直直地顶着邹宛萍的太阳穴：“带我进去！”

“宛萍！”适才刚刚从玉器店回来的柴有良正好出来看见这一幕，紧张地立刻要上前救她，苗乾风的枪口更加抵紧了：“别过来，再过来我一枪打爆她的头！顾婆清呢，我要见到她的人！”柴有良眼珠子一转，悄悄捏了捏背在身后的手，那刚刚凿完玉器还没清洗的布袋被他这么一捏，顿时散发出一股特殊的清香气息。正陪着坐在轮椅上的柴有扬在后院晒着冬日阳光的小梅倏然嗅到了这气味，霍地脸色煞白：“不好，出事儿了。”

她偷偷看了一眼门前，果然发现苗乾风已然挟持着邹宛萍走了进来，小梅立刻掉头告知顾婆清，柴家众人即刻从后门撤退。苗乾风一步步地移进窑洞，一脚踹开顾婆清的门却发现早已人去楼空。苗乾风登时火冒三丈，柴有良趁势抄起放在柴有浦灵牌前面的手枪砰砰地连着向苗乾风开枪，赶忙将邹宛萍拉过来护在身后，一边跑一边回头应付苗乾风的子弹。

他这个人虽然粗粗鲁鲁，却从来没有拿过枪，又怎么会是枪神苗乾风的对手，混乱中被苗乾风的子弹一下子打穿了臂膀，立时鲜血汩汩直流，剧痛袭上心头，邹宛萍扶住他道：“你撑一撑，我知道婆婆躲在哪里了。”她焦急之际将随身所带的美容白粉朝苗乾风的眼前撒去，立刻带着柴有良不见了踪影。

“青青，你们果然躲在这里？太兵行险招了，我都猜到你们在这里，难道苗乾风会不知道？三太太是苗乾风的人，她难道猜不到？”得知柴家出事的逄临齐立刻赶到了逯小小的食物地道，竟然真的看见顾婆清携家都躲藏在这里。她蹙着眉站起身来道：“就是你们都能想到，他们才越不会去想。何况我们在这里有粮食有水源，还要等宛萍和有良。我现在别的不担心，就是担心他们能不能从苗乾风手里逃脱，不行了，我还是要出去探一探。”逄临齐赶忙拉住她：“你疯了？这个时候出去太危险了！”

顾婆清想极力地甩开他的手，急道：“我不能连累宛萍和有良啊，何况我和苗乾风总要有个了断。”一直没有说话的臧九安忽地站了起来：“大当家的，我替你出去，我也很担心宛萍和大少爷的安危，你让我去吧。”他话音未落，只见邹宛萍负着手臂血流不止的柴有良踉跄地走了进来：“都别出去，外面危险！尔妮，快过来帮有良止血！”

卓尔妮刚刚给黎正龙喂过米粥，立刻回过身替柴有良包扎，她的双眼自从逄临恭没了消息的那天起就一直红肿，也不知哭了多少回，竟把双眸都泣出血来了。她的视力越来越差了，费了好大的力气才包扎好，一起身竟不小心碰翻了放在脚边的药箱，里面的瓶瓶罐罐咕噜噜地滚了满地。

一个药瓶滚到了柴有扬的轮椅底下，小梅正起身没留意到，一脚踩上那药瓶，整个人失控地往后摔去。柴有扬眼中闪过一道惊恐，危急时刻居然移开了那双早已在大火中没有知觉的双腿，伸出手臂眼疾手快地拉住了小梅。小梅一个趔趄虽然没跌下去，却仍旧撞到了一边装满糕饼的架子，架子上的食物纷纷掉落了下来，空空如也的架子后面赫然竟有一个保险箱。

那保险箱是个老式模样，锁扣处设计得还不够好，表层的紫檀木已有些脱落，形状花纹却显示出是旧时江南富商用来收藏银票的盒子。小梅的眼神登时愕然一怔，顾婆清也凝视着那保险箱怔住了，然后一个箭步上前顾不得什么机关，徒手将那盒子拿了出来：“老爷……这是顾老爷的。我不会记错，当年二小姐留洋在外银子用完了，每次都是顾老爷当着我面亲自从这个盒子里拿出银两让我寄给她的。还有当年主子重病在身，也是从这盒子里取银子找大夫的。怎么可能……顾老爷的东西怎么可能会在这蓝关堡中？”她又是惊诧又是激动地颤抖着手娴熟地撬开那漂亮的云墩锁，掀开盖子，里面既无金银也无食物，却躺着一张薄薄的密函。

顾婆清的目光在这泛黄的纸笺上一行一行地扫视，脸色越来越差，一旁的小梅更是紧张得目不转睛盯着她看。直到顾婆清缓缓地折起了密函，小梅居然抢在了逄临齐之前脱口而出：“写的什么？”顾婆清却哪有心思在意这一点不妥，只是对逄临齐说：“是柴国瞿写给顾老爷的密函。主子死后老爷子无心经营商业，收了我为义女嫁给阿廷，我刚刚出嫁清廷便倒了台，老爷子正要收拾行囊回乡下养老，找我和阿廷一起过下半辈子，忽然收到了柴国瞿的密函。顾老爷是被这封密函活活气死的。柴国瞿说，阿清主子是他所害——当然他并不知道她已经死了，更嘲笑顾老爷当年救了他是愚善，讥讽他没有听过农夫与蛇的故事。他还说了一点——他非要娶顾阿清，不单单因为垂涎众人口中她的美貌，而且是要用她，讨好一个皇亲贵胄，哪怕将来清廷灭了，也有翻身的机会。临齐，我怎么觉得柴国瞿要讨好的，是敖佳格格？”

“可是，这件事是十年前的事儿了，女茉当年只不过十来岁，她怎么可能考虑到将来的复国大计，怎么可能想到利用顾阿清，何况顾阿清只不过是个维扬富商的女儿，她死了对女茉到底有什么好处？”逄临齐还算理智，摇了摇头道不对。哪知小梅幽幽地来了一句：“不是还有个苏克察福晋么？这紫禁城的格格背后，向来都是有个巨大的智囊团。”

邹宛萍下意识地拍了小梅一下：“你在胡说什么？”顾婆清突地反应过来，向小梅投来疑虑的目光，打量了一番，这个小梅，她从哪里知道这么多？目光在她的身上停留得越久，越觉得她虽着荆衣，但容貌清丽可人，好似……好似有一丝模糊的感觉。顾婆清努力地在脑海中搜寻着这个面容，可怎么都想不起来，头痛欲裂道：“总之顾老爷也好，主子也好，甚至是我也好，我们一辈子都是一个阴谋的牺牲品。在这旋涡中我已经失去了太多，也实在想不动了。我真的太累了，我真的好多次都没有力气去报这个仇，也不知道该向谁去报。”她折起了密函原封不动地放回了原位。臧九安探路回来，气喘吁吁道：“大当家的，苗乾风走了，外头安全了！”

顾婆清怔了怔，道：“既然安全了，都回去吧。”可是自从看见了那个保险箱，顾婆清的思绪一直都理不清，她靠在榻上怎么都睡不着，仰望着头上的黄土穹顶，忽然想到人不过只在一口气之间，百年之后也同样住在这厚重的黄土之下。她这一生却不知是为了谁，更从来不知道自己是谁，这是何等可悲？

她微微地闭上了眼睛，若有若无地哼起了曾经和霍廷在乡间男耕女织的民歌小调，安逸的氛围却突然被一阵急切的敲门声打断了。顾婆清蹙了蹙眉，似乎没想到还有人会找自己。她起身拉开了门，望着坐在轮椅上的柴有扬不由奇道：“有扬？你这么晚来找我，有什么事？”这个曾经的花花公子，自从那场大火之后幡然悔悟，他一而再再而三地失去了太多，此刻只想保住一个个亲人。

柴有扬抬了抬手指，眼珠子转到桌上的碗，顾婆清却是理解不了：“你要说什么？小梅照顾你时间久，她听得懂你想说什么，我去叫她来。”柴有扬的眸子里陡然露出一种恐惧和焦急，不住地转动着眼珠，顾婆清奇道：“你不想叫小梅？这事不能让小梅听到？”

说罢这句话，顾婆清猛地想起了在逯小小的地道中小梅表现的异样，她怎么看见那个保险箱那么紧张？为什么自己总觉得她似曾相识？顾婆清略略斟酌片刻低声道：“有扬，你是不是想跟我说，小梅照顾你这么长时间，你发现她有些不对劲？如果是，你就闭两下眼睛。”柴有扬立刻闭合了两下眼皮。

看着顾婆清有些意外又有些不解的模样，柴有扬探了探手边的一堆灰尘，登时扬起一阵小烟雾。顾婆清忽地想起了卓尔妮的话，卓尔妮曾说过她自己梦游返梦好像都不是巧合，而是有人在背后操控，这个人必定是能近得了顾婆清身的人。

第一百一十六章　湄姑娘

除了卓尔妮，就是婢女小梅靠她最近了。难道是小梅下药迷了顾婆清，自己又穿上顾阿清的白锦金丝袄，让她误以为在梦中看见了顾阿清？哎呀，顾婆清赫然惊了惊，自己怎么从来没注意过，小梅额前的齐刘海若是撩上去绾起来，那模样还果真跟死去的顾阿清有那么些相似！若是再穿上那件衣服……

顾婆清立刻找机会支开小梅，亲自去她的下人房里寻找那件白锦金袄。她从来没有来过这间下人房，小梅的隔断里居然摆着一个没有署名的灵牌，所有物件都是江南才有的高档物件。她惊愕地翻箱倒柜，果然找出了那件在梦里看见顾阿清常年穿着的白衣袄裙。顾婆清错愕地跌坐在小梅的炕上喃喃道："她是谁……小梅，小梅……梅，湄……难道她是……是二小姐顾阿湄？我竟让我的主子服侍了我这么多年？"

"当家，你怎么来下人的房间了？"许是顾婆清惊诧得回不过神，竟没发现小梅正站在门口看着她。顾婆清抹掉了不知何时流下的泪水慌张起身向她跪了下来："青青，青青见过二小姐！二小姐，是青青有眼无珠……"小梅明白她已然全部知道了，便施施然地走到炕上坐了下来："起来吧，这事怪不得你。有几个人还记得顾氏家族还有个二小姐顾阿湄呢？我常年不在家中，于外面留洋，本就没有姐姐的名气儿大，又没几个人真正见过我。我记得和你唯一一次见面，还是爹把你救回家的那一天。清廷覆灭的时候我正好留洋回来，适逢家中巨变，我赶回去的时候姐姐已经去世很久了。所有的来龙去脉我都清楚，我要为姐姐报仇才来到了蓝关堡，可我没想到居然在这里遇见了你——代替我姐姐身份的人，我为了让你记着姐姐的仇，不得不给你下药让你梦游和返梦，自己扮成姐姐的模样提醒你血海深仇。杀了柴国瞿之后，我才发现姐姐的死还没这么简单，背后最大的黑手是苏克察福晋和女苿。她们当年还在紫禁城的时候已经知道清朝早晚要灭亡，和前朝柴国瞿狼狈为奸的王爷府要让柴国瞿娶一个富商女儿，用这富商的银子给王府积攒钱财好东山再起自立为王。我姐姐撞破了这件事，所以是被她们杀人灭口的。”顾婆清狠狠捏紧了拳头：“这些丧尽天良的畜生，我一个都不会放过。”

“你出去告诉申屠计芬，当初阿湘要她帮忙的时候她无动于衷，如今就别进我逄家大门。”逄临齐气呼呼地对逄家的管家说道。管家为难道：“申屠小姐说，她不是来见申屠湘的，她是有件重要的事想问逄老板你。说是当年周军长围困申屠家要抄家的那件事。”逄临齐登地脑中一震，这件事？这件事早已经过去很久了，为什么申屠计芬这时候翻出旧账，难道察觉到当年是他和顾婆清在暗地捣鬼？不对啊，逄临齐沉默着背着手踱步暗想，忽然记起当年他们和黎正龙联手本想扳倒申屠家，哪知道那周军长竟然快他们一步要抄家，当时情况危急，没想到究竟是谁也想置申屠家于死地……

逄临齐挥手道：“快去叫她进来。”申屠计芬跟着管家徐徐走进天井来。她身上穿着一件紫红色的貂皮大袄，却是崭新的一件，自从离开申屠家，既没有来逄家投靠也没有别人看见她去了哪里，消失了这么一段日子，居然穿得富丽堂皇地回来了。她已剪去了长发烫了卷发，手中拿着珍珠小包，口脂殷红，甚是富态。

申屠计芬脸上没有一丝笑，打开包里取出一沓东西扔在逄临齐面前的桌上：“这些证据，直指当年申屠家险被抄家的罪魁祸首，实则是逯小小。逯小小被苗乾风抓到了这个把柄，只得替他不断地做事。逄老板如果想扳倒我爹，就把他身边最后的这个人拔走吧。我要你帮我指证逯小小，你也可以替顾婆清帮闫嫱报仇。”

“逄老板来者不善啊，为何管我申屠家的私事？”申屠洪一把合起了那些所谓的证据，面呈不悦地打量着逄临齐。逄临齐冷着脸道：“要不是计芬来求我这个姑父，我不会替她走一趟的。三太太究竟是个什么样的人，恐怕你都不清楚，我巴不得把她留在你的身边，下一次她对你下狠手，申屠家就没这么幸运了。”申屠洪眯起眼睛道：“你什么意思？计芬是对她娘的死耿耿于怀，总觉得是小小嫁祸，疑神疑鬼。可你说什么她对我下手？”

逄临齐嘿嘿一笑：“周军长抄家的那天，除了史妧之偷走你的钥匙，还有一个你宠爱的小妾也有这把钥匙。这封信是当年周军长和逯小小互传的密函。枉你自诩聪明一世，怎么被一个买回来的奴婢玩弄于股掌之间？逯小小自从嫁给你就盘算着申屠家天崩地裂的一天了，她还有个储满食物的地道，准备好了申屠家倒台之后，她还可以抱着那些存储的食物继续过她逍遥的日子了。你不知道么，苗乾风后来一再攻击申屠家，也是因为和逯小小达成了协议，甚至苗乾风一直就住在她的地道里。”

“不但如此，”看着申屠洪凝视周军长的信，表情越来越难看，逄临齐不紧不慢地继续道：“密道里还藏有柴国瞿寄给顾老爷的密函，这就说明在柴国瞿死之前，逯小小已经背叛了你，跟柴国瞿过往甚密。”申屠洪再也忍不住霍地一掌拍在桌上站了起来，怒喝叫来了下人：“立刻去逄老板所说的地方去查，三太太是不是在那里有一个密道！”

话音刚落，逯小小正打扮得花枝招展又是一边吃着酥饼一边哼着小曲儿从外面方才回来，申屠洪顿时火冒三丈：“不用查了！把三太太给我拿下！”逯小小惊得抓紧了手中的酥饼尖叫道：“老爷，老爷你干什么呀？你们这群混蛋快放手，弄掉了我的酥饼我要了你们的命！”

申屠洪气得亲自走上前去，劈手夺来她手里的酥饼捏得粉碎，狠狠扔在她的脸上：“为了吃是么，为了吃你可以杀人放火，连我都敢背叛？你这贱人，我不要你的命，也不休了你，我让你继续当姨太太。来人啊，去厨房里拿一个馊馒头，给这姨太太好生带着，将她的食物地道给我一把火烧了，今生今世不许她离开蓝关堡的黄沙，也不许她再踏入申屠家，所有酒楼小摊不得做逯小小的生意，否则全部取缔！”

“不要啊，老爷，老爷你不要烧了我的东西，我求求你……”逯小小的脸上霎时没了平日里装腔作势的天真，也没了关键时刻的狠绝，扑通一声跪下来拉扯着申屠洪的衣角呼天抢地，撕心裂肺地哭喊着。申屠洪狠狠地踢了她一脚，扔给她一个长满霉斑的馒头俯身拍了拍她风姿绰约的脸蛋："拿稳了，惹恼我你连这个东西都没了。"

他一声令下，几个彪悍的护院拖着逯小小拉了出去，扔在蓝关堡里最荒无人烟寸草不生的一片黄土沙漠中。风沙席卷猎猎而来，沙子沾满了发霉的馒头，逯小小坐在地上放声大哭了起来，狼吞虎咽地把这唯一的馒头吃进了肚里。

"苗乾风，你回答我，我额娘为什么会被枪毙了？你说话啊！"当日被逯小小挑拨的女茉醒来之后大病一场，直到能下床走路了，竟拿了枪翻身上马独自闯入苗乾风的山寨算账："苗乾风，我知道你利用我，可你居然连我额娘都不放过，我要你整个寨子都给我额娘陪葬！"女茉穿着一身清朝正装旗服，霍地拔出枪来指着苗乾风怒道。苗乾风饶有兴致地回头打量了她一眼，婀娜的身段配上这件凤舞九天的朝服，真是显得仪态万方，那梳成拉翅的发型更衬托得她高贵无比。

苗乾风丝毫不惧，嗤笑着反而往前走了两步："你这副打扮……是提醒我你是格格么？格格？现在是民国，你一个前清格格算什么，你要清楚你不过是我儿子的一个姨奶奶，连正室都不是，你敢跟我叫嚣？我实话告诉你，我知道你打的什么主意，你想借顾婆清的手端了我的寨子，抢我的兵器和人马去反民复清。你算计我？也不看看你几斤几两，我本来放过你一次，你居然冲上来要杀我，那么就别怪我不看在临齐的分上了。来人啊，给我好好招呼这位格格！"一群马贼不知从哪儿冒了出来将女茉团团围住，女茉骇然喊道："苗乾风！你这个畜生，你……我是敖佳格格，你居然敢碰我，放开我！"

蓝关堡的风沙依旧猎猎如初，夹杂着粒粒冰雪刮在脸上，生疼不已。女茉深一脚浅一脚拖着长长的影子在月光下跋涉回家，月光清晰地照在她斑驳的清朝朝服上，燕尾髻散乱地搭在肩头，几缕发丝被夜风吹起沾在腮边，她双目空洞无力地凝视着荒芜的前方，此刻脑中空空如也，天地之大，却只剩下她踽踽一人了。

放眼望去她已没有什么可以留恋，紫禁城的风云早已化作脚底的沙尘，复国的大计和亲人早已烟消云散，她这个格格算是一败涂地了。女茉却强忍着泪水往肚里咽，摸黑徒步走回了逄家的窑洞，她推开门径直走回了自己的屋子。这屋子里还挂着当年和逄临齐成亲时的喜帐，没有人还记得替她摘下，也没有人来过她的屋子，甚至连曾经在身边伺候的闫嫱也不在了，女茉忽地有些想她。

亲自打了热洗澡水，她一层层地褪去了被撕破的凤凰朝服，拆下所谓的旗头发髻，沉入水中洗了个澡，换上了嫁来时所穿的粉色夹袄，自己对着镜子描红妆贴花钿，绾了一个姨奶奶的发髻。这一系列的动作看起来都那么温顺和普通，可那镜子中倒映出她绝色却苍然的笑容，仿如深夜的冰雪寒彻心扉。

“你怎么来了？”坐在书房里专心致志地雕刻着小兔木雕的逄临齐忽然觉得背后一阵风起，不由浑身一凛抬起头来，只见女茉不知何时站在了门口，她今天似乎特别的美艳动人，可逄临齐却只是扫了一眼不痛不痒道。女茉徐徐走了进来：“临齐，我只想问你一句话，问完我就走，不耽误你很久。你……你愿不愿意带我走，带我离开蓝关堡，去别的地方开始新的生活？”

逄临齐啪地扔掉手中的刻刀抬起头来又惊又奇地凝视着她打量了半晌，突然嘴角扬了扬干笑两声：“我不知道你又在打什么主意，不过既然你问，我就告诉你。我对青青是深爱和惺惺相惜，对阿湘是怜惜和愧疚，而你……”女茉先是缓缓地黯淡了神情，又激动地抬起眼期待着他说下去，逄临齐嘿嘿一笑：“你以为我对你是痛恨么？你错了，你还没有这个资格在我逄临齐的心里扎下一根刺，我不恨你，我对你是一点儿感觉都没有，就好像从来没有这个人存在一样。”

第一百一十七章　涸井

女茉听罢已是不自主地泪流满面，忽地仰头哈哈大笑："逢临齐，我机关算尽，处处与你作对，我不想承认我爱上了不该爱的人，但到头来你却告诉我，你对我不爱，不恨，就像蓝关堡的风沙，倏忽而来倏忽而去，对你没有一丁点儿的意义。逢临齐，我是敖佳格格，你也太小看我了！"她大笑着扭头奔跑出去，逢临齐顿觉不对劲，扔下手中的木雕赶忙跟着追了出去。

哪知女茉如同疯了一般迎着风沙卯足了力气飞奔直去黄沙崖，逢临齐紧跟其后眼见着她登上崖顶，风将她的衣衫吹得鼓鼓的，她回过头对逢临齐嫣然一笑："我知道，就算我死，也在你心中没有半分重量。可是逢临齐，你给我记清楚了，你所爱的顾婆清，所惜的申屠湘，我要你一个都得不到！下辈子，下辈子我不要当格格，我要做你逢临齐的女人。"女茉凄然抿嘴笑了笑，猝不及防地纵身而起跃下崖底。逢临齐登时大骇，下意识地伸手去拉女茉，可又哪里来得及，女茉仿若一瓣紫禁城里盛开的粉色花瓣，飘飘然然地坠下深不见底的黄沙崖。

"糟了，她刚才说的那句话是什么意思……"逢临齐望着崖底忽然心中猛一揪，"青青……"他刹那间浑身血液涌上头顶，掉过头慌忙地往柴家冲去。从黄沙崖赶到柴家的时候天已大白，他不顾一切地撞破大门冲了进去，却和打了水要去侍候柴有良起床的邹宛萍撞了个满怀，木桶里的水洒了一地，邹宛萍步履不稳狠狠地摔倒："啊，逢老板？"

她狼狈地正要起身，听到外面动静的柴有良拉开门赶忙扶起她，也惊愕道："逢老板什么事这么慌张？"大冷天儿的，逢临齐的后背却早已被汗水浸湿，额头上如泉涌般滴着豆大的汗珠："青青呢？你们当家呢？她人在哪儿？”柴有良面呈不悦，这个女人毕竟害死了他的父亲，让她继续住在这里已经是他——如今的柴大当家最大的恩赐了，而逄临齐居然巴巴儿地赶来这里大呼小叫，一点不避嫌地说要找她，柴有良别过脸去不欲理睬，邹宛萍蹙着眉道：“婆婆昨晚就收到你的信出去了，怎么不是跟逄老板在一起？”

逄临齐倒吸一口凉气：“坏了，坏了……是女茉……都愣着干什么，快去找啊！一定是女茉把她锁在了什么地方，女茉已经跳崖自尽，我们若是找不到她，她会死的！还有阿湘，阿湘去哪儿了？我立刻去申屠家找阿湘！”逄临齐心焦如焚地赶往申屠家，刚刚到了窑洞门口，却赫然看见苗乾风带着小梅率领着众马贼耀武扬威地包围了整个申屠家。逄临齐惊愕地脱口而出：“小梅你……”

坐在马背上的小梅侧过脸来冷冷道：“逄老板，青青没有跟你说么，我不是小梅，我是顾氏二小姐，顾阿清的亲妹妹顾阿湄。女茉被凌辱自尽，算是报了一半儿的仇，我还要杀了申屠洪，替我死去的姐姐报仇。”逄临齐慌忙道：“先别动！你知不知道青青和阿湘去哪儿了？女茉死之前发毒誓让我失去她们，我担心她们有危险。你若是现在杀了申屠洪，所有线索都没了怎么办，你难道不为青青想一想么？”

“顾二小姐，你若是什么都要顾及，那这件事还是不要做的好。反正老子是要当定蓝关堡的土皇帝，你不杀申屠洪，就给我杀！”小梅登时被苗乾风的话激了起来，掉过头拔出枪来指着被马贼们押出来的申屠洪，眼睛都不眨一下对逄临齐道：“逄老板，莫要怪我对不起青青，我为了姐姐，只能这样了。”她狠狠地按紧了扳机，申屠洪苍然大笑：“逯小小这个贱人，我居然没想到她会引狼入室，苗乾风，我要是死了难道你就不会兔死狗烹么？你别忘了，春玉到死都是我申屠家的媳妇，你等着吧，到了下边，我再跟你接着斗！”

眼见小梅的子弹将要射出去，逄临齐竟在千钧一发之际冲上前以背护住了申屠洪。苗乾风眼疾手快，怕伤到儿子，一把打落了小梅手中的枪，小梅当即怒道：“逢临齐！你究竟是为了青青还是为了申屠湘？青青为了姐姐潜伏在蓝关堡这么多年，你居然不让她圆了这个心愿！”逢临齐道：“青青和我心心相印，阿湘对我有情有义，不管是为了谁，我今天决不能让申屠洪死！”

他话音未落，只听迅雷不及掩耳的砰的一声，巨响从他耳畔划过，只觉登时耳廓里嗡嗡作响，连带着头顶剧痛难耐，但觉四下霎时间寂静得恐怖。逢临齐下意识地心中暗叫不妙，忙回头看向申屠洪，只见申屠洪身子僵硬地直立着，双目骇然圆睁，眉心正中赫然印着一个血窟窿，他喉咙里发出一声含糊的哼叫，整个身子向后轰然倒下，立时倒毙在雪地之中。

逢临齐大惊失色地扭头看去，身后竟然站着身穿洋装的逢肖娘，她双手举着短枪正指着申屠洪倒下去的地方，枪口直直地对着申屠洪，她错愕地凝视着地上的死尸，颤抖着嘴唇终于失声大叫了出来。她不是想杀申屠洪的，她是怕苗乾风和小梅伤害逢临齐，这才拿起枪吓唬吓唬人，哪知道子弹不听指挥地冲膛而出，这蓝关堡的恶人族长叱咤一生，竟被逢肖娘错手杀死。逢肖娘目睹自己杀了人，吓得精神失错大呼小叫地彻底崩溃，疯疯癫癫地逃也似的跑开了。

逢临齐顾不得眼前的巨变，只一心想去救顾婆清和申屠湘，跳上马折回去找柴家众人，大家也都分头在蓝关堡中找了个遍，可始终不见顾婆清和申屠湘的踪影。他也着实急了，不住地念叨着：“到底会在哪儿……所有地方都找遍了，为什么就是找不到……昨晚谁最后看见青青的？”卓尔妮走上前比画了两下：“是我送她出去的。我觉得女芣不会费事地把她们分开来关锁，她们一定在同一个地方。”

臧九安抢道：“我认识大当家的这么久，她不可能连个信儿都不留的。我想起了一个地方，是曾经师父偷偷制造的酱菜场，大当家的会不会被女芣引去了哪里？”逢临齐二话不说立刻赶去酱菜厂，可那里自从当年逢临齐押解黎正龙离开之后就再也没有人来过，蛛丝尘垢都显示着这里被荒废很久了，找了一圈下来却是没有任何人。他仔细想了想，顾婆清绝不会到这里来的，黎正龙被做成了人彘，她到这里来只会徒增伤感，蓝关堡到底还有什么地方是他没想到的？

邹宛萍沉默片刻，忽然开口道："既然能把婆婆和湘姨奶奶都叫到一起，必然是用逢老板你的名义，逢老板你好好想想，在蓝关堡中，有什么地方是只有你们三个人才知道的？"他脑中飞快思索，忽地想起了一个地方，恍然道："敖佳·女茉……我知道是哪里了，是阿湘的别苑！"

他匆匆忙忙地带着众人赶去了当初和顾婆清避难时的别苑，所有人都对眼前这座江南风格的华丽别苑震住了，他们只知道申屠姑奶奶平日里锱铢必较，只道她为人小气，没想到她攒下的银子居然可以在这寸草不生的荒漠里建如此一座豪华的江南别苑。逢临齐冲进门去情急喊道："青青，阿湘！你们听到回答我一句！我知道你们在这里，青青，阿湘！"众人帮忙在这间大宅子里找了个遍，可依旧没看见顾婆清和申屠湘。逢临齐有些心慌意乱，着急地没有了头绪，他正以为自己又找错了地方准备走的时候，无意间瞥见了院中的一口水井边，赫然有两只红白相间奄奄一息的小金鱼。

逢临齐心中一动，猛地想起了曾经送给顾婆清的两只金鱼，这金鱼为何不在水井里好好待着，怎么跑干燥的地上来了？逢临齐小心翼翼地靠近井边望下去，只见深不见底的井里一滴水都没有，可里面的井壁上明晃晃地挂着一片被撕破的法兰西白蕾丝布料——他认得出，正是他送给申屠湘的手套上的布料！

逢临齐恍然明白了什么，奋不顾身地往井里跳下去，众人以为他一时想不开，吓得纷纷上前欲要救他出来，逢临齐的声音却从水被抽空的井底颤抖着传出来："青青和阿湘都在这里！快帮忙把她们救上来！"顾婆清和申屠湘都已经晕死过去多时了，救上来的时候依旧没有苏醒过来，逢临齐焦急地晃着她们却又束手无策，卓尔妮从药包中拿出一根银针刺了刺二人的穴位，她们方才感到痛觉，徐徐地张开了眼睛："临齐……"

逢临齐心中一酸，张开双手将二人紧紧搂入怀中，一行清泪忍不住地夺眶而出："你们没事就好，没事就好……"他逄临齐是蓝关堡出了名的冷酷无情，可这样的硬汉却在此刻柔情毕露，在场的人无不动容。

埙声夜夜不断，一次比一次凄婉哀恸，躺在里屋的顾婆清听着这调子也分外难过，她知道卓尔妮倔强痴情，这无日无夜地等着一个再也不会回来的人，让她看在眼里痛在心里。顾婆清撩起门帘走了出去，月华如雪铺满了院落，洒在衣着单薄的卓尔妮身上，她丝毫没有察觉脚步声，泪流满面地吹着手中的土埙。顾婆清揪着心走到她的身边拍了拍，唏嘘道："别吹了，月宫里的娘娘听着难受，你自己也不好受。"

卓尔妮微微一惊，放下土埙站起身来，脸上还挂着清晰的泪痕比画着："当家想跟我说什么？"顾婆清吸了吸鼻子侧过脸去："你可以怪我无情，打破了你坚守着的梦，可是我不想看着你在梦里沦陷，我宁可你更痛一些快点抽身出来。尔妮，你不要等逄二少爷了，前线传来了消息，逄二少爷所在的军队已经在烽火中全军覆没，逄二少爷没了音讯，凶多吉少了。"卓尔妮只是怔了怔，一反常态地没有哭，没有笑，波澜不惊地仿若听见一句事不关己的闲话，什么话都没有说施施然坐了下来，抚摸着桌上的土埙，放在口角边继续那首没吹完的曲子。

"顾二小姐，你的仇人是整个蓝关堡，杀了申屠洪难道就万事大吉了么？当年害你姐姐的是三大家族，逄家和申屠家都已经一盘散沙了，可是柴家不一样，柴家有顾婆清一天，就会屹立不倒一天。"苗乾风摩挲着将手中的长枪擦得锃亮笑道，"何况，申屠洪又不是你杀的。是临齐杀的。"

坐在他对面的小梅惊讶地抬起头来，他却自顾自地低着头继续擦枪："你潜伏在蓝关堡这么多年，终于把三大家族快要弄垮了，现在唯一的关键就是顾婆清。但是我这个义女我了解她，你杀不了她，只有让她自杀。你明白我的意思么？"小梅转了转眼珠，暗暗轻叹道："青青，我对不住你了。姐姐这么多年一个人也孤单，你去天上再陪陪我姐姐吧。"

第一百一十八章　桃花源

月光下小梅从山寨徒步走了下来，却迎面看见坐着轮椅的柴有扬定定地堵在面前。柴有扬费力地举起了手，学着卓尔妮的手语比画了起来，每一下都用尽全力，简单的几个动作却让他汗如雨下：“小梅，收手吧。苗乾风是拿你当枪使，你若害了二娘，将来又怎么有脸面见你姐姐？女茉和申屠洪都死了，你姐姐的仇也报了，不要再错下去了。”他好不容易比画完，整个人突然病发，脸色铁青地猛咳了两声，涌在喉头的鲜血再也忍不住吐了出来。

小梅惊愕地扑上前边替他擦着血丝边哭道：“表少爷……申屠洪死了，再也没有人给你医病了。都怪我，都怪我，你的病怎么突然这么重……”柴有扬微笑着打着手语：“怎么会没人医病？难不成除了蓝关堡，天下就没有其他地方了么？”

不知为什么，蓝关堡却沸沸扬扬地传出了是逄临齐杀害申屠洪的流言，可一来逄肖娘自从那天之后吓得精神错乱也不知跑去了哪里，蓝关堡里没有人见过她的踪影，二来逄临齐也不惧此事更不愿逄肖娘因此受牵连，根本没想着去洗白。可流言蜚语越传越多愈演愈烈，连逄临齐自己都没有想到，这件事居然惊动了上头，毕竟死的是蓝关堡的族长，周军长竟亲自来到蓝关堡调查此事。

顾婆清焦急之下立刻着人请了逄临齐去别苑商谈，照这样下去，所有不利证据都指向逄临齐，这闹大了可是要被捉去枪毙的，但如今逄肖娘也不见踪影，传流言的始作俑者更不知是谁，眼看就要走到死胡同了，可有谁知道顾婆清在约见逄临齐之前，她已经先去见过周军长了。

“宛萍，她还没回来么？”直到天黑柴有良才从玉器店里回到家中，他如今可是堂堂正正的大当家了，可他并没有想象中的那般高兴，所有的家业都是他一人在苦苦支撑，身边的亲人友人都已散尽，唯一陪他至今的也只有邹宛萍一人。看着邹宛萍摇了摇头作为回应，他脱下外套递给邹宛萍挂了起来，皱着眉头道：“这怎么是好，眼看都快入夜了，孤男寡女独处一室这要惹来多少闲话，唉，我还是去把她叫回来吧。”

邹宛萍不放心他的脾气立刻抄起衣服跟了出去：“我和你一起去。”二人裹着风沙帽迎着鼓鼓晚风走向了那座江南别苑，这才刚到门口二人就不约而同地停下了脚步，那朱红的正门大敞着，里面灯火通明，但又觉得哪里不对劲，柴有良小心翼翼地上去敲了敲打开的大门故意咳了两声：“逢老板，青青夫人，有人在么？”意外的是里面居然寂静得没有半分声响，反而显得瘆人无比。二人心下慌乱冲了进去，竟赫然看见屋内只剩逢临齐一人——晕倒在桌边的逢临齐，手边还有一杯打翻的酒，滴答滴答地顺着桌腿流下来，环视周遭哪里还有顾婆清的踪影。

“逢老板，逢老板你醒醒啊！”柴有良登时脑中嗡嗡作响，用力推醒了逢临齐，迷迷糊糊的逢临齐一睁开眼立刻惊得清醒了过来：“青青！青青在哪儿？”邹宛萍急道：“我们正想问你呢，婆婆不是和你在一起的么，为什么只剩下你一个人了？”逢临齐扶着剧痛欲裂的头忍不住皱了皱眉：“我被青青下了迷药，她……我担心她会为我去顶罪。这件事我起初就起疑，我总觉得是苗乾风下的套儿，不行，我立刻去找黎正龙，用我们两人的命换青青的命！”

他正欲起身，邹宛萍忙道：“我忽然想起了一个人，那晚我和有良忙到很晚才回家，在路上看见了顾阿湄，风尘仆仆似乎刚刚从苗乾风的寨子里下来，会不会是她？”逢临齐骇然道：“顾阿湄？糟了，快回柴家拦住顾阿湄！”

“顾阿湄！”逢临齐疯了般马不停蹄地冲回柴家，跃下马来一脚踹开小梅的屋子。自从顾婆清得知她的身份，哪里还敢让她屈就在下人房里，甚至把自己的房间腾出来让小梅住，自己则住在柴有浦住过的小房间里。可是如今眼前的屋子……屋里空无一人不说，就连陈设摆件还依旧是顾婆清住时的模样，似乎从来都没有人动过一般。邹宛萍不由失声啊了一声，脸色煞白地摇了摇头不敢置信道："这怎么可能……这分明是婆婆给她的屋子，怎么又变回了原样…….真的好恐怖……"逄临齐二话不说又冲去了小梅曾经住的下人房。他凶神恶煞的模样吓坏了那些下人，可偏偏没有小梅，问起来众人也是一阵摇头。柴有良倒吸一口凉气："这怪了……啊，去表少爷的房间看看吧！"

三人立刻赶去柴有扬的屋子，邹宛萍只觉心口突突直跳。果然随着逄临齐踢开大门，屋内的光景印证了她的预感。这柴有扬的屋子里一如小梅的房间，窑洞中空空如也，桌椅板凳全部都没有，更是没有人烟，仿佛是刚刚建好的土窑坯子。小梅和柴有扬两个人居然同时同刻凭空消失，一夜之间销声匿迹，仿若从来没有存在过这个时空，邹宛萍顿觉脑中混乱不已，当即就瘫坐了下来。

"不可能，这绝不可能……"逄临齐也不由惊住了，怎么会有这么巧的事，这边顾婆清刚刚出事，那边小梅和柴有扬居然悄无声息地失了踪，这更加令逄临齐确定此事与小梅脱不了干系："都愣着干什么，世界上哪有什么鬼啊神啊，一定是他们心虚装神弄鬼，快点多派点人手去找啊！蓝关堡就这么大，我就不信他们能一夜之间离开蓝关堡，只要在蓝关堡中，就一定能找到！柴大当家，你和大少奶奶去找顾阿湄，我想着法子去救青青，绝不能让她掉入苗乾风的计谋中，就算周军长要我的命就拿去好了，可我不能让青青有事……"

"宛萍……大少奶奶，怎么样，找见她了么？"臧九安闻讯赶了过来，一看见坐在窑洞门前吹着土埂的邹宛萍立刻冲口而出，他忽地察觉到不妥又改了口。邹宛萍惨白着脸色放下土埂："她？哪个她？婆婆还是小梅？一个都没找到，蓝关堡已经翻遍了，小梅和表少爷就像人间蒸发了一样，一丁点儿痕迹都不留，我们也没办法了。"

臧九安叹了口气坐了下来，忽地瞥见邹宛萍的手上还戴着自己送的水晶链子，这些年在蓝关堡的种种情形一帧帧地浮现，心爱的女人就坐在自己的身边，他一言不发地听着她吹埙，多希望时光就此停滞。

“三太太……”臧九安猝不及防地忽然开了口，邹宛萍讶异得戛然而止了埙声：“你说什么？”臧九安缓缓站起了身：“我说三太太，逯小小。她可是唯一一个没有被申屠洪撵出蓝关堡的人，她被苗乾风利用一定痛恨死他了，顾二小姐会不会去找逯小小了？那条食物密道自从被申屠洪一把火烧了之后却再也没有人去看过，或许他们没有走远就在原地呢。”邹宛萍喜道：“如果找到小梅就太好了，你知道逄老板到现在都找不到婆婆，她应该已经到省城去了，现在这种情况只有小梅站出来说明那流言是她放出的，才有可能救婆婆一命。”

说罢情急之下拉起了臧九安的手往地道那边跑去，臧九安心中一荡，她曳长的围巾随风轻拂在他的手腕，令他忽然之间想起了当年第一次看见邹宛萍跳《长安舞曲》的情景，臧九安启了启唇，却又生生地把到嘴边的话儿给咽了回去，他清楚地知道邹宛萍是柴家唯一的大少奶奶，是自己的主子，而他只是蓝关堡的一粒沙尘，随风而起不知归存何处的沙粒。

那条地道早就被那把大火烧得面目全非了，哪里还有半分人烟。一片废墟之中二人寻寻觅觅了半晌，终于精疲力竭地瘫坐在了地上失望不已。邹宛萍叹道：“婆婆虽然有罪，可她毕竟无辜，难道真的天命如此，小梅就这么忍心让一个为了她姐姐报仇而潜伏在这贫瘠土地的女人去死么？”她忽然猛烈地咳了两声，脚底一崴，整个人失控地向后跌去。臧九安眼疾手快一把搂住了她的腰扶住她，一时间四目相对，那些回忆和情意联翩而起，就在二人失神之际，只听见邹宛萍手腕上的水晶手链莫名地断裂，一颗颗水晶珠子叮咚地落在地上。

邹宛萍回过神来忙要低头去捡，跟着那些滚落满地的珠子追去，居然在这废弃的地道后面极隐蔽的地方发现了一条淙淙小河！蓝关堡是沙漠黄土，竟然有这样世外桃源般的小河，着实把二人都惊住了。瞧那条小河色泽蓝青各半清澈见底，九曲十折蜿蜒淅淅，河底的红白金鱼相戏，碧波之间安然若素，两岸竟开着蓬蓬勃勃的桃花树，落英沿河而下，在溪流上铺上一层绯粉。邹宛萍摸着岸边刻着的记号顿时惊喜道：“这是小梅的字迹！她一定是和表少爷沿河而下了，我们快点追下去！”

沿河恰巧还拴着一条古旧竹筏，看样子已有些年头了，臧九安为了救顾婆清心切哪里还管得了这么多，与邹宛萍一起上了竹筏跟着记号顺流而下，眼前的桃花树林越来越茂盛，景致安静绝世，可漂啊漂啊，怎么总也漂不到头？二人停下了竹筏，邹宛萍够着岸边的记号仔细一瞧，登时大惊失色：“怎么会……我们又回到原地了！这绝不可能啊，这些记号明明白白地画在这里，可怎么又兜兜转转地回来了，难道小梅和表少爷真的凭空消失了？”

臧九安一眼瞥见那原先的记号上面竟然多出了一块黑乎乎的泥石，顿感不对劲伸手上前抹掉了灰土泥沙，奇形怪状的泥石上竟赫然刻着一篇铭文：“晋太元中，武陵人捕鱼为业。缘溪行，忘路之远近。忽逢桃花林，夹岸数百步，中无杂树，芳草鲜美，落英缤纷……”邹宛萍惊诧地环视着周遭的景象道：“难道我们是误闯了桃花源？”她凑上前看完了这篇年代久远的铭文，倒吸一口凉气，喃喃道：“南阳刘子骥，高尚士也，闻之，欣然规往。未果，寻病终，后遂无问津者……小梅和有扬，是到了另一个时空里的桃花源，怪不得我们找也找不到了。”

第一百一十九章　白兔茕茕，东走西顾

“这里，这里，都会有些机关，若是设埋伏自然是在防备最薄弱的这里和这里。”一指纤纤玉指不染蔻丹，轻轻地在牛皮地图上点了点几下子，顾婆清的声音传了过来，另一只大手霍地把地图移动着拉了过去，周军长凑上面仔细地摩挲一遍，蹙眉道：“红衣大炮都设在这里？柴夫人，你离开寨子也有好多年了，你就确定苗乾风他不会更改关防么？”

顾婆清想都没想便道：“不会改，他绝不会动寨子里的一草一木。他怕我叛变，宁可费尽了心思来杀我，他都不会去碰寨子里的东西。苗乾风是个极其重情的人，寨子里都是他和先夫人、邬春玉点点滴滴的回忆，这两个女人都死了，他只会守着这些物件，绝不可能更改。周军长，照我的法子打入山中，一举可剿灭匪窝，到时候周军长你就在军阀里立了大功了。”周军长推了推眼镜直起腰板盯着眼前的这个女人打量半晌：“我知道，你来投靠我，想联手灭了苗乾风，我们各得好处。可是你不要忘了，逢临齐杀的毕竟是蓝关堡的族长，这个罪名总得有个人担上，我可做不了主。”

“周军长，我也说过女苶和申屠洪都死了，主子的仇我已经报了，杀了苗乾风我就可以替我儿子报了仇，到时候我就了无牵挂了，劳烦周军长把杀人的罪名移到自首的人身上，还是行得通吧？”周军长眯起眼睛道：“你不怕死？”顾婆清凄然一笑：“我怕，当然怕。可我更怕他们都死了，只有我一个人活着。周军长，你我互惠互利，你就帮我这个忙吧。不过……请周军长不要大张旗鼓地枪毙我，我不想让临齐太难过。”周军长唏嘘了一声，点了点头：“我答应你。走吧，你领路，我们上山剿匪去！”

苗乾风最怕的事情还是发生了，但他怎么都没想到，顾婆清居然和周军长联手袭上山寨，军阀的人马兵器远比山寨里的乌合之众要多要先进，虽然马贼们依山作战，但顾婆清懂得见招拆招运筹帷幄，这一仗打下来可谓是血洗匪窝山寨。顾婆清和周军长将浑身沾满血的苗乾风团团围住，苗乾风踉跄地仰头嘿嘿一笑："春玉，你瞧见了没，这就叫养虎为患。顾婆清，我苗乾风要死也绝不会死在你的手里，到最后你也赢不了我！"

他大喊一声拔出了枪迅速对准自己的太阳穴砰地开了一枪，枪声惊飞了丛林里的野鸟，这个一生桀骜的枭雄就这样悄无声息地倒在了沙地里，终究是如愿以偿地睡在了这片他心心念念舍弃不了的土地上。顾婆清看着这曾经的义父，害死自己儿子的马贼，轰然在眼前倒塌，心中五味杂陈说不出的悲喜。她双眸噙满了泪水，颤抖着声音哈哈笑了一场："你的死期，就是我的死期。你收留青青这么多年，你我的恩恩怨怨，今生一笔勾销，来世只愿做这天地间的一粒沙，莫要再做人了。"

周军长为夺军功，上前抽出刺刀一下子砍下了苗乾风的首级，他的脸上溅满鲜血转过身来叹了口气："柴夫人啊，你大仇得报了。"顾婆清早已泪流满面，凄然笑道："是啊，是啊，我大仇已报，但我发现我除了怨恨，一无所有了……周军长，我想下山最后一次陪陪我儿子，你答应我放了临齐，你要说到做到。"

陕西的风一如往昔，夹杂着厚重的黄沙旋地而起，猎猎地吹鼓了她肥大的那件藕荷色风沙斗篷。顾婆清的背影越拖越长地往山下去，哼着断续的江南小曲儿深一脚浅一脚地在沙地中跋涉，也不知归向何方。她顾婆清从一开始就是无名无姓的孤儿，孑然而来，孑然而去，好像这方天地空旷如斯，一阵风沙肆虐而过，覆盖了她的一串脚印，什么痕迹都没有留下。

孤零零的坟堆立在苍茫的黄土之中，顾婆清席地而坐，似是与柴有浦促膝相谈。她伸出手缓缓地抚摸着碑上的字，泪水倏然滑落："有浦，你知道么，你娘一辈子都活在一场阴谋之中。就如同这沙砾随风漂泊，不知来时路，没有归去途。我为了替阿廷和主子报仇，我什么都不要了，直到有浦你来到娘的生命中，我真的一次又一次地想要放手，不想再活在仇恨之中了。你我母子缘薄，你和尔妮的关系竟好过与我，每一次娘看在眼里，心里都很痛很痛。我竟不知道你的喜好习惯，我好后悔这辈子没有好好陪过你。你就这么走了，娘原是不想活了，是临齐陪在我的身边，鼓励我给我希望，如今我的仇也报了，我不能看着他被陷害而死。有浦，你在那边一个人孤零零的，娘很快就来陪你。”凛冽的风中她颤巍巍的手从怀中慢慢取出了一个小兔木雕把玩了片刻，那对血红的眼睛栩栩如生，她轻放在柴有浦的坟前，露出了温柔的无惧生死的笑容，把一碟碟的菜放好，自己吃一筷子停一下，柴有浦生前与她不亲近，如今母子俩总算安安稳稳地在一块儿吃顿融融的饭菜了。

黄昏的荒漠远处忽然若有若无地传来了阵阵稚嫩的童音，唱着悠扬绵长的民歌正往这边飘来：“……沙儿沙儿漫天飞哟，东走西顾好风光哟，一方黄土一方天，山又高来水又长哟……”顾婆清心下一酸，放下了筷子抬起头循着歌声望去，一个六七岁模样的小男孩赶着几头牛蹦蹦跳跳地跑了过来。看见这荒野之中竟然有人，小牧童甚是开心，忙往这边跑来挨着顾婆清坐了下来，黑黢黢的双手简单地在地上聚一把黄沙，很快便堆砌出一个沙楼的模子，他天真地向顾婆清咧嘴一笑：“大娘，你不玩么？”

顾婆清看着这孩子与柴有浦的年纪相仿，心下五味杂陈，抿了抿嘴角苦涩的泪嫣然一笑，伸出手也捧了一把沙，跟着眼前这素不相识的孩子你一层我一层地堆砌着沙楼。不一会儿工夫，高高的沙楼便堆砌得有模有样了，顾婆清递给他一颗糖果放在手心，小男孩开心地立刻剥开吃了起来，又站起身继续赶着牛往沙丘的另一头走远了。

一个纤长的影子斑驳地拖在地上映入顾婆清的眼帘，她仿佛听见了阵阵风响，顺着那影子回头望去，只见身穿红蓝相间的苗绣彩服的卓尔妮睫盈清泪，双手拎着一个精致的食盒站在她的身后也不知站了多久，许是把她和小牧童堆砌沙楼的情形都看在了眼里。顾婆清站起了身迎着风向这个曾是姐妹也曾反目成敌的故人款款走去，风撩起了她的披风裙裾，宛若一只不沾黄沙尘埃的白色蝴蝶翩然出世，肆虐的风霜雨雪在她的面上留下了丝丝沧桑，却掩饰不住天生的丽质。

顾婆清浅笑嫣然走到卓尔妮的身边，拉起了她戴着银手钏的手：“是周军长叫你来给我送行？”卓尔妮抿了抿嘴角的泪水轻轻点点头，她拉着顾婆清围着那地上用沙子堆砌的沙楼坐了下来，方寸之地，她们便是这城中之人。卓尔妮取出食盒里的菜酒，将一坛青花瓷酱菜端在了她的面前比画道：“这是臧九安让我带给你的，他不忍心过来见见你，先吃菜，吃饱了再喝酒吧。”

顾婆清的目光落在了那个羊脂白玉的酒壶上，她明白这美酒佳酿意味着什么，却泰然若之地伸出筷子夹了菜吃了起来：“九安的手艺真的不赖，到底六必居的传人。再配上尔妮你亲手做的这顿饯别饭菜，试问天下间几人在临终前能吃上我这顿好菜？尔妮，多谢你们替我守口如瓶，我不想临齐冲动坏事才不准你们告诉他。但是我喝了这杯酒之后，有些话就劳烦你替我跟他说。姑奶奶对临齐全心全意，我希望他将来不要负了姑奶奶，好好珍惜她，好好地过下半辈子，不要再留在蓝关堡了。还有这只木雕小兔，你替我还给他。”

顾婆清信手抄起墓边的那只木雕小兔，轻轻扬手丢入卓尔妮的手中，红着眼盈着泪，却努力装作云淡风轻。卓尔妮低头摩挲着，忍不住泪水扑簌而落，打着手语道：“早知会爱上逢老板，你一定不会再执着于仇恨了吧，当家，你后悔么？”顾婆清凄然一笑：“其实做人怎么会没有后悔呢，往日自以为是的我，又怎么会知道今天的事。今日饱受教训的我，又怎么能耻笑往日的自己有多天真？我曾以为天下间顾阿清就是我的天和地，后来以为我的丈夫霍廷就是我的天和地，又以为我的儿子是我的天和地，可是事实上天下间，他却是唯一一个令我窝心的男人。在我无助的日子，他让我心里边暖和，在我绝望的时刻，他告诉我做人还有一丝希望；在我彷徨的时候，他曾令我哭过，心动过……我的一生无非是笑话一场，阴谋一场，他却是我生命中唯一的真实和光明。这辈子我已经足够了。”

说着说着顾婆清却早已泪流满面，她放下了筷子抹去泪痕强行挤出一抹凄楚却绝美的微笑，向卓尔妮伸出手来：“给我吧。”卓尔妮吸了吸鼻子颤巍巍地端起酒壶递了过去，顾婆清一把夺来忽地站起了身苍凉地大笑着迎着夕阳转了两圈，耳畔仿佛听见了天籁的埙声，那早已走远的牧童歌声竟顺着风飘入她的耳廓，与哀婉的埙声浑然一体：“……沙儿沙儿为谁狂哟，吹尽天涯吹心坎哟，风霜雨雪跋涉来，轰轰烈烈走四方哟……”叮。尾声的回旋中一声极其轻微的玎玲声打破了音律，一只雪白无瑕的玉杯倾着半杯残酒陨落而下，不偏不倚地打翻了那座堆砌的沙楼，一片狼藉。一只宛若玉杯般润洁的手无力地张开，这妄图抓紧人世间贪嗔喜恶的手，终究如指间的沙，到头来一无所有。

“木雕小兔……”当这样信物从卓尔妮的手中递给逢临齐的时候，他大骇地霍然站起：“青青，青青呢？”卓尔妮一对眸子没有了生机，茫然地凝视着地面，打着手势道：“相见不如不见，有缘还似无缘，逢老板何必执着见她一面，当家让我告诉你，只要知道你安好，就好了。”这模棱两可的答话让逢临齐心中突突不安，他焦急之下竟勃然大怒，失去理智般地抽出了短枪架在卓尔妮的脑边，抽搐着，激动得满脸通红：“我再问你一遍，青青到底怎么了？她究竟在哪儿？你不说实话我就一枪崩了你！”

他大喝一声，外面霎时雷霆风雨，黑云沉沉地压在夜幕上，一声天崩地裂的雷声闪电照亮了卓尔妮无惊无惧的面孔。申屠湘闻声惊措地从门外浑身湿透地冲了进来：“临齐！临齐你干什么？你看看尔妮的神情，你以为杀人能让人畏惧，畏惧能逼着人说实话，但是殊不知畏惧更不能让人说实话，害怕死的人只有说谎心里才能踏实一些。因为说实话，更能让人畏惧。不说实话的人，有的是怕伤着自己，有的是怕伤着别人，有的是怕两败俱伤啊！”

逢临齐的枪缓缓地滑了下来，他的心中其实早已有数，是盼着别人给他一个回击，可窑洞外的狂风暴雨让他登时清醒了过来，喃喃道：“青青……我不是项羽，我决不能让你做虞姬啊！”他说罢疯了一般便要往门外冲去，卓尔妮却一把拦住了他，面无表情地比画了两下：“别去，我已按当家的意愿站在蓝关堡的城楼上将她的灰粉撒进了黄土，每一粒沙子都是她，她会一直陪在你的身边。”

第一百二十章　草际寒蛩空沙洲

逢临齐霎时怔住了，竟一言不发地转过身往桌边走去，看着他不哭不笑不悲不喜，申屠湘却更是紧张。逢临齐紧挨着桌边坐了下来，将桌上的一袋香瓜子和两个青瓷盘碟拿了起来，踉跄地淋着暴雨走向柴有浦的土丘。这一次只有他一人坐在这里了，他默默地在雨夜中一颗一颗地嗑着瓜子，剥的瓜子仁儿一粒一粒如同顾婆清堆砌的沙楼般越堆越高，另一个盘中的瓜子壳也越堆越高，他默不作声地从黑夜嗑到天大亮，嗑得齿间被戳破流淌着丝丝鲜血，终于嗑完了满满一大袋子的瓜子。他这才站起了身嘘出一口气："以前以为在梦中，可你的梦还没好好做就不得不醒了。青青，我不许你醒来，你我都是梦中之人，梦醒了你我又该去何处安身？"

"逢老板，逢老板！大事不好了！"逢临齐话音未绝，臧九安浑身是泥水地跌跌撞撞冲了过来，腿下一软又栽进了泥坑里，溅得满脸泥泞，可掩饰不住他脸上的恐慌，一对眼睛红肿的似是哭过，爬起身来带着哭腔喊道："昨夜……昨夜风雨交加，我心里边就是觉得不安，便去瞧了瞧师父，竟亲眼见师父是夜在缸里咽了气！"

逢临齐脑中嗡嗡作响："霍廷死了？快，快带我去看看他！"暴雨仍旧丝毫没有停的意思，逢临齐顾不得冒着雨紧跟着臧九安跑去了他简易的窑洞。那窑洞屋子的正中放着黎正龙的那口水缸，面目全非的他早已歪着半边脑袋咽了气。逢临齐知道，自他从被申屠洪做成了人彘，一直都在为顾婆清苦苦支撑着一口气。许是心灵相通，就在顾婆清饮下毒酒的时候，他也终于了无牵挂地吐出了最后一口气。

逢临齐望着眼前触目惊心的场景，脸颊上的雨水悄无声息地滑落了下来。突然一个惊雷砰地落地，竟不偏不倚地击破了窑洞穹顶，击碎了黎正龙的水缸，缸里的水登时倾盆而出，竟然带出了一封牛皮纸密封着的信。

怎么会有这样一封信藏在水缸之中？逢临齐顿时心下生疑，立刻俯身捡起来抖开来一行行地看下去。这牛皮信封封得极其密闭，一丁点儿水都没有渗进去，以至于信中的字迹清晰如昨。逢临齐的目光越来越寒，看罢这封信时脸色已然青得仿如活死人。臧九安看着他的模样知道出了大事，忙问道：“信里写了什么？”

他不说话还好，可这一说话，逢临齐竟然仰头哈哈大笑，狠狠地将那封信一把火烧了个干干净净，臧九安惊诧地想要伸手去救可已是徒然。逢临齐笑得弯了腰，笑出了眼泪水，笑得上气不接下气，笑得仿佛痛哭一场，他感慨万分道：“什么都没写，什么都没写……青青啊，你死得不值，这一辈子你我原是不值得啊……”

所有人都知道了这么一封牛皮信的存在，可除了逢临齐却再也没有第二人目睹这封信，谁也不知道那封信是何人所写，信中究竟写了什么，让逢临齐如此之大的反应。

秋风簌簌，黄沙滚滚，身披色彩斑斓的苗绣长袄的卓尔妮独自一人站在柴有浦的坟头前立了很久，她一反常态地拆下了那自梳的发髻，各自梳成两个麻花辫放在肩头，几缕碎发搭在苗银的额帕两侧，她握着手中的土埙断续地吹完了凭印象记住的民歌谱子，竟忽然开了口：“当家，尔妮早已不再恨你，你交代的事情尔妮都已经办妥了，你就安心吧。尔妮下辈子还要做你的姐妹，要生生世世地陪伴在你的左右。”她褪下手腕上的银钏，紧握在手中卯足了力气低着头狠狠向墓碑一头碰去，鲜血如同盛开的罂粟泛滥在灰茫茫的天地之间，格外耀目。

“临齐，有个坏消息……尔妮撞死在柴小少爷的坟前了。”逢临齐自从看见那封牛皮信后，一言不发地坐在炕上摩挲着自己送给顾婆清的木雕小兔，申屠湘慌不择路地冲了进来垂下睫毛，声音越说越低。逢临齐的手猛地停了一下，又继续摩挲了起来，叹了口气道：“阿湘，卓尔妮说过，青青不想我再留在蓝关堡了，不如我带你一起走吧，我们离开这里，回到青青的故乡去。”

申屠湘又是惊愕又是担心：“临齐，到底那封牛皮信写了什么，你不跟别人说，好歹也告诉我啊。”逄临齐摆了摆手，面呈疲态地从炕上下来：“别问了，别问了。你收拾收拾吧，我去见一见柴大少爷，交代他不要辜负青青，要好好守着柴家的家业。等我一回来，我们就即刻启程，去维扬。”

“你……你真的要走了？”空气中飘散着浓郁的酱菜香气，这一次，邹宛萍与背着包袱的臧九安一路相伴走到了曾经相会的驿站。她不由停下步子，终于开口问道。臧九安回身望了望远处的城楼，叹道：“我走之前对你说过，如果你肯跟我一起走，今天就露面见见我。你果真露了面，可你只是来为我送行，却并不打算和我一起走。”

邹宛萍别过脸去抹掉了泪痕，装作镇静道：“你知道，我不能跟你走。如今蓝关堡发生了这么多巨变，有良孤零零的一个人，我不能扔下他，我要陪着他守着蓝关堡守着家业。九安，你这么一走，是回山西么？”臧九安苦笑了一下，道：“我的家人早就死光了，当年若不是大少爷和青青夫人收留我，我不可能在蓝关堡立足，或许早就饿死街头了。如今青青夫人死了，过往种种如沙尘散尽，我再也没有留下来的意义了。可我不会再回山西，那里没有一个亲人。天下间都不再有我臧九安的知己和亲人，走到哪儿算哪儿吧。或许有一天，大少奶奶机缘巧合再尝到合口味的酱菜，正是出自我的手呢。大少奶奶，就送到这儿吧，我已经了无牵挂，去走另一段人生路了。”

他坚定地扶了扶肩上的包袱，最后深深地望了一眼蓝关堡的城楼和邹宛萍的模样，他是要把他们的样子都牢牢地刻在心里，铭记一生一世。臧九安头也不回地踏开步子离开了蓝关堡，这一别或许是诀别，千山万水，就此留在各自的心中。

江南的雨淅淅沥沥地打湿在拓宽的街道上，疾驰而过的小汽车和穿着艳丽洋装的男男女女穿梭在新建的咖啡屋和影院之间，弹指间又是六年过去，满清王朝早已消失殆尽于上个世纪，而所谓的上个世纪，正是有些人追悔却回不去的过去。民国繁华的扬州城，车马匆匆，洋人满街都是，但这里却还保留着一幢幢晚清时代的雕花大宅，其中最大的一座宅子便是曾经的维扬首富顾氏的大宅。

其他的宅子都已经沾满了风霜灰尘，早已变作历史的遗物，只有顾府仍旧生机勃勃，因为六年前这里来了一对从大西北远道而来的夫妇，他们自称是顾家的亲人，跋山涉水回到这里住了下来。这对夫妇在扬州城做起了酱园生意，一直红红火火，扬州城里没有人知道他们究竟姓甚名谁，但对他们如亲人一般。

这天正值小寒，顾家的祠堂里袅袅烟火萦绕在穿红戴绿的夫人身周，她穿着玫紫色的时髦改良洋裙，花容月貌还没有半分衰老，举着三炷香的纤手上套着老式的纯白色法兰西蕾丝手套，向着面前的灵位拜了一拜：“青青姐，我和临齐这些年在扬州生活得很好，你在天之灵可以安心了。”正说着，男主人跨过高高的门槛走了进来，冬日暖暖的阳光勾勒出他沧桑的容颜和轮廓，正是那年从蓝关堡离开的逄临齐。

他走到灵位前也拿了三炷香点燃拜了拜：“是啊，顾家有我和阿湘照料，你就放心吧。阿湘，我有件事要告诉你，顺便也告知青青。”申屠湘好奇地转过脸来，她纵然天生丽质却也掩饰不了岁月的痕迹，逄临齐轻轻抚了抚她眼角的细纹，道：“我也是才听人说，一年前蓝关堡因为地质变化，所有人都遣散迁徙离开了，后来一场前所未有的巨大沙尘暴从天而降，将蓝关堡整个城池掩埋在了厚厚的黄土之下，如今整个蓝关堡已成废墟。但你不用太担心，至于计芬，她早在我们走的那一年就嫁给了周军长当三姨太，日子总算还过得下去。”

申屠湘却还是忍不住唏嘘道：“蓝关堡没了，所有人都各奔东西了……临齐，我好想再回去看看，哪怕什么都没有的一片荒漠，我也想回去看一眼，那毕竟曾经是我们的家啊。”逄临齐被她说中了心坎儿，一阵酸楚涌上心头，揽了揽她的肩："好，我们回家看看。"逄临齐当即便说到做到，他也有六年没有回到那片魂牵梦萦的土地了，当即放下了酱菜的生意带着申屠湘一块儿冒着寒冬又踏上了熟悉却陌生的路程。

许是在扬州城的时日久了，越靠近西北的荒漠越觉得阵阵苍凉，竟难以适应这里漫天肆虐的风沙和极度寒冷的气候。忘了穿风沙斗篷的申屠湘冷得瑟瑟发抖，逄临齐张开毛氅将她裹在怀中，这贫瘠的土地自从地质变化后更加荒芜人烟，不同车马，二人只得相依相偎一步一步沿着往日的轨迹踏着黄沙走回昔日的蓝关堡。

"这里……这里曾经是蓝关堡的城门啊，那里是逄家，那里是申屠家，还有柴家应该是在那个方位，还有雕刻店、玉器店、天麻铺子，如今怎么都没了……"望着眼前荒芜的一片，所有的房屋都不复存在，被那一场狂风暴所掩埋，而今竟都变成了连绵黄沙，哪里还有人气和生机，仿佛这里从来都没有人居住过，申屠湘心痛地在茫茫沙土上失措地奔走着，试图找到这空城繁华过的一丝丝痕迹。

逄临齐深深吸了一口气，叹道："一切都像一场梦，梦醒之后谁又能找到梦里的人和物？阿湘，在这里触景生情，我们瞧过就回扬州吧。"

申屠湘抿了抿嘴角忍住了眼眶中的泪点点头，二人相拥着正准备转身下山，忽然听见天幕下黄沙中传来一声声银铃般的笑声，申屠湘愕然地回头望去，只见不知从哪儿冒出来的一个女子穿着桃花粉色单薄的旧时洋装，头发烫得卷卷的，扎着一朵漂亮的妃色蝴蝶结，在黄沙之中手舞足蹈自娱自乐地喃喃自语，手中拿着沙捏成的人偶嘻嘻傻笑着，夕阳正巧照在她的面部，逆光中虽然看不清她的模样，可申屠湘依旧脱口惊诧道："肖娘？"

她回头与逄临齐对视一眼，看着疯了的那个人，低声道："临齐，虽然她杀了我哥，可她也是为了保护你。如今肖娘精神错乱，留她一人在这蓝关堡，万一有个好歹心里怎么过得去？不如我们把她也接回扬州，跟我们一起生活吧？"逄临齐却冷着脸摇了摇头："不用了。至少她守在这里，这里有她的奶奶，她的大哥、二哥，还有属于她一个人的蓝关堡，一个人的疆土。这是肖娘最梦寐以求的，我们何不就此圆了她的梦。阿湘，我们走吧。”申屠湘若有所悟地点了点头，扭过脸跟着逄临齐相互依偎着往黄沙土丘的下坡缓缓走去。

“……沙儿沙儿漫天飞哟，东走西顾好风光哟，一方黄土一方天，山又高来水又长哟。沙儿沙儿为谁狂哟，吹尽天涯吹心坎哟，风霜雨雪跋涉来，轰轰烈烈走四方哟……”夕阳下的逄肖娘癫狂地手舞足蹈唱着民歌，在荒漠之中迎着风沙，迎着夕阳走去。

一切就好像是一个遥远的过去，一切都不再属于你我，既然如此，愿你把它当作一个事不关己的故事，静静地翻完最后一页，便遗忘。相反方向走远的逄临齐和申屠湘，却再也看不见刺眼的夕阳下，那桃花色衣衫的人抬起下颚，落下一滴晶莹的泪，却霎时被风化。

（完）